阿瑟·克拉克

科幻短篇全集1 The Collected Stories of Arthur C. Clarke I

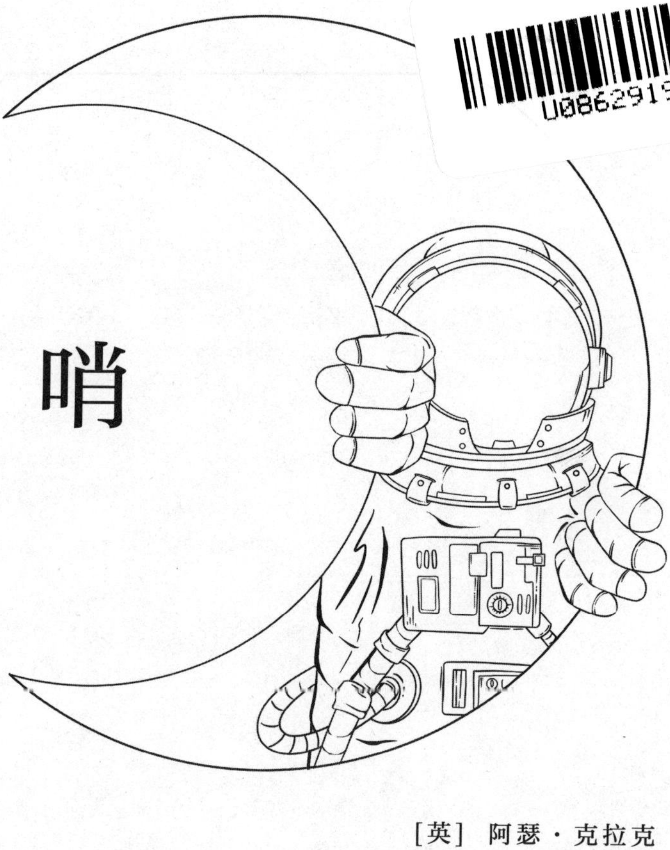

岗哨

[英] 阿瑟·克拉克 著
秦鹏 邹运旗 张芸慎 丁将 译

The Sentinel

文匯出版社

探索更多阿瑟·克拉克为人类留下的精神遗产，请访问：
http://www.clarkefoundation.org

读客

读客科幻文库

跟着读客读科幻，经典科幻全看遍。

目 录（1937年—1951年）

001 前言
004 电传旅行！
010 我们是怎么去火星的
020 撤离地球
032 遐想
035 苏醒
039 癫狂
041 漏洞
050 救援队
079 技术错误
098 陨落孤魂
106 地心烈焰
117 传承
127 夜幕降临
131 历史课

141 过客

148 黑暗之墙

168 科马雷的狮子

222 被遗忘的敌人

230 捉迷藏

242 破裂应变

273 天敌

288 守护天使

321 时间之箭

336 暗中行路

346 请安静

359 难以入乡随俗

374 通向海洋之路

428 岗哨

439 月球假期

前言

据我那位不知疲倦的书目作者大卫·萨缪尔森（《阿瑟·克拉克——主要和次要书目》，G.K.Hall出版社）说，我第一次尝试创作的小说出现在了一九三二年秋季的《惠什杂志》上。我当时在学校杂志的编辑委员会里，该杂志由我们的英语老师E.B.米特福德上尉主办——后来我将我的作品集《神的九十亿个名字》献给了他。我负责的是处理信件，那些信件据说都是在异国环境中工作的老男孩写的，显然具有科幻小说的灵感。

然而到底什么算是科幻小说？

只要还有人在写博士论文，就会有人继续尝试给它下定义。同时，我很满足于达蒙·奈特[①]的权威论断："科幻小说就是我指着它说'那是科幻小说'的东西。"

区分科幻和奇幻的尝试也造成了很大的麻烦。我提出过一个可操作的定义：科幻是可能发生的事情——但通常你不会希望它发生。奇幻是不可能发生的事情——但你往往真心希望它发生。

科幻小说的作者面临着一个问题，而专注于现实宇宙一小部分

① 达蒙·奈特（Damon Knight，1922—2002），美国科幻作家、编辑、评论家。——编者注（本书注释如无特殊说明，均为编者注。）

的所谓主流小说的作者则不必担心这个问题。他们很少需要较多篇幅来设置场景：有时候一句话就能搞定。当你读到“这是贝克街的一个大雾之夜”时，你在一毫秒内就到了那里。科幻小说家要想构建一个完全陌生的环境，可能需要好几卷才能完成：典型的例子是弗兰克·赫伯特的代表作《沙丘》及其续作。

所以，许多最优秀的科幻小说都是短篇作品，这是相当令人惊讶的。我至今还能回想起一九三四年七月《奇妙故事》（*Wonder Stories*）入手时，斯坦利·温鲍姆[①]的《火星奥德赛》所带来的冲击。一闭上眼睛，我就可以看到保罗那富有特色的封面：在那之前或者之后，我都没有读完一篇故事之后直接回到开头，再直接读一遍……

所以，也许短篇小说之于整个科幻小说类型，就像十四行诗之于史诗一样，所面临的挑战是在尽可能小的空间里创造完美的作品。

但是多长的算是短篇小说？很遗憾你问了我这个问题……

在本卷中，你会发现最短的一篇包含31个英文单词，最长的一篇则超过了18 000个英文单词。超过了这个数，我们就进入了中篇小说（骇人听闻的词）的领域，而它与长篇小说就没有鲜明的界限了。

请记住，在这些故事被创作的过程中，世界经历着比以往整个历史都要剧烈的变化。其中有些故事在时代面前不可避免地过时了：然而，我抵制了所有追溯性编辑的诱惑。我这里先总结一下，这些故事中大约有三分之一是在大多数人认为关于太空飞行的讨论完全是胡言乱语的时候写的。当最后十几个故事被写出来时，人类已经在月球上行走过了。

通过描绘可能的未来，以及许多不可能的未来，科幻作家为社会做出了巨大的贡献。他鼓励他的读者保持头脑的灵活，愿意接受甚至

---

① 斯坦利·温鲍姆（Stanley Grauman Weinbaum，1902—1935），美国科幻作家。

欢迎变化——用一个词概括的话，就是适应性。也许在这个时代，没有什么品性比它更重要。恐龙之所以消失，是因为它们不能适应不断变化的环境。如果我们不能适应现在已经有了宇宙飞船、计算机和热核武器的环境，我们也会消失。

因此，最可笑的莫过于有时候一些人对科幻小说的指责，说它是逃避现实的。大多数奇幻小说受到这种指责确实不冤枉，但是那又如何？有些时候（二十世纪已经有过太多这样的时候），某种形式的逃避是必不可少的，而任何提供这种逃避的艺术形式都不应该遭到鄙视。就像C.S.刘易斯（写过极好的科幻小说和奇幻小说）曾经对我说过的："谁是最反对逃避的人？狱卒！"

C.P.斯诺在其著名的《科学与政府》一文的结尾，强调了"先见之明"的极端重要性。他指出，人们往往拥有智慧而不具备远见。

科幻小说在纠正这种平衡方面起到了很大作用。即便它的作家并不总是拥有智慧，最优秀的那些肯定是拥有先见之明的。而这是上天赐予的更重要的礼物。

* * *

我非常感谢马尔科姆·爱德华兹和莫琳·金凯德·斯佩勒收集了——其实该说是找到了——我在近七十年的时间里写的几乎所有短篇小说。

阿瑟·克拉克

斯里兰卡科伦坡

2000年6月

（译者：秦鹏）

电传旅行！

1937年12月首次发表于《业余科幻故事》（*Amateur Science Fiction Stories*）

收录于《阿瑟·克拉克最佳作品集，1937年—1955年》

科幻一直激励着大量的业余写作行为，热情的科幻迷曾经复制（有时候是印刷）过数以千计的杂志……我完成的第一个故事就出现在这些杂志之一……如果谈不上有什么其他作用，它们也可以作为一种绝对的零点，让我以后可以以其为基准对自己的作品进行校准。《电传旅行！》是我发表的第一个故事。

你们这些人不可能知道，在完善无线电传输器之前，我们所经历的种种麻烦和考验，而且这个技术也还没有达到完美的程度。最大的困难，就像三十年前的电视一样，是提高清晰度，我们在这个小问题上花了将近五年的时间。正如你们在科学馆看到的那样，我们传送的第一个物体是一个木质立方体，它的重组还算正常，只是它不再是一个实心的块状物，而是由数以百万计的小球体组成。事实上，它看起来就像早期电视画面的实体版，因为我们的扫描器处理物体并不是

一个分子一个分子的，或者用更精细的方式——一个电子一个电子的，而是每次处理一个小块。

这对某些东西来说并不重要，但是如果我们打算传输艺术品，更不用说人类，我们就必须大幅改善这个过程。这一点我们是通过使用德尔塔射线扫描器全方位扫描目标来实现的——上、下、左、右、前、后。我可以告诉你，让六台扫描仪同步是个麻烦事，但是当我们做到之后，我们发现传输的元素是超微观尺寸的，这对大多数目标来说已经足够好了。

然后，趁着三十七楼的生物学家们不注意，我们从他们那里借了一只豚鼠，用仪器进行了传输。它的状态非常好，只不过已经死了。于是我们只好把它还给它的主人，并礼貌地要求为它做尸检。他们一开始还大肆吵闹了一番，说这只不幸的生物接种了他们花了几个月时间从瓶子里培养的某种病菌的唯一标本。事实上，他们非常恼火，断然拒绝了我们的要求。

小小生物学家的抗命行为显然是令人愤慨的，我们立刻在他们的实验室里制造了一个高频场，让他们齐齐发了几分钟的烧。半个小时后尸检结果就出来了，结论是，生物状态完好，但死于休克，还附送了一条建议，说如果我们想再次尝试这个实验，就应该蒙住受害者的眼睛。我们还被告知，三十七楼已经安装了密码锁，以防止那些本应在车库里洗车的偷窃狂技工的劫掠。我们不能放过这个机会，便立即对他们的锁进行了X射线检查，然后对他们说了密码，震得他们不轻。

这就是做我们这一行的好处，你可以对别人随心所欲。楼上的化学家是我们唯一的劲敌，但我们一般都能胜出。是的，我记得有一次，他们把一些可恶的有机物通过天花板上的一个洞塞进我们的实验室。我们不得不戴着呼吸机工作了一个月，但是我们后来还是报了仇。每天晚上工作人员走后，我们都会往实验室里送一剂温和的宇宙射线，让他们所有美丽的析出物都凝结起来，直到有一天晚上老哈德森教授晚走了一会儿，我们差点把他干掉。不过还是回到刚才的话题吧——

我们得到了另一只豚鼠，用氯仿麻醉了它，并通过发射器发送。令我们高兴的是，它活了下来。我们马上找人把它杀掉做成了标本，以飨后人。你可以在博物馆里看到它，旁边还有我们那部仪器留下的部分。

但是如果打算开展客运服务，这绝对不行——这太像做手术了，不适合大多数人。然而，通过将传送时间缩短到万分之一秒，从而减缓惊吓，我们成功地传送了另一只豚鼠并保住了其生理机能的完整。这只豚鼠也被做成了标本。

很明显，已经到了找我们其中一人试用仪器的时候了，但是我们意识到，万一出了什么问题，对人类来说将是多么大的损失。我们找到了一个合适的受害者，那就是金斯顿教授，他在一百九十七楼教希腊语之类的傻帽科目。我们用一本《荷马史诗》把他引诱到发射机前，打开了发射场。通过接收机传来的噪声判断，我们知道他已经安全抵达，并且生理机能完好无损，和之前一样。我们挺希望把他做成标本，但是这个事情可没法安排。

之后我们轮番上阵，发现体验并不痛苦，于是决定将该设备投入市场。我想你们应该还记得，第一次向媒体展示我们的小玩具时，我们的心情是多么激动。当然，说服他们相信这不是假的费了很大一番工夫，而他们在亲自体验过传送器后才真正相信。不过我们还是和罗斯卡斯特勋爵划清了界限。即使我们能把他塞进传送器，他也会把保险丝烧掉的。

这次的演示给我们带来了很大的宣传效果，让我们得以毫不费力地组建了公司。我们依依不舍地告别了研究基金会，对留下来的科学家们说，终有一天我们会把大笔的钞票甩他们脸上，并开始设计我们的第一台商用发送器和接收器。

一九六二年五月十日，第一条航线正式开通。仪式在伦敦的发射端举行，不过在巴黎的接收端有大批观众在等着第一批乘客的到来，而且可能在希望他们不会到来。在数千人的欢呼声中，首相按下了一个按钮（这个按钮并没有连接到任何东西），总工程师扳了一个开关（这个开关是管用的），一面巨大的英国国旗从视野中消失，又出现在巴黎，让一些爱国的法国人颇为恼火。

此后，乘客开始以让海关官员束手无策的速度来来往往。这项服务取得了立竿见影的巨大成功，因为我们只向每人收取两英镑。我们认为这个价钱是非常合适的，因为所消耗的电费相当于百分之一便士。

不久我们就有了通往欧洲所有大城市的服务，通过电缆，而不是无线电。有线系统更安全，尽管在英吉利海峡下铺设多轴电缆是非常困难的，每英里[①]的成本高达五百英镑。然后，我们与邮局合作，开始发展大城镇之间的国内服务。你们可能还记得我们的口号“电话旅行”和“有线更快捷”，一九六三年的时候这两句话到处都是。很快，几乎每个人都在使用我们的线路，我们每天处理数千吨的货物。

当然，事故是有的，但我们可以指出，我们做到了交通部长未曾做到的事情，将道路死亡人数减少到每年仅一万人。我们每六百万人中仅失去一个客户，就算一开始这个成绩也是相当不错的，不过现在我们的纪录就更好了。发生的一些事故确实非常特别，事实上，有不少案例我们还没有向家属和保险公司解释。

一个常见的投诉是沿线接地。当这种事情发生时，我们不幸的乘客就这样消散于无形。我想，他或者她的分子会大体上均匀地分布在

---

① 英里：英制长度单位，1英里约等于1.6千米。

整个地球上。我记得有一次特别可怕的事故，仪器在传输过程中出现故障。你可以猜到结果……也许更糟糕的是，两条线路交叉、电流混合时会造成的结果。

当然，并非所有的事故都像这些一样严重。有时候，由于电路的电阻很大，乘客在传输途中会失去最多可达五英石[①]的体重。我们一般要为此付出一千英镑左右，还得提供足够的免费食物来补上乘客掉的膘。幸运的是，我们很快就能从这件事中获利，因为胖子们都来了，要把自己减到一个可以控制的尺寸。我们制造了一种特殊的仪器，用来沿着圆形的抗阻线圈传送贵妇，在她们出发的地方重组，好尽可能地减少麻烦。“好快啊，亲爱的，而且相当没有痛苦！我相信他们可以在短时间内解决掉你想减掉的一百五十磅！或者你想减二百磅？”

干扰和感应也给我们带来了不少麻烦。你看，我们的仪器接收到了各种电干扰，并把它们叠加在被传送的物体上。结果，许多人出来后，看起来根本不像是地球上的生物，也不太像是火星或者金星上的。他们通常可以由整形外科医生矫正，不过有些生成物你不看一眼是绝不会相信的。

幸运的是，现在这些困难大体上都已经被克服了，因为我们使用了微光束作为载体，不过时不时地还是会发生意外。我想你们应该还记得去年我们与电视明星莉塔·科尔多瓦打的那场大官司吧，她以所谓的美貌损失为由向我们索赔一百万英镑。她声称她的一只眼睛在传输过程中发生了移动，但是我自己看不出有什么不同，陪审团也看不出，而他们是有机会可劲儿看的。她在法庭上歇斯底里，这时我们的首席电工走进证人席，说了些让双方的律师都大为震惊的话：如果

① 英石：英制质量单位，1英石约等于6.35千克。

传输过程中真的出了什么问题，就算哪位心狠手辣之人递给科尔多瓦小姐一面镜子，她也无法认出自己。

很多人问我们什么时候会有去金星或者火星的服务。无疑，这将在一段时间内实现，不过困难当然也是相当大的。太空中太阳造成的静电太大，更不要说到处都是各种反射层，就连微波在十万千米处也会被阿普尔顿层[1]阻挡，大家是知道的。在我们有能力刺破它之前，星际股份还是很安全的。

好吧，我看快到二十二点了，我还是抓紧走吧。我必须在午夜前赶到纽约。说什么？哦，不，我要坐飞机去。我才不走电传！你得知道，我可是参与了那东西的发明的！

祝我一路顺风啊！晚安！

（译者：秦鹏）

① 阿普尔顿层：英国物理学家爱德华·阿普尔顿爵士1926年发现了高度约为150英里的电离层，后该电离层被命名为阿普尔顿层。

我们是怎么去火星的

1938年3月首次发表于《业余科幻故事》（*Amateur Science Fiction Stories*）

此前未曾被任何图书收录

这个故事最早被刊登于第三期也是最后一期《业余科幻故事》，编辑是道格拉斯·W.F.梅尔。

（注意：这个故事中的所有人物都是虚构的，只存在于作者的潜意识中。心理分析师请到后庭申请。）

带着相当大的恐惧，我现在拿起笔来，描述一九五二年冬天，“草中鼾”火箭学会成员遭遇的不可思议的冒险。虽然我们希望让子孙后代做我们的评判者，但是这个学会——我自豪地担任其会长、秘书和财务主管——的成员们感到，我们不能对嫉妒我们的对手对我们的正直、节制甚至理智的指责——不，甚至是诽谤——不予理会。

在这方面，我本想借此机会，谈谈《每日扯淡》的思歪臯教授和《废柴周刊》的撕怖落叽忒博士对我们取得的成就所做的奇谈怪论，然而遗憾的是篇幅有限。无论如何，我真诚地希望没有哪个聪明的读者被这些人的胡言乱语所蒙骗。

毫无疑问，你们大多数人都会记得，由于一九四一年著名的“雷克斯诉英国火箭学会”案，以及更著名的后续诉讼“英国火箭学会诉雷克斯”案，公众对火箭科学燃起了极大的兴趣。第一桩案子的起因是这样的：一枚五吨重的火箭经过非常成功的平流层飞行之后，在国会大厦把国会议员、巴斯勋爵士、大祭司、神学博士、海军上将霍雷肖爵士砸了个七荤八素。这个案子可以说以平局告终，这要感谢二级爵士哈特里克·佩斯丁斯先生的努力。由于成功以过高的价格销售月球不动产，英国火箭学会把他聘为辩护律师。英国火箭学会提出的反对一九四〇年《火箭推进法案》的上诉无疑是学会的胜利，因为法庭上一个示范模型的爆炸消灭了所有的反对意见和圣殿酒吧的一大半。巧合的是，经过大规模的挖掘，人们最近发现，在灾难发生时，法庭上并没有英国火箭学会成员——这是一个奇怪的巧合。此外，两名幸存者说，在爆炸前几分钟，学会主席赫克托·赫普坦先生在离火箭非常近的地方经过，然后匆忙离开法庭。尽管调查已经开始了，但为时已晚，因为赫普坦先生已经动身前往苏联，用他的话说，是为了“在一个工人和科学家能够从同志那里得到他们应得的感谢的国家继续工作，不受资本主义企业对辛苦劳动的阻碍”。但我离题了。

直到一九四〇年的法案被废除，英国才得以继续进步。当时在萨里发现了一枚标有“苏联财产。请交还鄂木斯克”的大型火箭——显然是赫普坦先生的作品，这给这项运动带来了新的动力。从鄂木斯克飞到英国（虽然很好理解）当然是一个了不起的成就，直到很多年以后，人们才发现这枚火箭是由希克尔伯勒火箭协会的成员从飞机上扔下来的。即使在那个年代，他们也是抓取公众注意力的专家。

到一九四五年，全国已经有了几十个社团，每个社团都在施展着破坏力，影响到的区域迅速扩大。我的社团虽然在一九四九年才成立，但已经拥有一座教堂、两座卫理公会教堂、五家电影院、十七家信托所和无数的私人住宅，有一些甚至远在天边。然而，在没有偏见的人看来，毫无疑问，月球陨石坑维图斯的突然坍塌是由我们的一枚火箭造成的，别管法国、德国、美国、苏联、西班牙、意大利、日本、瑞士和丹麦的学会（仅举几例）都是怎么说的。有人希望我们相信，所有这些学会都在这一现象被人目睹之前几天向月球发射了火箭。

起初，我们只满足于把大型模型发射到可观的高度。这些试验火箭都装着气压温度记录仪等设备，我们的律师让我们充分掌握它们的着陆地点。就在这项重要的工作顺利地取得重大进展的时候，我们的保险公司无端叛变，迫使我们开始研制一款大型载人飞船。我们已经有了足够强大的燃料，细节我不能在这里透露，只能说那是一种复杂的碳氢化合物，我们的化学家巴道夫博士以其绝高的智慧，在其中生成了不少于十六个四重碳键。这种新的燃料非常暴烈，乃至于在一开始曾经急剧改变了我们团队的人员构成。不过通过不断的研究，它的化学性质已经稳定下来，直到平均每百次人们期望发生爆炸的情形中有九十七点五次实际发生爆炸——相对于斯普罗克特博士的三倍重超氢碳化物（一百次中有二十次）和斯威弗尔教授的七氟化氮（无法估量不爆炸的概率），这一数据展现出了巨大的优越性。

飞船本身有三十米长，由新型胶木制造而成，有透明的窗户，分为两级，由于用上了我们的新燃料，这两级都很宽敞。如果我们打算支付它的费用，整艘飞船将花费大量的金钱。火箭发动机是用一种新的硼硅合成物制成的，工作时间为几分钟。在这些特点之外，我们的飞船与以前设计的任何其他飞船没有实质性的区别，只不过它已经被实际建造出来了。我们本来不打算第一次飞行便远赴太空，但是我即将讲述的情况以一种不可预见的方式改变了我们的计划。

一九五二年四月一日，初步飞行的准备工作已经全部就绪。我按照习俗在船头打碎了真空瓶，将它命名为“银河之傲”，我们（也就是我和二十五人委员会的五位幸存成员）进入船舱，小心翼翼地封住门，把口香糖挤进所有缝隙。

飞船本身停放在一个气球式的底盘上，我们要在不同人家的草坪和花园上径直穿行两英里。我们打算上升到几百英里的高度，然后滑翔回地面，尽可能顺利地降落，基本无法顾及除了我们自己之外的其他人的生命或者财产安全。

我坐在控制台前，其他人则躺在补偿吊床上。我们希望这种吊床能使我们挺得住起飞时的冲击。无论如何，每艘太空船都装备了它们，我们很难另觅良方。带着经过多次尝试才令我们的官方摄影师伊万·施尼泽尔满意的严肃果断神情，我按下了启动按钮，而令我们惊讶的是，飞船开始移动了。

在离开我们的场地后，它冲破栅栏进入一个菜园，迅速将菜地犁了一个底朝天，然后穿过一大片草坪，除了烧毁了几个温室外，几乎没有造成什么损失。这时我们正在接近一排建筑物，可能会遇到一些阻力，由于我们还没有升空，我把动力全开。伴随着巨大的轰鸣声，飞船跃上了天空，在同伴们的呻吟声中，我失去了知觉。

恢复意识之后，我意识到我们是在太空中，于是一跃而起，想看看我们是不是在落回地球。但是我忘记了自己失重的状态，一头撞在天花板上，再一次失去了知觉。

再次恢复意识之后，我非常小心地飘到窗前，欣慰地看到我们正飘回地球。我的欣慰没能延续多少时间，因为我发现根本看不到地球。我马上意识到，我们一定是昏迷了很久——我那些不太强壮的同伴都还躺在船舱的尽头昏迷不醒呢。吊床已经禁不住压力而断裂了，这对它们的使用者来说是很不利的。

我首先检查了机器，结果在我看来，机器似乎完好无损，然后我开始唤醒同伴们。通过把一点液体空气灌进他们的脖子里，我很容易就把此事搞定了。等到所有的人都清醒过来（或者说清醒到那个环境下人们能够指望的最佳状态），我迅速概述了当时的情况，并解释说大家需要保持完全平静。在由此产生的歇斯底里情绪消退后，我询问有谁能穿上太空服到外面检查飞船。很遗憾地说，我不得不亲自前往。

幸运的是，飞船的外部似乎相当完好，尽管有一些树枝和“擅闯者将被起诉”的告示卡在船舵上。我把它们都摘下来扔掉了，但不幸的是，它们绕着飞船转了一圈又回到了船尾，给我来了一记迎头痛击。

冲击力把我从飞船上撞了下来，我惊恐地发现自己飘荡在了太空中。当然，我并没有失去头脑，而是立即开始四处寻找可以返回的方法。在太空服外表的小袋里，我找到了一枚安全别针、两张电车票、一枚双头硬币、一张足球彩池优惠券，上面写满了似乎是轨道计算的字迹，还有一张苏联芭蕾舞的赠票。经过一番深思熟虑，我不情不愿地得出了一个结论，那就是我基本上指望不上它们。我很快便计算出来，即便我最终决定扔掉这枚硬币，它的动量也不足以让我回到飞船上。我确实扔掉了那几张票，但只是作为一种姿态，而不是指望能有什么效果。我正准备接着把安全别针扔出去——它将给我带来每小时0.000001毫米的速度，这比什么都没有强一点（事实上也就是强0.000001毫米/小时）——这时我想到了一个绝妙的主意。我小心翼翼地用针刺破了我的太空服，不一会儿，逸出的气流就把我推回了飞船。太空服刚好在我进入气闸的时候坍缩下去，一点也没有太快。

我的同伴们围着我，急切地想得到点消息，但是我基本上没有什么能告诉他们的。要确定我们的位置，还需要长时间的测量，我立即开始了这项重要的工作。

经过十分钟的星空观测，以及在我们专门润滑的多面滑尺上五个小时的紧张计算，我得以给出让所有在场的人松一口气的答案：我们距离地球567万英里，在黄道上方36.5万英里，正朝着赤经23h15m37.07s、赤纬+153° 17' 36"方向飞行。我们曾担心会不会一直飞向——比如说赤经12h19m7.3s、赤纬+169° 15' 17"，或者是最糟糕的方向：赤经5h32m59.9s、赤纬0° 0' 0"。

至少，在我们进行观测的那一刻，情况就是这样的，但是由于在这期间我们已经移动了几百万英里，我们不得不重新开始寻找我们此刻的位置。经过几次试验，我们能够成功地确定仅仅两个小时之前的位置，然而哪怕付出了最大的努力，也无法将计算所需的时间缩短到小于这个数值。所以，就这样我们也只好满足了。

地球位于我们和太阳之间，这就是为什么我们看不到它。由于我们正朝着火星的方向飞行，我建议继续目前的路线，并尝试在该星球上着陆。事实上，我很怀疑是否还有其他选择。因此，两天来，我们一直在向着红色星球行进。我的同伴们用多米诺骨牌、扑克和立体台球（当然，只有在失重环境中才能玩）来缓解乏味，然而我几乎没有时间追求这些乐趣，因为我必须不断检查飞船的位置。不管怎样，我在第一天就彻头彻尾地被剥削了，而且无法从那些贪婪的同伴那里得到丝毫认可。

火星一直在慢慢变大，而且随着我们越来越近，很多人都在猜测，登陆这颗神秘的红色星球时，我们应该会有什么发现。

“有一件事我们可以肯定，”当我们透过舷窗看着现在只在几百万英里之外的世界时，审计员艾萨克·古兹鲍姆对我说，“很多科幻小说里描绘的情形并不会发生，好比说有好多穿着飘逸长袍、留着胡须的老江湖迎接我们，用完美的英语向我们讲话，让我们自由地参观他们的城市。我敢拿我们明年的赤字打赌！”

最后，我们开始了制动动作，沿着一种弯曲的对数螺旋轨迹向火星降落下去。这种螺旋的第一、第二和第三微分系数都是谐比的——我拥有关于这种曲线的所有专利。我们在赤道附近，尽可能靠近索利斯拉库斯的一个位置着陆。飞船在沙漠中滑行了几英里，在喷发接触到地面的地方留下了一条熔融石英的痕迹，最后一头扎进了沙丘里。

我们的第一个行动是检查空气。大家一致决定（只有古兹鲍姆先生持不同意见），应派古兹鲍姆先生进入气闸，对火星大气层进行采样。幸运的是，结果证明它适合人类呼吸，我们都跟随艾萨克进入了气闸。随后，我庄严地踏上了火星的土地——我成了历史上第一个这样做的人类，而伊万·施尼泽尔则将这一幕记录下来以供后人欣赏。事实上，我们后来发现，他忘了装上相机。也许这也是好事，因为对严格准确的渴望使我不得不承认，我刚一接触地面，地面就陷了下去。我掉进了一个沙坑，同伴们好不容易才把我救了出来。

不过，尽管发生了这一意外，我们最终还是爬上了沙丘，并观察了原野的情况。那真是最无趣的地方，只有漫漫的沙土堆积成长长的沙脊。我们正犹豫着该怎么办，突然听到天空中传来一阵高亢的呜呜声。令我们惊讶的是，一个雪茄形的金属容器掉在了几码外的地面上。一扇门滑开了。

“看到他们的眼白就开火！”我们性情温和的幽默大师埃里克·沃伯维特悄声说。但是我看得出，他的玩笑要比平时更加勉强。的确，等待船上的乘客出现时，我们都感到紧张。

他们是三个留着长胡子的老人，身着飘逸的白袍。在我身后，我听到一声沉闷的响声，因为艾萨克昏迷了。领头人开口对我讲话，要不是他显然从美国东北部斯克内克塔迪市染上的些许口音，那简直就是无懈可击的英国广播公司播音腔。

“欢迎，来自地球的访客！恐怕这里不是授权的登陆地点，不过我们暂且不考虑这个问题。我们是来引导你们到我们的科斯格特皮口市的。”

“谢谢。”我有些诧异地答道，“承蒙拨冗接待，我们不胜感激。到斯科格特皮口还远吗？”

火星人打了个寒战。“是科斯格特皮口。”他坚定地说。

“好吧，科斯格特皮狗。”我拼尽全力地说下去。另外两个火星人显得很痛苦，把他们携带的棒状工具握得更紧了。（后来我们才知道，那些都是手杖。）领头人看出来教不会我，只得放弃。

“算了。”他说，“要是像乌鸦一样飞直线的话，大约有五十英里的距离，不过由于火星上没有乌鸦，我们一直无法很准确地确证这一点。你们能不能开着你的飞船跟在我们后面？”

“我们做得到。”我回答说，“不过我们宁愿不那么做，除非科斯格——呃，你们的城市，在一家信誉良好的公司里投了保。你们能带着我们过去吗？毫无疑问，你们有牵引光束之类的东西。”

火星人似乎很惊讶。“是的，我们有。”他说，“但你们是怎么知道的？”

“推测而已。”我谦虚地回答，“好了，我们到我们的飞船上去，剩下的事情就交给你们了。”

我们带着倒地的古兹鲍姆那么做了，几分钟后，我们已经在跟着火星飞船在沙漠上飞驰。很快，伟大城市的尖顶出现在地平线上，不一会儿，我们就降落在一个大广场上，周围是拥挤的人群。

转眼之间，或者连转眼的时间都不够，我们就面对着一连串的相机和麦克风，或者说火星上相当于相机和麦克风的器物。我们的向导说了几句话，然后向我招手。以特有的先见之明，我在离开地球之前准备了一份演讲稿，于是我从口袋里掏出来，对着面前无疑构成了整个火星国家的人群念了一遍。等我读完了，才注意到我读的是演讲稿：《英国科幻小说作家：他们的预防还是治疗？》。这是我几个月前给科幻学会的演讲，已经让我卷入了六次诽谤诉讼。这很不幸，但是从听众们的反应来看，我相信火星人觉得它很有意思。奇怪的是，火星人的欢呼声很像地球上的嘘声。

然后，我们被（艰难地）带到一条移动的道路上。这条道路通向城市中心的一座巨大建筑物，那里有一顿丰盛的晚餐在等着我们。我们一直没能确定食材是什么，但宁愿希望那顿饭是合成的。

饭后，我们被问到想去城市的哪个地方，因为这完全由我们决定。我们尽力解释什么是综合演出，但是这个想法似乎超出了向导的理解能力。正如我们所担心的那样，他们坚持要带我们参观他们的发电厂和工厂。在这里，我必须说，我们发现当代的科幻小说知识是非常宝贵的，因为所有火星人打算用来让我们耳目一新的东西，都是我们早就听说过的。例如，他们的原子发电机，我们觉得它们还不如许多地球作家所描述的那种（不过我们还是小心翼翼地收好了设计图），而且那些多年前已经被我们的经济学家和政治家所废除的自然规律，他们都没能克服，这也令我们很是讶异。事实上——我很自豪地说——火星人基本上没什么值得我们学习的。参观结束时，我正在给领队讲解白蚁的习性，在我身后，我听到古兹鲍姆先生（现在他已经恢复了正常的自我）批评火星贸易中允许的利率低得令人发指。

在这之后，我们不再操什么心了，可以在大部分时间待在室内，玩扑克牌和一些我们学会的好玩的火星游戏，其中包括一个有趣的数学游戏，我认为对它最接近的描述是“四维香气”。不幸的是，它太复杂了，我的同伴们没有一个能搞得懂，因此，我不得不和自己对弈。我很遗憾地说，我总是输。

关于我们在火星上的冒险，我可以介绍很多，而且以后还会回到这个话题。我的新书《火星揭秘》预计将在春天面世，将由“一醉方休”出版社于二十一日出版。我现在要说的是，我们得到了主人的盛情款待，我相信我们给他们留下了关于人类的良好印象。然而，我们很清楚地表明，我们这几位是多少有些特殊的，因为我们不希望主人对我们之后的探险活动感到过分失望。

我们受到的招待确实很好，以至于等到回程之日，我们中的一个人决定不返回地球，原因我在这里不谈，因为他在地球上有妻子和家庭。在我的书中，我可能会对这件事有更多的解释。

不幸的是，我们在火星上只停留了一周，因为这两颗行星正在迅速相互远离。我们的火星朋友非常热心地为我们的飞船补充了燃料，还送了我们许多参观纪念品，其中有些价值不菲。（这些纪念品是属于整个学会还是属于个别官员，这个问题还没有解决。不过，我要向那些一直抱怨"拿在手里就差不多相当于占有"的会员指出，如果占有者是我尊敬的同事，那就不是差不多，就是占有。）

返回地球的过程还算顺利，由于储备了大量的燃料，我们能够选择喜欢的地点和方式着陆。因此，我们选择了一个地点，使全世界的目光都集中在我们身上，并使大家了解我们的成就。

关于我们在海德公园的降落以及附近水池的蒸发，在其他地方已经有足够多的报道了，而第二天《伦敦时报》上令人叹为观止的三英寸头条新闻足以证明我们已经在历史上留下了印记。每个人都会记得我在维恩街警察局的牢房里的广播，在那里，在飞行胜利结束的时候，我们被带走。现在我没有必要再补充任何内容，因为，这可能会使我的律师感到尴尬。

我们满意地了解到，我们增加了人类知识总量，别管多么微小，也增加了我们学会的银行账户余额，无论多么巨大。我们还能再期望什么呢？

（译者：秦鹏）

撤离地球

1938年3月首次发表于《业余科幻故事》（*Amateur Science Fiction Stories*）

收录于《阿瑟·克拉克最佳作品集，1937年—1955年》

我疑心我对这些神奇生物的兴趣是由保罗·恩斯特发表于《惊奇故事》（*Astounding Stories*）一九三二年六月号的《白蚁袭击》激发的。

很久很久以前，当人类还只是属于遥远未来的迷梦，有史以来第三艘到达地球的飞船穿破永不消散的云雾，降落在现在被称为非洲的地方。穿越过无法想象的空间深渊之后，它所承载的那些生物向外张望着，看着这个适宜让他们疲敝的种族安身立命的世界。然而，地球上已经居住着一个伟大但垂死的民族，由于双方都是真正意义上的文明种族，他们没有兵戎相见，而是达成了一个共同的协议。因为当时地球的主宰种族曾经统治过冥王星轨道以内的每一处，他们总是为未来做着计划，甚至在自己最后的时刻，他们也为之后行将崛起的种族做好了准备。

就这样，在最后一个古者长眠四千万年之后，在那些更伟大种族的建筑师们曾经建起高耸入云的尖塔的地方，人类开始建造他们自己的城市。在人类诞生之前那些旷远的漫长岁月里，外星人并没有虚度光阴，而是用他们的城市覆盖了半个星球，城市里充满了盲目而出色的奴隶。尽管人类知道那些城市，因为它们经常给人类带来无尽的麻烦，但是人类从不怀疑，在热带地区，就在人类的周围，一个比自己更加古老的文明正在忙碌地计划着，为的是有朝一日，他们可以再次踏上通往浩瀚太空的旅程，去恢复他们一度遗落的传承。

“先生们，”理事会主席严肃地说，“我很遗憾地告诉你们，我们殖民第三行星的计划遭到了严重的挫折。正如诸位所知，多年以来，在不为其居民所知的情况下，我们一直在那颗星球上开展工作，为我们全面接管的那一天做准备。我们预计不会遇到抵抗，因为第三行星的人民处于非常原始的发展水平，没有掌握能够伤害我们的武器。此外，由于分裂成太多的政治集团或者‘国家’，他们相互之间争吵不休，缺乏团结，这无疑将对我们的计划大有帮助。

“为了尽可能全面地了解这个星球和它的人民，我们派了几百名调查人员前往第三行星工作，每个主要城市都派驻了一批。我们的人做得很好，由于他们定期发回的报告，我们现在对这个奇怪的世界有了细致的了解。事实上，直到几塞塔[①]之前，我还会说我们知道有关它的一切重要的事情，但是现在我发现，我们大错特错了。

“我们在那个叫作英国的国家的首席调查员，我这里曾经多次提到过的，就是那位非常聪明的年轻学生色瓦克·特顿，伟大的沃拉克的孙子。他和英国人这样一个似乎特别老实的民族相处得很好，很快就被他们的上层社会所接纳。他甚至在他们某一所（所谓的）伟大学府待了一段时间，不过很快就厌恶地离开了。这位精力充沛的

①“塞塔”，以及下文的“则姆”“泽特”“塞克托”均为虚构的外星计量单位。

年轻人还研究了第三行星的野生动物，尽管这与他真正的目标毫不相关，因为听起来或许令人惊叹，但是在这颗星球的大片地区仍有大量奇怪而有趣的生物在自由游荡。有些动物对人类来说其实是危险的，但是人类已经征服了大部分，甚至灭绝了一些物种。正是在研究这些动物的过程中，色瓦克有了一个发现，我担心这个发现可能会改变我们的整个行动计划。不过还是请色瓦克自己说一下吧。”

主席拨动了开关，色瓦克·特顿的声音从隐藏的扬声器里发出，传扬在了火星上这群最伟大的头脑之间。

“——来讨论一下本次通信中最重要的部分。一段时间以来，纯粹为了获取科学知识之目的，我一直在研究这个星球上的众多野生动物。第三行星的动物主要分为四类——哺乳动物、鱼类、爬行动物和昆虫，以及一些较小的类群。我们自己的星球上曾经有过很多前三类的代表，不过它们现在显然都已经不复存在了，但是据我所知，我们的世界从来不曾有过昆虫。因此，它们从一开始就引起了我的注意，我仔细研究了它们的习性和结构。

“你们从来没有见过它们，因此很难想象出这些生物的样子。它们有数百万种不同的类型，要把它们全部分类需要花费很长时间，不过它们大多是小型动物，肢体有许多关节，身体覆盖着坚硬的铠甲。它们通常非常小，大约半则姆长，通常有翅膀。它们中的大多数会产卵，并在成为完美生物之前经历一些变形。我随这份报告寄去了一些照片和影像，它们会比我的任何言语更有效地让你们了解到它们的无穷变化。在这个课题上，我的大部分资料都是取自数以千计耐心的学生积累起来的文献。他们一生都致力于观察活动中的昆虫。第三行星的居民对于和他们同处一个世界的动物很感兴趣。我认为这也是一个证据，证明他们比一些科学家想让我们相信的要聪明得多。”

听了这话，听众们都笑了，因为特顿一家向来以激进和非正统的观点著称。

“在我的研究中，我偶然发现了一些生活在这个星球热带地区的奇特生物。它们被称为‘白蚁’，生活在组织有序的大型群落中。它们甚至还有城市——巨大的土丘，密密匝匝的通道，所用材料极其坚固。它们能完成惊人的工程壮举，能够钻透金属和玻璃。只要愿意，它们可以摧毁人类的大多数创造。它们吃纤维素，也就是木头。由于这种材料的广泛使用，人类一直在与这些破坏其财产的动物战斗。也许对人类来说幸运的是，白蚁有更致命的敌人——蚂蚁。蚂蚁和白蚁非常相似。这两个物种之间的战争已经持续了许多个地质年代，仍然未决胜负。

“白蚁虽然目不能视，却忍受不了光线的照射，所以即便从城市里冒出来，它们也总是躲在隐蔽的地方。如果要穿越旷野，它们就挖掘隧道、制造混凝土管道。它们是出色的工程师和建筑师，任何普通的障碍都不足以令它们偏离自己的目标。然而，它们最显著的成就是在生物学方面的。同样的卵，它们可以孵化出六种不同类型的专业化生物。因此，它们能够培育出长着巨爪的战士、可以向对手喷射毒液的士兵、凭借膨大的肚子和其他一些神奇的变异充当食物储备的工蚁。在我寄去的书中，诸位可以找到关于它们的全面记述，其中涵盖了第三行星博物学家们对它们的了解。

“它们的成就我读到的越多，我就越是对它们社会体系之完善感到惊异。和之前的很多学生一样，我意识到我们可以将白蚁的巢穴看作一部巨大的机器，它的构件不是金属而是原生质做成的，轮子和齿轮是各自独立的昆虫，每个都扮演着某种预先注定的角色。到了后来我才发现，这个类比是多么接近事实。

“白蚁巢穴里没有任何浪费和混乱，到处都充满了神秘。在我考虑这件事的时候，我觉得从纯科学的角度来看，白蚁比人类本身更值得我们注意。毕竟，人类与我们并没有太大的不同，尽管我这样说会惹很多人生气，但是这些昆虫对我们来说是完全陌生的。它们的工作、生活和死亡都是为了集体的利益。对它们来说，个体什么都不是。对我们以及人类来说，国家只为个体而存在。谁能断言哪一种观念是对的呢？

“这些问题深深地吸引着我，于是我最终决定，利用我手边的所有仪器，这些第三行星的博物学家们做梦也想不到的仪器，亲自去研究那些小生物。在第三行星最辽阔的大洋——太平洋——当中一个偏僻的区域，我选择了一个无人居住的小岛。那里密密麻麻地聚集着白蚁建造的奇特土堆。我在上面建造了一座小小的金属建筑作为实验室。我深知这种生物的破坏力，便在建筑物周围挖掘了一条宽阔的圆形护城河，留下足够的空间让我的船着陆，将海水引入。我想十泽特水就能阻止它们作恶了。现在看起来，那条护城河真是好愚蠢。

“这些准备工作花了好几个星期，因为我离开英国的机会并不多。乘着我那艘小太空游艇，从伦敦到白蚁岛只需要不到半塞克托的时间，所以这样并不会浪费多少时间。实验室里配备了所有我认为可能有用的东西，还有许多我看不出有什么用处，但是说不定用得着的东西。最重要的仪器是一台大功率的伽马射线遥视仪，我希望它能向我揭示隐藏在白蚁巢穴墙壁之后的秘密。还有一台非常敏感的心理测量器，也许同样有用。这种仪器我们通常用于在行星上探测可能存在、但是我们用通常的手段也许探测不到的新型心智活动。该装置可以在任何可以想象的思维频率上工作，将放大率调至最大的时候，可以定位几百英里外的一个人。我确信，哪怕白蚁仅仅具备最微弱的异类智能，我也能探测到它们的心理活动。

“一开始，我的进展相对较慢。我用遥视仪监视了离我最近的所有白蚁巢穴，还有工蚁们令人着迷的工作，比如沿着它们家园里的通道，四处搬运食物和建筑材料。我观察了皇家育婴室里臃肿的蚁后。它在没完没了地产卵：几秒钟一枚，夜以继日，年复一年。它是蚁群活动的中心，但是当我把心理测量器对准它的时候，指针一点颤动都没有。我身体里的细胞都能引起比这更强的反应。巨大的蚁后只是一个没有大脑的机体，而且仍然是机械性的，因为它是由原生质构成的。工蚁们照顾它，就相当于我们照顾一部有用的机器人。

“基于种种原因，我没指望蚁后会是蚁群的统治者，但是当我开始用心理测量器和遥视仪进行探索时，我发现哪儿也找不到任何生物、任何超级白蚁，能对蚁群其他成员起到指导和监督的作用。第三行星的科学家们不会对这个结果感到意外，因为他们认定白蚁只受本能的支配。但是我的仪器能够检测到构成自动反射动作的神经刺激，还是什么也没发现。我会把放大率调到最大，戴上一对那种原始但非常有用的‘耳机’，一小时接一小时地听。有时候我会听到我们一直解释不了的微弱而典型的噼啪声，不过通常情况下，只能听到柔和的冲刷声，就像是海浪拍打着遥远的海滩，这是我的仪器对地球上大量的智能信号做出反应时形成的声音。

“就在我开始泄气的时候，发生了一件在科学界经常发生的意外事件。又一次徒劳无功的调查结束之后，我正在拆卸仪器，这时我碰巧撞了一下小小的接收线圈，令它指向了地面。我没想到的是，指针开始猛烈地抖动起来。通过以惯常的方式晃动这个线圈，我发现激发源几乎就在我的正下方，尽管我猜不出它离我有多远。耳机里有一种持续的嗡嗡声，夹杂着突然的爆鸣。它听起来就像随便某一台运转着的电机，而它的频率高达十亿亿次，如此高频运转的心智还真是闻所未闻。当时我必须立即返回英国，因此一时间无法继续研究。你们肯定猜得到，这让我极为恼火。

“过了两个星期我才回到白蚁岛。在那段时间里，由于电气故障，我不得不彻底检修了一遍我的小太空游艇。在它历史中的某段时间——据我所知那是一段多事之秋，它曾经配备过射线屏，而且是很优良的那种，优良到了遵纪守法的飞船不该配备的程度。事实上，我有充分的理由相信，它们曾经不止一次地抵抗过大会的巡洋舰。我不大喜欢检查复杂的自动继电器电路，但最终还是完成了这个任务，然后就以最快的速度向太平洋出发。我的速度非常之快，乃至船头的激浪就像是接连不断的爆炸。不幸的是，我很快就不得不再次减速，因为我发现我在岛上安装的定向波束不管用了。我猜想是保险丝烧断了，然后只能通过观察，用平常的方式导航。这次事故让人恼火，但还不足以引起担忧，最终在没有预知到危险的情况下，我从白蚁岛上空盘旋而下。

“我降落在我的小护城河里，走到实验室的门口。我说出口令之后，金属封条滑开，一大股蒸汽从房间里喷了出来。我几乎被那东西吓呆了，过了一段时间才恢复过来，意识到发生了什么事。恢复知觉后，我闻到了氰化氢的气味，这种气体瞬间就能要了人类的命，但是要对我们造成影响，需要相当长的一段时间。

“一开始我还以为是实验室里出了什么事，但是我很快就想起来，实验室里的化学品根本不足以生成喷出来的那么多气体。而且无论怎么说，能有什么原因造成这样的事故呢？

“我转向实验室时，又被吓了一跳。一眼就可以看出来，那地方已经是一片废墟。所有的仪器都已经面目全非。损坏的原因很快就清楚了——电站，也就是我那部小原子马达爆炸了。但是为什么呢？原子马达是不会轻易爆炸的，要不然麻烦可就大了。我仔细地检查了一下房间，很快就发现地板上有许多小洞——正像是白蚁为了在两处之间移动而钻的那种洞。我的怀疑虽然难以置信，但是已经开始得到证实了。若说是这些生物往我的房间里灌了有毒气体，那也并不是完全不可能的，但是想象它们懂得原子马达——那就太不可思议了！为了解开这个谜团，我开始寻找发电机的碎片，结果惊愕地发现，同步线圈被短路了。在那块铁制环形线圈的残块上，还挂着那只为了破坏马达而被牺牲掉的白蚁的下颚……

“我在飞船上坐了很长时间，思考着这些极不寻常的事实。显然，造成损害的就是我上次访问时在那片刻定位到的那个智能。如果它是白蚁统治者——它也确实不大可能是别的什么，那么它是如何掌握原子马达的知识，又是怎么知道摧毁它们的唯一方法的呢？出于某种原因，可能是因为我太过深入地窥探它的秘密，它决定摧毁我和我的工作。它的第一次尝试没有成功，但是搞不好它还会再来一次，而且这次更有成效，不过我觉得，只要我躲在游艇坚固的外壳里面，它还不至于能伤害我。

“我的心理测量器和遥视仪都被毁掉了，但是我下定了决心，不能轻易言败，于是我开始用船上的遥视仪来搜寻。那台机器本不是用于这项工作的，不过也能胜任。由于缺少至关重要的心理测量器，过了一段时间我才找到我的搜寻目标。我必须用仪器探测地面的大部分区域，逐个地层地聚焦，检查深入地下的任何可疑的岩石。探测到将近二百英尺深的地方时，我注意到远处隐约有一团黑乎乎的东西，很像埋在土里的一块巨石。但是当我将焦点进一步接近它时，我非常兴奋地发现那不是巨石，而是一个完美的金属球体，直径约二十英尺。我的搜寻结束了。当我把波束穿过金属时，图像有一点褪色，然后屏幕上显示出了超级白蚁的巢穴。

“我原以为会看到某种奇异的生物，搞不好是一个巨大的脑子，裸露在外，连接着已经萎缩的肢体。可是我一看，球体里面并没有生物。那个被金属封闭起来的空间里，满满当当全都是错综复杂的机器，大部分都非常微小，复杂得几乎难以想象。所有的机器都在以闪电般的速度咔咔嚓嚓运行着。与这个电气工程奇迹相比，我们了不起的电视交流看上去简直就是儿童或者野蛮人的创造。我可以看到无数微小的继电器在工作，导流阀在断断续续地闪光，奇形怪状的凸轮在不停变化的器件迷宫中旋转，而那些器件完全不同于我们制造过的任何东西。对这套机械的制造者来说，我的原子马达肯定就和玩具差不多。

“我对着这幕令人赞叹的景象惊奇地看了大约两秒钟，然后突然之间，干扰信号令人难以置信地袭来，正常的图像被消除了，屏幕上只剩下一片混沌而乱晃的色彩。

“这样的东西是我们从来没能做出来过的——一道遥视仪无法穿透的屏障。这种奇怪生物的力量之大超过了我的想象，面对着这个刚刚发现的新情况，我觉得即便在飞船上也不再安全了。事实上，我突然期盼着尽可能远离白蚁岛。强烈的冲动使我在一分钟之后就已经冲到了太平洋的高空，沿着一条巨大的椭圆形轨道在平流层蹿升。这个椭圆形将在英国弯曲下来。

“是的，你们可以对着我笑，或者指责我怯懦，说我的祖父沃拉克不会那么做——但是听好了。

“当我距离岛大约一百英里，高度有三十英里，已经在以每小时两千英里的速度飞行的时候，继电器突然发出了巨响，由于过载的缘故，发动机的低吟变成了巨大而低沉的轰鸣。我瞥了一眼控制板，就知道发生了什么——射线屏障运行着，正在一束强烈的感应波束的冲击下闪闪发光。不过维持着波束的力量并不大，如果我离得更近一点，情况就会大不相同了。我的屏障轻而易举地驱散了它。尽管如此，这件事一时间还是令我陷入了不快和震惊，直到我想起了电子战的老把戏，便把我的测地线发电机的整个场都投射进了波束。我打开遥视仪，正好看到白蚁岛白热的碎片落回太平洋……

“于是我回到了英国，带着一个解决了的问题，以及十二个新浮现的更大问题。为什么这台我认为就是白蚁主脑的机器从来没有在人类面前揭示过自己的存在？人类经常摧毁它的子民的家园，但是据我所知，它从来没有实施过报复。然而我一露面，它就攻击我，哪怕我并没有伤害它！也许，通过某种不明手段，它了解到了我不是人类，而是一个值得它施展力量的对手。也有可能——尽管我并没有把这个想法当真，它是某种守护者，为第三行星抵御着像我们这样的入侵者。

“有些地方存在着我无法理解的矛盾。一方面，我们拥有惊人的智慧，能够支配我们大部分——如果说不是全部的话——的知识；而另一方面，它们是一些盲目的、相对无助的昆虫，用弱小的武器对敌人发动着无休止的战争，而它们的统治者本可以刹那间毫不费力地消灭这些敌人。在这个疯狂的制度背后一定有一个目的，我却领悟不到。我能想到的唯一合理的解释是，在大多数情况下，白蚁的主脑满足于让它的子民按照自己机械的方式生存，只在很少的情况下，也许一个时代只有一次，白蚁主脑才会主动指导它们。只要不被严重干扰，它就满足于让人类做他们喜欢的事情。它甚至有可能对人类及其作品怀着善意的兴趣呢。

“对我们来说幸运的是，超级白蚁并不是无懈可击的。它在对付我的时候做出了两次误判，第二次断送了它自己——我可不会说是它的生命。我相信我们可以战胜这种生物，因为它，或者像它一样的实体，仍然控制着这个种族剩下的数十亿个体。我刚从非洲回来，那里的白蚁仍然像往常一样组织有序。在这次旅行中，我没有离开我的飞船，甚至没有着陆。我相信我已经招致了整个种族的敌意，我不会冒险的。除非我拥有一艘装甲巡洋舰和一群专业生物学家，我绝不会去打扰这些白蚁。哪怕这个假设成真，我也不会感到十分安全，因为在第三行星上说不定还有更加强大的智能，超过我所遭遇的这一个。这是我们必须冒的险，因为除非我们能打败这些生物，第三行星对我们这个种族来说就永远不会安全。”

主席切断记录，转向等待着的大会。

“你们已经听到了特顿的报告。”他说，“我了解它的重要性，立刻派了一艘重型巡洋舰前往第三行星。飞船一到，特顿就上了船，前往太平洋。

“那是两天前的事了。之后我再也没有收到特顿或者巡洋舰的消息，但是有一点我是知道的：

“飞船离开英国一个小时之后，我们收到了来自其屏障的辐射，然后在几秒钟之内，其他的干扰——宇宙射线、超级宇宙射线、感应射线以及强大的长波低量子辐射等等我们从来不曾用于战争的射线——开始穿透进来，而且量级不断增加。这个状况持续了将近三分钟，然后是一股巨大能量的突然爆发，持续了几分之一秒，接下来——风平浪静。最后的能量爆发至少相当于一座原子发电站整体爆炸，而且肯定震撼到了第三行星的核心。

“我召开这次会议，目的就是把这些事实摆到你们面前，并请你们就这个问题投票。我们是放弃针对第三行星的计划，还是向它派一艘我们最强大的超级无畏战舰？在这种情况下，一艘船可以做到的事情顶得上整个舰队，而且万一……不过我想象不出来有什么力量可以击败我们的祖伦瑟尔号这样的飞船，它也能保证我们的安全。能否请诸位按惯例提交你们的选择？如果我们不能在第三行星上殖民，那将是一个巨大的挫折，不过它不是太阳系中唯一的行星，尽管它是条件最适宜的。”

随着议员们按下他们的彩色按钮，柔和的咔嗒声和马达微弱的嗡嗡声响起，电视屏幕上出现了几个字：赞同，967；反对：233。

“很好，祖伦瑟尔号将立刻动身前往第三行星。这一次我们将用遥视仪跟进它的行踪，如果确实出了什么差错，我们至少可以对敌人使用的武器有一定了解。”

几个小时后，火星舰队巨大的旗舰声音震天地穿过地球大气层的外层，朝着偏远的太平洋海域落去。在下落的过程中，它钻进了一场龙卷风的中心，因为它的船长不愿冒任何风险，而它那炽热的射线屏正在消灭平流层的风。

但是，远在东方的天海相交之处，一座小岛上的白蚁们一直在为它们料定会到来的袭击做着准备，无数盲目而辛勤的昆虫建立起了奇怪而脆弱的机械装置。火星巨舰的舰长在他的遥视仪中找到这个岛屿时，距离它有二百英里。他的手指伸向了启动巨大射线发生器的按钮，然而，他动作虽然迅速，还是不及白蚁的思维。不过，无论如何，结果都是一样的。

就连敌人击中目标时，巨大的球形屏幕也没有闪烁哪怕一下。它们那由纯热量构成的纤细利剑的动力只有二十马力，而战舰护盾的背后有着十亿马力。但是白蚁发出的微弱热束从来没有穿过那些屏障——它穿过超空间伸向飞船的要害部位。火星人防不住从他们的防御工事内部发起攻击的敌人。对这些敌人来说，球体作为屏障，并不比一个中空的圆环牢靠。

白蚁统治者，这些来自外太空的异类，遵守了它们与地球旧主的协议，把人类从他们的祖先很久以前就预见到的危险中拯救了出来。

但是，观看的人们只知道，曾经熠熠生辉的飞船屏障突然爆发出一阵火焰飓风和一阵使人麻木的声音，与此同时，在方圆一千英里的范围内，白热的金属碎片从天而降。

主席慢慢地转过身来面对委员会，用一种低沉而紧张的声音说：“我想我们最好还是去第二行星吧。”

（译者：秦鹏）

1937
1938
1939
1942
1946
1947
1949
1950
1951
1952
1953
1954
1955
1956
1957
1958
1959
1960
1961
1962
1963
1964
1965
1966
1967
1968
1970
1971
1977
1984
1986
1992
1998
1999

遐想

1939年秋季首次发表于《新世界》（*New Worlds*）
未曾被收录于书中

"所有的科幻小说创意都已经被用完了！"

我们多少次听到编辑、作者和科幻迷的这种抱怨，他们中的哪一位都不该这么想。即便这话是真的——其实根本不是，它也毫无意义。你认为普通、平凡的小说的主题是在多久以前被用完的？我想应该是在旧石器时代晚期的某个时候吧。这一事实一点也没有妨碍现代名著铺天盖地地涌现，量大而价格从优。

不，现有的材料足以支撑无限多的故事，每个故事都是独立的，每个故事都值得阅读。人们太过强调新的想法，或者说"思想变种"，太过强调"标新立异"。它们自有其妙处——能够引领读者进入奇异的、令人愉快的幻想区域——但至少同样重要的是人物塑造和以自己的个人风格处理一个普通主题的能力。因此，尽管批评温鲍姆的人很多，但我坚持认为，就算有人能和他相提并论，也没有人能够超越他。

如果除了纯粹的文学性之外，一个故事还能有新颖的构思，那就更好了。悲观主义者大有人在，但其实还有千千万万个主题是科幻小说从未触及过的。即使是在这个日益萧条的年代，一些真正原创的情节仍然照亮了我们的黑暗。《斯芬克斯的微笑》[1]就是这样一部；再往前追溯，我们有《人类白蚁》[2]——也许是《罪恶屏障》[3]出现之前所有同类作品中最好的一部。

只要科学在进步，只要数学还在发现“2乘2绝不等于4”的不可思议世界，对那些任凭自己的思想手持护照在可能性的边界上游荡的人来说，新的想法总会在他们的脑海里翻滚。这里没有海关的监管，在那些邻近的土地上旅行时看到的任何东西，你都可以带回去。但是在“不可能”的国度里，有许多奇观太过精致和脆弱，撑不过运输过程。

这个世界上没有什么是真正的新事物，然而一切又都在某种程度上不同于以往的一切。哪怕最迟钝的人，在他的一生中，也至少有一次发现自己正怀着惊奇甚至或许是恐惧的心理在思量一些新颖而惊人的想法——新颖而惊人得简直像是来自另外一个无比精妙的心灵。这样的想法在意识当中来去匆匆，往往在消失之前只能留下惊鸿一瞥，但有时就像彗星终于被巨大的恒星困住一样，它们无法逃脱，心灵从它们顽固的材料中锻造出文学、哲学或者音乐的杰作。西贝柳斯的交响曲就是基于这样转瞬即逝的零碎主题创作出来的——那些作品也许能够和相对论以及我们对太空的征服并列，称得上二〇〇〇年之前本世纪最伟大的成就。

即使在逻辑设定的限制内，艺术家也不必因为缺乏材料而忍饿挨饥。我们可以嘲笑费恩[4]，但我们必须佩服他的思想之壮丽和丰饶——哪怕不严谨。在一个不那么短暂的领域里，斯塔普雷顿[5]已经

①《斯芬克斯的微笑》：美国作家玛丽·玛格丽特·布维发表于1911年的小说。
②《人类白蚁》：美国作家戴维·亨利·凯勒发表于1929年的科幻小说。
③《罪恶屏障》：英国作家埃里克·弗兰克·罗素发表于1939年的科幻小说。
④ 约翰·罗素·费恩（John Russell Fearn，1908—1960），英国科幻作家。
⑤ 奥拉夫·斯塔普雷顿（Olaf Stapledon，1886—1950），英国哲学家、科幻小说作家，代表作为《最后与最初的人》。

制造了足够的主题，足以让一代科幻小说作者忙得不可开交。其他人没有理由不做同样的事情。幻想中真正基础性的思想很少得到充分的挖掘。谁曾敢于在故事中表现不朽的真谛，探讨它对进步和演化的终止，以及最重要的，它对青春不可避免的破坏？只有凯勒，即便他也仅仅是随声附和而不是表达真正的见地。谁有勇气指出，只要科学的力量足够强大，转世是可能的？那将是一个多么精彩的故事啊！

在我们身边，在我们最普通的行为中，蕴藏着无限的可能性。很多事情可能会发生，却并未发生——但总有一天会发生。想象一下，正在和你通电话的人走进房间，和同事开始了对话；或者当你晚上临睡前打算关灯时，却发现它从来没有开过，那该有多奇怪？或者当你醒来时发现自己正在酣睡，又会是多么震惊！这就像在街上遇见自己一样令人不安。我也常常在想，如果一个人采取极端的唯我论态度，认定自己的心灵之外没有任何东西存在，会发生什么？将这样的理论付诸实践的尝试将是极其有趣的。值得怀疑的是，我们究竟有没有力量能够影响到一个忠实于这种哲学的信徒。他总是可以不再为我们着想，于是我们便会陷入混乱。

粗略估计，具有原创性构思的奇幻作家有十几位。今天，我只能想到两位，不过“未知”的书页也许能把更多这样的作者呈于读者面前。当今科幻小说的问题，就像许多其他事物一样，是在追求奇异的时候，错过了明显的东西。它需要的不是更多的想象力，也不是更少的想象力，而是适度的一些想象力。①

（译者：秦鹏）

① 本篇在体裁上并非小说，但被收录于原版中，因此本书也依照原版收录。

1937
1938
1939
1942
1946
1947
1949
1950
1951
1952
1953
1954
1955
1956
1957
1958
1959
1960
1961
1962
1963
1964
1965
1966
1967
1968
1970
1971
1977
1984
1986
1992
1998
1999

苏醒

1942年2月首次发表于《天顶》(*Zenith*),修订版于1952年1月发表于《未来》(*Future*)

收录于《阿瑟·克拉克最佳作品集,1937年—1955年》

由曼彻斯特幻迷哈利·特纳和玛丽安·伊迪发表于他们的幻迷杂志《天顶》,经大幅修订后于一九五二年发表于《未来》。

大师不知道自己会不会做梦。这是他唯一担心的事情,因为哪怕是仅仅一夜的睡眠,也可能会出现能让人精神崩溃的梦——而他要睡上一百年。

他还记得仅仅几个月前的那天,一个医生惊恐地说:"先生,你的心脏快不行了。你只有不到一年的时间了。"他并不惧怕死亡,但是一想到在他智力的巅峰期,在他的工作还未过半的时候,死亡就要降临到他身上,他的心里就充满了茫然的愤怒。"你们就没有办法了吗?"他问。"没有,先生,我们研究人工心脏已经有一百年了。再过一个世纪,也许就可以完成了。""很好。"他冷冷地回答,"那我就再等一个世纪。你们要给我建一个地方,让我的身体在其中不会受到搅扰，然后用冷冻或者其他任何方法将我催眠。至少这些事情，我知道你们是能做到的。”

在珠穆朗玛峰雪线之上的一处秘密地点，他亲自监视了建造坟墓的过程。只有被选中的少数人必须知道大师的长眠之所，因为世界上有许多人想找到并摧毁他的身体。这个秘密将世代相传，直到有一天，人类的科学征服了心脏的疾病。到那时，大师就会从睡梦中被唤醒。

他们把他放在中央大厅的沙发上的时候，他仍有意识，不过感官已经在药物的作用下变得迟钝。他听到他们关上门，钢制的门扇抵住了橡胶垫圈，甚至幻想自己能听到气泵嘶嘶作响，把他周围的空气抽走，代之以无菌氮气。然后他就睡了，不一会儿，世界就把大师忘了。

他沉睡了一百年，然而在这之前，他一直在等待的发现就已经成了现实。但是没有人唤醒他，因为自从他离去，世界已经发生了变化，现在没有人希望看到他回来。他的追随者们都已经死去，神秘的是，他的安息地的秘密也消失了。有那么一段时间，关于大师墓的传说还流传着，不过很快也被遗忘了。所以他睡着。

过了某种标准下的一阵子之后，地壳认为它承受喜马拉雅山的重量已经够久了。渐渐地，山体下降，把印度南部平原撬向天空，现在锡兰高原成了地球表面上的最高点，珠穆朗玛峰上面的海洋深达五英里半。敌人不会搅扰到大师了，朋友也不会。

慢慢地，淤泥耐心地穿过巨大的落差，飘落到喜马拉雅山的残骸上。这块有朝一日会成为白垩的毯子，开始以每世纪不超过几英寸的速度变厚。人们如果在一段时间后再回来，可能会发现海床不再位于海平面五英里以下，甚至是四英里，或者三英里。

然后，大地再次倾斜，曾经是西藏洋的地方，耸立起来一座巍峨的石灰岩山脉。然而大师对此一无所知，当这一切一次又一次地发生时，他的睡眠也没有被打扰。

现在，雨水和河流正在冲走白垩，把它带到新的海洋中，地表正在向着葬身之处下探。慢慢地，数英里深的岩石被冲走了，直到最后，容纳大师身体的金属球重见天日——虽然比起大师闭上眼睛的时候，现在的一天要长得多，现在的太阳也暗得多。很快，在一片侵蚀平原上高高凸起的岩石基座上，科学家们发现了他。因为不知道墓穴的秘密，所以他们用了三十年的时间，穷尽所有的智慧，才到达他睡觉的房间。

大师的心智先于身体苏醒。当他无力地躺在床上，连眼皮都像是灌了铅似的抬不起来时，记忆又涌了回来。百年的时光已经安然度过——他的孤注一掷成功了！他感到一种奇怪的欣喜，渴望看到定然已经在他长眠期间焕然一新的世界。

他的感觉一个接一个地恢复了。他能感觉到身下坚硬的表面。现在有一股柔和的气流飘过他的眉心。很快他也听到了声音——周围有微弱的咔嚓声和抓挠声。有那么一瞬间，他感到疑惑，然后便意识到，一定是外科医生们在收起他们的器械。他还没有力气睁开眼睛，所以他就躺在那里等待着，带着满心的好奇。

人类会有什么变化吗？他们还记得他的名字吗？也许不记得更好——尽管他并不惧怕来自人或者国家的仇恨。他从来没有得到过他们的爱。有那么一刹那，他思量着有没有朋友跟随了他，但他知道不会有。当他睁开眼睛的时候，他面前所有的面孔都会是陌生的。但他渴望看到他们，看到当他从睡梦中醒来时他们脸上的表情。

力量恢复了。他睁开了眼睛。光线很柔和，他并没有感到眩晕，但是有一阵子，一切都模糊不清，仿佛蒙着一层薄雾。他能分辨出站在周围的身影，但是看不清他们似乎有些奇怪的样子。

然后大师的眼睛开始聚焦，当他的眼睛终于把清晰的视觉信号传给他的心智时，他虚弱地尖叫了一声，便永远地死去了。因为在他生命的最后一刻，当他看到周围的一切时，他知道人与昆虫之间漫长的战争已经结束了——人类不是胜利者。

（译者：秦鹏）

癫狂

1942年7月首次发表于《幻想》（*The Fantast*）

收录于《阿瑟·克拉克最佳作品集，1937年—1955年》

《癫狂》最早发表于《幻想》，编辑是阿伯丁幻迷道格拉斯·韦伯斯特。他先前从克里斯托弗·塞缪尔·约德——此人更为科幻读者们熟知的名字是约翰·克里斯托弗——手里接管了杂志。

电话铃声悠扬地响起。他拿起电话，迟疑了一下，问道："喂——是我吗？"他一直担心的答案传了过来。"你，是你。你又是谁？"他叹了口气：争论是没有用的——况且他知道自己不占理。"好吧，"他疲惫地说，"你赢了。"突然一阵紫色的牙痛几乎让他喘不上气来，他不抱希望地补充道："别忘了今天下午让人看那个填充物。""哎哟！好像我会似的。"对方暴躁地吼道。顿了顿。"好吧，你现在要我做什么？"他最后问道。回答虽然差不多在预料之内，但听起来还是让人不寒而栗。"做？无所谓啊。你根本不存在！"

"弹弹·边边·蛋搅搅的惊人事件，"大侦探说，"如果确实非常不幸地发生了，毫无疑问直到今天也不会得到解决。事实上，它没有发生，我把这一事实看作我最幸运的逃脱之一。”

我们这帮拥有脑袋的都点头同意。

他停顿了一下，倒空水烟的烟瓶，然后继续说。

“但是就算那件事，和蜘蛛抱蛋发狂房里发生的可怕悲剧比起来，也显得微不足道。幸运的是，当时我还没有出生，否则我肯定是受害者之一。”

我们颤抖着表示同意。我们当中有一些曾经在那里，另一些还在那里呢。

“你不是和樟木腌鱼的奇案有关联吗？”

他郁闷地咳了一声。

“太有了。在下就是樟木腌鱼。”

这时有两个人赶来把我带回标本店，所以我能告诉你的就这些了。

* * *

“呼！”穿着粉红色丝绸睡衣的男人说，“我昨晚做了一个可怕的梦！”

“哦？”对方不感兴趣地说。

“是的——我以为我妻子为了骗保给我下了毒。这个梦太生动了，我醒来的时候非常高兴。”

“真的吗？”他的同伴礼貌地说，“那么你觉得此时此刻你在哪里呢？”

（译者：秦鹏）

漏洞

1946年4月首次发表于《惊奇科幻》（*Astounding Science-Fiction*）

收录于《远征地球》

在二十世纪四十年代，科幻在英国并未兴盛，它的精神故乡仍然是美国……在战争还有几个月就要结束的时候，还在皇家空军服役的我把我最早的几篇故事卖给了《惊奇》（后来的《类比》）的约翰·坎贝尔。他最先买下的是《救援队》——不过稍晚些时候才卖掉的《漏洞》倒是先被发表。卖出这些故事的时候（一九四五年），我就驻扎在斯特拉福[1]城外，我还记得当时我虚心地认为，我的故事还是非常应景的。

① 位于伦敦北方50多千米处的英格兰沃里克郡。

发件人：主席

收件人：科学家理事会秘书

我被告知，地球上的居民已经成功地释放了原子能，并一直在开展火箭推进实验。这是极其严重的事态。马上给我一份完整的报告。这次的报告要简短。

K.K.四世

发件人：科学家理事会秘书

收件人：主席

事实如下。几个月前，仪器检测到地球上有强烈的中子放射，然而当时对无线电节目的分析没有给出任何解释。三天前又发生了第二次放射，不久之后，地球上所有的无线电广播都宣布，在目前的战争中使用了原子弹。译员还没有完成对广播信息的解读，但是这些炸弹的威力似乎相当大。到目前为止，已经使用了两枚。炸弹结构的一些细节已经公布，但是它们利用的元素尚未确定。更全面的报告将尽快送来。目前可以肯定的是，地球上的居民已经释放了原子能，不过暂时只能是爆炸性的。

我们对地球上的火箭研究知之甚少。自从一代人之前探测到无线电发射以来，我们的天文学家一直在仔细观察地球。可以肯定的是，地球上存在着某种远程火箭，因为在最近的军事广播中多次提到它们。但是，他们还没有认真地尝试进入星际空间。战争结束后，预计地球上的居民可能会开展这方面的研究。我们将非常仔细地关注他们的广播，并将严格执行天文观测。

根据我们对该星球技术的推断，地球应该还需要大约二十年的时间才会研制出能够穿越太空的原子能火箭。有鉴于此，现在似乎应该在月球上建立一个基地了，以便在这种实验开始时能够对其进行密切的监督。

特雷斯康

［在手稿中添加］

地球上的战争现在已经结束，这显然要归因于原子弹的投入使用。这不会影响上述论点，但这可能意味着，地球居民可以比预期更快地重新投入纯粹研究中去。一些广播已经提到了将原子能应用于火箭推进。

特

发件人：主席
收件人：外行星安全局局长

你已经读到特雷斯康的备忘录了。

立即向地球的卫星安排一支考察队。它要密切监视地球，如果有火箭实验正在进行，要立即报告。

必须对我们在月球上的存在保密。你要亲自负责此事。每年向我报告一次，如有必要，可更频繁地报告。

K.K.四世

发件人：主席
收件人：外行星安全局局长

地球的报告呢？！

K.K.四世

发件人：外行星安全局局长

收件人：主席

抱歉发生了延误。这是运送报告的船只发生故障造成的。

在过去的一年里，没有任何火箭实验的迹象，地球上的广播中也未曾提及。

兰西

发件人：外行星安全局局长

收件人：主席

您会看到我每年向令尊提交的关于这个问题的报告。在过去的十五年里，没有任何令人感兴趣的进展，但是刚刚收到了来自我们月球基地的以下信息：

火箭发射物，显然由原子能驱动，今天从北方陆块离开地球大气层，进入太空高度相当于地球直径四分之一，然后受控返回。

兰西

发件人：主席

收件人：国务部长

请谈一下看法。

K.K.五世

发件人：国务部长

收件人：主席

这意味着我们传统政策的终结。

安全的唯一希望在于防止地球人在这方面取得更大进

展。根据我们对他们的了解，这将需要施以压倒性的威胁。

鉴于较高的重力使我们不可能在地球上降落，我们的行动范围受到了限制。近一个世纪前，安瓦尔就讨论过这个问题，我同意他的结论。我们必须立即按照这个思路采取行动。

F.K.S.

发件人：主席

收件人：国务部长

通知理事会，明天中午召开紧急会议。

K.K.五世

发件人：主席

收件人：外行星安全局局长

二十艘战舰应该足以让安瓦尔的计划付诸实施。幸运的是，不需要武装它们——就目前而言。每周向我报告建造进度。

K.K.五世

发件人：外行星安全局局长

收件人：主席

目前已完成十九艘船。第二十艘飞船因船体故障仍被推迟，至少一个月后才能完工。

兰西

发件人：主席

收件人：外行星安全局局长

十九艘就够了。我明天会和你一起检查作战计划。我们的广播稿准备好了吗？

K.K.五世

发件人：外行星安全局局长

收件人：主席

随函附上草稿：

地球人！

我们，被你们称为火星的行星的居民，多年以来，一直在观察你们为了实现星际旅行而进行的实验。这些实验必须停止。对你们种族的研究使我们确信，基于你们文明的现状，你们不适合离开你们的星球。你们现在看到的悬浮在你们城市上空的飞船有能力彻底摧毁它们，而且将会那么做，除非你们停止穿越太空的尝试。

我们已经在你们的月球上设立了一个观测站，可以立即发现任何违反这些命令的行为。如果你们遵守这些命令，我们就不会再干涉你们。否则，每当我们观察到火箭离开地球大气层时，你们的一座城市就会被摧毁。

奉火星总统和理事会之命令。

兰西

发件人：主席

收件人：外行星安全局局长

批准。翻译可以开始了。

我毕竟不会与舰队同行。回来后立即向我详细汇报。

K.K.五世

发件人：外行星安全局局长
收件人：主席

我谨报告，我们的任务已经圆满完成。前往地球的航行平安无事：来自该星球的无线电信息表明，我们在相当远的距离之外就已经被发现。在到达之前，我们已经引起了地球人极大的兴奋。舰队按计划被分散部署，我广播了最后通牒。我们立即离开，未遭到攻击。

我将在两天内呈上详细报告。

兰西

发件人：科学家理事会秘书
收件人：主席

心理学家已经完成了他们的报告，报告附后。

正如我们所预料的那样，一开始我们的要求激怒了这个顽固而高傲的种族。他们的自尊心定然受到了相当大的冲击，因为他们相信自己是宇宙中唯一的智慧生物。

然而，在几个星期内，他们发言的语气发生了相当令人意外的变化。他们开始意识到，我们正在截获他们的所有无线电通信，有些信息是直接向我们播放的。他们表示，他们已经同意按照我们的意愿，禁止一切火箭实验。这既出乎意料，又值得欢迎。即使他们想欺骗我们，由于我们已经在大气层外建立了第二个站，我们也是绝对安全的。他们不可能在我们看不到他们或者探测不到他们的管辐射的情况下研制宇宙飞船。

对地球的观察将按照指示继续严格执行。

特雷斯康

发件人：外行星安全局局长

收件人：主席

是的，在过去的十年里，确实没有再进行火箭实验。我们当然没有想到地球会如此轻易地屈服！

我同意，这个种族的存在现在对我们的文明构成了永久的威胁，我们正在按照您的建议开展实验。由于地球的面积很大，我们面临难以解决的问题。爆炸物是不值得考虑的，而某种放射性毒药似乎是成功的最大希望。

幸运的是，我们现在拥有无限制的时间来完成这项研究，我会定期报告。

兰西

［文件结束］

发件人：亨利·福布斯少校，情报处，特别太空部队

收件人：麦克斯顿教授，牛津大学哲学系

路径：二号转送站（经斯克内克塔迪）

上述文件和其他文件发现于据信是火星首都的废墟中。（火星坐标KL302895。）对指代“地球”的表意文字的频繁使用表明，它们可能具有特殊的意义，希望它们能够被翻译出来。其他文件将很快呈上。

福布斯少校

［在手稿中添加］

亲爱的麦克斯[1]：

很抱歉之前没有时间联系你。我一回到地球就去见你。

天哪！火星上真是一片混乱！我们的坐标非常准确，炸弹都落到了他们的城市正上方，就跟威尔逊山的孩子们预测的一样。

我们通过两台小机器发回了很多东西，但是在大发射机实现之前，我们受到了相当大的限制，而且我们当然都不能返回。所以要抓紧时间！

很高兴我们又可以研究火箭了。我可能是个老古董了，但是以光速在太空中被射来射去这种事情并不吸引我！

仓促奉上，

亨利

（译者：秦鹏）

① 麦克斯顿的昵称。

救援队

1946年5月首次发表于《惊奇科幻》（*Astounding Science-Fiction*）

收录于《争取明天》

这个故事源于一部已经散佚的原稿，那部原稿也启发了《历史课》（一九四九年）的创作。不过，很难再找到另外两篇作品，其结局反差之大能超过这两篇了。

应该责怪谁呢？三天以来，奥尔维隆的思绪一直在这个问题上纠结着，可是他仍然没有找到答案。一个文明程度没这么高，或者不这么敏感的种族，决不会让这个问题折磨自己的心灵，而且还会自鸣得意地认为，谁也没办法为命运的安排负责。但是自打历史的开端，自打那个遥不可及的年代，当整个宇宙的时间屏障被存在于肇始之前的未知力量折叠起来，奥尔维隆和他的族人就一直是宇宙的主宰。他们获得了所有的知识——而无限的知识意味着无限的责任。如果银河系的管理工作出现了失误和错误，责任就要落在奥尔维隆和他的人民头上。况且此事不仅是错误而已：它是历史上最严重的悲剧之一。

船员们仍然一无所知。就连他最亲密的朋友、这艘船的副船长鲁贡也只被告知了部分真相。但是现在，那些注定要毁灭的世界就在前方不到十亿英里的地方。再过几个小时，他们将在第三颗行星上着陆。

奥尔维隆又读了一遍基地发来的消息，然后以人类眼神无法跟上的速度轻挥触手，按下了“全体注意”按钮。银河调查飞船S9000整个长达一英里的圆柱形船体中，来自许多种族的生物全都放下了手头的工作，倾听船长的讲话。

“我知道你们都在好奇，”奥尔维隆开始说，“为什么我们会收到中断调查而以这样的加速度进入这片空间区域的命令。你们中的一些人可能已经意识到了这种加速意味着什么。我们的飞船正在飞它的最后一程：发电机已经以终极过载的状态运转了六十个小时。如果我们能够凭借自己的力量回到基地，那我们可就算是非常幸运了。

“我们正在接近一颗即将成为新星的恒星。爆炸将在七小时内发生，有一小时的不确定性，这样的话，留给我们的勘探时间最多只有四小时。在这个星系中有十颗行星即将被摧毁——第三颗上有一个文明。这一情况是几天前才发现的。联系那个注定要灭亡的种族，并在可能的情况下拯救它的一些成员，便是我们的悲惨使命。我知道，在这么短的时间内，单凭这一艘飞船，我们几乎做不了什么。在爆炸发生之前，没有其他机器能够到达该星系。”

接下来是一段长久的停顿。在这段时间里，整艘巨大的飞船悄无声息地驶向前方的世界，内部没有一点声音和活动。奥尔维隆知道他的同伴们在想什么，他尝试着回答他们没有说出的问题。

“你们会奇怪，这样一场有记录以来最惨烈的灾难，我们怎么会听任其发生。有一点我可以向诸位保证。错误不在调查队身上。

“如你们所知，目前我们的船队只有不到一万两千艘飞船。凭借这点力量，我们能够以大约一百万年的周期遍历银河系中的八十亿个行星系统。大多数世界在那么短的时间内几乎不会有什么变化。

“不到四十万年前，S5060号调查飞船巡视了我们正在接近的星系中的行星。他们没有发现智能，尽管第三颗行星上有很多动物，另外两颗星球上也曾经存在过生命。他们照例提交了报告，该星系将在六十万年后受到下一次检查。

“现在看来，自从上次调查以来，在不可思议的短时间内，这个星系中已经出现了智慧生命。我们第一次掌握此事的线索，是在X29.35、Y34.76、Z27.93星系的库拉斯行星探测到未知无线电信号的时候。通过定位，我们确定信号来自前方的星系。

“库拉斯距离此地二百光年，所以这些无线电波已经传播了两个世纪。因此，至少在那一段时间里，这些世界当中的某一个已经存在文明——一个可以产生电磁波及其所有衍生应用的文明。

“我们立即用望远镜对该星系展开观测，然后发现其恒星正处于不稳定的前新星阶段。爆炸随时可能发生，事实上有可能已经在光波还未到达库拉斯的时候发生了。

“当库拉斯第二行星上的超速度扫描仪聚焦于该星系时，出现了轻微的延迟。它们显示爆炸还没有发生，但时间也只剩下几个小时了。假如库拉斯与那颗恒星之间的距离再远不到一光年，我们便不会在那个文明消亡之前了解到它的存在了。

“库拉斯的管理员立即联系了星域基地，我受命立即前往该星系。我们的目标是尽可能地拯救这个注定要灭亡的种族的成员，如果确实还有成员的话。不过我们假定，一个拥有无线电的文明可以保护自己不受可能已经发生的气温上升的影响。

“这艘飞船和两艘补给船将分别探索该行星的一个区域。托卡利指挥官将指挥一号补给船，奥洛斯壮指挥官负责二号。他们将有不到四个小时的时间来探索这个世界。这段时间结束时，他们必须回到飞船。不管他们有没有回来，届时飞船都会离开。我将立即在控制室对两位指挥官下达详细的指示。

“通告完毕。两小时后我们进入大气层。”

在那个曾经被称为地球的世界上，大火正在熄灭：没有什么东西可以燃烧了。曾经伴随着城市的消亡，像浪潮一样席卷了整个星球的大森林，现在不过是灼热的木炭，它们火葬的烟雾仍然在天空中缭绕。但是，最后的时刻还没有到来，因为地表的岩石还没有开始流动。大陆在雾霭中依稀可见，但是对正在靠近的飞船中的观察者来说，陆地的轮廓毫无意义。他们掌握的地图已经过时了十几个冰期和更多的洪水期。

S9000已经掠过了木星，并且一下子便判断出，那片正在恒星的异常高温下猛烈爆发的压缩碳氢化合物半气态海洋中是不可能有生命存在的。他们错过了火星和其他外行星，奥尔维隆意识到，那些比地球更靠近恒星的行星已经开始融化了。他悲伤地想，这个不知名种族的悲剧很可能已经结束了。在内心深处，他认为这样也许更好。这艘飞船只能搭载几百名幸存者，取舍的问题一直令他心神不宁。

通信长官兼副船长鲁贡走进了控制室。在过去的一个小时里，他一直在努力探测来自地球的电波，但是没有成功。

“我们来得太迟了。”他沮丧地宣称，“我已经监测了整个频谱，除了我们自己的电台和库拉斯一些二百年前的节目之外，太空一片死寂。这个星系里再也没有什么东西在发射电波了。”

他以任何两足动物都无法模仿的优雅流畅动作走向巨大的显示屏。奥尔维隆什么也没说。他已经料到这个结果了。

控制室的一整面墙都被屏幕占据着。那个巨大的黑色矩形，给人一种几乎深不见底的感觉。鲁贡三条细长的控制触手虽说干不了重活，操作起来却敏捷得很，它们在选择器的刻度盘上飞快地敲敲点点，屏幕上亮起了上千颗光点。随着鲁贡调整控制器，星场迅疾流动，把投影仪的焦点带到了太阳本身。

不会有哪位地球人还能认得出屏幕上那个怪物是什么。太阳的光不再是白色的：蓝紫色的浩大云层遮住了它一半的表面，长长的带状火焰从其中喷向太空。有一段时间，一个巨大的日珥冲出了光球层，甚至深深地闯入了闪烁而朦胧的日冕层。它就像一棵火树，在太阳表面扎下了根——这棵树有五十万英里高，枝干就像火焰的河流，以每秒几百英里的速度席卷太空。

“我想，”鲁贡马上说，“你对天文学家们的计算很满意。毕竟——”

“哦，我们非常安全。”奥尔维隆自信地说，“我和库拉斯天文台谈过了，他们已经通过我们自己的仪器进行了一些额外的检查。这一小时的不确定性包含着一定的秘密安全余量。他们不肯告诉我，以防我想多停留一会儿。”

他瞥了一眼仪表盘。

“飞行员现在应该已经把我们带进大气层了。请把屏幕转回行星。啊，他们到那儿了！”

脚下突然一阵颤抖，刺耳的警报声传来，又立刻归于平静。在显示屏的另一边，两枚细长的抛射物朝隐约可见的地球俯冲而去。它们一起飞行了几英里，然后分道扬镳，其中一个突然消失在行星的阴影中。

质量比它们大一千倍的巨大母船，慢慢地跟在它们后面，冲进了正在摧毁人类弃城的猛烈风暴中。

奥洛斯壮驾驶着他的小小舰只飞临的那个半球已经是黑夜了。

和托卡利一样，他的任务是拍摄和记录，并向母船报告进展。这艘小侦察船没有空间容纳标本和乘客。如果与这个世界上的居民取得了联系，S9000将立即前来。没有时间用来谈判。如果遇到任何麻烦，解救将强力实施，解释工作留待将来。

侦察船的下方，已经被毁掉的大陆笼罩着一层诡异而闪烁的光，那是因为一场巨大的极光表演正在半个世界上肆虐。不过显示屏的图像是不受外部光线影响的，它清楚地显示出一片荒芜的岩石，看上去仿佛不曾有过任何已知的生命形式。想必这片荒凉的大陆一定会在某处有个尽头。奥洛斯壮把速度提高到了他在如此稠密的大气中敢于达到的最快程度。

机器在风暴中继续前进，岩石荒漠很快开始向天空攀升。前方横亘着一条巍峨的山脉，山峰隐藏在了烟尘弥漫的云雾中。奥洛斯壮把扫描仪对准了地平线，在显示屏上，山脉的线条看上去突然变得非常接近而凶险。他开始迅速爬升。很难想象还能有什么地方，找到文明的希望会比这里更加渺茫，他思索着改变航向是不是明智。他决定不那么做。五分钟后，他的坚持得到了回报。

下面几英里处有一座断头的山，某项宏大的工程伟迹削掉了它的整个山峰。一个由金属梁构成的复杂结构从岩石中拔地而起，横跨在这座人造高原上，支撑着大量的机械设备。奥洛斯壮停住他的飞船，盘旋着向那座山飞下去。

轻微的多普勒模糊消失了，屏幕上的画面清晰起来。靠着金属架结构的支撑，几十块巨大的金属镜面斜斜地指向天空，与水平方向成四十五度角。它们都是略有凹陷的，每一面的焦点处都安装着一些复杂的机械装置。庞大的阵列令人心生震撼，让人感觉它们有着明确的目的。每一面镜子都精确地对着天空中的同一个点——或者更远处。

奥洛斯壮转向他的同事们。

“要我说，它像是一座天文台。”他说，“你们以前见过这样的东西吗？”

来自银河系边缘球状星团的多触手三足生物克拉滕则有不同的理论。

“这是通信设备。那些反射器是用来聚焦电磁波束的。我以前在一百个世界上看过同样的设施。搞不好这就是库拉斯收听到的发射站点——尽管可能性不太大，因为这种尺寸的镜面发射的波束会非常窄。”

“这就解释了为什么在我们着陆前，鲁贡没有探测到任何辐射。”来自塔根星球的孪生生物之一汉苏尔二号补充道。

奥洛斯壮完全不同意。

“如果这是一座无线电台，那么它一定是为星际间通信而建的。看看镜子的角度。我不相信一个掌握无线电技术只有两个世纪的种族能够跨越太空。我的族人花了六千年才做到。”

“我们用了三千年。”汉苏尔二号比他的孪生兄弟提前几秒钟轻声说。没等谈话演变为不可避免的争论，克拉滕就开始兴奋地挥舞着他的触手。别人说话的时候，他已经启动了自动监听器。

“在这儿！听！”

他打开一个开关，小房间里立刻充满了沙哑的哀鸣声，音调不断变化，但始终保留着某种难以名状的特征。

四个探险者聚精会神地听了一会儿，然后奥洛斯壮说：“这显然不是任何一种语言。没有生物能够这么快地发出声音！”

汉苏尔一号也得出了同样的结论：“那是一个电视节目。你不这样认为吗，克拉滕？”

对方同意了。

“是的，每一面镜子似乎都在发射着不同的节目。我想知道它们的去向是哪里。如果我猜得没错，这个星系中的另外某颗行星一定就位于这些波束的方向上。我们很快就能核实。”

奥洛斯壮呼叫S9000，报告了这一发现。鲁贡和奥尔维隆都非常兴奋，迅速查看了天文记录。

结果令人惊讶，也令人失望。其他九颗行星都不在传输路线附近。巨大的镜子似乎在盲目地指向太空。

看来只剩下一个结论了，而克拉滕是第一个说出来的人。

“他们有了星际通信。”他说，“可是发射站现在肯定已经被废弃了，发射机也不再受控。它们并没有被关掉，只是指向它们被遗弃时的方向。”

“好吧，我们很快就会知道的。”奥洛斯壮说，“我要降落了。”

他将机器慢慢地下降到巨大的金属镜面的高度，从它们旁边飞过，停到山岩上。一百码外，一座白色的石头建筑蜷伏在迷宫般的钢梁之下。建筑没有窗户，不过墙壁上有几扇门正对着他们。

奥洛斯壮看着他的同伴们穿上防护服，希望自己也能这样做。但是必须有人留在机器里与母舰保持联系。这是奥尔维隆的指示，非常明智。第一次探索一个世界时，谁也说不准会发生什么样的事情，尤其是在这样的条件下。

二位探险者非常谨慎地走出气闸，调整了防护服上的反重力场。然后，这个小小队伍的成员分别以各自种族特有的行进方式向那栋楼房走去，汉苏尔孪生兄弟走在前面，克拉滕紧随其后。他的重力控制系统显然出了问题，因为他突然倒在了地上，让他的同事们感到很好笑。奥洛斯壮看见他们在最近的一扇门前停了一会儿——然后门慢慢打开了，他们消失在视线中。

于是奥洛斯壮尽可能耐心地等待着，风暴在他周围愈演愈烈，而天空中的极光变得更加明亮。到了约定的时间，他呼叫了母船，收到了鲁贡简短的确认信息。他想知道半个星球之外的托卡利情况如何，但是由于太阳干扰造成的系统崩溃和巨大噪声，他无法与托卡利取得联系。

没过多久，克拉滕和汉苏尔兄弟就确认了，他们的理论大体上是正确的。那是一座广播电台，已经完全被遗弃了。它由一间巨大的房间和几间与之相连的小办公室组成。在主房间里，一排排电气设备延伸到远处；数百个控制面板灯光闪烁；群蚁排衙般的一长队真空管发着幽暗的光。

然而克拉滕并不觉得有什么了不起。他的种族建造的第一台收音机早已变成了化石，如今埋藏在十亿年前的地层里。人类拥有电子机器才只有几个世纪，无法与那些在地球的年龄还只有如今一半的时候就知道它们的种族相比。

尽管如此，在探索这座建筑的过程中，队伍还是让他们的记录器保持着运转。还有一个问题有待解答。那个废弃的电台正在播送节目，但节目是从哪里来的呢？中央总机很快就被找到了。它被设计用来同时处理几十个节目，然而在那片消失于地下的电缆迷宫中，这些节目的来源无法追寻。在S9000上，鲁贡正在试图分析广播。也许他的研究将揭示它们的来源。要追踪说不定穿越了整个大陆的电缆是不可能完成的任务。

这伙人在废弃的电台没有浪费多少时间。那里没有什么值得他们学习的东西，况且他们寻找的是生命而不是科学信息。几分钟后，小小的飞船迅速地从高原爬升，驶向群山之外的平原。还剩下不到三个小时的时间。

神秘的镜面阵列消失在视线之外时，奥洛斯壮突然想到了一个问题。是想象，还是在他等待的过程中，它们都移动了一个小小的角度，仿佛它们还在补偿地球的自转？他无法确定，而且他认为这件事并不重要，不值得考虑。那只能说明导向机制仍在勉强运作。

十五分钟后，他们发现了城市。一座沿河而建，曾经肆意扩张的巨大都市。那河流已经消失，只在宏伟的建筑之间和现在看起来非常不协调的桥下留下了一道蜿蜒而丑陋的伤疤。

即便从空中俯瞰，也能看出这是一座废城。但是只剩下两个半小时了，没有时间展开进一步的探索。奥洛斯壮做了决定，降落在他所能看到的最大的建筑附近。似乎有理由认为，有些生物会躲在最坚固的建筑物里，在最后一刻来临之前，他们在那里都是安全的。

等到最后的大灾难来临，最深的洞穴——地球本身的核心——也将无法提供任何保护。哪怕这个种族已经到达了外行星，他们的毁灭也不过是推迟几个小时而已——狂暴的波阵面穿过太阳系，所需要的无非这点时间。

奥洛斯壮无从得知的是，这座城市被遗弃的时间并不是几天或者几个星期，而是一个多世纪了。当直升机成了通用的通行手段，比许多文明存在时间都要长的城市文化终于走向了灭亡。在几代人之内，人类知道他们可以在几个小时内到达地球上的任何一个地方，就回到了他们一直渴望的田野和森林里。新的文明拥有早期时代从未梦想过的机器和资源，但它本质上是属于田园的，不再受制于几个世纪前铺天盖地的钢筋和混凝土街区。这些仍然存在的城市是专门的研究、管理和娱乐中心。其他的一些则因为破坏起来太费事，而被任由腐烂。最伟大的十几座城市和古老的大学城几乎没有改变，而且本来还会延续许多代人。但是那些以蒸汽、钢铁和地面交通为基础的城市，已经随着工业的发展而消失了。

因此，当奥洛斯壮在补给船里等待的时候，他的同事们在数不清的空旷走廊和空无一人的大厅里跑来跑去，拍了无数张照片，却对使用过这些建筑的生物一无所知。那里有图书馆、聚会场所、会议室和数以千计的办公室——全都是空荡荡的，积满了厚厚的灰尘。要不是看到了山顶上的无线电台，探险者们很可能会相信这个世界已经许多个世纪没有生命了。

漫长的等待过程中，奥洛斯壮尝试着想象这个种族消失在了什么地方。也许他们知道自己无路可逃，于是自行了断了；也许他们已经在行星的内部建造了巨大的避难所，甚至此时此刻在他的脚下，就有数以百万计的人蜷缩着等待末日的到来。他开始担心自己永远也不会知道。

最后，等到不得不下令返回的那一刻，他几乎感受到一种解脱。很快他就会知道托卡利的队伍是不是更幸运了。他急于回到母船，因为随着时间的流逝，他的疑虑变得越来越强烈。他心里一直有这样一个想法：万一库拉斯的天文学家犯了一个错误怎么办？等到S9000的墙壁环绕着他时，他才会开始感到安心。等到他们进入了太空，把这颗不祥的太阳遥遥地甩在身后时，他会更加安心。

一等他的同事们进入气闸，奥洛斯壮便立刻驾驶他这部微型机器冲向天空，并把控制权交给S9000。然后他转向他的朋友们。

“那么，你们有些什么发现？”他问。

克拉滕拿出一大卷帆布，摊在地板上。

“他们是这样的。”他平静地说，“两足动物，只有两条胳膊。尽管存在这种障碍，他们发展得似乎还挺不错。眼睛也只有两只，除非后面还有其他眼睛。我们很幸运能找到这个。他们留下的东西大概也就是这个了。”

古老的油画冷冷地回看着正在凝视它的三个生物。所谓造化弄人，正因为完全没有价值，它才没有被彻底遗忘。人们离开城市后，没有人费心去搬迁奥尔德曼·约翰·理查兹（1909—1974）的肖像。一个半世纪以来，当远离老城的新文明上升到早期文化未曾企及的新高度时，他一直在积尘。

“我们发现的大体上就是这些。”克拉滕说，“这座城市一定已经荒废多年了。恐怕我们的探险失败了。如果这个世界上还有什么生物的话，它们也隐藏得太隐蔽了，我们根本找不到。”

他的指挥官不得不同意。

“这几乎就是一项不可能完成的任务。”他说，“如果能有几个星期而不是几个小时，我们说不定就能成功了。据我们所知，他们甚至可能在海底建造了避难所。似乎谁也没有想到这一点。”

他迅速地看了一下指示器，修正了航向。

“我们五分钟就到。奥尔维隆好像飞得相当快。不知道是不是托卡利发现了什么。”

奥洛斯壮回到S9000的时候，它正悬停在一条海岸线上空几英里处，那片大陆正在灼灼放光。距离危险期限还剩下三十分钟，不能再浪费时间了。他娴熟地把小飞船开进了发射管，船员们走出了气闸。

有一小群人在等着他们。这是意料之中的事，但是奥洛斯壮立刻看出来，他的朋友们到这里来，不仅是出于好奇。没等有人开口说话，他就知道出了问题。

“托卡利还没有回来。他和他的队伍失去了联系，我们要去救援。马上到控制室来。”

从一开始，托卡利就比奥洛斯壮幸运。他追随着晨昏交接的区域，一路避开令人难以忍受的烈烈骄阳，一直飞到一片内陆海的岸边。这是一个最近才出现的海洋，是人类最新的作品之一，因为它覆盖的陆地在不到一个世纪以前还是沙漠。再过几个小时，它将再次变成沙漠，因为水正在沸腾，一团团的蒸汽涌上天空。但是蒸汽也遮掩不了，那座俯瞰着这片无潮之海的白色巨城是多么美丽。

在托卡利着陆的广场周围，仍然整齐地停放着一些飞行器。它们固然做工很漂亮，但是原始得令人失望，靠旋转的翼板获得升力。到处都找不到生命的迹象，然而这个地方给人的印象是它的居民都在不算远的地方。有些窗户还有亮光。

托卡利的三个同伴立刻离开了机器。根据衔级和种族，队伍的领导人是锡纳德里。他和奥尔维隆一样，也出生在中心恒星群的一颗古老行星上。接下来是阿拉坎。他来自宇宙中最年轻的种族之一，并对这一事实怀有执拗的骄傲。最后是一个来自帕拉多尔星系的奇怪生物。和它所有的同类一样，它没有名姓，因为它只是其种族意识当中一个能够活动但是并不独立的单元，本身并不具备身份。虽然它和它的伙伴们早已散布于银河系的各个角落，探索着无数的世界，某种未知的纽带却仍在不可避免地将它们联系在一起，就像人类体内的活细胞一样。

当一个帕拉多尔生物说话时，它使用的代词总是“我们”。在帕拉多尔的语言中不存在，也不可能出现第一人称单数。

对任何一个人类的孩子来说，这座宏伟建筑的大门都没有什么秘密可言，但是它们挡住了几位探险者。锡纳德里没有在它们身上浪费时间，而是用他的私人发报机呼叫了托卡利。接下来，在他们的指挥官驾驶着他的机器前往最佳位置的时候，三个人急忙跑到一边。一阵令人难以忍受的火焰突然爆发，巨大的钢架在可见光谱的边缘闪了一下就消失了。队伍急匆匆地冲进大楼时，石头还在灼灼放光。灯光投射器发出的光束在他们面前晃动着。

没必要使用电筒。他们面前是一间大厅，天花板上一排排的灯管透出亮光。大厅的两边连接着长长的走廊，正前方有一段巨大的楼梯威严地通向楼上。

锡纳德里犹豫了片刻。然后，因为往哪边走都一样，他便领着同伴们走进了第一条走廊。

生命就在眼前的感觉现在变得非常强烈。他们似乎随时都可能遇到这个世界上的生物。如果对方表现出敌意——即使如此，他们也很难受到指责——探险队就会立即动用致瘫器。

一行人走进第一个房间时，气氛非常紧张，直到看见除了一排又一排的机器——现在全都保持着静止，里面并没有其他东西，他们才放松下来。这个巨大的房间里排列着成千上万的金属文件柜，形成了一堵目力所及范围内没有间断的墙。这便是全部，没有别的家具，只有橱柜和神秘的机器。

三人中动作最快的阿拉坎已经在检查文件柜了。每一台里面都装着成千上万张用坚韧的材料做成的薄片，上面开了无数的孔和槽。帕拉多尔生物拿走了一张卡片，阿拉坎记录了这个场景和一些机器的特写镜头。然后他们就离开了。那个曾是世界奇迹之一的大房间对他们来说毫无意义。再也不会有一只活生生的眼睛看到那几乎称得上人类霍勒瑞斯[①]分析器的精彩资料库，以及五十亿张保存着这颗星球上所有能被记录的男女老少的穿孔卡片。

显而易见的是，这座建筑最近才被使用过。探险者们越来越兴奋，急忙向隔壁房间走去。他们发现这是一个巨大的图书馆，成千上万的书在他们周围的书架上绵延了不知多少英里。人类曾经通过的所有法律，以及在议事大厅里发表过的所有演说，都被存放在这里，虽然探险家们不可能知道这些。

锡纳德里还在考虑他的行动计划，阿拉坎把他的注意力引到了

① 赫尔曼·霍勒瑞斯（Herman Hollerith，1860—1929），被广泛认为是现代机械数据处理之父，他发明的打孔卡片制表机，标志着自动数据处理时代的开始。

一百码外的一个架子上。与其他架子不同的是，它空了一半。周围的地板上乱七八糟地堆着一些书，好像是被什么人在忙乱中撞下来的。这些迹象是不会被误读的。不久以前，曾有其他生物在这里经过。阿拉坎敏锐的感觉可以清楚地看到地板上模糊的车轮痕迹，不过其他人什么也看不见。阿拉坎甚至能发现脚印，但是由于对踩出脚印的生物一无所知，他无法判断脚印通往哪个方向。

接近的感觉比以往任何时候都强烈，但是这种接近是在时间上的，而不是在空间上的。阿拉坎说出了队伍的想法。

"那些书一定很有价值，曾经有人来抢救它们——那得算是后见之明了，要我说。这意味着肯定有一个避难的地点，可能不会太远。也许我们还能找到一些线索，把我们引向那里。"

锡纳德里表示同意。帕拉多生物却并不热心。

"也许是这样的。"它说，"然而避难所可能位于这颗星球上的任何地方，而我们只剩下两个小时了。如果我们希望拯救这些人，就不要再浪费时间了。"

队伍再次匆匆前行，只在发现可能对基地的科学家有用的书籍时才停下来收集一下——尽管这些书能否被翻译过来还值得怀疑。他们很快发现，这幢巨大的建筑大部分是由小房间组成的，所有的房间都有最近被占用过的痕迹。大部分的房间都很整洁，但有一两个正好相反。尤其令探险者们感到困惑的是一个房间——显然是某种类型的办公室——似乎已经被完全毁坏了。地板上散落着纸张，家具被砸碎，外面的大火冒出的浓烟透过破碎的窗户滚滚涌入。

锡纳德里有点惊慌。

"肯定不会有危险的动物进入这样的地方！"他叫道，手指紧张地按在了致瘫器上。

阿拉坎没有回答。他开始发出那种被其种族称为"笑声"的烦人声音。几分钟之后，他才解释是什么让他觉得好玩。

“我认为这并不是动物干的。”他说，“事实上，原因很简单。假设你一直在这个房间里工作，年复一年地处理着无数的文件。突然，有人告诉你，你再也见不到它了，你的工作已经完成，你可以永远离开它了。更重要的是，没有人会接替你。一切都结束了。你会怎么离开，锡纳德里？”

另一位想了一会儿。

“这个嘛，我想我会收拾一下再离开呗。其他房间似乎都是这样。”

阿拉坎又笑了起来。

“我相当确信你会那么做的。但是有些人有着不同的心理。我想我会喜欢那个用过这个房间的家伙的。”

他没有进一步解释，他的两个同事却因为他的话困惑了好一会儿，然后才决定不再琢磨。

当托卡利发出返回的命令时，众人感到有些震惊。他们收集了大量的信息，但没有发现任何线索，可以帮助他们找到这个世界上失踪的居民。这个问题仍然困扰着大家，现在看来似乎永远也解决不了。离S9000出发只有四十分钟了。

他们往回走到半路，突然看见一条半圆形的通道通向大楼的深处。它的建筑风格和其他地方大不相同。对长着好多条腿，而且那些腿已经在大理石楼梯上走得疲惫不堪的生物来说，坡度徐缓的地面带着一种不可抗拒的吸引力。只有两足动物才会建造那么多的大理石楼梯，锡纳德里是被其折磨得最苦的一位。他通常用十二条腿走路，匆忙赶路的时候能用上二十条，不过从来没有人见过他表演这一技艺。

一行人突然停住脚步，带着同一个想法看向那条路。一条通往地下深处的隧道！在它的尽头，说不定他们还能找到这个世界上的人们，并帮助其中一些逃离他们的噩运。因为如果有需要，还有时间呼叫母舰。

锡纳德里向他的指挥官发了信号，托卡利立刻把小机器开到他们头顶上。也许没有时间让他们沿着迷宫般的通道往回走了。在帕拉多生物的头脑里，路线已经被细致地记录下来，他们不可能走错路的。如果有必要赶时间，托卡利可以炸开他们头顶的十来层楼板，开辟一条路。无论如何，他们应该很快就能找到这条通道的尽头有什么。

只花了三十秒。隧道突然止于一个非常奇怪的圆柱形房间，房间的墙边摆放着衬垫非常华丽的座位。除了他们来时的那条路外，没有其他出路，过了几秒钟阿拉坎才意识到这个房间的用途。可惜的是，他想，他们没有时间使用它了。这个想法突然被锡纳德里的一声尖叫打断。阿拉坎转过身来，看见他们身后的大门已经悄无声息地关闭。

即使在最初的慌乱时刻，阿拉坎也发现自己带着钦佩的心情想：不管他们是谁，他们知道如何制造自动机器！

帕拉多生物第一个发言。它用一只触角指向座位。

“我们认为最好还是坐着。”它说。帕拉多的多元头脑已经分析了形势，知道将会发生什么。

没过多久，他们头顶上的栅格发出了低沉的嗡嗡声。这是历史上最后一次，某位人类的声音被听到，哪怕发声者本人已经没有生命。这些话毫无意义，尽管被困的探险者能够很清楚地猜出它们的意思。

“请选好位置，坐下吧。”

与此同时，隔间一端的墙板发出亮光。上面有一张简单的地图，由十几个用一条线连接起来的圆圈组成。每个圆圈旁边都写着字，字旁边有两个不同颜色的按钮。

阿拉坎疑惑地望着他的队长。

“别碰它们。”锡纳德里说，“如果我们不动控制装置，门可能会再次打开。”

他错了。设计自动地铁的工程师们认为，任何进入地铁的人自然都想去某个地方。如果他们没有选择中间站，他们的目的地只能是线路的终点。

继电器和闸流管等待指令时，又是一阵停顿。在这三十秒钟的时间里，如果知道该怎么做的话，他们可能会打开车门离开地铁。但是他们不知道，而那些与人类心理相适应的机器替他们做了决定。

加速度的波动不是很大。奢华的车内装潢是一种奢侈品，而不是必需品。只有一种几乎难以察觉的震动说明了他们穿过地球内部的速度，他们甚至无法猜测这次旅行将会持续多久。再过三十分钟，S9000将离开太阳系。

飞速行进的机器里，众人久久没有出声。锡纳德里和阿拉坎迅速地思考着。帕拉多生物也一样，只是方式不同。个体死亡的概念对它来说是没有意义的，因为对集体来说，一个单元的毁灭只不过相当于一个人失去指甲尖。但是，哪怕很困难，它还是能够理解像阿拉坎和锡纳德里这样的智力个体的困境，而且它很愿意尽其所能帮助他们。

阿拉坎设法用他的私人发射机联系上了托卡利，不过信号非常微弱，而且似乎正在迅速衰减。他很快地解释了情况，信号几乎立刻就清楚了。托卡利沿着机器的轨迹飞行，他们则在地下朝着未知的目的地飞驰。这是他们得到的第一个信号，表明他们正在以每小时近一千英里的速度行进。不久之后，托卡利又告诉他们一个更加令人不安的消息，他们正在迅速地接近海洋。在地下的时候，他们还有停下并逃离机器的希望——虽然渺茫。但是到了海里——巨大的母船上所有的大脑和机器都拯救不了他们了。没有人能设计出比这更完美的陷阱了。

锡纳德里一直在仔细地查看墙上的地图。它的意思很明显，在连接圆圈的线上有一个小光点在爬行。现在已经走到标示的第一个站点的中途了。

“我要按下其中一个按钮。”锡纳德里终于开口了，“这不会有什么害处，而且我们可以从中学到一些东西。”

“我同意。你打算先尝试哪一个？”

“只有两种，我们先按到了错的也没关系。我想一个是启动机器，另一个是让它停下来。”

阿拉坎并不抱太大希望。

“之前也没等我们按按钮，它就启动了。”他说，“我认为它是完全自动的，我们根本无法从这里控制它。”

锡纳德里不同意。

“这些按钮显然是和车站有关的，如果你不能用它们来让自己停下来，把它们安在这里毫无意义。唯一的问题是，哪一个是正确的？”

他的分析完全正确。机器可在任何中间站停下来。他们只走了十分钟，如果现在就能离开，就不会造成什么恶劣后果。不幸的是，锡纳德里的第一个按钮选错了。

地图上的小光点在被照亮的圆圈中缓慢行进，毫不关心自己的速度。与此同时，托卡利在他们头顶的飞船里发出了呼叫。

“你们刚刚从一座城市的地下经过，正在驶向大海。前方接近一千英里的路程内都不会有站点了。”

奥尔维隆已经彻底放弃了在这个世界上找到生命的希望。S9000漫游了半个地球，在每个地方都没有长久停留。它一次又一次地降落，试图吸引地球居民注意。没有回应，地球仿佛已经彻底死亡。奥尔维隆想，即便还有活着的居民，他们也一定是躲在了救援无法企及的深处，尽管如此，他们还是逃脱不了灭亡的命运。

鲁贡带来了灾难的消息。庞大的飞船停止了一无所获的搜寻，穿过风暴向大海逃去。海面上，托卡利的小飞船仍然在沿着洋底之下那部机器的轨迹行驶。

这是一幕真正恐怖的场面。自从地球诞生以来，海洋还不曾有过这副面貌。滚涌如山的波涛在风暴面前奔腾，风暴的速度现在已经达到了每小时几百英里。即使在离大陆这么远的地方，空中也到处都是飞来飞去的残骸——树木、房屋的碎片、金属片，以及所有没有固定在地面上的东西。任何飞行机器都不可能在这样的狂风中生存片刻。一次又一次，当巨大的水山迎面相撞，巨响震撼天空，甚至盖过了怒吼的风声。

幸运的是，还没有发生严重的地震。在海底深处，曾经是世界总统私人真空地铁的工程杰作仍然完美地运行着，没有受到上面的混乱和破坏的影响。它将继续运行到地球存在的最后一刻，如果天文学家是正确的，那将是在略长于十五分钟之后——不过到底长多少，奥尔维隆愿意付出很大的代价去了解。被困人员到达陆地，获得哪怕是最微弱的获救希望，却还需要接近一个小时。

奥尔维隆得到的指示是很明确的，不过即便没有这些指示，他也绝不会考虑拿自己负责照管的巨大机器去冒险。如果他是人类的话，做出抛弃被困船员的决定将是极其困难的。但是，他来自一个比人类敏感得多的种族，一个那么热爱精神追求的种族。他们很久以前就带着极大的不情愿控制了宇宙，因为只有这样，他们才能确信正义得到了伸张。奥尔维隆需要他所有的超人天赋来支撑他度过接下来的几个小时。

与此同时，在海床以下一英里的地方，阿拉坎和锡纳德里正在片刻不得暇地使用他们的私人通信器。若要给这一辈子做个了结，十五分钟并不算长。的确，这段时间简直都不够说几句告别的话，而在这样的时刻，这样的话比什么都重要。

在这段时间里，帕拉多生物一直保持着沉默和静止，一句话也不说。另外两个人坦然接受了自己的命运，只顾处理自己的私事，根本没有关注这个现象。当它突然开始用它特有的毫无激情的声音对他们说话时，他们都吓了一跳。

“我们觉察到，你们正在为你们预期的毁灭做某种安排。这可能是不必要的。奥尔维隆船长希望能在我们再次抵达陆地时阻止这台机器，拯救我们。”

锡纳德里和阿拉坎都惊讶得一时说不出话来。然后后者喘着气说：“你怎么知道？”

这是一个愚蠢的问题，因为他立刻想起来，S9000上有好几个帕拉多生物——如果可以这么说的话——因此，他们的同伴可以知道母船里发生的一切。于是他不等回答就继续说：“奥尔维隆不能那么做！他冒不起这样的险！”

“不会有危险。”帕拉多生物说，“我们已经告诉他该怎么做了。这真的非常简单。”

阿拉坎和锡纳德里带着几分敬畏望着他们的同伴。他们现在才意识到到底发生了什么事。在危急时刻，组成帕拉多思想的单个单元可以连接起来构成一个组织，其紧密程度不亚于任何物理大脑。在这样的时刻，它们形成了宇宙中最强大的智慧。所有的普通问题都可以用几百或者几千个单元来解决。很少会需要以百万计的单元。在两次历史性的时刻，整个帕拉多意识的数十亿细胞被焊接在一起，以应对威胁整个种族的紧急情况。帕拉多思想是宇宙中最伟大的精神资源之一。需要它全力以赴的情况很少见，但是对其他种族来说，知道它是可用的便是极大的安慰。阿拉坎想知道，为了应对这一次的紧急情况，有多少细胞已经协调起来。他也想知道，为什么这么小的一件事会引起它的注意。

他永远也不会知道这个问题的答案，不过假如他能知道，那个遥远得可怕的帕拉多心智里存在着一种几乎像人类一样的虚荣心，也许他就能猜到了。很久以前，阿拉坎写了一本书，试图证明最终所有智慧种族都会牺牲个人意识，总有一天宇宙中只会保留集体意识。他在书中写道，帕拉多是这些终极智慧的先驱，那个广阔而分散的头脑并没有因此感到不悦。

他们没来得及问更多的问题，奥尔维隆的声音就通过交流器传过来了。

“奥尔维隆呼叫！我们将在这颗星球上待到爆炸波抵达，所以我们也许还能把你们救起来。你们正在驶向一座沿海城市，以现在的速度，四十分钟后你们就能抵达。如果你们不能自己停下来，我们就炸开你们后面和前面的隧道，好切断你们的电源。然后我们会放一个竖井把你们救出来——总工程师说他可以用主投射机在五分钟内完成。所以你们在一小时内就会脱离危险，除非恒星在那之前爆炸。”

“如果那样的话，你们也会被毁灭的！你绝不能冒这个险！”

“不必操这个心，我们绝对安全。恒星爆炸时，爆炸波需要几分钟才能达到最强。但是除此之外，我们是在这颗星球的夜晚，在一个厚达八千英里的岩石屏幕后面。当爆炸的第一个警告到来时，我们将加速离开太阳系，一直待在行星的阴影里。在我们的最大驱动力下，我们将在离开阴影锥之前达到光速，到那时恒星就伤害不了我们了。”

锡纳德里仍然不敢抱有希望。他心里立刻出现了另一个反对意见。

“是啊，可是你在这个星球的夜面，怎么能得到任何警告呢？”

“很容易。”奥尔维隆回答道，“这个世界有一个卫星，现在可以从这个半球看到。我们用望远镜对准它。如果显示亮度突然增加，我们的主驱动器就会自动启动，将我们扔出这个星系。”

逻辑上一点漏洞都没有。奥尔维隆一如既往地谨慎，决不冒险。八千英里的岩石和金属构成的保护层，要被太阳爆炸的火焰摧毁，还需要许多分钟。在这段时间里，S9000可能已经达到光速，从而获得了安全。

离海岸还有几英里时，阿拉坎按下了第二个按钮。他猜测机器不会在两站之间停下来，因此并没有指望会有什么事情发生。几分钟后，机器的轻微震动消失了，他们停了下来。整个情况好得令人难以置信。

门无声地分开了。没等它们完全打开，三个人就已经离开了隔间。他们不再冒险了。在他们面前，一条长长的隧道一直延伸到远处，慢慢上升，消失在视线之外。他们正要沿着它往前走，通信器里突然传来了奥尔维隆的声音。

“待在那里别动！我们要爆破了！”

地面震动了一下，前面远处传来了岩石落下的隆隆声。大地又震动了——一百码外的通道突然消失了。一条巨大的竖井穿了进来。

一行人又急忙往前走，一直走到走廊的尽头，站在那儿等着。与它连接的是一条足足有一千英尺宽的竖井，直插到地下，直到电筒的光柱能够照亮的位置。头顶上，风暴云在卫星下面散开。那一轮银盘是那么耀眼，即便是一位人类在场也不可能辨认出它来。所有景象当中最辉煌的还是悬浮在高空的S9000，钻出了这个巨坑的巨大投射机仍然发着樱桃红色的光芒。

一个黑影从母船上脱离，急速地坠向地面。那是托卡利回来接他的朋友们。过了一会儿，奥尔维隆在控制室里跟他们打招呼。他向大屏幕挥手，轻声说：“看，我们差一点就来不及了。”

高达几英里的海浪攻击着海岸，他们身下的大陆慢慢沉没到海浪下面。人们最后看到的地球是一片广阔的平原，沐浴在异常明亮的银色月光下。在它的对面，海水形成了闪闪发光的洪流，涌向远处的山脉。大海已经赢得了它最后的胜利，然而它的胜利是短暂的，因为海洋和陆地很快将不复存在。就在控制室里一群沉默的人注视着下面的毁灭时，更大的灾难正在迅猛地袭来，与之相比，眼前的景象仅仅是前奏而已。

月光照耀下的大地上，仿佛黎明突然降临。但那并非破晓，而是光华夺目的月亮，一如另一颗太阳。在大约三十秒钟的时间里，下面那片注定毁灭的土地上，令人惊惧、违背常理的强光在猛烈地燃烧着。接着，控制板上的指示灯突然闪动起来。主驱动器启动了。奥尔维隆瞥了一眼指示灯，检视了一番它们的信息。当他再次看向屏幕时，地球消失了。

当S9000飞经冥后星的轨道时，那些威武雄壮但是已经极度过载的发电机安静地熄灭了。这没关系，太阳已经不会对他们造成任何伤害。另外，尽管飞船正在无助而急速地飞出太阳系，进入星际空间那孤寂的黑夜，获救也无非几天之内的事情。

这件事情里面颇有讽刺意味。一天前，他们还是救援者，前去帮助一个现在已经不存在的种族。奥尔维隆已经不是第一次对这个刚刚毁灭的世界感到好奇了。他徒劳无功地想象着它曾经的辉煌，它的城市街道上熙熙攘攘的烟火气。它的人民固然原始，但他们本可以为宇宙做出很多贡献。要是能联系上他们就好了！后悔也没有用。在他们到来之前，这个世界的人民一定早就把自己埋在了它的铁质核心里。事到如今，他们和他们的文明将成为一个永远解不开的谜。

当自己的思绪被鲁贡的到来打断时，奥尔维隆感到很高兴。自从起飞以来，通信主管便一直很忙。他在试图分析由奥洛斯壮发现的发射器发出的节目。问题本身不难解决，只不过需要建造特殊的设备，而这需要时间。

“那么，你有些什么发现？”奥尔维隆问道。

“不少呢。”他的朋友回答道，“其中有些神秘之处，我搞不明白。

“我们没用很长时间就发现了视觉传输的构成方式，而且已经能够将它们转换成与我们自己的设备相容的制式。看起来这颗星球到处都有相机，监测着他们感兴趣的地方，其中一些显然是在城市，设立在非常高的建筑物顶部。摄像机不停地旋转以提供全景。在我们录下来的节目中，大约有二十个不同的场景。

“此外，还有一些不同类型的传输，既不是声音也不是图像。它们的内容似乎是纯科学的——可能是仪器读数或者类似的东西。所有这些节目都是在不同频段同时播出的。

“这一切一定是有原因的。奥洛斯壮仍然认为，发送站在被废弃时并没有关闭。但是这些根本不像是这样一个电台通常会传送的内容。它肯定是用来做星际中继的——克拉滕说得很对。所以这些人一定穿越了太空，因为在上次调查时，其他星球上都没有生命。你难道不同意吗？”

奥尔维隆全神贯注地听着对方的叙述。

“是的，听起来很有道理。但同样可以肯定的是，波束并没有指向其他行星。我亲自检查过的。”

“我知道。”鲁贡说，“我想知道的是，为什么一座巨大的星际中继站会忙于传送一个即将毁灭的世界的图像——这样的图像会引起科学家和天文学家的极大兴趣。有人费了好大的劲才安置好所有那些全景相机。我相信波束一定是去了什么地方。”

奥尔维隆突然站了起来。

“你认为可能还有一颗没有被报告过的外行星吗？”他问，

“如果你是这样想的，你的理论肯定错了。波束甚至没有指向太阳系的黄道面。即使是指向了——看看这个吧。”

他打开显示屏，调整控制器。天鹅绒幕布般的太空中挂着一个蓝白色的球体，明显是由许多同心的白炽气体壳构成的。虽然遥远的距离使观察者看不出来任何运动，但它显然正在以惊人的速度膨胀。在它的中心有一颗令人目眩的光点——太阳已经变成的白矮星。

“你可能还没有意识到这个球有多大。”奥尔维隆说，“看看这个。”

他增加了放大倍率，直到只能看到新星的中心部分。在它的核心附近有两个微小的凝结体，分别位于核心的两侧。

“这是星系中的两颗巨行星。它们算是挺了过来——勉强吧。它们距离太阳几亿英里。新星仍在膨胀，但是它已经有太阳系的两倍大了。”

鲁贡沉默了一会儿。

“也许你是对的。”他很不情愿地说，“你驳倒了我的第一个理论。不过你还是没有说服我。”

他在房间里急匆匆地转了几个圈，然后才又开始说话。奥尔维隆耐心地等着。他了解他的朋友那种近乎直觉的能力。当纯粹的逻辑似乎不够用时，他往往有能力解决问题。

然后，鲁贡又开始慢慢地说话了。

“你觉得这个假设怎么样？”他说，“会不会我们完全低估了这些人？奥洛斯壮就低估过他们一次了——他认为他们不可能穿越太空，因为他们知道无线电才只有两个世纪。汉苏尔二号告诉我的。嗯，奥洛斯壮完全错了。也许我们都错了。我已经看过了克拉滕从发射机带回的材料。他没觉得自己的发现有什么不得了，但是相对于那么短的时间，那是一项了不起的成就。那个发射站里的一些装置来自几千年前的文明。奥尔维隆，我们能顺着波束看看它指向哪里吗？”

奥尔维隆整整一分钟没说话。他其实已经在期待有人问出这个问题了，然而这个问题并不容易回答。主发电机完全失灵了，尝试修复根本没有意义。不过还是有电力可用，只要有电力，任何事情都能够及时完成。这意味着他们要有许多见招拆招的操作，以及一些困难的机动，因为飞船仍然保持着巨大的初始速度。是的，这是可以做到的，既然这次任务失败已经造成了一些反应，这样做可以防止船员们变得更加沮丧。最近的重型修理船在三个星期内无法抵达，这条消息也重挫了大家的士气。

工程师们像往常一样大吵大闹。然后像往常一样，他们在一半的时间内完成了他们认为绝对做不到的工作。经过好几个小时，大船开始非常缓慢地放弃主驱动器花了同样时间赋予它的速度。沿着一条半径达数百万英里的巨大曲线，S9000改变了它的航向，恒星场围绕着它改换了模样。

整个机动花了三天时间，但是在这三天结束时，飞船正沿着一条与曾经来自地球的波束平行的航线艰难前进。他们朝着一片虚空进发，曾经是太阳的炽热球体在他们身后慢慢地缩小。按照星际飞行的标准，他们几乎是一动不动。

鲁贡在他的仪器前紧张地工作了几个小时，朝着深远的空间发射他的探测器波束。毫无疑问，前方许多光年之内肯定没有行星。奥尔维隆不时来看他，他的回答总是“没什么可报告的”。在大约五分之一的时间里，鲁贡的直觉让他非常失望。他开始怀疑这是不是一个合适的时机。

直到一个星期后，质量探测器的针头才在刻度盘的尽头微弱地颤动起来。不过鲁贡什么也没说，甚至没有向船长提及。他一直等到自己确定了，然后继续等，直到连短程扫描仪都开始有了反应，并在显示屏上构建出第一批微弱的图像。他仍然耐心地等待着，直到他能解读那些图像。这时候他明白了，自己最疯狂的想象也比不上事实，他把同事们叫进了控制室。

屏幕上的画面是大家都很熟悉的，一望无际的星海，数不尽的骄阳排布到宇宙的极限。在屏幕中央附近，远方的一团星云仿若迷雾，眼睛很难分辨。

鲁贡增加了放大倍率。群星冲出了视域。小星云膨胀到充满了屏幕，然后它就不再是一个星云了。看到面前的景象，所有的人都惊讶地倒吸了一口气。

横跨不知多少里格的空间中，成千上万条细小的光束排成了巨大的三维阵列，严整之状堪比行进中的军队。它们行进得很快，整个巨大的阵仗却能保持着不变的形状，仿佛一个单体。在奥尔维隆及其同伴们的注视下，那个队形开始移出屏幕，鲁贡不得不重新调整控制。

长时间的沉默之后，鲁贡开始说话。

“这就是那个种族。”他轻声说，“两个世纪之前才刚刚知道无线电的那个种族——我们本以为爬进了星球中心去迎接灭亡的那个种族。我在尽可能高的放大倍率下检查了这些图像。

“那是有史以来被记录下的最宏大的舰队。每一个光点都代表着一艘比我们这艘更大的飞船。当然，它们是非常原始的——诸位在屏幕上看到的是它们的火箭喷射的焰流。是的，他们敢于用火箭跨越星际空间！你们知道这意味着什么吧。他们需要几个世纪才能到达最近的恒星。整个种族全体踏上这段旅程，一定是希望他们若干世代之后的子孙能够完成它。

“要想领悟他们的成就，想一想我们经过了多少岁月才征服了太空，以及为了抵达其他恒星，我们耗费的更长时间。就算是面临灭绝的威胁，我们能在这么短的时间内做到这些吗？记住，这是宇宙中最年轻的文明。四十万年前，它甚至还不存在。再过一百万年他们又会变成什么样子呢？”

一小时后，奥洛斯壮离开了受损的母船，去与前方的庞大舰队建立联系。当小小的流线型飞船消失在繁星当中，奥尔维隆转向他的朋友，说了一句让鲁贡在未来的岁月里经常想起的话。

“不知道他们会是什么样子？”他若有所思地说，“他们会不会只是出色的工程师，却没有艺术和哲学呢？被奥洛斯壮赶上的时候，他们将会大吃一惊——我想这将会对他们的自豪感造成相当大的打击。有趣的是，所有与世隔绝的种族都认为自己在宇宙中是独一无二的。不过他们应该感激我们。我们会让他们省下好几百年的旅行时间。”

奥尔维隆瞥了一眼显示屏上那一抹有如银色薄雾般的银河。他朝它摇了摇触手，把整个环状的星系都揽了进去，从中央行星到边缘那些孤独的太阳。

“你知道，”他对鲁贡说，“我感觉挺害怕这些人的。万一他们不喜欢我们的小联邦怎么办？”他再次朝屏幕上凝聚如云的繁星挥挥触手。无数的太阳正散发着耀眼的光芒。

“我觉得他们会是非常坚定的人。”他又说，“我们最好对他们礼貌一点。毕竟，我们在数量上只比他们多十亿倍。”

听到船长的小玩笑，鲁贡笑了起来。

二十年后，这句话听起来不那么好笑了。

（译者：秦鹏）

技术错误

1946年12月首次发表于《幻想》（*Fantasy*）
收录于《争取明天》

自打记事开始，我就对第四维的概念着迷。事实上，我的第一个电视节目就是关于这个主题的——那是在一九五〇年五月，在伦敦亚历山德拉宫做的一段三十分钟的黑白电视直播！

这是那种没有人可以怪罪的事故。理查德·尼尔森进进出出发电机坑已经有几十次了。他在里面测量温度，以确定冷得变态的液氦没有渗透到绝缘材料中。这是世界上第一部利用超导原理的发电机。巨大定子的绕组被浸泡在氦浴中，几英里长的导线里，电阻小到无法用任何人类已知的方法测量出来。

尼尔森满意地注意到，温度的下降并没有超过预期。隔热材料正在起作用。将转子落置到坑中会比较安全。那个重达一千吨的圆柱体此刻正悬挂在尼尔森头上五十英尺[1]处，仿佛一把巨大落锤的锤头。

① 英尺：英制度量单位。1英尺约等于0.3米。

等到它被放低并安装到轴承上，再被接合到涡轮井中，他和电站中的其他所有人都会更加放心。

尼尔森收起笔记本，开始向梯子走去。在坑的几何中心，他与命运相逢了。

在过去的一个小时里，随着晨昏交接的区域扫过大陆，电网的负载一直在稳定增加。当最后一缕阳光从云层中消失，高速公路干线上忽然光华流溢，绵延无数英里。城市里亮起了数以百万计的荧光灯管；家庭主妇们打开电磁炉准备晚餐；兆瓦级电表的指针开始在刻度盘上爬升。

这些都是正常的负载。但是，在南方三百英里处的一座山上，一部巨大的宇宙射线分析器正忙着启动，以等待摩羯座一颗刚刚爆发的超新星发出的射线暴——天文学家们一个小时之前才探测到它。没过一会儿，它那五千吨重的电磁绕组便开始从闸流管转换器里抽取巨大的电流。

在西边一千英里处，大雾正在慢慢逼近这个半球最大的机场。现如今谁也不怎么担心雾，因为所有飞机都可以在能见度为零的情况下凭借自己的雷达降落，不过终归还是没有雾更好一点。于是，巨大的散雾器开始运转，将近一千兆瓦的能量开始辐射进夜空，令细小的水珠凝聚起来，在雾障当中开辟出一条条宽敞的通透区域。

电站的载荷表再次蹿升，值班工程师命令备用发电机投入运行。他心想要是那台新的大机器已经完工了该多好，那就不会再有这样的焦虑时刻了。不过他认为自己还能应付。半小时后，气象局通过电台发布了一条常规霜冻警告。六十秒钟之内，作为预防性的应对，超过一百万台电炉被打开了。载荷表超过了危险标记并继续飙升。

伴着一声巨响，三个巨型断路器从触点上跳开。它们的电弧在猛烈喷发的氦流下熄灭了。三个电路已经断掉——然而第四个断路器没能跳开。慢慢地，巨大的铜棒开始发出樱桃红色的光芒。灼热的绝缘材料令空气中充满了刺鼻的气味，熔化的金属重重地滴落到下面的地板上，立即在混凝土板上凝固。忽然之间，负载端从支撑结构上脱开，导体随之下垂。铜燃烧发出的灿烂绿色弧光倏然迸发又随着电路断开而熄灭。巨大导体的自由端跌落了大概十英尺，撞入了下面的设备。在不到一秒钟的时间内，它们将自己焊接到了通往新发电机的电线上。

在机器的绕组当中，人类还不曾创造过的强大力量开战了。没有电阻抵抗电流，但是巨大绕组的电感延迟了强度峰值的到来。在持续数秒的巨大浪涌中，电流上升到最大值。在那一瞬间，尼尔森到达了坑的中心。

接下来，电流开始自我稳定，在一个越来越窄的范围之内剧烈地振荡。然而它终究没有到达稳定状态，到了某一刻，最高级别的安全装置开始运行，原本就不该产生的电路又被断掉了。随着最后一阵几乎和第一次同样猛烈的垂死痉挛，电流迅速地退去了。一切都结束了。

应急灯再次亮起时，尼尔森的助手走到转子坑的边缘。他不清楚出了什么事，但知道一定很严重。身在五十英尺深处的尼尔森，一定很想知道怎么回事。

“你好，迪克！”他喊道，“你忙完了吗？我们最好去看看出了什么问题。”

没有回答。他从大坑边上探着身子往里面看。光线很差，转子的阴影令人很难看清下面。一眼看去坑仿佛是空的，但这不可能。就在几分钟前，他亲眼瞧着尼尔森进去的。他又喊了一次。

“你好！你没事吧，迪克？”

还是没有回音。助手有点担心了，开始顺着梯子往下爬。爬到一半的时候，传来一个奇怪的声音，就像一个玩具气球在很远处爆炸了一样，引得他扭头看了看。这时他看到尼尔森正躺在坑中心覆盖着涡轮机轴的临时木质结构上。他一动也不动，而且他躺的角度让人觉得很不对劲。

门一开，首席物理学家拉尔夫·休斯从他凌乱的桌子上抬起头。夜晚的灾难过去之后，一切正在慢慢恢复正常。幸运的是，这次故障对他的部门影响不大，因为发电机没有损坏。他很高兴自己不是总工程师：默多克还是会被成堆的文件所淹没。这个想法让休斯博士相当满意。

“你好，医生。”他向来访者打招呼，“什么风把你吹来了？你的病人怎么样了？”

桑德森医生略一点头。“他再过一两天就能出院了。但是我想和你谈谈他。”

“我不认识那家伙——我从来不接近电厂，除非董事会集体下跪求着我去。毕竟，是默多克在挣运营那个地方的薪水。”

桑德森挖苦地笑着。总工程师和这位年轻的杰出物理学家对彼此毫无好感。他们的个性差异太大，而且理论专家和“应用型”的人之间总是不可避免地较着劲。

“我觉得这件事正合你口味，拉尔夫。不管怎样，这超出了我的能力范围。你有听说尼尔森出了什么事吗？”

“电涌击中我的新发电机的时候，他正在里面，是不是？”

“没错。电流再次被切断的时候，他的助手发现他休克了。”

“哪种类型的休克？不可能是电击造成的。绕组显然是绝缘的。不管怎么说，我猜他们发现他的时候，他正在坑中央呢。”

“非常正确。我们不知道发生了什么。不过他现在已经恢复了理智，而且似乎没有什么不妥——除了一件事。”医生犹豫了一下，像是在小心翼翼地斟词酌句。

“行了，说吧！别卖关子啊！”

“我判断尼尔森不会有什么问题之后就离开了他，但是大约一个小时后，护士长给我打电话，说他有急事要跟我谈谈。我到病房时，他正在病床上坐着呢，满脸困惑地看着报纸。我问他怎么了。他回答说：‘医生，我出了点状况。’我说：‘那还用说，不过你再过几天就能出院了。’他摇了摇头。我能看出来他的眼神里透着担忧。他拿起刚刚在看的那张报纸，指着它。‘我不会阅读了。’他说。

“我给出了失忆症的诊断，心说这可太闹心了！谁知道他还忘记了什么？尼尔森一定看明白了我的表情，因为他接着说：‘哦，我仍然认识这些字母和单词——但它们是反向的！我想我的眼睛一定出了什么问题。’他又举起报纸。‘这看起来就像我在镜子里看到的一样。’他说，‘我可以一个字母一个字母地把每个单词分别拼出来。请给我拿一面镜子好吗？我想做个尝试。’

“我照做了。他把报纸拿到镜子前，看着里面的倒影，然后开始大声朗读，以正常的速度。但是这个技巧谁都学得会——排字工人还得拿字模那么做呢——我对此并不感兴趣。另一方面，我不明白像尼尔森这么聪明的家伙为什么会做出那样的行为。所以我决定迁就他一下，心想这次打击肯定让他的头脑有点扭曲了。我很肯定他是在经历某种错觉，尽管他看上去完全正常。

“过了一会儿，他把报纸收起来，说：‘那么，医生，你怎么看？’我不知道该说什么才能不伤害他的感情，于是我就推卸责任，对他说：‘我看我该把你交给心理学家汉弗莱斯博士了。你的情况已经超出我的领域了。’然后他说了一些关于汉弗莱斯博士和他的智力测试的话，由此我推断他已经遭过他的罪了。”

“没错。”休斯插嘴道，“所有人在加入公司之前都要经过心理部门的严格盘问。饶是如此，某些过了关的货色还是挺让人吃惊的。”他若有所思地补充道。

桑德森医生笑了笑，继续他的讲述。

“我正要起身离开，尼尔森说：‘哦，我差点忘了。我想我一定是摔到右臂了。我感觉手腕严重扭伤。’‘那咱们瞧一眼。’我说着，弯下腰去拉他的胳膊。‘不对，是这边。’尼尔森说着举起了他的左手腕。我继续顺着他，回答说：‘随你的便吧。不过你说的是你的右手腕，是不是？’

“尼尔森看上去很困惑。‘对啊，怎么了？’他回答说，‘这就是我的右臂啊。我的眼睛可能有点不对劲，但这事儿是毋庸置疑的。这里有我的结婚戒指可以证明。我已经有五年都摘不下来这该死的东西了。’

“我吓了一大跳。因为你知道吧，他举起的就是他的左臂，左手上戴着戒指。我能看得出来，他说的是实话。那枚戒指不用锯是取不下来的。所以我说：‘你有什么独特的伤疤吗？’他回答说：‘我不记得有。’

“‘补过牙吗？’

“‘补过，好几颗呢。’

“我们坐在那里对视着，谁也不说话，这时一名护士去取尼尔森的病历。‘面面相觑，心怀狂野的猜测’，写小说的大概会这么描述当时的情形。护士回来之前，我突然想到了一个好主意。这是一个异想天开的想法，但是整个事情都在变得越来越离谱呢。我问尼尔森，我是否能看一下他口袋里一直带着的东西。就是这些。”

桑德森医生拿出了一把硬币和一本皮面的小日记本。休斯一眼就认出那是一本电气工程师的日记。他自己口袋里就有一本。他从医生手里拿过日记，随意地打开，带着一种当一个陌生人——更确切地说，是一个朋友——的日记落在自己手里时总会有的那种稍有内疚的感觉。

接下来，对拉尔夫·休斯来说，仿佛世界的根基正在倒塌。在此之前，听桑德森医生讲话的过程中，他的态度一直带着几分心不在焉，不知道对方讲这一大套到底是为了表达什么。但是现在，无可辩驳的证据就被他拿在手中，引起了他的注意，但背离了他的逻辑。

因为尼尔森的日记他一个字也看不懂。无论打印的还是手写的，所有的字都左右对调了，就像在镜子里看到的一样。

休斯博士从椅子上站起来，在房间里急匆匆地来回走了好几圈。他的客人静静地坐在那里看着他。走到第四圈时，他停在窗户前，望向笼罩在巨大堤坝阴影下的湖对岸。这景象似乎让他放下了心，于是他又转向桑德森医生。

“你是指望我相信，尼尔森因为某种缘故被水平翻转了，所以他的左右两边交换了位置？”

“我不指望你相信什么。我只是给你看看证据。如果你能得出其他结论，我会很乐于听一听。我还得说一声，我检查过尼尔森的牙齿。所有的填充物都调换了。如果可以的话，你不妨也解释一下这事。那些硬币也很有趣。”

休斯拿起来那些硬币，里面有一枚先令，就是有漂亮的新式绿铜王冠的那种，还有几枚便士和半便士。要是有人拿这几枚硬币找零，他会毫不犹豫地接受。由于并未具备出众的观察力，他从来没有注意过女王的头朝哪个方向看。但是上面的文字——休斯能想象出，如果这些奇怪的硬币被人注意到，造币厂会是怎样一番紧张慌乱的场面。像日记一样，它们也是横向颠倒的。

桑德森医生的声音打断了他的遐想。

“我已经告诉尼尔森，绝不要提及这件事。我要写一份完整的报告。文章发表后应该会引起轰动。但是我们想知道这是怎么发生的。因为你是新机器的设计师，所以我来找你征求意见。”

休斯博士似乎没有听见他的话。他坐在书桌前，摊开双手，小手指碰在一起。他生平第一次认真思考起了左与右之间的区别。

桑德森医生又过了好几天才让尼尔森出院。在此期间，他一直在研究这个特殊的病人，并为他的报告收集材料。在他看来，除了左右对调之外，尼尔森完全正常。他又开始学习阅读了。在最初的怪异消失之后，他的进步很快。他可能再也不会像事故发生前那样使用工具了。在他的余生中，世人会把他当成左撇子。然而，这不会在任何方面妨碍他。

桑德森医生已经不再猜测尼尔森这种状况的成因。他对电学知之甚少，那是休斯的工作。他很有信心，物理学家会在适当的时候给出答案。他之前一直都做得到。公司不是慈善机构，它有充分的理由留用休斯的服务。将在一周内投入使用的新发电机是他的智慧结晶，尽管他基本上没参与实际的工程细节。

休斯博士本人就不那么自信了。这个问题的严重程度很吓人，因为这已经牵涉了全新的科学领域。他意识到了这一点，而桑德森没有意识到。他知道只有一种方法可以让一个物体变成它自己的镜像。但是，如此奇妙的理论该怎么证明呢？

关于这次造成了大电枢充能的故障，他已经收集了所有能收集到的资料，并算出了在绕组导电的几秒钟内，流过其中的电流估计有多大。但是这些数字在很大程度上只是猜测。他希望他能重复这个实验以获得准确的数据。要是能说上一句“介不介意今晚某个时候我在发电机一号到十号之间打个完美的短接”，默多克脸上的表情肯定会很好玩。白搭，这个主意绝对通不过。

幸运的是，他仍然有工作模型。利用它开展的测试令他对发电机中心产生的场有了一些认识，但是其强度只是个猜测。它们一定很强。绕组能一直待在凹槽里，实在是一个奇迹。在将近一个月的时间里，休斯一直在努力计算，徜徉在原子物理学这个他离开大学后一直小心翼翼避开的领域。慢慢地，完整的理论开始在他的头脑中成形。他离最后的证明还有很长的路要走，不过道路是畅通的。再过一个月就能搞定了。

那部巨大的发电机本身曾在过去的一年里主宰着他的头脑，现在却显得微不足道。当它通过了最后的测试，并开始向系统输送成百万千瓦的电力时，同事们表达的祝贺他基本上都充耳不闻。他们肯定觉得他有点奇怪，不过他给别人的印象向来是有点不可捉摸。这正是别人对他的期望。如果被招于麾下的天才连点怪癖都没有，公司会感到失望的。

两周后，桑德森医生又来看他。他心情沉重。

“尼尔森回医院了。”他说，“我之前说他不会有什么事，我说错了。”

“他怎么了？”休斯惊讶地问。

“他快饿死了。”

“饿？这话到底什么意思？”

桑德森医生将一把椅子拉到休斯的桌前，坐了下来。

“过去几个星期我没有打扰你，”他开始说，“因为我知道你都在忙着研究自己的理论。我一直在密切观察尼尔森，并写我的报告。一开始，就和我对你说的一样，他看起来非常正常。我确信一切都会好起来的。

“然后我注意到他的体重在下降。过了一阵子我才确定这一点，然后我开始观察到其他更具专业性的症状。他开始抱怨身体虚弱，注意力不集中。他出现了各种缺乏维生素的迹象。我给了他特制的维生素浓缩物，但是没有任何效果。所以我又来跟你谈谈。”

休斯看起来很困惑，然后很恼火：“你给我打住吧，你才是医生好不好！”

“是的，但是我的理论需要一些支持。我只是一个默默无闻的医生，没有人会听我的，直到一切都太晚了。因为尼尔森快死了，我认为我知道为什么……”

罗伯特爵士一开始很固执，但休斯博士还是一如既往地得偿所愿。这一会儿董事会成员们还在往会议室里走，抱怨着刚刚召集的特别股东大会。一听说休斯要对他们讲话，他们更加困惑了。他们都知道这位物理学家和他的名声，但他是一位科学家，而他们都是商人。罗伯特爵士这是打算搞什么？

所有这些麻烦的肇事者——休斯博士——对自己的紧张感到恼火。他对董事会并无谄媚之心，但是罗伯特爵士是一个值得他尊敬的人，因此没有理由害怕他们。的确，他们可能会认为他疯了，但是凭借他过去的记录，这不会成为问题。不管他疯不疯，对他们来说他都值几千英镑。

桑德森医生走进会议室时，对他报以鼓励的微笑。这个微笑并不是很成功，但也起到了作用。罗伯特爵士刚刚讲完，以他特有的紧张样子拿起眼镜，怯生生地咳了一声。休斯已经不是第一次好奇，这样一个看起来胆小的老人是怎么统治如此庞大的商业帝国的。

“那么，休斯博士来了，先生们。他会——咳咳——向你们解释一切。我已经要求他不要讲得太专业。如果他上升到了高等数学那种高深的层面，你们可以随意打断他。休斯博士……”

物理学家开始慢慢地讲述他的故事，等到赢得了听众的信任，他的讲述就加快了速度。尼尔森的日记令董事会成员们惊讶地倒吸了一口气，而那些左右互换的硬币成了令人着迷的奇珍。休斯很高兴看到自己引起了听众的兴趣。他深吸了一口气，开启了他一直惧怕提及的话题。

“先生们，你们已经听说了发生在尼尔森身上的事情，但是我现在要告诉你们的事情更加令人震惊。我必须请求诸位非常认真地听。”

他从会议桌上拿起一张长方形的信纸，沿着一条对角线折起来，再沿着折痕撕成两半。

“这里有两个直角三角形，它们对应的边长都相等。我把它们放在桌子上——就这样。”他把两张三角形的纸并排放在桌子上，让它们斜边相接，形成了一个风筝形状的图形，“现在，当我把它们排列好，每个三角形都是另一个的镜像。你可以想象镜面是沿着斜边摆放的。这是我想让你们注意的一点。只要我让三角形一直待在桌面上，我就可以随意地滑动它们，但我永远无法将其中一个正好完全覆盖住另一个。就像一副手套，尺寸相同，但是不可互换。”

他停顿了一下，等待听众领会他的话。没人发出评论，于是他继续说。

“现在，如果我拿起其中一个三角形，把它在空中翻过来再放下，它们俩就不再是镜像了，而是变成了完全一样的——就像这样。”他照着自己的话做了一下，“这看上去很简单，事实上也确实简单。但是这个操作给我们上了非常重要的一课。桌子上的三角形是平面的物体，被限制在两个维度中。要把一个变成它的镜像，我必须把它举起来，在三维空间中旋转它。诸位明白我的意思吗？”

他环视了一下桌子周围。有一两名董事慢慢地点了点头，开始明白了。

“与此类似，要把一个立体的物体，比如一个人，变成它的类似物或者镜像，它必须在第四维中旋转。我再说一遍——第四维度。”

一阵紧张的沉默。有人咳嗽了，但那是因为紧张，而不是怀疑。

“四维几何，正如诸位所知，”——他们要真知道才怪了——“自从爱因斯坦时代之前就已经是数学的重要工具之一了。但是直到现在，它一直是数学领域里的虚构，在物理世界中没有真实存在。现在看来，在我们的发电机绕组中，那阵瞬间高达数百万安培的前所未有的电流，肯定在几分之一秒内，在足以容纳一个人的空间内，向四维空间造成了某种程度的扩张。我做了一些计算，已经能够确定当时实际产生了一个大约十英尺见方的‘超空间’：这里我们所说的是大约一万的四次方英尺的物质——而不是立方英尺。尼尔森占据了那个空间。电路断开时，场的突然坍塌造成了空间的旋转，尼尔森被左右颠倒了。

“我必须请求诸位接受这个理论，因为没有其他符合事实的解释。如果想查阅的话，这里是我的数学推导。”

他在观众面前挥舞着稿纸，好让董事们看到那一排排咄咄逼人的方程式。这种方法很管用——一直都很管用。他们表现出了肉眼可见的退缩。只有书记麦克弗森较为坚决。他接受过半技术性的教育，至今还会大量阅读科普材料，一有机会就喜欢拿来炫耀一番。不过他很聪明，乐于学习，休斯博士经常利用工作时间和他讨论一些新的科学理论。

“你说尼尔森在第四维被旋转了，但是我认为爱因斯坦已经证明过了，第四维是时间。”

休斯暗自叹息。他早就预料到会有这种跑题的言论。

“我指的是一个额外的空间维度。”他耐心地解释道，“我的意思是一个维度或者方向，与我们正常的三个维度成直角。愿意的话，你可以称之为第四维度。时间也可以被有所保留地视为一个维度。由于我们通常把空间看作三维的，因此习惯称时间为第四维。但是标签是人定的。既然我请求你允许我假定四维空间，我们就必须称时间为第五维。”

“五个维度！天哪！”某人在桌旁更远的位置上突然说道。

休斯博士实在是放不下这个机会。“亚原子物理学中经常假设有几百万维的空间。”他平静地说。

众人在震惊之中一句话也不说。看来谁也不打算就此争辩几句，哪怕是麦克弗森。

“现在我要介绍第二部分内容了。”休斯博士接着说，“在尼尔森被左右调换几周之后，我们发现他有点问题。他饮食正常，但似乎无法得到充足的营养。桑德森医生给出了解释，并将我们带入有机化学的领域。我很抱歉说出话来跟教科书似的，但是诸位很快就会意识到这对公司有多么重要。你们也会满意地认识到，我们大家全都身处同样陌生的领域。”

这话并不完全正确，因为休斯仍然些许记得学过的化学知识。但是这样说可以鼓励这帮懵然无知的家伙。

“有机化合物是由碳、氧、氢，以及其他元素的原子，在空间以复杂的方式排列而成。化学家们喜欢用织针和彩色的橡皮泥制作它们的模型。做出来的东西往往非常漂亮，看起来就像高级艺术品。

“那么，有可能存在这样的两种有机化合物，它们含有相同数目的原子，但是原子排列的方式是互为镜像的。它们被称为立体异构体，在糖中很常见。如果你把它们的分子并排放在一起，你会发现它们之间的关系就像一副手套一样。事实上，它们被称为‘右旋’或者‘左旋’化合物。我希望这一点我已经讲清楚了。”

休斯博士焦急地看了一圈。显然大家都听明白了。

“立体异构体具有几乎相同的化学性质，”他接着说，“不过还是有细微的区别。桑德森医生告诉我，在过去几年里人们已经发现，某些不可或缺的食品，包括范登堡教授新发现的几类维生素，具有的一些属性与其原子在空间中的排列相关。换句话说，先生们，左旋化合物可能对生命至关重要，而右旋化合物便没有任何价值。尽管它们的化学式是相同的。

“现在，诸位应该明白了，为什么尼尔森的左右互换比我们最初认为的要严重得多。这不仅是教他重新阅读的问题，在这种情况下——除了其哲学上的趣味——整个事情根本无关紧要。他实际上正在食物充足的情况下因饥饿走向死亡，原因仅仅是他不能吸收食物中的某些分子，就像我们不能把右脚放在左脚的靴子里一样。

“桑德森医生通过实验证明了这一理论的正确性。他克服了很大的困难，得到了许多维生素的立体异构体。范登堡教授听到我们的问题后，亲自合成了它们。它们已经明显改善了尼尔森的状况。”

休斯停顿了一下，抽出几张纸。他认为他要给董事会一定时间来为这次冲击做好心理准备。要不是有一个人命悬一线，这个场面会非常有趣。董事会就要被击中其最怕疼的地方了。

“先生们，你们将会意识到，由于尼尔森受伤——如果我们可以称之为受伤的话——是在他值班的过程中，公司有责任支付他可能需要的任何治疗费用。我们已经找到了这种治疗方法，诸位也许想知道，为什么我要占用你们这么多时间来告诉你们这件事情。原因很简单。生产必要的立体异构体几乎同提取镭一样困难——在某些情况下甚至更困难。桑德森医生告诉我，维持尼尔森的生命每天要花费超过五千英镑。”

沉默持续了半分钟，然后所有人同时开始说话。罗伯特爵士咚咚地敲着桌子，很快又恢复了秩序。紧急会议开始了。

三小时后，精疲力竭的休斯离开会议室，去寻找桑德森医生，发现他正在自己的办公室里焦躁不安呢。

“那么，最后怎么定的？”医生问。

“我害怕的方案。他们想让我把尼尔森再翻回去。”

“你能做到吗？”

“说实话，我不知道。我最大的期望就是尽可能准确地再现当初出故障时的情况。”

“就没有别的建议了吗？”

“不少呢，但是大多数很愚蠢。麦克弗森的点子最棒。他想用发电机掉转普通食物，这样尼尔森就可以吃了。我不得不指出，要让这台大机器为了这个目的停止运转，每年的花销将是几百万美元，而且不管怎样，绕组也撑不住几次。所以这个计划行不通。然后罗伯特爵士想知道，你是否能保证我们没有漏掉维生素，或者会不会还有没被发现的维生素。他的想法是，哪怕我们采用了人工合成饮食，也仍然可能维持不了尼尔森的生命。”

“你是怎么回答的？”

“我只能承认有这个可能。所以罗伯特爵士要和尼尔森谈一谈，希望能说服他冒这个险。如果实验失败，他的家人会得到照顾。”

两个人好一会儿都没说话。然后桑德森医生打破了沉默。

“现在你该明白外科医生经常要做出什么样的决定了吧。”他说。

休斯点头表示同意：“这是一个美丽的两难境地，不是吗？这个人完全健康，然而让他活下去的成本是每年两百万，而且我们甚至都不敢说花了钱就一定能成。我知道董事会最关心的是他们宝贵的资产负债表，但是我想不出来其他的方案。尼尔森只能冒险一试。”

“你不能先做些试验吗？”

“不可能的。把转子取出来是一项重大的工程作业。我们必须趁着系统负载达到最低时抓紧时间进行实验。然后我们将把转子安回去，并清理我们的人工短路造成的混乱。所有这些都必须在峰值负载再次出现之前完成。可怜的老默多克为此气得要命。”

“这不能怪他。实验什么时候开始？”

“至少几天内不会。即使尼尔森同意，我也得先把所有的装备都准备好。”

没有人知道罗伯特爵士在跟尼尔森共处的那几个小时里对他说了什么。休斯博士将准备工作做到一半的时候，电话铃响了，老人用疲惫的声音说：“休斯？准备好你的装备。我和默多克谈过了，我们敲定了周二晚上的时间。到那时你能行吗？”

“可以的，罗伯特爵士。”

“好。周二之前，每天下午给我一份进度报告。就这样了。”

巨大的圆柱形转子悬挂在锃亮的塑料地板上方三十英尺高处，占据了巨大的房间内的绝大部分空间。一小群人静静地站在阴影笼罩的坑边，耐心地等待着。休斯博士的设备——多波束示波器、兆瓦表和精密计时器，以及为在计算敲定的瞬间搭建电路而制造的特殊继电器——都被连接就绪，临时的布线错综复杂，好似迷宫。

这是最大的问题。休斯博士无法判断回路应该在什么时候闭合。电压最大时？电压为零时？还是电压位于正弦波上的某个中间点时？他选择了最简单、最安全的路线。电路将在电压为零的时候接通，何时再次断开则取决于断路器的速度。

再过十分钟，电厂服务范围内的最后几家大工厂就要关门过夜了。天气预报令人放心，早上之前不会有异常负载。在那之前，转子必须回到原位，发电机必须恢复运转。幸运的是，独特的构造方法使机器很容易重新组装，不过整套流程安排得非常紧张，容不下片刻耽搁。

尼尔森在罗伯特爵士和桑德森医生的陪同下进来时，脸上一丝血色都没有。休斯想，搞不好他这是在走向法场啊。这个想法有点不合时宜，他赶紧把它压了下去。

正好有足够的时间对设备进行最后一次其实相当没有必要的检查。他刚完成，就听到罗伯特爵士平静的声音。

"我们准备好了，休斯博士。"

他摇摇晃晃地走到坑边。尼尔森已经下去了，按照得到的指示站在坑的正中央。远远看去，那张仰起的脸变成了一个白色的斑点。休斯博士略一挥手表示鼓励，然后转身离开，回到他的设备旁边的人群当中。

他轻弹示波器的开关，又摆弄了同步控制装置，直到主波的一个周期固定在屏幕上。然后他调整了相位：两个明亮的光点沿着波相向而行，直到在几何中心合并。他瞥了默多克一眼，默多克正目不转睛地盯着兆瓦计。工程师点点头。默默祈祷后，休斯按下了开关。

中继单元发出了极其细微的咔嗒声。顷刻之间，巨大的导体在三百英尺外的切换室里轰然跌落，整座大楼似乎都在晃动。灯光渐渐暗淡，几乎熄灭。然后一切都结束了。断路器快得就像爆炸一样，将线路恢复了风平浪静。光线恢复正常，兆瓦计的指针在刻度盘上回落。

设备经受住了过载。但是尼尔森呢？

休斯博士惊讶地发现，六十高龄的罗伯特爵士已经走到了发电机那里。他站在大坑的边缘俯视着。物理学家慢慢地走到他身边。他不敢走快。一种越来越强烈的不祥预感充满了他的头脑。他已经开始想象尼尔森身体扭曲地躺在坑中央，毫无生气的眼睛向他们投来责备的目光。接下来，一个更可怕的想法出现了。万一场坍塌得太快，而反转只完成了一部分呢？再过一会儿，他就会知道最坏的情况了。

没有什么比完全出乎意料的打击更大的了，因为头脑没有机会准备防御。当休斯博士到达发电机时，他几乎做好了应对任何状况的心理准备。几乎，但还是差了一点……

他没想到会发现里面是空的。

后来发生了什么，他怎么也记不清楚了。当时默多克似乎掌控了局面。现场好一番忙乱，工程师们蜂拥而至，更换巨大的转子。在远处的某个地方，他听到罗伯特爵士一遍又一遍地说："我们尽力了——我们尽力了。"他肯定有所回应，但是不知为何一切都很模糊……

在黎明之前天色灰蒙的几个小时里，休斯博士从断断续续的睡眠中醒来。整晚他都在做梦，多维几何的奇异幻想在脑海挥之不去。他看到了不合常理的形状和纵横交错的平面构成的邪异宇宙，而他注定要在那些平面上永无休止地挣扎，逃避某种不可名状的恐怖。他梦见，尼尔森被困在一个非现实的维度中，他试图接近他。有时候他变成了尼尔森本人，想象着那个熟悉的宇宙就在自己周围，但是被扭曲成了奇怪的样子，还被无形的墙隔离开来。

当他在床上挣扎起身时，噩梦渐渐消失了。他抱着头坐了一会儿，脑子开始清醒。他知道怎么回事了。这已经不是他第一次在夜里灵机一动，找到一些难题的解决之道了。

在他的脑海里正在自动拼接起来的拼图还有一块缺失。只有一块——而他突然间就想到了。尼尔森的助手在描述第一次事故时说了一些话，当时听起来无关紧要，休斯完全没放在心上，直到现在。

"我往发电机里面看的时候，好像没有人，所以我开始顺着梯子往下爬……"

他真是个傻瓜！老麦克弗森还是说对了，或者说对了一半！

场在空间的第四维中翻转了尼尔森，但是在时间维度上也发生了偏移。第一次，偏移只有几秒钟。这一次，他再怎么用心，情况也肯定有所不同。未知的因素太多了，理论也有一半以上是猜测。

尼尔森在实验结束时并没有在发电机里面。但他会出现的。

休斯博士感到自己出了一身冷汗。他想象那个千吨重的圆柱体，在五千万马力的驱动下旋转着。万一有什么东西在它已经占据的空间里突然出现会怎样?

他一下子跳下床，抓起了通往发电站的专线电话。不能再浪费时间了——转子必须立即拆除。默多克可以晚些时候再提意见。

不知什么东西轻轻地抓住了房子的地基，来回摇晃起来，就像一个困倦的孩子摇拨浪鼓。灰泥从天花板上片片剥落。墙上像变魔术一样出现了网状的裂纹。灯光闪烁，忽明忽暗。

休斯博士拉开窗帘，望向群山。佩兰山山麓之外的电站不见了，但是在它的位置上，赫然出现的海量碎屑正朝着破晓时分的暗淡天光缓缓飞起。

（译者：秦鹏）

陨落孤魂

1947年4月首次发表于《幻想》（*Fantasy*），作者笔名为“查尔斯·威利斯”

收录于《阿瑟·克拉克最佳作品集，1937年—1955年》

沃尔特·吉林斯，《幻想》的编辑，同时也是英国第一本科幻杂志《奇妙故事》（*Tales of Wonder*）的编辑。更重要的是，我第一台打字机就是他送的，当时我坐着一辆伦敦公交车从他位于伊尔福德的家中带回了我的家。他还是我遇到的编辑当中，唯一会以“故事对他来说太优秀，他的竞争对手会给出更高稿酬”为由拒稿的。

“宇宙中大部分物质的温度都很高，以至于没有任何化合物存在，原子本身除了内部的电子屏障，其他的电子都被剥离了。只有在那些被称为行星的极其罕见的天体上，才能存在人们熟悉的元素和它们的组合，而在更加罕见的情况下，才会产生被称为生命的现象。”

——几乎所有二十世纪初的天文学书籍

风暴还在上升。他早已不再与之抗争，尽管上升的气流正在将他带入比他日常所在的层级高出万里的苦寒区域。他隐隐约约地意识到自己的错误：他根本就不应该进入扰动区域，但是斑点发展得那么迅速，现在已经没有机会逃脱了。时速百万英里的风在从深层爬升的过程中攫取了他，正沿着它在光球上撕开的巨大通道——大到足以吞噬一百个世界的通道——把他携向上方。

环境非常寒冷。在他的周围，碳蒸气正凝结成一团炽热的尘埃，又被狂风迅速撕开。这是他从来没有遇见过的事情，但这些短命的固体物质颗粒在他的身体里呼啸而过的时候，没有留下任何感觉。现在，它们不过是远在下方的发光条带，狂暴的运动早已化作轻柔的荡漾。

他已经抵达了一个真正巨大的高度，而速度没有丝毫降低的迹象。地平线几乎远在五万英里之外，整个大斑点在下方清晰可见。虽然他没有眼睛或者其他视觉器官，但穿过他身体的辐射模式构建出一幅下面的壮阔场景。现在这个旋涡已经深达数千英里，就像一个巨大的伤口，太阳的生命正通过那里向太空中流逝。从一侧边缘伸出一条长长的火舌，冒着垂直扫过的劲风形成了一座没有完全成型的桥梁。几个小时后，它如果还能存在，就可能横跨深渊，将斑点一分为二。碎片会飘散开来，淹没在光球的火焰当中，很快，这个伟大的球体将再次白璧无瑕。

太阳还在后退，他缓慢而昏沉的意识渐渐明白，他再也回不去了。将他抛入太空的喷发并没有给他足够永远逃离的速度，但是第二股巨力开始发挥其威力。他一生都在遭受太阳辐射来自四面八方的狂轰滥炸。现在不再是这样了。太阳已经远远地躺在下面，它的辐射力正像一股强大的风，把他赶到太空中。他的身体由比空气还要纤薄的离子云构成，正在迅速地落入外部的黑暗之中。

现在，太阳是在遥远的后方一枚不断缩小的火球，而大斑点不过是其圆盘中心附近的一块黑色污迹。前方是一片黑暗，密实无隙，因为他的感官太过粗陋，根本察觉不到微弱的星光，还有圆形轨道上的幽暗行星。他所能感知的唯一的光源正在远去。为了节省能量，他拼命地将身体聚拢成一个紧密的球形云团。现在他的密度几乎和空气一样大，但是亿万颗构成他的离子之间静电排斥力太大，无法进一步集中。等到他的力量终于弱下来，它们就会消散在太空中，他的存在将留不下丝毫痕迹。

他一直没有感觉到前方远远传来的引力，也没有意识到自己的速度变化。但是此时此刻，自己正在接近磁场的第一个微弱迹象传到他的意识中，令它懒洋洋地运转起来。他努力将自己的感觉伸向黑暗，然而对一个以太阳光球为家的生物来说，所有其他天体都太暗了，它们的光甚至要增强几十亿倍才能勉强被看到。他正在坠入的那个稳步变强的场是一个谜，是他原始的心智无法理解的。

大气层脆弱的外围边缘遏制了他的速度，他缓缓地朝看不见的星球落去。穿过电离层时，他感觉到两次奇怪的撕裂感；然后，以不比一片雪花更快的速度，他在冰冷、稠密的低层空气中飘落。下降花了许多小时，等到最终停在一个坚硬得超乎想象的表面上时，他的力量在慢慢流逝。

大西洋的海水沐浴着灿烂的阳光，但是对他来说，除了遥不可及的太阳发出的微弱光芒，黑暗是绝对的。漫漫无垠的岁月里，他一直躺在那里动弹不得，而体内的意识之火在慢慢衰弱，他残留的最后一点能量也逐渐化入难以想象的寒冷。

很久以后，他才注意到黑暗中远远跳动着奇怪的新辐射——一种他从未经历过的辐射。他迟钝地把心思转向它，思考着它可能是什么，来自什么地方。它比他想象中要近，因为它的动作清晰可见，现在它正爬上天空，靠近太阳本身。但它并不是第二个太阳，因为那奇异的照射时明时暗。变化周期中只有一小部分时间，它才会完全地照在他身上。

那团神秘的光越来越近。随着亮度搏动的节奏越来越激烈，他觉察到一种奇怪而猛烈的共鸣，似乎要撼动他的整个存在。现在它像链枷一样打在他身上，撕扯着他至关重要的部位，令他放松了对自己生命的最后坚持。对于这个被压缩过但仍然巨大的身体的外部区域，他已经彻底失去了控制。

末日迅速到来。难以忍受的光辉直接罩在他的头上，不再是脉动，而是连绵不断的倾泻。然后，不再有痛苦，也不再有惊奇，更不再有对他永远失去的巨大金色世界的黯然神往……

从巨大飞翼下的流线型整流罩上，细长的雷达波束正扫视着大西洋，直到海天交接之处。环视扫描显示器上，隐约可见的时基线与之同步旋转，将下面的一切构建成画面。此刻屏幕上空空如也，因为爱尔兰的海岸在三百多英里之外。除了偶尔出现的一个明亮的蓝点——从五万英尺的高度看去，最大的水面舰艇就是这个样子——什么也看不见，再过三小时，美洲东海岸将开始飘进画面。

领航员通过北大西洋无线电网格不断地检查他的位置，很少需要航班雷达的这一部分。但是对乘客来说，散步甲板上的暗迹管指示器是一个永久性的兴趣源泉，特别是在天气不好的时候，除了起起伏伏的云顶，下面什么也看不见。即使是在这个时代，雷达降落还是会给人一种神奇的感觉。无论以前看过多少次，看着海岸线图案出现在屏幕上，辨认出港口和航道，以及现在下方陆地上的山丘、河流和湖泊，都是让人着迷的事情。

对在欧洲休假一周后归来的爱德华·林赛来说，环视扫描显示器具有双重意义。十五年前，作为解放战争中一名年轻的海岸司令部无线电观察员，就在这片海域上空，他曾经在漫长的时间里不辞辛苦地盯着眼前这个五英尺大屏幕的原始前身。回想到那些日子，他的脸上露出狡黠的笑容。他想，如果那时候的他能看到现在的自己，一个成功的会计师，在大西洋上空十英里处以接近音速的速度舒适地旅行，他当时会怎么想呢？他还想到了蜜糖号的其他船员，不知道在这些年里他们身上又发生过什么。

在扫描区域的边缘，一个微弱的光斑刚刚穿过了三百英里范围的外圈，开始飘进画面。这很奇怪：那里没有陆地，因为亚速尔群岛在更南边。此外，它的清晰度看起来也太差，不可能是一个岛屿。唯一的可能是，那是一片下着大雨的风暴云。

林赛走到最近的窗口，向外看去。天气格外好。远处，大西洋的海水正向东涌向欧洲。就算是地平线处，天空也是湛蓝无云。

他回到环视扫描显示器那里。回波显然是非常奇怪的。它大致呈椭圆形，据他判断大约有十英里长，不过距离还太远，无法实施准确的测量。林赛在心里快速地计算了一下。再过二十五分钟，它就差不多应该到他们的下方了，因为它被表示飞机航向的亮线整齐地一分为二。轨迹？航线？天哪，对这些事情人遗忘得可真快啊！不过这并不重要——以他们的飞行速度，风是不会造成什么影响的。他到时候再来看看，除非酒吧里的那帮人又缠住了他。

二十分钟后，他更加疑惑了。黑漆漆的屏幕上闪烁着蓝色的小椭圆光斑，现在离他只有五十英里了。如果那真是一朵云，那就是他见过的最奇怪的一朵云。但是画面的比例还是太小了，他分辨不清任何细节。

显示器的主控装置被安全地锁在一个告示下面，告示上写着："乘客不得将空杯子放在暗迹管上。"不过有一个控制装置是留给所有来客使用的。凭借一个巨大的三档开关——肯定是玩不坏的，任何人都可以在暗迹管的三个扫描范围中做出选择：三百英里、五十英里和十英里。通常使用的是三百英里的画面，但是更有限的五十英里扫描能够提供更丰富的细节，非常适于观察陆地。十英里范围相当无用，没有人知道为什么会有这样一档设置。

林赛把开关调到五十英里，画面仿佛发生了暴涨。一直靠近屏幕中心的神秘回波，现在又回到了边缘，放大了六倍。林赛一直等到旧画面的余迹消失，才俯下身子，仔细观察新画面。

回波几乎填满了四十英里和五十英里范围圈之间的空隙。现在他能清楚地看到它，而它的奇特让他几乎忘记了呼吸。从它的中心放射出一团奇特的丝网，而在它的中心则闪耀着一个也许有两英里长的明亮区域。这只能用幻觉来解释——但他可以发誓，中心的斑点正在非常缓慢地搏动着。

林赛盯着屏幕，几乎不敢相信自己的眼睛。他看呆了，仿佛入了定，直到那团椭圆形的迷雾离他不到四十英里；然后他跑到最近的电话机前，叫来船上的一位无线电人员。在等待的时候，他又来到观察口，望着下面的大海。至少一百英里以内的地方都在他的视野内——但是除了蓝色的大西洋和开阔的天空，到处都空无一物。

从控制室到散步甲板有很长一段路要走，阿姆斯特朗副中尉赶到时，那个物体的距离只有不到二十英里了。他用礼貌但并不谄媚的服务态度掩饰着烦躁。林赛指了指暗迹管。

“看！”他言简意赅地说。

阿姆斯特朗副中尉看了一下，一时间沉默不语，然后喉咙里挤出个奇怪的声音。他像被蜇了一下似的跳了回去，然后又向前倾了倾身子，用袖子擦着屏幕，好像想擦掉什么不该有的东西。他及时停住了这个动作，对着林赛傻傻地笑了笑，然后走到观察窗前。

“那里什么也没有。我已经看过了。”林赛说。

最初的震惊之后，阿姆斯特朗的行动速度值得称道。他跑回了暗迹管，用主钥匙打开了控制装置，动作麻利地进行了一系列调整。顿时，时基线开始以极大的速度旋转起来，构建出比之前更连续的画面。

它现在清晰多了。明亮的核心在跳动，微弱的光结正沿着放射状的丝线慢慢向外移动。看得入迷的时候，林赛突然想起他曾经在显微镜下看到的变形虫。显然，副中尉也想到了同样的事情。

“它——它看起来是活的！”他满心狐疑地低声说。

“我知道。”林赛说，“你认为它是什么？”

对方犹豫了一会儿：“我记得曾经读到过，阿普尔顿或者其他什么人在大气层低处探测到了电离斑块。它只可能是那种东西。”

“但是它的结构！你怎么解释？”

另一个人耸了耸肩。“解释不了。”他直截了当地说。

它现在到了他们的正下方，消失在屏幕中心的盲区里。在等待它再次出现的时候，他们又看了看下面的海洋。真是不可思议，还是什么都看不到。但是雷达不可能说谎。那里肯定有什么东西——

一分钟后再次出现时，它正在快速地消逝，仿佛雷达发射器的全部功率摧毁了它的凝聚力。因为丝线正在碎裂，甚至就在他们的注视下，这个长达十英里的椭圆形开始瓦解。这种景象让人有种敬畏的感觉，出于某种难以理解的原因，林赛感到一阵怜悯，仿佛他正在目睹某种巨大野兽的死亡。他恼怒地摇了摇头，但他无法将这个念头从脑海中抹去。

* * *

二十英里外，最后的电离痕迹正在随风飘散。很快，眼睛和雷达屏幕都只看到一望无垠的大西洋海水无休止地向东涌动，仿佛没有任何力量能够干扰它们。

而隔着大显示器的屏幕，两个人无言地对视着，谁都不敢猜测对方心中的想法。

（译者：秦鹏）

地心烈焰

1947年8月首发表于《幻想》（*Fantasy*），篇名《“E. G.O”布莱恩》

收录于《争取明天》

“这个，”卡恩沾沾自喜地说，“你会感兴趣的。拿去看看！”

他把刚刚读过的文件推了过来。我决定打报告叫他走人，这已是第N次了，如果还不行，那就我走。

“这是什么？”我不耐烦地问。

“一份长篇报告，是一位叫马修斯的博士写给科技部长的。”他在我面前挥了挥报告，“读读看嘛！”

我兴致不高地翻看起来。几分钟后，我抬起头勉强承认道：“也许你是对的——不过仅限这一次。”我没再说话，直至全部看完……

亲爱的部长先生：

应您的要求，以下是关于汉考克教授所做实验的特别报告。该实验的结果出人意料，非同凡响。我没有时间将其转换成更正规的形式，只好向您呈上报告的口述稿。

鉴于您日理万机，时间有限，或许我该简述一下我们与汉考克教授的合作事宜。教授于一九五五年被封为男爵，并一直担任布兰顿大学电气工程系的主任，此后他获得批准，可以无限期休假以开展他的研究。在这期间，前能源与动力部的首席地质学家克莱顿博士也加入了该项目，这项研究得到了保罗基金和英国皇家学会的资金援助。

教授希望发展声呐技术作为精准地质学勘探的手段。如您所知，声呐相当于声波的雷达，尽管人们对它不太熟悉，但在几百万年前，蝙蝠便在夜间有效地利用它捕食昆虫并绕开障碍物了。汉考克教授打算向地下发送高功率超声波脉冲，利用回声建立图像，了解地下结构。图像可以通过阴极射线管屏幕展现。飞机上的雷达可以透过云层显示地形，教授的整套系统与之十分相似。

到一九五七年，两位科学家取得了部分成功，却也耗光了全部资金。一九五八年初，他们直接向政府申请固定拨款。克莱顿博士指出，这套装置拥有巨大的价值，它就像一台可以穿透地壳的X射线机。能源部批准之后，把申请材料转给了我们。其时贝尔纳尔委员会刚刚发表一份报告，我们担心这个卓有价值的项目会因此被搁置而广受批评。于是我立刻去拜访这位教授，随后递交了一份表示赞成的报告。几天后，我们提供的第一笔资金（编号5/543A/68）到位。从那时起，我一直与他们保持联系，并在某些方面提供了一些技术支持。

实验中用到的设备十分复杂，原理却非常简单。一台特制的发射器在盛满稠密有机质溶液的水池中持续不断地旋转，发出超高功率的短波超声波脉冲。脉冲波穿过地表，如雷达波束一般“扫描”地下，产生回声。再经由一个设计独特的延时电路——我就不在这里讲述它的工作原理了——我们便可以选择任意深度的回声构成图像，这图像展示的是经过探查之后的地层，并将在阴极射线管屏幕上显现出来。我第一次拜访汉考克教授时，他的仪器还相当简陋，但已经可以显示地下几百英尺的岩石分布情况了，我们还能清楚地看到穿过他实验室地下的巴克罗地铁线的一部分。教授的成功秘诀主要取决于超声波喷发的剧烈强度，从一开始，他的仪器就能产生高达几百千瓦的峰值能量，这些能量几乎全被发射到地下。在发射器附近逗留并不安全，我注意到，仪器周围的土壤变得相当温暖。我还惊讶地发现，周围地区常有大量鸟群聚集，随后得知它们都是被泥土中数以万计的死虫子吸引来的。

到了一九六〇年，克莱顿博士去世，这时该设备的工作功率可达百万瓦，可以获得地下一英里深处的清晰地层图像。克莱顿博士将探测结果与已知的地理学数据相对照，确定无疑地证实了这些信息的价值。克莱顿博士死于车祸是场重大的悲剧。长期以来，他都对教授施加正面的影响，而教授本人对这项工作的实际应用一向漠不关心。不久以后，我注意到教授的着眼点有了显著的转移，几个月后，他对我说，他有了新的远大目标。那时我一直劝说他发表实验结果（他已经花掉了五万英镑，公共账目委员会的脸色也越来越难看），但他求我再多给他一些时间。

我想，我最好用他的原话解释他当时的态度，我还清楚地记得他说这些话时的独特语气。“你就不好奇吗？”他说，“想没想过地球内部的样子？我们只用煤矿和水井在地球表面挠过痒痒，可地层深处依然跟月球背面一样神秘莫测。

“我们知道，地球的密度不合规律——比地壳中岩石和土壤含量的密度高多了。地核也许是由固态金属构成的，但直到如今，没人能告诉我们真相。哪怕是地下十英里，压强也有每平方英寸三十吨以上，温度高达几百华氏度。地球最中心更是难以想象——恐怕压强会达到每平方英寸上千万吨。再过三两年，我们或许能登上月球，抵达群星，却对脚下四千英里深的炼狱火海一无所知，这不是很可笑吗？

“现在我能得到地下两英里的可辨识回声，但我希望在未来几个月里把发射器的功率提升到十兆瓦。有了这么大的能量，相信探测深度将增加到十英里，而这还没有结束。”

我被他震撼了，但同时，我又有点儿怀疑。

“听着不错。”我说，“可你探得越深，看到的就越少。压力会填平所有空隙，再深入几英里，就只剩下密度越来越大的同种物质了。”

“有这种可能。”教授表示同意，“但从传回来的图像中，我们能发现很多东西。不管怎么说，等我们探到那里，自然就能看见了。”

那是四个月以前的事了，直到昨天，我才见到研究结果。教授当时明显很兴奋，他邀我前去，我答应了，可他没告诉我究竟发现了什么——假设他真的有所发现。他向我展示了改良后的设备，还把新的接收器从有机液池里提起来。拾音器的灵敏度已经大大提高，仅这一项就将接收范围扩大到原来的两倍，这还不算增强的发射功率。看着那钢铁构架的机器缓慢地转动起来，感觉很怪异，要知道，它正在探索一片距离不远，人类却永远未能涉足的领域。

我们走进摆放着显示设备的小屋，教授异乎寻常地安静。他接通发射器，尽管那东西远在一百码开外，我依然感到一阵令人不适的酥麻。阴极摄像管屏幕亮了起来，缓缓转动的时间坐标出现在屏幕上，之前我已经见过很多次了，然而现在，由于发射功率和仪器灵敏度的提高，图像也变得更加清晰。我调节探测深度，仔细观察着地下世界，只见一条清晰的黑暗巷道横穿过发出暗淡光线的屏幕。我正在看着，突然间，巷道里仿佛充满了迷雾，我知道，那是一列地铁刚刚经过。

我继续向下深入。尽管这幅图像我已经见过好多次，但这么一大团明亮发光的物质迎面扑来，依然让我感到不可思议。我知道，它们都是地下的岩石——很有可能是五万年前冰河时代留下的残骸。克莱顿博士曾经做过一套表格作为参照，所以我们一路向下时可以辨认出不同的地层。我发现自己刚刚经过冲积层，接下来是厚厚的黏土层，这里储存着供应城市的地下水。不一会儿，黏土层也被抛到身后，我穿过了距地表一英里深的地下岩床。

图像依然清晰明亮，只是没什么可看的，因为地层结构基本毫无变化。压强已经升至一千个大气压，不久之后，任何空隙将不复存在，就连岩石自身都将化为流体。我继续一英里接一英里地下降，这时只有一团白雾在屏幕中浮动。有时声波遇到致密金属的集群或矿脉，回声返回，会将“白雾”吹开一阵子。随着深度增加，这种现象越来越少——或者是它们的体积渐渐变小，已经探测不到了。

当然了，图像的比例在不断扩大，现在从这一边到另一边已横跨好几英里。我感觉自己就像一个飞行员，身在万米高空，正穿过绵延不绝的云层俯瞰大地。有那么一瞬间，我突然想到自己正在看着一片无尽的深渊，顿时，一阵眩晕感袭来，整个世界在我眼里都不像以前那么坚固了。

深度接近十英里，我停下来看着教授。图像好长时间没有变化了，我知道，现在就连岩石都被压紧，变成了毫无特色、品相单一的物质。我快速心算一下，结果被吓了一跳，这里的压强已达到每平方英寸至少三十吨。现在，扫描仪转动得相当慢，渐渐式微的回声需要好几秒才能从地下深处挣扎着返回。

“好吧，教授，”我说道，“祝贺你，这是个惊人的成果。不过，我们好像已经到达地核了。我认为，从现在起直到地心，不会再有任何变化了。”他略带嘲讽地微笑。“请继续。”他说，“还没完呢。”

他的语气另有深意，让我有些迷惑，还有些警觉。我直勾勾地盯着他看了一会儿，在阴极显像管屏幕的蓝绿色荧光掩映之下，他的表情只是隐约可见。

“这仪器究竟能探多深？”我一边问，一边开动机器，继续向下。

“十五英里。”回答言简意赅。不知他是怎么做到的，上一次我能清晰看到的景象只停留在地下八英里。我继续向下穿过岩层，扫描仪越转越慢，现在它要花上五分钟才能转满一圈。教授站在我身后，我能听到他那沉重的呼吸声，他用双手紧紧握住我的椅背，甚至抓得咔咔直响。

突然，屏幕上出现了模糊的条纹。我激动地身体前倾，不知这是不是人类第一次观测到地球的钢铁核心。扫描仪迟钝得简直令人痛苦，它缓慢地转过一个直角，又转过一个，然后又一个……我直接从椅子上蹦了起来，口中大叫：“我的上帝啊！”然后转过脸看着教授。如此强烈的心灵震撼，我这辈子只有过一次——那是十五年前，我不经意打开收音机，却听到了第一枚原子弹爆炸的消息。那一次在意料之外，这一次更不在情理之中。只见屏幕上出现了一排排模糊的线条，相互交叉，纵横交错，形成一片完美而均匀的方格点阵。我有整整几分钟一句话都说不出，扫描仪又转了一整圈，我依然呆呆地站在那里。这时，教授轻轻地开口了，语气镇定得不合常理。

“我想让你亲眼看看，而不是由我来告诉你。现在这幅图像的直径有三十英里，每个方格的边长是两到三英里，你会发现这些纵线将集中于一点，而这些横线将弯成圆弧。我们看到的是一个巨大的同心圆结构的一部分，它的圆心一定位于北方几英里之外，也许就在剑桥区域内。至于它在另一个方向上延伸出去多远，就只能靠猜测了。”

“看在上帝的分上，这到底是什么？”

“呃，反正不是自然形成的。”

“太荒唐了！这可是十五英里深的地下！”

教授指了指屏幕。“天晓得这是怎么回事，我已经尽力了。”他说道，“可我没法相信这样的东西是自然形成的。”

我无话可说，于是他继续说下去：“三天前我就发现了它，当时我想试试看这台仪器的最深探测距离是多少。我还能探得更深些，但我发现眼前的结构密度太大，没法再传送声波了。

“我想过十多种理论，但最后只有一条站得住脚。我们知道，那里的压强一定高达八千到九千个大气压，温度足以使岩石熔化，几乎是完全的真空。假设那里有生命存在——当然，绝不可能是有机生命——那一定是某种处于压缩态的高密度生命。这种生命物质的表层电子极少，甚至完全丧失。你明白我的意思吗？对这种生命来说，哪怕是地下十五英里处的岩石，产生的阻力也和水差不多——而我们，还有我们整个世界，在它们眼里更像是虚无缥缈的鬼魂。”

“那我们看到的东西是……”

“一座城市，或者类似的东西。你已经看到它的规模了，所以可以自行判断建造它的文明发达到了什么程度。我们已知的整个世界——包括海洋、大陆和山川——就像是一层薄雾，包裹着这个超出我们理解能力的世界。”

我们两个半晌无言。作为世界上最早发现这个惊天真相的二人之一，我简直要被震傻了。这一定是真的，不知怎的，我一点儿也不怀疑。而且我想知道，一旦真相公之于众，其他人会有何反应？

后来，我打破了沉默。“假如真是这样，”我说，“为什么它们——不管它们是什么——从来没跟我们接触过？”

教授怜悯地看着我。“我们已经算是一流的工程师了，”他说，“可我们费了多大的劲儿才发现它们？再说，我不相信从来没有过接触，想想神话里那些来自地下的生灵——巨怪、地精，等等。不，这不太可能——我收回刚才的话。不过，这个想法倒挺有启发性的。”

在这期间，屏幕上的线条始终没有改变，那模糊的网络一直闪烁着微光，挑战着我们的理智。我试着想象那里的街道、房屋，还有居住其间的生物。这种生物可以在白热的岩石间穿行，就像在水中巡游的鱼类。太梦幻了……然后我又想到，人类赖以生存的温度与压强的范围实在是太有限了。对宇宙中温度动辄上千甚至上百万的世界来说，我们——而不是它们——才是真正的怪物。

“那……”我结结巴巴地问，“我们该怎么办？”

教授急切地朝我俯过身来：“首先，我们必须多了解它们；然后，还得严格保密，直到我们确定真相。如果消息泄露出去，你能想象会造成多大的恐慌吗？当然，真相迟早会暴露，但我们可以一点一点地透露给世人。

“你应该明白，地质勘探已经不是我工作的重心了。接下来第一步，我们要修建一系列观察站，探明这片地下世界的范围。我设想它会以十英里为间隔向北延伸，但我打算先在伦敦南部建立第一座观察站，看看它的范围有没有这么广。整个工程必须秘密进行，就像二十世纪三十年代中后期，人们建造第一批军用雷达防线时一样。

“与此同时，我还要继续增强发射器的动力，希望能把波束的输出功率进一步调小，从而大幅增强能量集中性。不过这将涉及大量机械方面的难题，我需要更多的资助。”

我同意尽最大可能伸出援手，教授还希望您能尽快亲自光临他的实验室。在此附上一张屏幕截图的照片，尽管不如原版清晰，但我希望它能证明我们的观察结果并无差错。

我清楚地知道，我们向星际学会提供的拨款已使今年的总预算捉襟见肘，但我确信，对眼下这个发现立即开展研究，远比探索太空重要得多。它将对整个人类的哲学思想体系及未来发展都产生极其深远的影响。

我起身坐好看着卡恩。文件上有好多细节我还没搞清楚，但主要意思已经很清楚了。

“是啊，”我说道，“很有趣！照片在哪儿？”

他递了过来。照片质量很差，在转到我手上之前已经复制过无数次。但上面的条纹依然明显，我一眼就认出来了。

“他们确实是一流的科学家。”我钦佩地说，“没错，这是喀拉锡安。我们终于发现了真相，尽管这浪费了我们三百年的时间。”

“你不感到惊讶吗？”卡恩问道，“想一想你翻译的堆积如山的材料，还要费尽辛苦赶在它们蒸发之前全都复制一遍。”

我坐了一会儿，一言不发，心中想着这个奇怪的种族，而我们正在考察他们的遗物。那是唯一一次——绝没有第二次了——我沿着工程师开启的巨型通道爬上了影子世界。那是一次令人惊恐但又毕生难忘的经历，层层叠叠的增压服让我举步维艰，尽管隔着绝缘层，我仍能感觉到紧紧裹挟我的难以名状的严寒。

“真是太遗憾了。”我陷入了冥思，“我们的出现居然彻底毁灭了他们。他们是个聪明的种族，我们本可以向他们学到很多东西。”

“这不能怪我们。”卡恩说道，“我们从不相信在那么糟糕的环境中还有生物存在——接近真空，几乎是绝对零度。这是没办法的事。”

我无法同意：“我认为这恰恰证明他们才是更有智慧的种族，毕竟是他们先发现我们的。想当初，我爷爷说他探测到来自影子世界的辐射源，还说那一定不是自然形成的，结果人人都嘲笑他。”

卡恩用一根触手拂过这份手稿。

“我们确实发现了辐射源。”他说，“注意日期——正好是在你爷爷有了发现之前一年。这位教授一定搞到了充足的资金！”他令人不快地大笑起来，“当他发现我们钻出地表，就在他眼皮子底下，肯定把他吓得够呛！”

我几乎没听到他在说什么，一阵不自在的感觉突然袭过我的全身。我想到了铺展在伟大城邦喀拉锡安脚下数千英里深的岩层，它们的温度越来越高，密度越来越大，一直伸向地球神秘莫测的核心。然后，我转向卡恩。

“一点儿也不好笑。”我静静地说，“也许接下来就该轮到我们了！”

（译者：邹运旗）

传承

1947年首次发表于《新世界》（*New Worlds*）第3期，作者笔名为“查尔斯·威利斯”

收录于《远征地球》

正如大卫所说，当一个人从二百五十千米的高空坠落在非洲时，仅仅脚踝骨折也许算得上有些扫兴，但还是挺疼的。不过他戏言道，最让他痛苦的是，我们都冲到沙漠里去看A.20怎么样了，之后过了几个小时才赶到他身边。

“理智点，大卫，”吉米·兰福抗议道，“我们知道你没事，因为基地的直升机接到你的时候发广播了。但是A.20倒有可能已经完全报废了。”

“我们只有一个A.20。”我也帮了帮腔，“而火箭试飞员呢——就算不是多到不值钱，也可以说一抓一大把。”

大卫的浓眉下面向我们射来愤怒的目光。他用威尔士语说着什么。

“德鲁伊的诅咒。”吉米对我说，“你随时有可能变成韭葱或者巨石阵的有机玻璃模型。”

你看，我们当时还是一副嘻嘻哈哈的心态，一时半会儿也认真不起来。就算是大卫的铁神经也一定受到了可怕的打击，然而不知为何，他似乎是我们所有人中最冷静的一个。对此我无法理解——当时不行。

A.20从其发射点飞行了五十千米。我们用雷达跟踪了它的整个飞行轨迹，所以对其位置的推测可以精确到几米之内——尽管我们当时不知道大卫已经在东边十千米处降落了。

灾难的第一次警告是在起飞七十秒后发出的。当时A.20已经抵达了五十千米高度，正沿着正确的轨迹飞行，误差不超过百分之几。在肉眼看来，雷达屏幕上的发光轨迹几乎没有偏离预先计算的路径。大卫的速度是每秒两千米：算不上太快，但已经是到那时为止，人类达到过的最快速度，而“歌利亚”很快就要被抛弃了。

A.20是两级火箭。这是必须的，因为它用的是化学燃料。上面的部件，包括其小舱、折叠式气膜和襟翼，加满燃料后重量不到二十吨。它将由一个重达二百吨的下层助推器推到五十千米的高度，之后它就可以靠自已的动力轻松自如地飞行了。然后，这个大家伙将通过降落伞落回地球：燃料耗尽后，它的重量不会很大。同时，上一级积累的速度将足以使它达到六百千米的高度，然后再落回，进入滑翔状态。如果大卫愿意的话，他能乘着它绕地球半圈。

我不记得是谁把这两级火箭叫作“大卫”和“歌利亚”，但这两个名字一下子就流行起来了。人和火箭的重名造成了不少困惑，而且有一些并非无意。

嗯，这是理论上的过程，但是当我们看到屏幕上的小绿点从预先算好的路线上掉下来时，我们知道什么地方出毛病了。我们也猜测了到底是哪里出的毛病。

在五十千米处，光点应该已经分成两个。较亮的回波应当以自由弹丸的方式继续上升，然后落回地球。但是另一个应该继续前进，继续加速，迅速远离被丢弃的助推器。

光电没有分裂。空空如也的“歌利亚”拒绝自由，正拖着“大卫”返回地球——而“大卫”对此无能为力，因为它的发动机无法使用。它们的排气管被下面的机器挡住了。

我们在十秒钟内看到了这一切，又用足够长的时间来计算新的轨迹，然后我们爬上直升机，向目标区域出发。

当然，我们原以为只能找到一堆仿佛被推土机碾过的镁。我们知道，因为被“大卫”坐在脑袋上，“歌利亚”不可能弹射出降落伞，而“大卫”也无法启用发动机，因为“歌利亚”正紧紧地贴在它下面。我记得我在想，谁会把这个消息告诉梅维斯，然后意识到她会听收音机，会和其他人一样，马上知道这一切。

当我们发现，巨大的降落伞下面，两枚火箭仍然连在一起，几乎没有损坏的时候，我们几乎不敢相信自己的眼睛。没有大卫的踪迹，不过几分钟后，基地打来电话说，他已经被找到了。二号站的绘图仪接收到了他的降落伞反射的微小回波，并派了一架直升机去接他。二十分钟后他就住进了医院，但我们在沙漠里待了几个小时，检查机器并安排回收。

当我们终于回到基地的时候，我们很高兴地看到我们最讨厌的科学记者夹在一帮暴徒中间被扣留了。我们没有理睬他们的抗议，径直走入病房。

震惊和随后的解脱使我们所有人都感到相当没有责任感，也许还有些孩子气。只有大卫似乎没有受到影响：他刚刚经历了人类历史上最神奇的逃亡之一，但是这件事并没有让他有一丝丝改变。他坐在床上，假装对我们的玩笑感到恼火，直到我们冷静下来。

“好吧，”吉米最后说，“出了什么问题？”

“那要由你们负责解答了。”大卫答道，“‘歌利亚’飞得完美无瑕，直到燃料截止点。接下来的五秒钟停顿中，我等待着爆破螺栓引爆、弹簧将它抛出去，但是什么也没发生。于是我按下了紧急释放按钮。灯光变暗了，然而我期待的那记猛冲一直没有出现。我又试了几次，但不知怎的，我知道那是没有用的。我猜测有什么东西在引爆器电路中短路了，把电源接了地。

“于是呢，我根据机舱里的飞行图和列线图进行了一些相当快速的计算。按照我当时的速度，我还会继续上升两百千米，大约三分钟后到达轨迹的顶点。然后我将开始二百五十千米的下降，四分钟后应该会在沙漠中砸出来一个漂亮的洞。总的来说，我似乎还有七分钟的生命——用你们最喜欢的一句话来说，忽略空气阻力的话。那也许会让我的预期寿命再增加几分钟。

“我知道，我无法把大降落伞弄出来，何况有四十吨重的‘歌利亚’挂在尾巴上，‘大卫’的翅膀也没什么用。我用掉了七分钟当中的两分钟才决定该怎么做。

“幸亏我让你们把气闸加宽了。即便如此，我穿着宇航服通过它还是很费劲。我把安全绳的一端绑在锁杆上，沿着箭体爬行，到达两个级的连接处。

“降落伞舱无法从外面打开，但是我已经从飞行员舱里拿了应急斧头。没用多久我就用它砸穿了镁皮：只要它被破开了口，我几乎用手就能把它撕开。几秒钟后，我已经释放了降落伞。丝绸在我身边漫无目的地飘浮。我本以为在这种速度下会有一些空气阻力，但是一点也没有看出来。把伞盖搁哪儿它就待在哪儿。我只能希望当我们重新进入大气层时，它能自行展开而不会缠住火箭。

“我认为我逃脱的机会还是蛮大的。‘大卫’的额外重量给降落伞增加的负荷不到百分之二十，不过总还是有一种可能，在我到达地球之前，伞罩会蹭到破碎的金属，并被磨破。此外，由于绳索的长度不等，伞篷在打开时也会变形。我对此无能为力。

“做完这些事情之后，我才第一次环顾四周。我看得不是很清楚，因为我流的汗蒸发成水汽，又在宇航服的玻璃罩子上蒙了一层。（该有人研究一下这个问题：这可能很危险。）我还在上升，尽管速度已经非常慢了。在东北方向，我可以看到整个西西里岛和意大利大陆的一部分：再往南，我可以沿着利比亚海岸一直看到班加西。铺展在我的脚下的，是我小时候亚历山大、蒙哥马利和隆美尔曾经为之战斗过的所有土地。人们居然会为了它闹出那么大动静，看上去挺让人意外的。

“我没有久留：再过三分钟，我就要进入大气层了。我最后看了一眼松软的降落伞，整理了一下护罩，然后爬回机舱。然后我排空了‘大卫’的燃料——先是氧气，然后等它散开之后，排放酒精。

“那三分钟的时间显得非常漫长。我在超过二十五千米高的地方开始听到声音。那是一种非常高亢的哨声，也非常微弱，我差点没听到。透过舷窗看去，我看到降落伞的护罩开始绷紧，伞冠开始在我上方飘荡。同时，我感觉到重量在恢复，知道火箭开始减速了。

“计算结果并不十分令人鼓舞。我已经自由下落了两百多千米，如果要及时停下来，我需要平均相当于十倍重力的减速。峰顶可能是二十倍的重力，但我之前曾经为了没这么重要的原因承受过十五倍的重力。于是我给自己打了两剂代诺可因，解开了座椅的万向节。我记得我在想是否应该放出‘大卫’的小翅膀，然后认为那么做没有用。接下来我一定是昏了过去。

“醒来的时候，我感觉非常热，我的体重也正常。我感到身体非常僵硬和疼痛，更糟糕的是船舱在剧烈地摆动。我挣扎着走到左舷，看到沙漠已经近得很令人不安了。大降落伞发挥了作用，但我认为冲击力会相当猛烈，够我受的。于是我就跳了下去。

“根据你们告诉我的，我最好还是留在船上。不过我想，我也没法抱怨什么。”

我们静静地坐了一会儿。然后吉米随口说了一句。

“加速度计显示，你在下落的过程中达到过二十一个重力。不过只持续了三秒钟。大部分时间都在十二到十五之间。”

大卫似乎没有听到，紧接着我又说：

“好了，我们不能再耽误记者们的时间了。你想见见他们吗？”

大卫犹豫了一下。

“不。”他答道，“现在还不行。”

他仔细看着我们的表情，猛地摇了摇头。

“不。”他强调说，“根本不是这个意思。让我这会儿再飞一趟都可以。但是我想坐下来好好思考一会儿。”

他的声音低沉下来，他再次开口说话时，是为了让大家看到一成不变的外向面具背后那个真实的大卫。

“你们认为我没有胆量，”他说，“认为我冒险而不顾后果。嗯，这不完全是真的，我想让你们知道为什么。我从来没有对任何人说过这些，连梅维斯也没有。”

“你们知道我不迷信。”他带点歉意地开始说，“但是大多数唯物主义者都有一些秘密的保留意见，即使他们不愿意承认。

“很多年前，我做了一个出奇生动的梦。它本身并没有什么意义，但是后来我发现另外两个人记录下了几乎相同的经历。其中一个你们可能已经读过了，因为那个人就是邓恩[①]。

“在他的第一本书《时间的实验》中，邓恩讲述了他曾经梦见自己坐在一部奇特的回旋翼飞行器的控制台前。多年后，当他在测试自己的固有稳定性飞行器时，整个经历成真了。因为回想起来，在读邓恩的书之前，我自己也做过一个梦，这段描述给我留下了相当深刻

① J.W.邓恩（J.W.Dunne，1875—1949），英国士兵、航空工程师和哲学家。

的印象。但是第二件事我觉得更令人震惊……

"你们一定听说过伊戈尔·西科尔斯基①：他设计了一些最早的商业长途飞行船——被称为'快帆'。在他的自传《飞天S的故事》中，他讲述了一个与邓恩曾经做过的非常相似的梦。

"他正沿着一条走廊走着，走廊两边的门都开着，头顶上的电灯发着光。脚下有轻微的震动，不知怎的，他知道自己是在飞行器里。然而当时世界上还没有飞机，也几乎没人相信会有。

"就和邓恩的梦一样，西科尔斯基的梦在多年之后变成了现实。那是在他的第一艘快帆首航时，他发现自己走在那条熟悉的走廊上。"

大卫有点不好意思地笑了。

"你们大概已经猜到我的梦境是什么了。"他继续说道，"记住，如果我没有读到这些类似的经历，就不会一直记得它。

"我当时在一个没有窗户、里面光秃秃的小房间里。和我在一起的还有两个人，我们都穿着我当时认为是潜水服的衣服。我面前有一个奇怪的控制面板，上面有一个圆形的屏幕。屏幕上有一张图片，但是我看不出来它的意义，现在也想不起来了，虽然后来努力过很多次。我只记得我对着另外两个人说：'还有五分钟，孩子们。'——不过我不确定这就是原词。然后，当然，我就醒了。

"自从我当上试飞员，这个梦就一直困扰着我。不——说'困扰'并不恰当。它给了我信心，相信从长远来看，一切都会好的——至少在我和另外两个人坐在那个机舱里之前没问题。之后会发生什么我不知道。不过现在你们应该明白了，为什么当我摔掉A.20的时候，还有我在潘泰里亚附近坠毁A.15的时候，我都感到相当

① 伊戈尔·西科尔斯基（1889—1972），俄裔美国飞机和直升机设计师。

安全。

“那么现在你们都知道了。愿意的话，尽管笑话我。我自己有时候也会笑。但是即便什么意义都没有，那个梦也给我的潜意识打了一针很有用的强心剂。”

我们没有笑，然后吉米说：

“其他那两人——你认得他们吗？”

大卫一脸疑惑。

“我一直没敢确定。”他回答说，“别忘了，他们穿着太空服，我没有看清楚他们的脸。不过其中有一个人长得挺像你，虽然看起来比你现在老了不少。恐怕你不在那里，阿瑟。很抱歉。”

“我很高兴听到这个。”我说，“我以前就跟你说过，我得留下来解释出了什么问题。我很满足于等到有了客运服务再上天。”

吉米站了起来。

“好的，大卫。”他说，“我去对付外面那帮人。你现在好好睡一觉吧——不管做不做梦。对了，A.20一周后又会准备好。我想它会是最后的化学火箭。他们说原子驱动器已经快为我们准备好了。”

我们再也没有谈论过大卫的梦，不过我想它经常浮现在我们的脑海中。三个月后，他把A.20飞机开到了六百八十千米，这个纪录永远不会被这个类型的机器打破了，因为再也没有人会制造化学火箭了。大卫在尼罗河谷的平稳降落标志着一个时代的结束。

三年后，A.21号飞船才准备好。与它的巨型前辈相比，它显得非常渺小，让人很难相信它是人类迄今为止建造的最接近宇宙飞船的东西。这一次是从海平面起飞的，见证过我们之前发射的阿特拉斯山脉现在只是场景中遥远的背景。

到了现在，吉米与我都已经和大卫一样，相信他自己的命运。我还记得吉米在气闸关闭时的临别赠言。

“现在用不了多久，大卫，我们就可以建造那艘三人飞船了。”

我知道他只是半开玩笑。

我们看到A.21号在不断扩大的巨大圆圈当中缓缓地爬上天空，这与之前世界上任何一种火箭都不一样。现在不用担心引力损失了，因为我们有内置燃料供应，大卫也不着急。等到我看不到它，走进绘图室的时候，机器还在相当缓慢地行驶。

我到达那里的时候，信号刚刚从屏幕上消失，而爆炸声稍后才到达我的耳边。大卫和他的梦想就这样结束了。

我对那个时期的下一个回忆是乘坐吉米的直升机飞过康威山谷，斯诺登在我们的右边闪闪发光。我们从来没有去过大卫的家，也并不期待这次访问。但这是我们起码应该做到的。

当山峦在我们脚下移动时，我们谈论着突然变得黑暗的未来，并想知道下一步会是什么。除了个人损失带来的震惊之外，我们开始意识到，大卫的信心有多少已经被我们自己接受了。而现在，这种信心已经被击碎了。

我们想知道梅维斯会怎么做，还讨论了那个男孩的未来。他现在肯定已经十五岁了，尽管我已经好几年没见过他了，而吉米从未见过他。据他父亲说，他将成为一名建筑师，而且已经表现出相当大的潜力。

梅维斯相当冷静和沉着，尽管看起来比我上次见到她时老了许多。我们谈了一会儿公事和大卫的财产处理问题。我以前从来没有当过执行人，但假装对这一方面了如指掌。

我们刚开始讨论男孩，就听到前门打开，他进了屋。梅维斯叫了他一声，他的脚步声沿着通道缓缓走来。我们看得出来，他并不想见我们，进屋的时候眼睛还是红的。

我已经忘记了他有多么像他的父亲，我听到了吉米的些许喘息。

“你好，大卫。”我说。

但是他没有看我。他盯着吉米，带着那种疑惑的表情，就像感觉以前见过对方，却不记得在哪里见过了。

忽然间，我明白了，年轻的大卫永远不会成为建筑师。

（译者：秦鹏）

夜幕降临

1947年首次发表于《国王学院评论》（*King's College Review*）

以《诅咒》为题收录于《争取明天》

《夜幕降临》又名《诅咒》，灵感来自一次对莎士比亚墓的探访，当时我正驻扎在埃文河畔斯特拉特福附近，训练皇家空军雷达机械师，过着仅仅十年前都会被视为科幻的生活，时空的交错感让这个故事更加打动人心。

三百年来，这座小城一直屹立在河道拐弯的地方，而它的名声传遍了全世界。时间并没有给它造成太大的变化。它远远地听到过西班牙无敌舰队的到来和德意志第三帝国的灭亡。人类的所有战争都与它擦身而过。

现在它消失了，就像它从来没有存在过一样。多少个世纪的辛劳和财富刹那间被一扫而空。凭着玻璃化的地面上淡淡的痕迹，人们还能找得到消失的街道，但是房屋什么都没留下。钢筋水泥、石膏和古老的橡木——终究无关紧要。在死亡的那一刻，它们曾站在一起，被爆炸的强光穿透。然后，甚至在它们还没来得及迸发火焰的时候，冲击波就已经抵达，终结了它们的存在。一英里又一英里，半球形的火焰在平坦的农田上疯狂扩展，从它的中心升起了扭曲的图腾柱。它在人们的脑海中萦绕了那么久，却没有什么意义。

这是一枚偏离了预定轨迹的火箭，是最后发射的火箭之一。很难说它的目标是哪里，当然不是伦敦，因为伦敦不再是军事目标了。事实上伦敦什么都不是了。很久以前，负责执行任务的人就计算过，对于那个相当小的目标，三枚氢弹就足够了。射出二十枚氢弹的话，他们或许有些用力过猛了。

在这二十枚火箭当中，它并不是把活儿干得很好的一枚。它的目的地和来源都是未知的：它是穿越了孤寂的北极荒原，还是高高地掠过了大西洋的水面，没有人能够知道，现在也很少有人关心。曾经有一些人懂得这种事情，他们远远地监视着巨大发射物的飞行，并放出自己的导弹去迎接它们。双方的约定往往得到了遵守，在那高高的黑色苍穹，在太阳和星星分享着天空的地方。然后，一时间会有无法形容的火焰在那里绽放，向太空发出一个信息。在未来的几个世纪里，将会有不属于人类的眼睛看到并理解这个信息。

但那已经是几天前，战事初起时的事情了。防卫者们早已经遭到了无视，而他们早就知道事情将会如此。为了履行自己的职责，他们已经坚持活了足够长的时间。太晚了，敌人已经知道了他的错误。他不会发射更多的火箭了。那些还在坠落的火箭是他在几个小时前发射的，沿着秘密的轨道去了遥远的太空。它们现在正在返回，没有引导，全凭惯性，徒劳地等待着应该引导它们到达目的地的信号。一个接一个地，它们随机坠落在一个它们无法再造成更多伤害的世界上。

河水已经溢出了河岸。在河道下游的某处，土地在巨大的打击下已经扭曲，通往大海的道路已经不再畅通。细雨蒙蒙当中，尘埃仍然在下落，就像在人类的城市和财宝回归创生它们的世界的时候，它们的下落会持续好几天。但天空不再完全黑暗，在西边，太阳正在穿过愤怒的云层落山。

河边曾经矗立着一座教堂，虽然建筑已经了无痕迹，但多年来聚集在它周围的墓碑仍然标记着它的位置。现在，石板底部被炸断，躺成了彼此平行的许多排，静静地指着爆炸冲击波的方向。有些石板半截被压进地面，另一些石板则因高温而开裂和起泡，但是许多石板上仍然记载着它们几个世纪以来徒劳地流传下来的信息。

西边的光亮消失了，诡异的深红色也从天空中消退。但是那些刻字仍然清晰可辨，持续稳定的光芒照亮了它们。那光芒白天看不清，却足以驱逐黑夜。这片土地正在燃烧：数英里内的云层都反射着放射性的光芒。逐步变宽的河流穿过闪闪发光的地貌，仿佛蜿蜒的黑暗丝带。水淹没了土地，那致命的光芒还在深处持续不变地照耀着。也许在一代人的时间里，它就会从人们的视线中消失，但是可能还要再过一百年，生命才能够安全地回到这里。

水怯生生地触到了那块三百多年以来一直躺在消失的祭坛前的破旧墓碑。长久以来庇护着它的教堂终归还是给了它一些保护，只有石质碑身上轻微的变色才讲述着曾经来过的烈火。在逝者之地的磷火中，仍然可辨的古朴文字周围，水面在升起，最后在石头上碎成细小的涟漪。曾经被无数人凝视过的墓志铭一行行地滑落在征伐至此的水下。有一小会儿这些字母还能被隐约看到，然后就永远地消失了。

看在耶稣的分上，好朋友，
切莫动地下的这抔黄土！
让我安息者上天保佑，
移我尸骨者永受诅咒。

诗人现在可以永远不受干扰地安然长眠了：在他头顶的寂静和黑暗中，埃文河正在寻找它新的出海口。

（译者：秦鹏）

历史课

1949年5月首次发表于《惊人故事》（*Startling Stories*）

以“远征地球”为题收录于《远征地球》

《历史课》是由早先一篇已经遗失的故事衍生出来的两篇故事中的第二篇，也是讲述冰川再次覆盖世界的两篇故事中的第一篇。在《远征地球》的序言中，克拉克提到他在威尔和阿里尔·杜兰特的《文明的故事》中发现过一句能让人真的打寒战的话：“文明是冰川时代之间的一个插曲。”并认为“下一个冰川时代已经迟到了，也许全球变暖将我们及时拯救了”。

没有人还记得，部落是什么时候走上这漫长旅程的：那片连绵起伏的大平原曾经是部落的第一个家园，现在不过是一个快要被遗忘的梦境。多年来，香恩和他的族人一直穿行在乡野之间，在低矮的丘陵和波光粼粼的湖泊之间逃亡，而现在，前方出现了山峦。今年夏天，他们必须越过它们，抵达南方的土地，而时间已经不多了。

白色的恐怖从极地而来，一路将大陆碾成齑粉，将面前的空气冻结，此刻就在身后不到一天行程的地方。香恩思量着冰川能否爬上前面的山峰，在他的心里，他有胆量点亮一丝希望的火光。说不定它们会被证明是一道屏障，哪怕是无情的冰川也对它们无可奈何。在传说中的南方土地上，他的族人也许终将找到避难所。

花了好几个星期，他们才找到了一条可以让部落和动物通行的道路。当仲夏来临的时候，他们在一个孤独的山谷里扎营，那里空气稀薄，夜空里的群星有着不曾有人见识过的灿烂。夏天渐渐过去，香恩带着两个儿子前去探路。他们爬了三天，三个夜晚都在冰冷的岩石上尽可能地睡好。第四天早上，前面只能见到一个平缓的上坡，通往几个世纪前其他旅行者建造的灰色石头墓穴。

当他们走向小小的石头金字塔时，香恩感到自己在颤抖，而且不是因为寒冷。他的儿子们落在了后面。没有人说话，因为这便是决定一切的时刻。过不了多久，他们就会知道自己的希望有没有落空了。

东西两边，高墙一般的山体弯曲开来，仿佛拥抱着山下的土地。起伏的原野在下方一望无垠，一条大河左弯右转，在原野上勾画出一道道巨大的圆弧。那是一片肥沃的土地。部落可以在那里种植庄稼，而且知道在收获的季节到来之前无须逃亡。

然后香恩抬眼看向南方，看到了他所有希望的消亡。因为在那里，在世界的边缘，闪烁着他在北方经常看到的致命光芒——地平线之下，冰川的边缘。

前面没有道路了。经过多年的迁移，来自南方的冰川一直在前进，终将堵在他们面前。很快，他们就会被压在移动的冰墙之下。

南方的冰川直到一代人之后才到达山区。在那最后一个夏天，香恩的儿子们带着部落的神圣宝藏来到了俯瞰着平原的孤单墓穴。曾经在地平线下闪闪发光的冰块现在几乎涌到了他们的脚下。到了春天，冰块就会扎入山壁。

现在，没有人了解这些宝藏：它们来自太久远的过去，任何活着的人都无法理解。它们的起源迷失在黄金时代的迷雾中，而它们最终是怎么落到了这个流浪部落的手中，是一个永远不会被人提起的故事。因为那是一个已经没人能够记得的文明的故事。

曾几何时，所有这些可怜的遗物都因为一些充分的理由而得到珍藏，现在，尽管它们的意义已经被遗忘，它们却成了神圣之物。旧书中的字迹早在几个世纪之前就已经褪色了，不过大部分的字词还是能够辨认的——如果还有人读的话。但是，已经有几代人的时间，不曾有人需要去翻阅七位对数表、世界地图集和《西贝柳斯第七交响曲》的乐谱了——根据宣传页上的记载，那套乐谱是在公元二〇二一年由北京楚氏出版社印制的。

怀着虔诚的心情，人们把旧书放进为存放它们而开凿的小墓室里。随后是一些杂七杂八的零碎：金币和铂币、一个破损的长焦镜头、一块手表、一盏冷光灯、一个麦克风、一把电动剃须刀的刀子、一些微型收音机真空管——这些都是文明大潮永远退去时留下的碎片。所有这些东西都被小心翼翼地收进了它们的安息之所。然后是另外三件遗物，它们最为神圣，因为最不被人理解。

首先是一块形状奇特的金属片，呈现出极高的温度留下的色泽。从某种程度上来说，它是所有这些来自过去的符号当中最可怜的一个，因为它讲述了人类最伟大的成就及其本来可能拥有的未来。安放它的红木底座上有一块银牌，上面写着：

宇宙飞船右舷推进器辅助点火器

晨星号，地球–月亮，公元1985年

接下来是另一项古代科学奇迹：一个透明塑料球体，里面嵌有形状奇特的金属片。在它的中心是一个微小的合成放射元素胶囊，周围是转换屏幕，能够大幅降低辐射的频率。只要材料保持活性，球体就会成为一个微小的无线电波发射器，向所有方向广播。这种球体只制造了几个，它们被设计成永久性的信标，用来标记小行星的轨道。然而人类从未到达过小行星，这些信标也就从未被使用过。

最后是一个扁圆形的罐子，相对于它的深度来说，显得非常宽大。它密封得很紧，摇晃时发出响声。部落中有传说预言道，如果它被打开，灾难就会降临。没有人知道，它里面装的是近千年前的伟大艺术品之一。

工作已经完成了。两人将石块滚回原位，开始慢慢走下山坡。即使到了最后，人类也有一份对未来的考虑，想为后人留下一些东西。

那年冬天，巨大的冰浪开始了它们对山脉的第一次侵袭，进攻同时来自北面和南面。山麓在第一次进攻中被埋没，冰川把它们磨成了粉尘。不过山峰岿然不动，待到夏天来临，冰浪暂时退却了。

于是，一个又一个的冬天，战斗持续着。雪崩的轰鸣声、岩石的摩擦声和冰块的爆裂声，让空气中充满了骚动。不曾有过哪一场人类的战争比这更加激烈、更加彻底地吞噬了整个地球。直到最后，冰潮开始消退，从它们一直没有完全放弃的山脉侧面缓缓爬下。不过山谷和山口仍被它们牢牢地控制着。这就是僵局：冰川遇到了它们的对手。

然而对人类来说，它们的失败为时已晚。

就这样，几个世纪过去了，现在发生了一件事。宇宙中的每一个世界，无论它是多么偏远和孤独，在它的历史上至少要发生一次这样的事——

来自金星的飞船迟到了五千年，但是它的船员对此一无所知。还在亿万英里之外的时候，他们就已经用望远镜观察到了，巨大的冰罩使得地球成了天空中仅次于太阳本身的最耀眼物体。光芒万丈的冰层上，四处点缀着黑色的斑点，揭示着那些地方存在着差一点被掩埋的山脉。这就是全部。风起浪涌的海洋、平原和森林、沙漠和湖泊——曾经是人类世界的一切都被封存在冰层之下，也许直到永远。

飞船接近地球，并在不到一千英里的高度转入绕行轨道。在五天的时间里，它环绕地球运转，用照相机记录了所有有待观察的东西，一百台仪器收集的信息足以让金星科学家们开展多年的研究工作。他们并不打算实际着陆，那样做似乎没有什么意义。但是在第六天，情况发生了变化。一个全景显示器，被调到了放大率的极限后，检测到了有五千年历史的信标几近消失的辐射。几个世纪以来，它一直在发出信号，但是随着它的放射性核心逐渐衰弱，信号的强度也越来越差。

监视器锁定了信标频率。控制室里铃声响起，要求大家注意。稍后，金星飞船脱离轨道，向着地球倾斜而下——目标是冰面上依旧傲然耸立的一连串山脉，是那座岁月几乎不曾触及的灰色石碑。

巨大的日盘在天空中猎猎燃烧，不再有雾气的遮挡，因为曾经遮掩着金星的云层现在已经完全消失了。不知什么力量造成了太阳辐射的变化，从而注定了一个文明的灭亡，却又催生了另一个文明。不到五千年前，兽性未脱的金星人第一次看到了太阳和星星。就像地球的科学以天文学为开端一样，金星的科学也是如此，在这个人类从未见过的温暖富饶的世界上，进步非常迅速。

也许金星人是幸运的。他们未曾经历过把人类禁锢了一千年的黑暗时代；他们错过了化学和力学的漫漫弯路，却一下子抵达了辐射物理学这一更基本的规律。在人类从金字塔发展到火箭驱动的宇宙飞船所花的时间里，金星人已经从发现农业发展到了反重力本身——那是人类从来没有了解过的终极秘密。

这颗年轻星球的大部分生命仍然是在温暖的海洋里繁衍生息的。海岸的细浪在沙滩上慵懒地滚动着。这块大陆太年轻了，以至于沙子都是粗糙的：还没有足够的时间让大海把它们磨光滑。科学家们半躺在水里，他们美丽的爬行动物身体在阳光下闪闪发光。金星最伟大的头脑从这颗星球上所有的岛屿聚集在这个岸边。他们还不知道自己将要听到什么，只知道与第三世界和冰川来临前的神秘种族有关。

历史学家站在陆地上，因为他打算使用的仪器不能沾水。他的身边有一台大型机器，令同事们不时投来好奇的目光。它显然与光学有关，因为它身上的一个透镜系统正朝着十几码外的白色材质屏幕投射。

历史学家开始发言。他简要回顾了关于第三行星及其人民的少量发现。他提到几个世纪以来毫无成果的研究未能解读出地球著作中的任何一个字。那颗星球上曾经居住过一个技术能力很强的种族，至少在山上的墓穴中发现的几件机械可以证明这一点。

“我们不知道，为什么如此先进的文明会走向灭亡。几乎可以肯定的是，他们拥有的知识足以令他们在冰川时代生存下来。一定还有其他一些我们不知道的因素，说不定是疾病或者种族退化的缘故。甚至有人认为，我们这个种族在史前时代盛行的部落冲突，在第三星球上一直持续存在到了技术时代的到来。一些哲学家认为，懂得机械并不一定意味着高度的文明。理论上说，在一个拥有机械动力、飞行能力，甚至无线电的社会里，仍是有可能发生战争的。这样的设想对我们的思想来说极其陌生，但我们必须承认其可能性。它肯定有可能成为那个失落的种族衰败的原因。

“我们一直认为，我们永远不会知道第三行星生物的任何物理形态。几个世纪以来，我们的艺术家们一直在描绘那个死亡世界的历史场景，用各种奇异的生物来填充它。这些生物大多与我们有几分相似，尽管经常有人指出，我们是爬行动物，并不意味着所有的智慧生命都必须是爬行动物。对这个历史上最令人费解的问题之一，我们现在知道答案了。经过五百年的研究，我们终于发现了第三行星上众生之长的确切形态和习性。”

聚在一起的科学家们发出一阵讶异的低语。有一些过于震惊，以至于暂时消隐在了舒适的海面以下，就像所有金星人在紧张的时候喜欢做的那样。历史学家等待着他的同事们重新回到他们那么讨厌的元素中。他自己倒是相当舒适，这要归功于不断朝他的身体喷洒的微小喷雾器。有了它们的帮助，他在不得不返回海洋之前可以在陆地上生活许多小时。

激动的气氛慢慢平息，讲解继续进行。

“在第三行星上发现的物体中，最令人费解的是一个扁平的金属容器，里面装着长度可观的透明塑料带子，带子边缘有孔，紧紧地卷成一卷。这种透明带子起初看起来平淡无奇，但是借助新型亚电子显微镜检查后，我们发现情况并非如此。在那种材料的表面有成千上万的微小图片，我们的眼睛看不见，但是在适当的辐射下非常清晰。我们认为那是通过某种化学手段印在材料上的，已经随着时间的流逝而有些褪色。

“这些图片显然构成了第三行星文明顶峰时的生活记录。它们并不是相互独立的，相邻的图片几乎完全相同，只是在运动的细节上有所区别。这种记录的目的显而易见：只需要把这些场景快速而连续地投射出来，就能给人一种连续运动的错觉。我们已经制造了一台实现这个目的的机器，我这里有图片序列的精确再现。

“你们现在要看到的场景，将把我们带回到几千年前，我们姐妹星球的伟大时代。它们展示了一个非常复杂的文明，其中许多活动我们只能模糊地理解。生活似乎充满了暴力和活力，你们将要看到的很多内容都是相当令人费解的。

“很明显，第三行星上居住过许多不同的物种，其中没有一个是爬行动物。这对我们的自尊心是个打击，然而这个结论是不可避免的。占据主导地位的生命类型似乎是一种双臂双足动物。它们直立行走，用一些柔性材料覆盖身体，可能是为了御寒，因为即使在冰川时代之前，那个星球的温度就比我们世界的低得多。

“不过我就不再继续考验诸位的耐心了。现在大家将要看到我所说的记录。”

投影仪射出一道亮光。伴着柔和的呼呼声，屏幕上出现了几百个奇怪的生物，它们在屏幕上来回移动，显得有些急匆匆。画面放大到只包括其中一个生物，科学家们可以看到，历史学家的描述是正确的。这个生物拥有两只眼睛，位置相当接近，但是面部其他的装饰就看不太清楚了。头部的下半部分有一个大孔，不断地开合，可能与这个生物的呼吸有关。

科学家们目不转睛地看着这些奇怪的生物卷入一系列奇妙的冒险中。它们与另一种略有不同的生物发生了令人难以置信的暴力冲突。看上去好像可以断定它们都会被杀死——结果却没有。一切结束之后，双方的状况似乎都没有恶化。接下来的场景是生物驾驶着一个四轮机械装置，在乡间狂奔许多英里。那个装置能够完成不同寻常的运动特技。旅程的终点是一座城市，城市里挤满了其他车辆，都在以令人窒息的速度向四面八方移动。看到两台机器迎面相撞，造成了毁灭性的结果，谁也没有感到意外。

此后，事件变得更加复杂。现在已经显而易见了：要分析和理解所有发生的事情，需要多年的研究。同样明显的是，记录是一件艺术作品，多少有些风格化，而不是第三行星上实际生活的精确再现。

当这一连串的画面播放结束时，大多数科学家都觉得自己彻底茫然了。最后出现了一连串的运动，在这些运动中，作为兴趣中心的生物卷入了某种巨大但又难以理解的灾难。画面收缩成一个圆，以那个生物的头部为中心。最后一幕是它的脸部的放大图像，显然是在表达某种强烈的情感，但究竟是愤怒、悲伤、反抗、不甘还是其他什么感觉，无法猜测。

画面消失了。有一阵子，屏幕上出现了一些字符。然后，一切都结束了。

几分钟内，除了海浪拍打在沙滩上的声音，完全是一片寂静。科学家们都惊呆了，说不出话来。地球文明的惊鸿一瞥，对他们的心灵产生了震撼性的影响。然后，他们开始三三两两地讨论，一开始是低声交谈，然后随着他们所见景象的含义越来越清晰，他们的声音也越来越大。不一会儿，历史学家吁请大家注意，再次对所有与会者发言。

“我们目前正在计划，”他开始说，“一个庞大的研究方案，目标是从记录中提取一切可利用的知识。我们正在制作数以千计的副本，分发给所有工作者。你们会领悟到其中涉及的问题。心理学家们面临着尤其巨大的任务。但我并不怀疑我们会成功。谁敢说，再过几代人，我们对这个奇妙的种族仍然毫无了解呢？在我们离开之前，让我们再看看我们的远房表亲，他们的智慧可能超过了我们自己的智慧，只可惜他们留存下来的记录却那么少。”

最后的画面再一次在屏幕上闪现，这次一动不动，因为投影仪已经停止了。科学家们带着些许敬畏，凝视着来自过去的那个静止的身影，而反过来，小双足生物也正带着它特有的傲慢恼怒神情盯着他们。

从此刻直到时间的尽头，它将是人类的象征。金星的心理学家会分析它的行为，观察它的一举一动，直到他们能够重建它的思想。数以千计的书籍将会以它为主题。复杂难解的哲学理论会被创立出来以解释它的行为。然而所有这些辛劳，所有这些钻研，都将是完全徒劳的。

也许屏幕上那个骄傲而孤独的身影，正对着那些开启了经年累月却毫无结果的探索的科学家们露出讽刺的微笑。它的秘密将一直保持下去，和宇宙本身一样久远，因为再也不会有人能够读懂失传的地球语言。在未来的岁月里，那最后的几个字会在屏幕上闪过亿万次，却没有人能够猜到它们的意思：

华特·迪士尼[1]出品

（译者：秦鹏）

① 华特·迪士尼：迪士尼品牌的创始人。

过客

1949年7月首次发表于《惊人故事》（*Startling Stories*）
收录于《天空的另一面》

《过客》是我的短篇小说中唯一被改编成音乐的——改编者是英国作曲家大卫·贝德福德。这部作品是由已故的彼得·皮尔斯爵士委托创作的，他与伦敦小交响乐团在作曲家的指挥下进行了演出。故事本身的灵感来自豪斯曼的一首诗——就是其中有对句“面对夜幕的降临，我该做些什么或写些什么”的那一首——以及我的一部小说的标题。贝德福德根据我的小说《城市与群星》改编的清唱剧将于二〇〇一年在皇家节日音乐厅演出。

差不多一直长到了海滩边缘的森林沿着雾气迷蒙的低矮山麓向远方铺展。脚下的沙子很粗糙，混杂着无数的碎贝壳。退去的潮水在沙滩上留下了好多条长长的杂草流痕。很少停歇的雨此刻已经转移到了内陆，但还是会有大滴的雨点不时在沙滩上恶狠狠地砸出小小的坑。

天气闷热，因为太阳和雨之间的对战没完没了。有时候，薄雾会暂时散去，山丘会在它们守护的土地上现出清晰的身形。沿着海滩的轮廓线，这些山丘在海湾旁边排成半圆形的弧线。在山丘之外，有时可以看到远方的一堵山墙躺在永不消散的云层之下。所有地方都长满了树，柔化了土地的轮廓，让山丘流畅地相互交融。只有一个地方可以看到光秃秃没有植被的岩石。很久以前的某个断层削弱了山丘那个位置的地基，因此至少长达一英里的天际线急剧下降，像折断的翅膀一样垂到海里。

带着野生动物的谨慎和警觉，孩子穿过森林边缘发育不良的树丛，来到了这个地方。他迟疑了一会儿，然后发现似乎没有危险，就慢慢地走到沙滩上。

他全身赤裸，身材魁梧，粗黑的头发乱糟糟地搭在肩头。他的面容虽然粗野，也许勉强能被人类社会所接受，但是那双眼睛会泄露他的秘密。它们不是动物的眼睛，因为在它们的深处有一些动物不具备的东西。不过那还仅仅是一种预示。对于这个孩子，乃至他所属的整个种族而言，理性之光还没有出现。他和与他共处的兽类之间只有细若发丝的区别。

部落来到这一带的时间还不长，他是有史以来第一个踏上这片孤独海滩的人。是什么吸引他从充满了已知危险的森林，来到这个或许有着未知、因而也更可怕的危险的新环境中，哪怕他已经具有了语言能力，恐怕也难以言明。他慢慢地走到水边，不时回头看一眼身后的森林。随着他的前进，平坦的沙地上有史以来第一次印上了有一天会变得司空见惯的脚印。

他以前也遇到过水，但是那些水都是被陆地所束缚和限制着的。现在，水在他面前无限延伸，它翻滚涌动的声音在他耳边响个不停。

带着野蛮人无尽的耐心，他站在海水刚刚让出的湿沙上。海潮退却时，他就跟着潮线一步一步慢慢前进。当海浪带着突然获得的能量向他脚边袭来时，他就再朝陆地退回一段距离。但是水边好像有什么东西在吸引着他，令他留在那里，尽管他在沙滩上投下的影子越来越长，寒冷的晚风渐起。

也许他在脑海中，已经些许体会到海洋的奇异，已经暗暗觉察到了终有一天它对人类的意义。虽然他的族人的第一任神灵还在遥远的未来，但他感到自己心中激荡着一种微弱的崇拜感。他知道，他现在面对的事物比他遇到过的所有力量和势力都要伟大。

海潮变了方向。远处的森林里，一只狼嚎叫了一声，然后突然安静了下来。夜幕下的嘈杂在周围此起彼伏，该走了。

低垂的月下，两行脚印交错在沙地上。海里涌上来的潮水很快将它们冲刷得一干二净。但是在未来的岁月里，还会有亿万个脚印被留在那里。

在石头围成的水潭之间玩耍的孩子对于曾经占据了周围所有土地的森林一无所知。它没有留下任何存在过的痕迹。就像经常从山上翻涌而下的薄雾一样短暂，它也曾将它们遮掩片刻，现在却已经了无踪迹。取而代之的是如棋盘一般整齐的田野，那是千年来精心耕作的结果。虽然除了山丘与天空的线条，一切都改变了，但是天长地久的错觉依然存在。现在海滩上的沙子更细了，陆地已经抬升，所以探求不息的海浪已经远远到不了古时的潮线了。

海墙和长廊之外，小城正沉睡在金色的夏日里。人们零零散散地躺在海滩上休息，在热浪中昏昏欲睡，被海浪的淙淙声送入梦乡。

在海湾外面，一艘大船正缓缓驶向大海，白色和金色的船身倒映在海面上。男孩能听到钉子的敲击声从很远处隐隐传来，还能看到甲板和上层建筑上活动的小小身影。对孩子来说——不只是对他来说——它是一件神奇而美丽的东西。他知道它的名字，也知道它要驶向的国度，但是他不知道，这艘华丽的船是它这一类船中的最后一艘，也是最伟大的一艘。他几乎没有注意到在强烈日光下几乎失去踪影的纤薄白色蒸汽尾迹，它仿佛预示着这个骄傲而可爱的巨轮的厄运。

很快，大轮船变成了天海相接处一块暗淡的斑点，男孩又转向他被打断的游戏，继续不知疲倦地建造他的沙堡。西边的太阳开始了漫长的坠落，不过夜晚还要很长时间才会来临。

然而，终于到了潮水回归陆地的时候。听了妈妈的吩咐，孩子收起了他的玩物，开始疲惫而满足地跟着父母向岸边走去。他只看了一眼自己辛辛苦苦建造起来却再也不会见到的沙堡，毫不遗憾地把它们留给了前进的海浪，因为明天他还会回来，在他面前摆着无限的未来。

明天不一定会到来，无论是他的还是这个世界的，他还太年轻，不明白这个道理。

在岁月的重压下，现在连山丘都已经改变。并非所有的变化都是大自然的杰作，因为在很久以前的一个夜晚，有什么东西从星空跌落，小城消失在盘旋的火焰柱中。但那已经是很久以前的事了，不再有人为之悲伤和遗憾。就像传说中特洛伊城的陷落或者庞贝城的覆灭一样，它属于无法挽回的过去，现在不会引起任何怜悯。

在断裂的天际线上，有一栋长长的金属建筑，支撑着一组像迷宫一般在阳光下转动、闪烁的镜子。更早时代的人不可能猜到它的用途。对古人来说，它就像天文台或者无线电台一样毫无意义。但它并非这两样东西。

从中午开始，布兰就一直在退潮留下的浅水潭中玩耍。他很孤独，尽管守护他的机器就在岸边不露声色地看着。仅仅在几天前，还有其他孩子在这个可爱的蓝色海湾旁边玩耍。布兰有时会想，他们跑到哪里去了，但他是个喜欢独来独往的孩子，并没有十分在意。他迷失在自己的梦中，满足于孤身一人的时光。

在过去的几个小时里，他用一个错综复杂的水道网络将这些小池子连接起来。他的思想在空间和时间上都离地球非常遥远。现在他的周围是另一个世界沉闷无趣的红沙。他是卡德尼斯，工程师的王子，正在为了拯救他的人民免受沙漠的侵蚀而战斗。因为布兰见过火星被蹂躏的面孔。他知道火星漫长而悲惨的故事，也知道来自地球的帮助来得太迟。

空空荡荡的海面直到天际，没有船只的搅扰，许久以来便是如此。接近时间之初，曾经有过一段时间，人类与这个世界的海洋进行了短暂的战争。现在看来，从第一艘独木舟的出现，到最后一只海洋巨兽的逝去，似乎只隔了一瞬间。

巨大的阴影扫过海滩时，布兰甚至没有看一眼天空。在过去的几天里，山丘上一直在源源不断地升起银色的巨物，现在它们已经引不起他的注意。他一生都在看着巨大的飞船在地球的天空中爬升，前往遥远的世界。他经常看到它们从那些漫长的旅途中返回，带着超乎想象的货物从云层中落下。

他有时在想，为什么不再有旅行者归来了。他现在看到的所有飞船都是离去的，从来没有一艘船从天空驶下，停泊在山外的大港。为什么会这样，没有人愿意告诉他。他现在已经学会了不谈论此事，因为他见过了他的问题带来的悲伤。

在沙地的另一边，机器人正在轻声呼唤他。“布兰。”传来的是母亲的声音，“布兰——该走了。”

孩子抬起头来，满脸愤慨和拒绝。他简直不敢相信。太阳还很高，潮水还很远。然而他的母亲和父亲已经在沿着岸边向他走来。

他们走得很快，仿佛时间很紧张。他的父亲会时不时地看一眼天空，然后迅速地转过头去，好像他很清楚自己不该指望能看到什么。但是片刻之后，他又会再看一眼。

倔强而愤怒的布兰站在他的运河和湖泊之间。他的母亲奇怪地沉默着，但是现在他的父亲拉着他的手，轻声说："你必须跟我们走，布兰。我们该走了。"

孩子闷闷不乐地指着海滩："可是现在太早了。我还没有挖完呢。"

他父亲的回答听不出一丝愤怒，只有巨大的悲伤："有很多事情，布兰，现在都不会完成了。"

男孩还是不明白，他转向母亲。

"那我明天还能来吗？"

带着一种忧伤的好奇，布兰看到母亲的眼睛里突然充满了泪水。他终于明白，自己再也不会在蔚蓝大海的沙滩上玩耍了；再也不会感受到细碎的浪花在他脚边的牵绊了。他对大海发现得太晚，现在必须永远离开它。未来漫长的流亡岁月第一次向他发来隐隐的召唤，令他感觉到彻骨的寒意。

和父母一起默默地走过湿黏的沙地时，他一次也没有回头看。这一刻将伴随他一生，但他还是太过震惊了，除了盲目地走进他无法理解的未来，他不知道还能做些什么。

三道身影渐渐消失在远处，不见了踪影。许久之后，山丘之上似乎升起了一朵银色的云彩，缓缓向海面移动。仿佛不愿离开自己的世界似的，最后一艘大船划出一道浅浅的弧线，向着地平线爬去，消失在地球的边缘。

潮水在白昼将尽的时候回来了。山上那座低矮的金属建筑已经开始闪耀光芒，仿佛制造它的那些人还在它的墙内走动着。在天顶附近，有一颗星星还没有等到太阳落山，就已经在黑暗的天空中燃烧起了猛烈的白光。很快，天空中充满了它的同伴们——不再是人类曾经认识的稀稀拉拉的几千颗。地球现在已经接近宇宙的中心，整个天空都是一望无际的璀璨光芒。

但是在海面之外升起了两只弯曲的长臂，一个怪异的黑色物体遮蔽了星空，仿佛将它的影子投射到了整个世界。黑暗星云的触角已经蹭到了太阳系的边缘……

在东方，巨大的金色月亮正在浪涛上升起。虽然人类除掉了它的山，给它带去了空气和水，但是它的面孔还是自古以来一直注视着地球的那一副，而且它仍然是潮汐的统治者。在沙地上，泛着白沫的潮线稳步前进，淹没了小水渠，荡平了纷乱的脚印。

在天际线上，奇怪金属建筑里的灯光突然熄灭，旋转的镜子上也不再闪烁着月光。从遥远的内陆传来了大爆炸刺眼的闪光，接下来又是一次爆炸，然后又是一次，不过烈度稍逊。

很快，地面有些颤抖，但是并没有任何声音打扰到这空寂海岸的孤独。

低垂的月亮平静的照射下，在无数星辰的注视中，海滩躺在那里等待着结束。它现在是孤独的，一如当初。金色的沙滩上只有海浪在运动，而且只有片刻。

因为人类曾经来过，人类已经远去。

（译者：秦鹏）

黑暗之墙

1949年7月首次发表于《超级科学故事》（*Super Science Stories*）

收录于《天空的另一面》

许许多多奇异的宇宙，就像是一枚枚气泡，漂浮在时间之河的泡沫当中。有一些宇宙——非常少——会逆时而上，或者截流横穿。数量更少的一些宇宙永远地待在它无法触及的地方，没有未来，亦不知过往。舍尔文的小宇宙并不在它们当中：它的奇异是在另一个层面上的。它只有一个世界——舍尔文的种族所在的星球——以及一颗给它带来生命和光明的恒星——伟大的垂罗恩。

舍尔文对夜晚一无所知，因为垂罗恩总是高悬在地平线之上，只在漫长的冬季才会稍稍放低身段。在阴影地带的边界之外，确实有一个季节，垂罗恩会消失在世界的边缘下面，随后到来的是没有任何生物能够存活的黑暗。不过即便在那样的时候，黑暗也不是绝对的，哪怕没有星星来装点夜空。

舍尔文的世界孤独地存在于它那小小的宇宙里，总是用同一面对着孤独的太阳。它是造星者最后的、最奇怪的玩笑。

然而，当舍尔文眺望着父亲的土地时，他的心中充满了任何一个人类孩子都可能有所体会的那些想法。他感到敬畏、好奇，还有一点恐惧，不过除此之外，他渴望着走出去，走进自己面前这个伟大的世界。他还没有到能够做这些事情的年纪，但是这座古老的房子位于方圆几英里内最高的地方，他可以远眺那片早晚会属于他的土地。当他转向北方时，垂罗恩的光芒正照在他的脸上，他可以看见许多英里以外那些绵延的群山在向右弯曲，越升越高，直到在他身后消隐于阴影地带的方向。等到他长大，终有一天他将沿着通往东方大地的道路，穿过那些山脉。

在他的左边，是距离他仅仅几英里之远的海洋。有的时候，当波浪相互撞击，或者在坡度平缓的沙滩上翻滚时，阵阵轰鸣能够一直传到舍尔文的耳朵里。谁也不知道海洋伸展到了多远的地方。人们曾经驾着船驶过海洋，向北航行，这时候垂罗恩会在天空中升得越来越高，放射的热量越来越强烈。等不到伟大的太阳到达天顶，他们就不得不返航。如果确实存在神话般的烈焰之地，也不会有人抵达过那里炽热的海岸——除非传说是真的。据说，曾经有敏捷的金属船顶着垂罗恩的酷热穿越了海洋，来到了世界另一端的土地。现在，只要肯在陆地和海洋上忍受一通单调乏味的旅程，就可以到达这些国家，即便敢于尽可能向北移动，旅程也不会缩短多少。

在舍尔文的世界，所有有人居住的地区都处在一条狭长地带，被铄石流金的酷暑和难以忍受的严寒夹在中间。每片土地的最北端都是垂罗恩暴怒轰击下的禁区。所有国家的南部都有一片广阔而幽暗的阴影地带，从那里看去，垂罗恩只不过是地平线上一枚苍白的圆盘，而且常常根本看不见。

舍尔文在童年时代就学到了这些东西。在那些岁月，他并不打算离开山海之间的广阔土地。自打鸿蒙初开，他的祖先和之前的种族就在竭尽全力把这些土地变成世界上最美好的地方。即便他们没有做到，也可以说是差不多尽善尽美了。这里的花园里开满了光彩夺目的奇异花朵，溪流在长满青苔的岩石之间缓缓流淌，在无浪的海洋中融入纯净的海水。一片片庄稼在风中不断沙沙作响，好像尚未出生的几代种子在互相交谈。宽阔的草地上，亭亭的树冠下，温顺的牲畜傻乎乎地叫唤，漫无目的地游荡。还有那所大房子，厅堂敞亮，走廊长得仿佛走不到头。在现实中它确实够庞大了，但还是比不上它在孩子心目中造成的震撼。这就是舍尔文度过年华的世界，他所知、所爱的世界。迄今为止，他的心思还不曾越过它的边界。

但是舍尔文的宇宙并不是那些不受时间支配的宇宙之一。庄稼成熟了，被收进粮仓；垂罗恩在小小的天空中缓慢摇动；随着季节的流逝，舍尔文的思想和身体都在成长。现在他的土地似乎变小了：山脉越来越近，大海距离这所大房子仅几步之遥。他开始了解自己所生活的世界，而且为自己在其塑造中必须扮演的角色做好了准备。

这些东西有一部分是他从父亲舍瓦尔那里学来的，不过大部分是格雷尔教的。格雷尔在他父亲的父亲的时代就穿越大山来到这里，如今已经为舍尔文一家三代做过家庭教师。他很喜欢格雷尔，不过老人教的很多东西他都不愿意学。他的童年过得很愉快，直到轮到他穿越大山去更远地方的那一天来到。很久以前，他的家族从东方的伟大国度来到这里。从那以后，每一代的长子都要再次踏上朝圣之路，在堂兄弟们当中度过年轻岁月的一年时光。这是一项明智的习俗，因为在山的另一边，许多过去的知识仍在流传。在那里还可以遇到来自其他国家的人，研究他们的生活方式。

去年春天，在儿子动身之前，舍瓦尔挑选了自己的三位仆人和几匹不妨叫作马的动物，带着舍尔文去看了他以前从未去过的地方。他们向西骑到了大海，沿着海边走了许多天，直到垂罗恩距离地平线明显地更近了。他们继续往南走，身前的影子越来越长，等到太阳的光线仿佛失掉了所有的热度，他们才又转向东方。他们现在已经完全身处阴影地带了，在盛夏到来之前再往南走是不明智的。

舍尔文骑马与他的父亲并肩而行，看着不断变化的风景。这是充满好奇心的男孩第一次看到一片新疆域。他的父亲在谈论土壤，描述着哪些庄稼可以在这里种植，哪些庄稼尝试了也会失败。然而舍尔文的注意力在别处：他凝视着那片荒凉的阴影地带，想知道它的范围有多大，以及它隐藏了什么样的奥秘。

“父亲，”过了一会儿，他说，“如果你沿直线向南走，径直穿过阴影地带，你能到达世界的另一边吗？”

他的父亲笑了。

“这个问题人们已经问了好多个世纪。”他说，“但是由于两个原因，他们永远不会知道答案。”

“哪两个原因？”

“首先，当然是黑暗和寒冷。即使在这个位置，也没有生物能够活过冬季。不过还有一个更关键的理由，看来格雷尔从没提起过。”

“我想他没说过，至少我不记得了。”

有一阵子舍瓦尔没有回答。他踩着马镫站起来，遥望着南方的大地。

“我曾经很熟悉这个地方。”他对舍尔文说，“来吧——我有东西给你看。”

他们离开了一直骑行的小路，再次背对着太阳骑行了好几个小时。地势慢慢升高了，舍尔文注意到他们正在攀登一条巨大的岩石山脊。它就像一把匕首，刺进了阴影地带的心脏。很快他们来到了一座山丘，因为太陡峭，马爬不上去，他们便在这里下了马，将牲口留给仆人照管。

“有条路可以绕过去。”舍瓦尔说，“不过对我们来说，爬过去要比骑马到另一边更快。”

那座山虽然陡峭，好在并不高，他们只花了几分钟就到了山顶。起初，舍尔文没看出来有什么以前没有见过的东西。还是那片起伏的原野，距离垂罗恩越远，看起来就越黑暗，越令人生畏。

他迷惑不解地转向父亲，但是舍瓦尔指着遥远的南方，沿着地平线认真地比画了一条线。

“不大容易看出来。”他平静地说，“我的父亲就是在这个位置指给我看的，那是你出生之前很多年。”

舍尔文凝视着暮色。南方的天空几乎暗成了一片漆黑。天幕低垂，连接到世界的边缘。不过这么说也并不完全贴切，因为在地平线上，有一条更加黑暗的带子，沿着巨大的弧线，隔开了陆地和天空，却又好像并不属于任何一方。它的黑，一如舍尔文未曾见过的黑夜。

他久久地凝视着它，也许某些关于未来的想法已经在他心里悄然生根发芽，因为那片黑暗的土地在他眼里突然活跃起来，充满了对他的期待。当他终于把视线挪开的时候，他知道一切都已经完全变了，尽管他还太小，还没有意识到这是一种怎样的挑战。

就这样，舍尔文平生第一次看到了那堵墙。

早春时节，他辞别了家人，带着一个仆人翻过高山，进入了东方世界的广袤土地。他在那里遇见了同族，研究了自己家族的历史、发源于古代的艺术，以及支配着人类生活的科学。在学习的地方，他和一些从更偏东的地方来的孩子结成了好友。那些孩子当中，他还能再见面的没有几个，不过有这么一位，在他的生活中将要占据的地位之重要超出了两个人的想象。布雷尔登的父亲是一位著名的建筑师，而这位做儿子的有意青出于蓝。他从一个国家旅行到另一个国家，不停地学习、观察、提问。虽然他只比舍尔文大几岁，但他对世界的了解好像无穷无尽——至少在那个年纪较小的孩子看来是这样的。

两人私下里构想着将世界推倒再按照自己的想法重建。布雷尔登梦想中的城市，道路宽阔，巨厦恢宏，足以令过去的奇迹黯然失色。但是令舍尔文感兴趣的，更多的是愿意居住在这些城市的人们，以及他们如何安排自己的生活。

他们经常谈到那堵墙。布雷尔登虽然没有亲见，但是从自己家人讲的故事中知道了它。正如舍尔文所了解的，在每一个国家的遥远南方，它都像一道巨大的屏障横亘在阴影地带。到了盛夏，如果愿意付出一定的辛苦，人们可以到达那里，但是找不到任何穿过它的途径，谁也不知道墙的另一侧有什么。哪怕它达到了一百个人那么高，整个世界也未曾停歇对它的探索。冰冷的海洋在它的包围中冲刷着阴影地带的海岸。旅行者们曾经站在那些孤寂的海滩上。在那里，垂罗恩最后一丝微弱的光线给不了他们丝毫的温暖，他们看到了墙的黑影是如何以目空一切的气势越过脚下的海浪，远远地伸向大海的。在遥远的海岸上，其他的旅行者看到它掠过自己身边，跨越大洋，环绕世界。

“我的一个叔叔，”布雷尔登说，“在年轻的时候曾经到过那面墙。他是因为和别人打赌才那么做的。他骑了十天才走到墙下面。我想墙把他吓坏了——它那么大、那么冷。他都分辨不清它的材料是金属还是石头，而在他叫喊的时候，一点回声都没有，他的声音反倒很快就消失了，仿佛被墙给吞掉了。我的家人相信那里就是世界的尽头，在墙之外什么也没有。”

“如果这是真的，”舍尔文以无可辩驳的逻辑回答，“在墙被建成之前，海水就会从边缘淌出去了。”

“如果墙是基荣[1]在创造世界的时候建的，就不会有这个问题了。”

舍尔文不同意。

① 垂罗恩信仰中的造物主。

“我的族人相信它是人类的杰作——也许是第一王朝的工程师们，他们有过那么多奇妙的创造。如果他们真的有能够到达烈焰地带的船——甚至还有能飞的船——说不定他们也有足够的智慧来建造那堵墙。”

布雷尔登耸耸肩。

“建墙的人肯定有很充分的理由。”他说，“我们永远也不会知道答案，所以何必操心呢？”

这是一条极其务实的建议。舍尔文早就发现了，普通人能给他的建议，向来也就是这一条。只有哲学家才对那些无法回答的问题感兴趣。对大多数人来说，墙之谜就像存在问题本身一样，基本上不会引起他们的思考。他遇到的所有哲学家都给了他不同的答案。

首先是格雷尔。他刚从阴影地带回来，便开始询问格雷尔。老人平静地望着他说：

“墙的后面只有一样事物，我听说。那便是疯狂。”

然后是阿泰克斯。他年纪大了，几乎听不到舍尔文紧张兮兮的询问。他耷拉着眼皮凝视着男孩，仿佛眼睛已经累得无法完全张开了。很长一段时间之后他回答道：

“基荣创造世界的时候，在第三天建造了墙。我们将在死后发现墙后面有什么——因为那里是逝者的灵魂要去的地方。”

然而居住在同一座城市的俄甘对此提出了刚好相反的见解。

“只有记忆才能回答你的问题，我的孩子。因为墙的后面是我们出生之前生活的土地。”

他该相信哪一位呢？真相是没有人知道答案：就算曾经有人知道过，那个答案也已经被遗忘很久了。

这次探求以失败告终，不过在求学的这一年当中，舍尔文收获颇丰。第二年春天，他与布雷尔登和其他相知未久的朋友们告了别，踏上了那条通往自己国家的古道。他再次穿行在山脉之间的险峻之路上，两侧倒挂的冰柱密陈如墙，气势凶险。他来到了那个地方：道路再次向下弯曲，通往人类的世界，通往天气和煦，流水汩汩，人们不会在冰冷的空气中呼吸困难的地方。在这里，在道路下沉到山谷之前的最后一个抬升之处，人们的目光可以越过陆地，一直投向远方波光幽幽的海洋。而在那个地方，在几乎消失在迷雾中的世界边缘，舍尔文可以看到一条阴影，那便是他的家乡。

沿着巨大的石梁，他来到了那座桥。那是在古时候，唯一的通路被地震摧毁之后，人们为了跨过大瀑布而修建的桥。然而桥已经不见了：早春的风暴和雪崩抹掉了一座庞大的码头，美丽的金属彩虹变成了一堆扭曲的废墟，躺在下游一千英尺处的水雾和泡沫当中。道路的重新开放怕是要等到尚未到来的夏天结束。舍尔文伤心地返了回去。他知道还要再等一年才能看到自己的家。

他在道路的最后一个转弯处停了好几分钟，回看那片有着他所爱的一切，他却到不了的土地。然而那里笼罩着一层雾，他什么也看不到。他毅然转身，沿着大路前行，走出旷野，再次进入群山的怀抱。

舍尔文回来的时候，布雷尔登还在城里。见到朋友，他既惊讶又高兴，然后两人讨论了来年该做些什么。舍尔文的堂兄弟们已经开始喜欢上他们的客人了，再见到他也并无不悦，但是他们提出的体贴建议——舍尔文再花一年时间学习——没有受到采纳。

面对着众多的反对意见，舍尔文的计划慢慢成形。就连布雷尔登一开始也不热心，舍尔文费了好多的口舌才得以让他愿意合作。在他之后，取得其他重要人物的一致意见也就只是时间问题了。

夏日将近，两个少年动身前往布雷尔登的国家。他们骑得很快，因为旅程很长，而且必须在垂罗恩低垂的冬季之前抵达目的地。进入布雷尔登熟悉的土地之后，他们展开了一番询问，而许多人以摇头作答。但是他们获得的答案是准确的，很快，他们就已经身在阴影地带了，于是舍尔文平生第二次看到了那面墙。

刚开始向它走去的时候，它似乎就在不远的地方，矗立在一片阴冷荒凉的原野上。然而，他们骑着马在原野上走了个没完没了，也没看出来墙离他们更近一点——而等到意识到自己离墙已经有多近的时候，他们几乎快到墙脚了。这是因为只有等到伸手就能够到它的时候，人们才能判断它有多远。

舍尔文仰望着已经令他心神不宁的庞大黑色墙体，感觉它似有倾覆之势，仿佛要用垮塌的力量将他压碎。他强迫自己将视线从那令人昏昏欲睡的景象移开，走上前去研究墙的材料。

是真的，就像布雷尔登对他说的那样，摸起来确实很冷——哪怕在这片缺少阳光的土地上，它也不该这么冷。它给人的感觉是既不硬也不软，因为凭双手根本分析不出来它的质地。舍尔文有个印象：有什么东西阻止了他与墙表面的实际接触，但是当硬把手指往墙上按的时候，他也看不出来墙和手指之间有空隙。最奇怪的是布雷尔登的叔叔曾说过的那种瘆人的静谧：每个字都化作喑哑，所有声音都消于无形，速度快得离奇。

布雷尔登已经从驮马身上卸下了一些工具和仪器，并开始检查墙的表面。他很快就发现，任何钻头或者刀具都无法在墙上留下印记。他得出了舍尔文已经得出的结论：墙不仅坚硬无比，还无可钻研。

最后，他厌恶地拿出一条完全笔直的金属尺，将其边缘压在墙上。舍尔文举起一面镜子，将垂罗恩的微弱光线反射到尺子和墙的接触线方向，布雷尔登从另一侧凝视着尺子。他看到的和他想的一样：两个表面之间有一条无限狭窄但是并不间断的光条。

布雷尔登若有所思地看着他的朋友。

“舍尔文，”他说，“我认为墙并不是由我们所知的物质构成的。”

“那么也许传说是真的，它并不是被修建的，而是按照我们现在所看到的样子被创造的。”

“我也这么认为。”布雷尔登说，“第一王朝的工程师拥有这样的能力。我的土地上有一些非常古老的建筑，似乎都是一次成型的，它们的材料完全没有任何风化迹象。如果是黑色而不是彩色的，它们就和墙的材料非常像了。”

他收起了他那些派不上用场的工具，开始设置一个简单的便携式经纬仪。

“如果我做不了别的，”他苦笑着说，“至少我可以测量出它的准确高度！”

在他们最后一次回看那面墙的时候，舍尔文思量着他还能否再见到它。他没有更多可以了解的了：从今往后，他必须忘记自己说不定有一天能够掌握它的秘密这一愚蠢的梦想。也许根本没有秘密——也许在墙之外，阴影地带沿着世界的曲线一直伸展，直到再次遇到同样的障碍。这显然是最有可能的一种情形。然而如果真的是这样，那为什么有人要建墙，建造它的又是什么种族呢？

带着近乎愤怒的情绪，他努力把这些想法搁置一边，纵马向着垂罗恩的光芒前进。这时候，在他心目中的未来，墙对于他的意义并不比它在其他人生命中的意义更加重大。

就这样，两年的时间已经过去了，舍尔文才得以回到家乡。在两年之内，尤其是在一个人的年轻时代，很多事情都可能被遗忘，就算是那些心头所想也会变得不再与众不同，不会再被清晰地回想起来。当舍尔文穿过山脉的最后一片山麓地带，回到他度过童年的乡野之间，他返乡归来的欢乐里掺杂着一种奇怪的悲伤。太多他曾经以为自己会永远记得的事情被遗忘了。

他返乡的消息跑得比他还快，不久他就看到远远的前方有一队人马正在沿路疾驰。他急切地策马前行，心里想着舍瓦尔是不是会在那里向他打招呼。看到带领马队的是格雷尔，他有些失望。

老人朝着他的马骑过来，舍尔文停住了。然后格雷尔将手放在他的肩膀上，但是有一段时间，他把头转向别处，说不出话来。

不一会儿舍尔文就知道了，被前一年的暴风雨毁掉的不只是那座古桥，因为闪电把他自己家的房屋变成了一堆废墟。在距离约定时间还有好多年的时候，舍瓦尔曾经拥有的所有土地都传给了他的儿子。事实上他得到的远不止这些，因为天火降临的时候，按照一年一度的习俗，整个家族正在大房子里聚会。片刻之内，山与海之间的一切都变成了他的财产。他成了老家许多代人以来最富有的人。然而他宁可放弃所有这些，也希望能再看一眼他再也看不到的父亲平静的灰色眼睛。

自从舍尔文在山前的路上告别童年，垂罗恩已经在天空中升起、落下了很多次。土地在过去的几年中蓬勃发展，突然归属于他的财产在慢慢增值。他的管理很有成效，现在他又有时间去做梦了。更重要的是，他拥有了赖以实现梦想的财富。

经常有故事越过大山传到这边来，讲的都是布雷尔登在东部所做的工作。尽管两个朋友打年轻时代以来就未再见过面，但他们会定期交换信息。布雷尔登已经实现了他的雄心壮志：他不仅设计了古往今来两座最大的建筑，还规划了一座全新的城市，尽管这座城市无法在他的有生之年建成。听到这些事情，舍尔文想起了自己青年时代的愿望，他的思绪又回到了过去的岁月中，回到了他们站在巍峨巨墙脚下的时候。他做了很长时间的思想斗争，惧怕重温可能无法平复的旧梦。但是最后他做出了决定，并致信布雷尔登。如果不能用于塑造自己的梦想，财富和权力还有什么用？

接下来舍尔文就等待着，心里思忖着在这些为他带来了名望的年月里，布雷尔登会不会已经忘记了过去。他没有等很长时间：布雷尔登不能马上来，因为他还有些重大的工作要完成。不过等到它们完成时，他将与老朋友会面。舍尔文向他提出了一项挑战，可以让他的能力派上用场——如果他能够做到，那么这项挑战带给他的满足感将超过以往他做过的任何事情。

第二年初夏时节，他来了，舍尔文在桥下的道路上迎到了他。上次分别时他们还是男孩，现在已经快到中年了。但是当他们互相致意时，岁月似乎消失了，两人都暗自欣喜地发现，时间并没有令自己记忆中的朋友改变太多。

他们一起商议了很多天，考量布雷尔登制订的方案。这项工作规模宏大，需要花费很多年才能完成，不过对于像舍尔文一样富有的人来说，它还是可行的。在最后表示同意之前，他带他的朋友去看了格雷尔。

老人已经在舍尔文为他建造的小房子里住了几年。至于大宅里的生活，他已经有很长时间没有积极参与，不过在需要的时候，他总是能够拿得出建议——明智的建议。

格雷尔知道布雷尔登为什么来到这片土地上。当建筑师摊开他的草图时，他没有表现出一丝一毫的惊讶。最大的一幅图展现了墙的正面，还有一条巨大的阶梯从墙脚下的平原拔地而起，沿着墙面上升。平缓上升的坡道在一些位置延伸出宽阔的平台，将整个坡道平均分成了六份，最后一个平台离墙顶还有一点不大的距离。沿着楼梯有二十多个地方伸出了扶壁。在格雷尔看来，相对于他们必须完成的工程来说，这些扶壁显得非常脆弱和纤细。接下来他意识到，这个巨大的斜坡很大程度上是自我支撑的，而在它的一侧，所有侧向推力将由墙本身承担。

他默默地看着这幅图，然后平静地说：

“你总是有办法得偿所愿，舍尔文。我早该料到这件事终究会发生的。”

“那么你认为这是个好主意？”舍尔文问。老人的建议他还从来没有违逆过，现在他也很急切地想听听老人的想法。像往常一样，格雷尔直入主题。

“这要花费多少钱？”他说。

布雷尔登告诉了他。一时间，老人震惊得说不出话来。

“这包括，”建筑师急忙说，“修建一条穿过阴影地带的优质道路，以及为工人建造一座小镇。楼梯本身的构建需要大约一百万块相同的砖块，它们可以拼接在一起形成一个刚性的结构。我希望，我们可以利用在阴影地带找到的矿物来制造这些砖块。”

他轻轻叹了口气。

“我倒希望用金属棒拼接的方式建造它呢，但是那样成本更高，因为所有材料都得翻山越岭运过来。”

格雷尔更加认真地端详着那幅图。

“你为什么设计得比墙矮一点？”他问。

布雷尔登看着舍尔文，舍尔文带着一丝尴尬回答了这个问题。

“我想成为唯一登上最后一程的人。”他说，“最后阶段将由最高平台上的升降机完成。可能有危险，所以我要一个人去。”

这不是唯一的原因，却是个很有道理的原因。格雷尔曾经说过，墙的后面是疯狂。假如果真如此，不能再让其他人面对它。

格雷尔再次用他那平静而恍惚的声音说了起来。

“既然如此，”他说，“你所做的事就谈不上什么好坏，因为它只会牵涉到你一个人。如果这堵墙被建造起来的目的是将某些东西挡在我们的世界之外，那么从另一边来看，它仍然是不可逾越的。”

布雷尔登点点头。

“我们已经想到了。”他略带自豪地说，“如果有必要，我可以引爆在选定位置安放的炸药，片刻工夫毁掉坡道。”

“那就好。”老人回答道，“我不相信那些故事，但是有所准备终归是好的。到工程完工的时候，我希望我仍然活在人世。现在我要努力回忆一下，在我的年龄与你第一次向我提出关于墙的问题时相当的时候，舍尔文，我都了解到了关于它的什么信息。”

在冬天来临之前，通往墙的道路已经被标绘出来，临时镇子也已经奠基。布雷尔登所需的大多数材料都不难找到，因为阴影地带富含矿物。他还勘察了墙体本身，并选定了修建阶梯的位置。当垂罗恩开始坠到地平线以下时，布雷尔登对已经完成的工作感到很满意。

到了第二年夏天，无数有待铸造的混凝土砖块中的第一批已经制作完成，而且通过了布雷尔登的测试。而在冬天来临之前，又生产了成千上万块，并奠定了部分地基。布雷尔登留下了一位他信任的助手来督管制造工作，现在可以回去继续他先前被打断的工作了。等到制造出了足够多的砖块，他将回去监督建造工作，但是在那之前，这里用不着他的指导。

舍尔文每年都要骑马去墙那边两三趟，看着囤积的建筑材料变成巨大的金字塔。四年后，布雷尔登跟他一起回来了。一层层排列成线的石头开始在墙侧向上蔓延，纤细的扶壁开始拱向半空。起初，阶梯上升得很慢，但随着顶端的缩小，上升的速度越来越快。每年有三分之一的时间，这项工作不得不暂停。漫长冬天里有几个月是令人焦虑不安的，舍尔文站在阴影地带的边缘，听着风暴从他身边轰然而过，进入回声荡荡的黑暗。不过布雷尔登的建造工作很出色，每年春天，阶梯都完好无损地矗立在那里，仿佛要比墙本身还要坚持得更久一些。

最后一批石块铺设于工程开始七年之后。舍尔文站在一英里外，好能看到整个建筑。回想起这一切都源自布雷尔登多年前给他看的几幅草图，他不禁由衷赞叹，而且他也能略有体会，等到他自己的梦想变成现实，那位艺术家必然会有的某种情感。他还想到了少年时代，他在父亲的身边，第一次看到墙矗立在阴影地带昏暗天空下的那一天。

上层平台周围有护栏，不过舍尔文还是不愿靠近边缘。这里与地面的距离远得令人头晕目眩。布雷尔登和工人们架设将把他抬过最后二十英尺高度的升降机时，他也上前搭了把手，希望借此忘记自己身处的高度。准备就绪后，他走进机器，带着尽可能从容的态度转向他的朋友。

“我只离开几分钟。”他故作轻松地说，“不管我发现了什么，我都会马上回来的。”

他根本没有想到他的选择余地有多么小。

格雷尔现在几乎什么都看不见了，已经撑不到下一个春天。但是他听出了走近的脚步声，还没等布雷尔登开口说话，他就指名道姓地跟对方打了招呼。

“很高兴你来了。”他说，“我在思考你告诉我的每一件事，我相信我终于知道了真相。大概你也已经猜到了。”

“不。”布雷尔登说，“我一直不敢思考这个问题。”

老人微微一笑。

“为什么仅仅因为某件事物奇怪就害怕它呢？墙是个奇观，没错——但是对那些敢于直面其秘密的人来说，它并没有什么可怕的。

“当我还是个孩子的时候，布雷尔登，我的老主人曾经说过，时间摧毁不了真相——只能将它隐藏在传说之中。他说得对。现在，我可以在与墙有关的所有寓言当中，选择那些属于历史的故事。

“很久以前，布雷尔登，当第一王朝正处于它的鼎盛时期时，垂罗恩比现在更热，阴影地带肥沃而宜居——也许有一天，等到垂罗恩进入它衰弱的暮年，烈焰地带也会变成那样。人们可以随心所欲地往南走，因为没有墙挡着。肯定有许多人曾经那么做，寻找新的土地来定居。舍尔文的遭遇也发生在了他们身上，许多人的心智肯定都因此被摧毁了——数目之多促使第一王朝的科学家们建造了墙，以防止疯狂在这片土地上蔓延。我不相信传说是真的，说什么它是在一天之内，不经任何人的劳作，从包围着世界的云雾中制造出来的。”

他陷入了沉思，一时间布雷尔登没有打扰他。他的思绪还在遥远的过去，想象着自己的世界是一个飘荡在太空中的完美球体，而古者们在赤道周围投下了一道黑暗的带子。虽然这幅图景当中最重要的细节是错误的，但他永远也无法把它完全从脑海中抹去。

* * *

当墙的最后几英尺慢慢地从眼前经过，舍尔文需要鼓足全部的勇气，才不至于大叫着让别人把他放下去。他想起了一些可怕的故事。他对那些故事曾经一笑置之，不屑一顾，因为他来自一个以不迷信为特点的民族。但是，万一那些故事都是真的呢？万一这堵墙被修建起来的目的就是让恐怖远离这个世界呢？

他尝试着忘掉这些想法，然后发现只要升上了墙的最高一层，忘掉这些想法并不难。起初，他无法理解眼前的景象，然后他看出来了，自己正望着一片没有间断的黑幕。他判断不出它的宽度。

小小的平台停了下来，他带着下意识的钦佩之情注意到，布雷尔登的计算是多么准确。然后，他对下面的人说了最后一些保证的话，踏上墙壁，开始稳步向前走。

起初，面前的平原仿佛无边无际，因为他连平原和天空在何处相接都看不出来。但他仍然毫不动摇地走着，背对着垂罗恩。他希望能用自己的影子做向导，然而影子消失在了脚下更加浓重的黑暗中。

有一点不对劲：他每走一步，周围都会变得更黑暗一些。他心下惶恐不安，转过身来，看见垂罗恩的日盘已经变得苍白而暗淡，就像与他之间隔着一块黑玻璃似的。带着愈加浓烈的恐惧，他意识到这绝对是前所未有的事情——他这一生还不曾见过这么小的垂罗恩。

他气呼呼地摇了摇头，以示不屑一顾。这些都是幻象，是他的想象。事实上，这太有悖于他以往的经验了，以至于他都不再感到害怕，而是只瞥了一眼身后的太阳，便坚定地大步向前。

等到垂罗恩缩小成一个点，周围一片黑暗，也就该放弃伪装了。聪明的人会在此时此地回头，舍尔文心里突然浮现出一种噩梦般的幻觉：自己迷失在天地之间永恒的暮色中，再也找不到通往安全地带的道路。这时候他想到，只要还能看见垂罗恩，就不会有真正的危险。

带着一丝丝的不确定，他继续往前走，不时回头看看身后指示方向的暗淡薄光。垂罗恩本身已经消失了，不过天空中仍有幽暗的晕迹指明了它的位置。很快他就不再需要它的帮助了，因为在遥远的前方，天空中出现了第二个光源。

一开始它看上去只是渺然难辨的一丝微明，等到他确信它的存在时，他注意到垂罗恩已经踪迹全无。但是这时候他信心更足了，随着他的前进，失而复得的光源缓解了他的恐惧。

当他意识到自己确实正在接近另一个太阳，当他确信无疑地看出来它正在膨胀，就像片刻之前他看到垂罗恩正在收缩，他将所有的惊异压抑到自己的内心深处。他只观察和记录：要想了解这些东西，以后还会有时间。他的世界可能拥有两颗太阳，分别照耀着世界的一侧，这毕竟还算不上超乎想象的事情。

现在，他终于在黑暗中隐约看到了那根漆黑的线条，它标志着墙的另一侧到了。很快，他将成为数千年来（也许是自古以来）第一个看到被墙隔绝在他的世界之外的土地的人。那里会像他自己的家乡一样美丽吗？那里有没有他乐于与之打招呼的人呢？

但是他们会以这种方式等待着，这是他做梦也想不到的。

格雷尔将手伸向他旁边的柜子，摸索着放在上面的一大张纸。布雷尔登默默地看着他，老人继续说。

“关于宇宙大小以及宇宙是否有边界的争论，我们听得真是太多了！我们可以想象太空是没有尽头的，但是我们的大脑抗拒无限的想法。一些哲学家认为，空间受到某个更高维度曲率的限制——我想你知道这个理论。这在其他宇宙中或许是正确的——如果存在其他宇宙的话，但是对我们的宇宙来说，答案更为微妙。

“到了那堵墙，布雷尔登，我们的宇宙便走到了尽头——同时也没有。没有边界，在墙建成之前，没有任何东西可以阻止人们继续向前走。墙本身只是一个人造的屏障，与它所在的空间具有相同的属性。那些属性一直都在，墙的出现并没有令它们有所增加。”

他把那张纸拿到布雷尔登面前，慢慢地旋转着。

“看这里。”他说，“这是一张白纸。显然它有两面。你能想象一张没有两个面的纸吗？”

布雷尔登惊愕地盯着他。

“不可能——那太荒唐了！”

“真的吗？”格雷尔轻声说。他再次将手伸向橱柜，手指在橱柜的凹格里摸索。然后，他抽出了一张又长又软的纸条，将空洞无神的目光转向静静地等待着的布雷尔登。

“我们无法与第一王朝的智者相比，但是他们的头脑能够直接领悟的知识，我们可以通过类比的方法来理解。这个简单的把戏，看似微不足道，却可以帮助你一窥真知。”

他的手指划过纸带，然后把两端连在一起，形成一个圆环。

“现在我做出来的，是一个你非常熟悉的形状——圆柱体的一段。我用手指沿着内面转，然后再沿着外面转。这两个面是截然不同的。要想从一个面到另一个面，你只能穿过纸带。你同意吗？”

“当然。”仍在困惑的布雷尔登说，“可是这又能证明什么呢？”

“什么也没有证明。”格雷尔说，“不过再看一下——”

* * *

这个太阳，舍尔文想，就是垂罗恩的孪生兄弟。黑暗已经完全消失了，那种他不想去理解的感觉——自己走在一片无垠的原野上——也不复存在。

他现在走得很慢，因为他不想一下子走到那令人眩晕的悬崖边上。过了一会儿，他看见了远处地平线上的低矮山丘。和他身后的那些山丘一样，它们寸草不生，毫无生气。这并没有使他太失望，因为他自己的土地一眼看去也不会比这更有吸引力。

他就这样继续往前走。不久，当他的心仿佛被一只冰冷的手攥紧的时候，他也没有像个胆小鬼似的停下来。他毫不畏缩地看着自己的周围出现了那些熟悉得令人震惊的风景，直到他看到了自己启程的平原，巨大的楼梯本身，直到最后，他看到了布雷尔登那张写满了焦急和期待的脸。

格雷尔又把纸带的两端连在一起，不过这一次，他先把纸带扭转了半圈。他把它递给布雷尔登。

“现在拿你的手指沿着它转一圈。”他轻声说。

布雷尔登没有照做：他已经明白了老人的意思。

“我懂了。”他说，“你不再拥有两个不同的面。现在它形成了一个连续的单面——一个只有一侧的曲面——乍一看似乎完全不可能存在的东西。”

“是的。”格雷尔非常轻柔地回答，“我就知道你会理解的。一个只有一侧的曲面。也许现在你明白了，为什么这个扭曲的环的符号在古代宗教中如此普遍，尽管人们已经彻底忘记了它的含义。当然，这仅仅是一个粗略而简单的类比——在二维空间中展现三维空间现象的例子。但这已经是我们的思想距离真理最近的情形了。”

两人在长久的沉默中深思着，然后格雷尔深深地叹了口气，转向布雷尔登，好像他还能看到他的脸。

“你为什么在舍尔文之前回来了？”他问道，虽然他很清楚答案。

“我们不得不那么做。”布雷尔登悲伤地说，“但是我不想看着自己的作品被毁掉。”

格雷尔同情地点点头。

“我明白。”他说。

舍尔文的眼睛顺着长长的台阶往上看，那里再也不会有人踏足了。他没有什么遗憾：他努力过，没有人能比他做得更好。他已经争取到了最大可能的胜利。

他慢慢地举起手，发出了信号。墙吞没了爆炸的声音，就像它吞没了所有其他的声音一样，但是那些长长的石头砌块从容而优雅地层层跌落，将是他永远也忘不了的景象。有那么一刹那，他仿佛突然看到了一幕难以言表的悲壮场景：另一座阶梯，在另一个舍尔文的注视下，在墙的另一侧倒塌成一模一样的废墟。

但是他意识到，那是一个愚蠢的想法：因为没有人比他更清楚，这堵墙没有另一侧。

（译者：秦鹏）

科马雷的狮子

1949年首次发表于《战栗冒险故事》（*Thrilling Wonder Stories*）8月刊

收录于《科马雷的狮子和夜幕将至》

《科马雷的狮子》与《夜幕将至》差不多创作于同一时间，表达了与那部较长的作品一样的情感。两者都涉及对未知和神秘目标的寻求，或者说探索。在两部作品当中，真正的目标都是奇迹和魔法，而不是任何物质利益。另外，两部作品的主人公都是一个对环境不满的年轻人。

如今有很多这样的年轻人，原因很明显。我要将这些在他们出生之前就已经写就的文字献给他们。

第一章　反抗

临近二十六世纪的末尾，浩荡的科学浪潮终于开始退却。一度连绵不绝、层出不穷，在将近一千年的时间里影响并塑造了世界的发明创造，如今也正在走向偃旗息鼓。一切都已经被发现了。一个接一个地，过去所有伟大的梦想都变成了现实。

文明已经完全机械化了——机械却几乎无迹可寻。承担着世界重负的完美机器要么藏在城市的墙壁中，要么深埋地下。机器人安静而低调地满足主人的需要。因为工作做得那么出色，它们的存在就像黎明一样自然。

在纯科学领域还有很多东西有待学习，而天文学家们因为已经脱离了地球束缚，在未来一千年内都会有事可做。不过，他们所滋养的自然科学和艺术已经不再是这个种族的主要关注点。到了二六〇〇年，人类最聪慧的头脑已经不再效力于实验室中。

在世人眼中，最为重要的人物是艺术家、哲学家、立法者和政治家。工程师和伟大的发明家都属于过去。就像在很久以前就把一度为害人间的疾病解决掉的那些人，他们的工作做得太出色了，结果不再被世人所需要。

还要再过五百年，钟摆才会荡回来。

从工作室里看到的景色壮美得让人屏息凝神，因为这个又长又弯的房间距离中央塔的底部超过两英里。城市的另外五座宏伟建筑簇拥在其下方，它们的金属墙壁在朝阳的照耀下闪烁着五彩的光芒。在更下方，自动化农场的田地如棋盘一般整齐划一，向四面八方延伸开去，直到被天际的薄雾笼罩。然而这一次，美景在理查德·佩顿二世面前形同虚设。在那些被他用作艺术创作原材料的大块人造大理石之间，他怒气冲冲地踱着步子。

色彩艳丽的巨大人造岩石堆满了整个工作室。它们大多被粗略地凿成了立方体，不过也有一些开始隐约呈现动物或者人类的形状，以及连几何学家也叫不出名字来的抽象形体。艺术家的儿子笨拙地坐在一块重达十吨的钻石上——有史以来人工合成的最大钻石，带着一副不友好的神情打量着他有名的父亲。

“我觉得，如果你满足于无所事事，”理查德·佩顿二世愤愤不平地说，“我是不会特别介意的，只要你能够在无所事事的同时保持优雅。有些人精于此道，而且总的来说，他们让世界变得更有趣了。但是你为什么打算终生学习工程学呢？这个问题令我百思不得其解。

“没错，我知道我们没有反对你把技术当作主科，但是我们从没想过你会这么认真。像你这么大的时候，我曾经迷恋植物学，但是我从来没有让它成为我生活中的主要兴趣。是不是钱德拉斯·凌教授向你灌输什么想法了？”

理查德·佩顿三世脸红了。

“他那样做有什么不妥吗？我知道什么职业适合我，他也同意。你已经读过他的报告了。”

艺术家用拇指和食指捏着几张纸，仿佛捏着某种令人讨厌的昆虫，在空中挥舞着。

“我看过了。”他冷冷地说，“‘显示出非比寻常的机械能力——在亚电子研究方面做了原创工作’，等等等等。天哪，我还以为几个世纪以前人类就已经跨越玩那些玩具的阶段了！你是想成为一名机修工，做到一流，四处去照顾残疾机器人吗？这可不是适合我儿子的工作，更何况他还是个世界议员的孙子呢。”

“我希望你不要老是把爷爷扯进来。”理查德·佩顿三世愈加不耐烦地说，“他的政治家身份并没有阻止你成为艺术家。那么你凭什么指望我会在这两个身份中选择一个呢？”

老人那引人注目的金色胡须开始支棱起来，这是一种不祥的预兆。

“只要是能让我们感到自豪的工作，我并不在乎你做什么。但是为什么要对设备、器件之类的东西那么狂热呢？我们已经拥有了所有需要的机器。机器人在五百年前就已经很完善了；宇宙飞船至少也已经有那么长的时间没有改变过；我相信我们现在的通信系统有着将近八百年的历史。那么，为什么要改变已经完美的事物呢？”

“这是报复性的片面论证。”年轻人回答道，“真想不到一位艺术家会说一切都是完美的！父亲，我为你感到羞耻！”

“不要咬文嚼字。你很清楚我的意思。我们的祖先设计了能够满足我们一切所需的机器。毫无疑问，其中一些机器的效率可能还有几个百分点的提升空间。但是何必操那个心？你能举出一项当今世界缺乏的重要发明吗？”

理查德·佩顿三世叹了口气。

“听着，父亲。”他耐心地说，“除了工程学，我还学了历史。大约十二个世纪之前，就有人说一切都被发明出来了——那时候人们还不会利用电，更不要提飞行和航天技术。他们只是没有足够的前瞻性——他们的思想植根于当时。

“今天正在发生同样的事情。五百年来，世界一直靠着古人的智慧生活。我愿意承认，有些发展路线已经走到了尽头，但是也有几十个甚至还没有开始。

“从技术上讲，世界已经陷入了停滞。这不是黑暗时代，因为我们没有忘记任何事情。但是我们在原地踏步。就拿太空旅行来说吧。九百年前，我们到达了冥王星，现在我们在哪里？仍然在冥王星！我们什么时候穿越星际空间？”

“问题是谁想飞向群星呢？”

那男孩厌恶地叫了一声，激动得从钻石上跳了下来。

“真是这个时代的好问题啊！一千年前，人们问的是：‘谁想去月球？’是的，我知道这让人不敢相信，但是这些都在旧书里记着呢。如今，去月球只要四十五分钟，像哈恩·詹森这样的人在地球上工作，在柏拉图城居住。

“我们把行星际旅行看成理所当然之事。终有一天，我们也会以同样的态度看待真正的太空旅行。我还可以举出许多其他的学科，它们之所以戛然而止，就是因为人们的想法都和你一样，满足于已经得到的东西。”

“难道有什么理由不满足吗？”

佩顿用手臂在工作室里比画了一圈。

“认真点，父亲。对你自己的作品，你曾经满意过吗？只有动物才会满足。”

艺术家惨然一笑。

“也许你说得对。但这并不影响我的论点。我仍然认为你是在浪费生命，爷爷也是这么想的。”他看上去有点尴尬，“事实上，他正要专程回地球来看你。”

佩顿看起来有些惊慌。

“听着，父亲，我已经对你讲了我的想法。我不想再重复一遍这个过程。因为无论祖父还是整个世界议会都不会改变我的想法。”

这是一种虚张声势的说法，佩顿疑心自己到底是不是真的这么想。他的父亲正要回答，一个低沉的乐声响彻了工作间。一秒钟后，空中传来一个机械的声音。

“你的父亲要见你，佩顿先生。”

他得意地看了儿子一眼。

“我本该跟你说清楚的，”他说，“我的意思是爷爷现在就要来。不过，我知道你有个习惯，需要你的时候，你总是跑掉。”

男孩没有回答。他看着父亲向门口走去，然后他的嘴唇弯成了微笑的样子。

工作室前的那块单幅玻璃是开着的，他走到阳台上。下方两英里处，着陆场巨大的混凝土停机坪在阳光下闪着白光，只有一些地方点缀着着陆飞船泪珠般的阴影。

佩顿回头看了看房间。房间里仍然空着，不过他能听到父亲的声音从门外传进来。他不再等了，把手放在栏杆上，腾空而起。

三十秒钟后，两个人走进工作室，惊讶地四下张望。没有后缀数字的那位理查德·佩顿看起来像个六十岁的人，然而这还不到他实际年龄的三分之一。

他身上的紫色长袍，地球上只有二十个人有资格穿，而整个太阳系也不到一百个人。他身上似乎散发着位高权重的气息。与他相比，就连他那著名而自信的儿子也显得局促不安而无足轻重。

"那么，他在哪儿？"

"这个浑蛋！他从窗户出去了。至少我们仍然可以说说我们对他的看法。"

理查德·佩顿二世恶狠狠地抬起手腕，拨通了私人通信器上一个八位数的号码。他几乎立刻就得到了答复。一种自动合成的声音用清晰、客观的语调不断重复：

"我的主人正在睡觉。请勿打扰。我的主人正在睡觉。请勿打扰……"

理查德·佩顿二世恼怒地叫了一声，关掉仪器，转向他的父亲。老人咯咯地笑了。

"嗯，他脑子挺快。他把我们打败了。除非他选择按下清除按钮，我们是找不到他的。我已经这把年纪了，当然不打算去追他。"

沉默了一会儿，两个人面面相觑，表情复杂。接着，他们几乎同时笑了起来。

第二章　科马雷的传奇

佩顿像颗石头一样下落了一又四分之一英里，然后才打开了缓冲器。身边呼啸而过的空气虽然使他呼吸困难，却也令人兴奋。他坠落的速度不到每小时一百五十英里，但是几码外那座大厦平稳而急速的上浮增加了他的速度感。

减速场的轻柔拖曳在他离地面大约三百码的时候降下了他的速度。他轻轻地落向大厦脚下停着的一排排飞行器。

他自己的高速飞车是一部小型单座全自动机器。最起码，三百年前刚被制造出来的时候，它还是全自动的，然而现在的主人对它实施了太多的非法改装，以至于世界上再没有其他人能够驾驶它之后还能活下来讲给别人听。

佩顿关掉了缓冲器的带子——这个好玩的装置虽然技术上已经过时，却仍然有着有趣的可能性——然后走进了他那部机器的气闸。两分钟后，城市的高楼大厦沉没在天际线之外，无人居住的荒野以每小时四千英里的速度在身下飞驰。

佩顿把航向设定为向西，几乎立刻就飞到了大洋上空。他能做的只剩下等待了。飞船会自动到达目的地。他靠在飞行员的座位上，满脑子苦涩的念头，为自己感到难过。

他心里很不安，但又不愿承认。家人对于技术并没有和他一样的兴趣，这件事从多年前开始就不再令佩顿担忧。但是，这种日益增长的反对意见，现在已经到了紧要关头，是前所未有的状况。他完全无法理解。

十分钟后，一座白色的尖塔开始从海里冒出来，就像从湖中升起的王者之剑[1]。这座城市被世人称作“科学城”，不过它那些较为愤世嫉俗的居民们都叫它“蝙蝠钟楼”。八个世纪前，人们在一座远离大陆的岛上修建了它。这是一种独立的姿态，因为在那个遥远的年代，民族主义最后的痕迹还在流连不散。

佩顿把他的飞船停在停机坪上，向最近的入口走去。巨浪拍打在一百码外的岩石上，隆隆巨响一如既往地震撼着他的心灵。

他在门口停留了片刻，吸着腥咸的空气，看着海鸥和候鸟围着塔盘旋。当人类还在用困惑的眼神注视着黎明，疑心那是不是神迹的时候，它们就已经把这片小小的土地当作休息的地方了。

遗传学局占据了塔楼中心附近的一百层楼。佩顿花了十分钟才到达科学城。在由办公室和实验室构成的若干立方英里楼体中找到他想要见的人又需要几乎同样长的时间。

艾伦·亨森二世仍然是佩顿最亲密的朋友之一，尽管他早在两年前就离开了南极洲大学，而且他学习的是生物遗传学而不是工程学。每当佩顿遇到麻烦时——这种情况并不鲜见——他都会发现朋友冷静的常识很能令他安心。此时此刻对他来说，飞往科学城实在是自然而然的事情，尤其是考虑到前一天亨森刚刚紧急呼叫过他。

生物学家见到佩顿很高兴，也松了一口气，但是笑脸相迎的背后，似乎隐藏着一种紧张的情绪。

“很高兴你来了。我有一些消息，你会感兴趣的。可是你看上去闷闷不乐的——怎么了？”

佩顿不无夸张地告诉了他。亨森沉默了一会儿。

“这么说他们已经开始了！”他说，“我们早该料到的！”

“这话是什么意思？”佩顿惊讶地问。

---

① 王者之剑：又名湖中剑，是在亚瑟王传说中登场的魔法圣剑。

生物学家拉开一个抽屉，拿出一个密封的信封，从里面取出两张塑料板。塑料板上被切出了几百个平行而长度不一的槽。他递给了他的朋友一张。

“你知道这是什么吗？”

“看起来像是一份性格分析。”

“回答正确。而这一张恰好是你的。”

“啊！这可是违法的，不是吗？”

“不必在意那个。密钥在底部印着呢。它的顺序是从审美到智慧。最后一栏给出了你的智商。别太往心里去。”

佩顿聚精会神地看着卡片。有那么一会儿，他脸色微红。

“我不明白你是怎么知道的。”

“你不用管。”亨森咧嘴一笑，“再来看看这一份分析。”他又递过来一张卡。

“怎么回事，两份是一样的啊！”

“不完全一样，但是很接近了。”

“这一份又是谁的呢？”

亨森靠在椅背上，慢慢斟酌着措辞。

“那一份分析，迪克①，属于你的第二十二代曾祖——伟大的罗尔夫·索尔达森。”

佩顿像火箭一样跳了起来。

“什么！”

“别把这地方喊塌了。如果有人进来，就说我们是在讨论大学里的旧时光。”

“可是——索尔达森！”

① 迪克：理查德的昵称。

“嗯，只要追溯得足够久远，大家都有着同样显赫的祖先。不过现在你该知道，为什么你爷爷会害怕你了。”

“他一直等到很晚才提这事儿。我那时候都差不多已经完成训练了。”

“你应该为此感谢我们。通常我们的分析会上溯十代，特殊情况下是二十代。这是一项庞大的工作。在遗产库中有几亿张卡片，二十三世纪以来生活过的男男女女，每个人都有一张。这个巧合是大约一个月前偶然发现的。”

“麻烦就是那时候开始的。但我还是不明白这是怎么回事。”

“迪克，关于你著名的祖先，你究竟知道些什么？”

“我想我知道的也不比别人多。我当然不知道他是怎么或者为什么消失的，如果你是在问这个的话。他不是离开地球了吗？”

“不。你可以说他离开了世界，但是他从没离开过地球。很少有人知道这一点，迪克，但是罗尔夫·索尔达森就是科马雷的建造者。”

科马雷！佩顿半张着嘴吐出了这个词，品咂着它的意义和奇异。如此说来，它究竟还是存在的！就连这一点有些人都不肯承认。

亨森又开始说。

“我想你对颓废者了解不多。历史书都是被人精心修订过的。不过整个故事与第二次电子时代的结束有关……”

在距离地球表面两万英里的地方，世界理事会所在的人造月球正运转在它的永久轨道上。议事厅的屋顶是一片完美无瑕的晶石。当理事会成员开会的时候，在他们和下面远远旋转着的巨大球体之间仿佛空无一物。

它有着深远的象征意义。任何狭隘偏激的观点在这样的环境中都坚持不了很久。如果说在某个地方，人类的心智一定能够产生它们最伟大的作品，那个地方一定是这里。

老理查德·佩顿用他一生的精力指导着地球的命运。五百年来，人类尽享和平，也不曾缺乏过任何艺术或者科学所能提供的东西。统治这个星球的人们有理由为自己的工作感到自豪。

然而老政治家心神难定。也许未来的变化已经在他们面前投下了阴影。也许他的潜意识已经觉察到了，五个世纪的平静状态行将终结。

他打开书写机开始口述。

佩顿知道，第一个电子时代是在超过十一个世纪之前的一九〇八年，随着德·福雷斯特发明三极管而开启的。那个神话般的世纪还见证了世界国家、飞机、宇宙飞船和原子能的诞生，见证了所有令他所知的文明成为可能的基本热离子装置的发明。

第二个电子时代始于五百年后。它的开启者不是物理学家，而是医生和心理学家。在将近五个世纪的时间里，他们一直在记录思维过程中大脑中的电流。分析工作极其复杂，但是经过几代人的艰苦努力，它还是被完成了。于是，第一批能够解读人类思想的机器具备了建造的可行性。

但这仅仅是开始。自己大脑的运行机制既然已经被揭开，人类就可以更进一步——用晶体管和电路网而不是活细胞来复制它。

人类在二十五世纪快要结束的时候制造出了第一批会思考的机器。它们非常粗笨，要想完成一立方厘米人脑的工作，得用上占地一百平方码[①]的设备。但是，一旦迈出了第一步，机械大脑得到完善及广泛应用的日子也就不远了。

它只能完成低级的智力工作，而且缺乏诸如主动性、直觉以及各

① 码：英制长度单位，1码约等于0.9米。

种情感等纯粹的人类特征。然而，在变化很少的环境中，它的局限不那么严重，人类能够做到的所有事情它都可以代劳。

金属脑的出现给人类文明造成了一个巨大的危机。虽然政治和社会管理等高级职责仍需人类履行，但是大量的日常管理工作都已经被机器人接管。人类终于获得了自由，不再需要绞尽脑汁地规划复杂的运输时间表、制订生产计划、平衡预算。几个世纪前就接管了一切体力劳动的机器，再次对社会做出了巨大的贡献。

人类事务受到了巨大的影响，人们对新形势的反应有两种。有些人高尚地把刚刚获得的自由用于那些一直令最崇高的人们心向往之的追求：对美与真的探索。这两者至今仍然难以追寻，一如雅典卫城被建造起来的那个年代。

不过另外一些人有着不同的想法。他们说，亚当的诅咒终于被永远解除了。现在我们可以建造那样的城市：只要我们的头脑中有了想法，机器就会满足我们的每一个需求——甚至更快，因为分析器就连隐藏在潜意识中的欲望都可以解读出来。所有生命的目的都是享乐和追求幸福。人类已经赢得了这样的权利。我们厌倦了以知识为目标的无休止奋斗，厌倦了想在太空中架起通往群星之桥的盲目欲望。

这是古老的莲花食者[①]之梦，一个和人类同样古老的梦。现如今，它第一次有了成为现实的可能。有那么一段时间，并没有多少人认同这个梦想。第二次文艺复兴的火焰还没有开始闪烁和熄灭。但是随着时间的流逝，颓废者们的思维方式吸引了越来越多的人。在内行星上的隐蔽地点，他们建造了梦想中的城市。

一个世纪的时间里，他们兴盛而繁荣，有如奇特的异域之花，直

---

① 莲花食者：《荷马史诗》中记载的一个以莲花为食物的岛民，此种莲花食物是一种麻醉剂，岛民吃了以后会安然入睡。作为象征用法，“莲花食者”表示“一个人沉迷于快乐和奢侈而不面对现实处理问题”。

到那种几近宗教的建设激情消退。他们又苟延残喘了一代人。然后一个接一个地，它们变得无人知晓。在消亡的过程中，它们留下了大量的寓言和传说。许多个世纪的光阴慢慢流逝，那些寓言和传说也在积累、发展。

这样的城市只有一座建在了地球上，围绕着它，有许多谜团从未被外界解开过。出于自己的目的，世界理事会销毁了关于这个地方的所有知识。它的位置是个谜。有人说它位于北极的荒原，还有人认为它藏在太平洋的海床上。除了它的名字——科马雷，什么也不能确定。

* * *

亨森的讲述停顿了一下。

“到目前为止，我对你讲的都不是什么新鲜事，所有这些都是常识。故事剩下的部分，对世界理事会和科学城的大约一百个人来说，就是一个秘密了。

“罗尔夫·索尔达森，如你所知，是这世界上有史以来最伟大的机械天才。就连爱迪生也不能和他相比。他奠定了机器人工程学的基础，并建造了第一个实用的思考机器。

“二十多年的时间里，他的实验室涌现出一系列杰出的发明，然而接下来他突然消失了。有传言说他曾尝试飞向宇宙。真实的情况是这样的：

“索尔达森相信，他的机器人——至今仍在维持着我们的文明运转的那些机器——只是一个开始。他去世界理事会提出了一些可能会改变人类社会面貌的建议。我们不知道具体怎么改变，但是索尔达森相信，除非他的建议被采纳，否则我们这个种族终将进入死胡同——事实上，我们许多人都认为人类已经在死胡同里了。

“理事会强烈反对。在那个时候，你得知道，机器人刚刚融入人类文明，社会还在慢慢恢复稳定——就是到如今已经维持了五百年的这种稳定。

“索尔达森大失所望。颓废者们凭借他们吸引天才的天分引起了他的注意，并说服他放弃这个世界。他是唯一能够把他们的梦想变成现实的人。”

“他做到了吗？”

“没有人知道。但是科马雷被建成了——这一点是确凿无疑的。我们知道它在哪里，世界理事会也知道。有些事情是无法保密的。”

这倒是真的，佩顿想。哪怕在这个时代，仍然有人失踪，身后留下一些传言，说他们是去寻找那个梦想之城了。事实上，短语“他去科马雷了”已经成了语言的一部分，原有的意思几乎被遗忘了。

亨森向前探着身子，说话的口气越来越认真。

“这就是奇怪之处。世界理事会可以摧毁科马雷，却不肯那么做。对‘科马雷存在’的信念对社会肯定起到了一定的稳定作用。我们付出了很多努力，社会上还是免不了精神变态的存在。在催眠状态下，给他们灌输一点关于科马雷的暗示并不困难。他们可能永远也找不到它，但是对它的寻找可以防止他们对社会造成伤害。

“在早期，科马雷刚刚建成不久的时候，理事会向那座城市派了干员。他们没有一个回来。并不是发生了什么阴险邪恶的勾当，他们就是愿意留在那里。这是肯定的，因为他们发回了信息。我认为颓废派能够意识到，如果他们蓄意扣留理事会的干员，理事会肯定会铲平那个地方。

“那些信息我读过一部分。它们都写得很离奇。只有一个词可以形容它们：亢奋。迪克，科马雷具有某种特质，能够让一个人忘记外面的世界，忘记他的朋友、他的家人——一切！试着想象一下，这意味着什么！

“后来，等到人们确信不可能有颓废者还活着，理事会再次做出了尝试。他们一直尝试到五十年前。然而直到今日，还是没有人从科马雷回来。”

理查德·佩顿说话的时候，服务机器人将他的话语分析成语音组，插入标点符号，然后将记录自动发送到合适的电子文件中。

“复制到总裁和我的私人档案里。

“你的二十二号记录，还有我们今天早上的谈话。

“我见到了我儿子，但是理查德·佩顿三世躲开了我。他意志坚决，我们强迫他的话，只会造成伤害。索尔达森的教训我们还是要吸取的。

“我的建议是，我们给予他所需的一切帮助，以此来赢得他的感激。然后我们可以引导他践行安全的研究路线。只要他不会发现罗尔夫·索尔达森是他的祖先，就不会有危险。虽然两人性格相似，但是他不太可能尝试重复罗尔夫·索尔达森的工作。

“最重要的是，我们必须确保他不会发现或者探访科马雷。万一发生了那种情况，没人能预见其后果。”

亨森停止了讲述，但是他的朋友一言不发。他听得太入迷了，忘记了该如何插言。过了一会儿，另一位接着说了起来。

“这就说到了现在，说到了你。迪克，世界理事会一个月前发现你继承了索尔达森的基因。很抱歉我们告诉了他们，但是现在太晚了。从基因来看，你是索尔达森完全科学意义上的转世。这是自然界中历史最悠久的概率现象之一，每隔几百年就会在某个家庭出现一次。

“迪克，你可以继续索尔达森被迫放弃的工作——不管那是什么工作。也许它已经永远遗失了，但是只要它还留下了一丝线索，秘密就在科马雷。世界理事会知道这一点。这就是为什么他们在努力阻止你走上你的命运之路。

“别为这件事感到烦恼。理事会中的一些人有着人类迄今所产生的最崇高的头脑。他们对你没有恶意，也不会有什么坏事发生在你身上。不过他们热切地希望维护当前的社会结构，他们认为它是最好的。”

佩顿慢慢地站了起来。有那么一刻，他似乎成了一个中立的外部观察者，注视着这个被称为理查德·佩顿三世的无名之辈，他现在不再是一个人，而是一个象征，一个通向世界未来的关键。重新认识自己需要在精神上刻意付出一定的努力。

他的朋友静静地看着他。

“还有一件事你没告诉我，艾伦。你是怎么知道所有这些事情的？”

亨森笑了。

“我一直等着你问这个呢。我只是传话筒，被选中是因为我认识你。其他人是谁我也不能说，对你也不行。不过在他们当中颇有那么几位，是我知道你敬仰的科学家。

“理事会和为其服务的科学家之间一直存在着友好的竞争，但是在过去几年里，我们的观点越来越不同。我们当中许多人认为，当前这个年代其实只是一个过渡期，尽管理事会认为它将永远持续。我们相信，太长时间的稳定会造成颓废。理事会的心理学家则相信他们可以阻止这种情况的发生。”

佩顿眼神闪烁起来。

“那是我长期以来的主张啊！我能加入你们吗？”

“以后吧。眼下还有工作要做呢。你瞧啊，我们在某种意义上称得上革命者。我们将引发一两个社会反应，等到我们完成时，种族堕落的危险将被推迟数千年。迪克，你是我们的催化剂之一。不是唯一的一个，我可以说。”

他停顿了一下。

“即使从科马雷那里什么也没有得到，我们还有另一张牌。我们希望在五十年内完善星际驱动器。”

“可算是盼到了！”佩顿说，“到那时候你们打算怎么办？”

“我们将把它呈交给理事会，并说：‘给你们吧——现在你们可以飞向星海了。我们是不是好孩子啊？’理事会只能苦笑一番，开始文明的迁徙。等到完成了星际旅行，我们将再次拥有一个不断扩张的社会，发展停滞将被无限期地推迟。”

“我希望我能活到那一天。”佩顿说，“但是现在你们希望我做什么呢？”

“很简单：我们要你到科马雷去，看看那里有什么。别人失败的地方，我们相信你能成功。所有的计划都已经制订好了。”

“那么科马雷在哪里呢？”

亨森笑了。

“这个问题其实很好回答。它只可能在一个地方——唯一没有飞机可以飞越、没有人居住、所有的旅行都只能靠步行的地方。它就在大保留地。”

老人关掉了书写机。在上方——或者下方，其实都是一回事——新月状的庞大地球遮蔽了星空。无休无止地绕着它运转的小月亮已经越过了晨昏线，正在钻进黑夜。下面黑暗的大地上，点缀着斑驳的城市灯光。

此情此景令老人心中充满了悲伤。这让他想到了自己的生命即将结束，似乎也预示着他一直试图保护的文化的终结。也许终究还是年轻的科学家们说得对。漫长的休息即将结束，世界正在走向他将永远看不到的新目标。

第三章　野狮子

佩顿的船向西驶过印度洋的时候，夜幕已经降临。除了非洲海岸上那一抹白色的碎浪，只凭目力再也分辨不出其他的东西，不过导航屏幕显示出了下面陆地的每一个细节。当然，夜幕现在已经算不上什么防护或者屏障了，但它还是能够保证，没有人可以用肉眼看见他。至于那些应该正在监视着的机器——好吧，其他人已经搞定它们了。看起来想法和亨森一样的人还有不少呢。

这个计划构思得很巧妙。细节都是由一些显然很享受这项工作的人们精心敲定的。他要在森林的边缘着陆，尽可能靠近能量障壁。

即使是他那些素不相识的朋友，也做不到在不引起怀疑的情况下关掉障壁。幸运的是，从障壁的边缘到科马雷只有大约二十英里，中间相隔的是一片相当开阔的土地。他必须步行完成旅程。

小小的飞船落进看不见的森林里时，树枝发出了巨大的噼啪声。它停稳之后，佩顿关掉了舱内昏暗的灯光，向窗外张望，什么也没有看见。他记起了别人嘱咐他的话，没有开门，找了个尽量舒服的姿态将自己安顿下来，等待天亮。

醒来的时候，他被灿烂的阳光照了个满眼。他迅速爬进朋友们提供的装备中，打开舱门，走进了森林。

登陆地点是经过精心挑选的，费不了什么力气就能爬到几码外的旷野。前面的小山丘上长满了青草，四处点缀着一簇簇细长的树木。虽然时节是夏天，地方离赤道也不远，天气却很温和。这要归功于八百年的气候控制和淹没了沙漠的巨大人工湖。

几乎是生平第一次，佩顿体验到了人类出现之前的自然。不过让他感到奇怪的并不是荒野的景观。佩顿还没有见识过真正的寂静。机器的低吟永远不绝于耳，另外还有飞驰的航班发出的嗡鸣，每每从万仞之高的平流层隐隐传来。

这里没有那些声音，因为没有机器能够穿越包围着保留区的电力障壁。他能听到的只有草间的风声和若有若无的虫鸣。佩顿发现寂静反倒让他感到心神不宁，于是他做了这个时代几乎所有人都会做的事。他按下了个人收音机的按钮，选择了背景音乐波段。

就这样，一英里接着一英里，佩顿稳步行走在地势起起伏伏的大保留地——地球表面上最大的自然领地。行走并不费力气，因为他的设备里内置的缓冲器基本上抵消了它自己的重量。平和的音乐笼罩着他，宛若氤氲的雾气。自从发现了无线电波，音乐差不多就一直是人们生活的背景音。尽管只需要拨个号码，他就能联系上地球上的任何一个人，他还是很认真地想象着自己独处在大自然的中心。有那么一阵子，他感受到了一千多年前，刚刚来到这同一片土地的斯坦利和利文斯通肯定曾经体验过的各种情绪。

幸运的是佩顿擅长走路。到中午的时候，他已经走完了一半的路程。在一片从火星进口的针叶树丛里，他停下来休息，准备吃午饭。过去的探险家见到那些植物肯定会感到错愕而不解。佩顿却稀里糊涂地没觉得它们有什么了不起。

等到吃空的罐子聚成了一小堆的时候，他注意到在他来的方向上，有个物体正在平原上飞快地移动。由于距离遥远，识别不出来那是什么。直到明显地看出来那个物体是在接近自己，他才肯站起来，好能看得清楚一些。到目前为止，他还没有见到动物——不过已经有很多动物见到了他——他饶有兴趣地注视着那个新来者。

佩顿以前从未见过狮子，却毫不费力地认出了那头向他扑来的巨兽。值得表扬的是，他只瞥了一眼头顶上的树，然后便毫不动摇地立在原处。

他知道，世界上已经没有真正危险的动物了。保留区这个地方算是个幅员辽阔的生物实验室，还是个每年接待成千上万游客的国家公园。人们普遍认为，如果不去搅扰在当地栖居的生物，它们就会投桃报李。总的来说，这样的安排达到了预期的结果。

这只动物显然是急于表示友好。它径直朝他跑过来，开始亲热地蹭着他的体侧。佩顿再次站起来之后，它对他的空食物罐产生了极大的兴趣。不一会儿，它转向他，脸上带着一种令人无法抗拒的表情。

佩顿笑了，打开一罐新罐头，把里面的东西小心地倒在一块平坦的石头上。狮子津津有味地接受了他的馈赠。在它享用美食的时候，佩顿翻阅着官方指南的索引。那是他那些不知名的支持者精心编撰的。

有几页谈到了狮子，还附着供地外来客参考的照片。上面提供的信息让人放心。一千年的科学育种已经大幅改善了万兽之王。在上个世纪只有十二个人被狮子吃掉：在其中十个案例中，随后的调查证明那并非狮子的过错，另外两例则“没有被证实”。

然而书中并没有提到被遗弃的狮子和处置它们的最佳方式，也没有暗示它们通常都和这一头一样友好。

佩顿并不是特别善于观察。过了好一会儿，他才注意到狮子右前爪上那条薄薄的金属环。上面有一串数字和字母，后面有保留地的官方印章。

这不是一只野生动物，说不定它的整个年轻时代都是在人类中间度过的。它说不定就是那种著名的超级狮子，生物学家一直在培育它们，然后再将它们放生以改善其种群。佩顿读过的一些报告称，有一些这样的狮子几乎和狗一样聪明。

他很快发现，它可以理解许多简单的单词，尤其是那些与食物有关的。即便在这个时代，它也算得上一头魁伟的猛兽，比它十世纪前骨瘦如柴的祖先高出了整整一英尺。

佩顿继续赶路的时候，狮子跟在他身边一路小跑。他怀疑这段友谊是否比一磅[①]人造牛肉更有价值，不过有个聊天对象还是很愉快的——何况这个对象对他说的任何话都没有提出反对意见。经过一番深思熟虑，他认为“利奥”这个名字挺适合他这位新朋友。

刚刚走了几百码，佩顿面前的空中突然出现了一道炫目的闪光。尽管马上就意识到了那是什么，他还是被吓了一跳，停下来眨着眼睛。利奥慌忙逃走，已经跑到了视野之外。佩顿想，到了紧要关头，这头狮子也不会有多大用处。后来他改变了这一判断。

眼睛恢复过来之后，佩顿发现自己看到的是一张五彩缤纷的通知，字母有如一片灼灼燃烧的火焰。它稳稳地悬在空中，上面写着：

警告！

你正在接近

禁区！

回头离开！

奉世界理事会会议之命

① 磅：英制质量单位，1磅约等于0.45千克。

佩顿若有所思地打量了一会儿通知，然后环顾四周寻找投影机。它装在一个金属盒子里，而盒子被藏在路边，藏得并不怎么隐蔽。凭借第一次毕业时一个过于轻信他的电子委员会给他的万能钥匙，他很快就打开了它。

检查了几分钟后，他松了一口气。这台投影机是个简单的电容操作设备。任何沿着这条路来的东西都会激活它。有一台摄影记录仪，不过已经断开了。佩顿并不惊讶，因为每一只路过的动物都会让这个装置运行。幸好如此。这意味着不会有人知道理查德·佩顿三世曾经走过这条路。

他大声呼喊利奥。利奥慢慢地走了回来，看上去很不好意思。通知已经消失了，佩顿开着继电器，防止它在利奥经过时再次出现。然后他锁上盒门，继续上路，想着接下来会发生什么。

又走了一百码，一个不知来自哪里的声音开始严厉地对他说话。它说的内容并没有什么新意，不过威胁要对他实施一些轻微的惩罚，其中一些对他来说并不陌生。

利奥试图确定声音来源的时候，它的表情看上去很有意思。佩顿再次寻找投影机，对它检查了一番，然后继续前进。他想，干脆离开这条路会更安全一些。更往前方说不定会有录音设备。

他费了好大劲才说服利奥留在金属表面上，而他自己则沿着路边的荒地行走。在接下来的四分之一英里路程里，狮子又激活了两个电子装置。最后一个似乎已经放弃了劝说，只是说：

小心野生狮子

佩顿看着利奥，笑了起来。利奥不理解可笑之处，但还是有礼貌地随声附和。在他们身后，自动通知伴着最后绝望的闪烁而消失了。

佩顿好奇为什么会有这样的通知。也许它们是为了吓走意外的访客。那些知道目标的人才不会被它们挡住。

道路突然转了个直角，然后科马雷便呈现在他面前了。奇怪的是，他一直期待的事情居然会令他如此震惊。前面是一大片林间空地，被一个黑色的金属结构占据了一半。

这座城市的形状就像一个层层堆垒起来的圆锥体，大约有八百码高，底部有一千码宽。至于地下究竟有多大，佩顿无法猜测。他停了下来，叹服于这座庞大建筑的尺度和奇特。然后，他开始慢慢地向它走去。

仿佛一头伏踞在巢穴里的食肉猛兽，城市在那里等待着。尽管如今已经罕有访客，它还是做足了迎客的准备，不管他们是谁。有时候访客在第一个警告处就转身离去了，有时候他们止步于第二个警告处。有一些人刚走到门口便失去了决心。不过，那些已经走了这么远的人，大多数还是很愿意进去的。

于是佩顿踏上大理石台阶，走上了通往高耸的金属墙壁和那个奇怪黑色洞口的路。看起来，那个黑洞好像是唯一的入口。利奥默不作声地在他身边一路小跑，几乎没有注意到自己身处的奇特环境。

佩顿在阶梯脚下站住，用通信器拨了一个号码，等到确认的声音响起，才慢慢地对着麦克风说话。

"苍蝇正在进入客厅。"

他重复了两遍，觉得这样子挺傻的。他想，某个人的幽默感有点变态。

无人回应。这也是事先安排好的。不过他毫不怀疑对方已经收到了这条信息。也许接收者位于科学城的某间实验室里，因为他拨打的号码带着西半球的编码。

佩顿打开最大的肉罐，把里面的肉摊在大理石上。他把手指插进狮子的鬃毛里，饶有兴味地绕来绕去。

“我看你还是留在这儿吧。”他说，“我可能要离开一阵子呢。不要跟着我了。”

到了台阶顶上，他回头看了看。让他感到欣慰的是，狮子并没有试图跟在他后面。它蹲在地上，可怜巴巴地看着他。佩顿挥挥手，转身走开了。

没有门，只有一个平淡无奇的黑洞，开在弯曲的金属表面上。这令人费解，佩顿好奇，建造者当初打算怎么防止动物逛荡进来。这时，洞口的一些事情引起了他的注意。

它太黑了。哪怕墙壁处在阴影当中，入口也不应该黑到这种程度。他从口袋里掏出一枚硬币，朝洞里仍去。落地的声音使他安心，他举步向前。

精心调校过的鉴别电路没有理会硬币，就像之前它们忽略了所有游逛到这黑暗之门里的动物一样。但是人类大脑的存在足以触发继电器的中断。就在那一瞬间，佩顿正在穿过的屏障涌动着能量，接下来又恢复了平静。

在佩顿看来，他的脚好像花了很长时间才够到地面，然而这并不是真正值得他担心的问题。更让人惊讶的是，环境转瞬之间就从黑暗变成了光明，从多少有点让人难以忍受的丛林暑热变成了相比之下几乎寒冷的温度。变化之剧烈令他倒抽一口凉气。带着明显的不安，他转向自己刚刚经过的拱门。

它已经不见了。它根本就不在它应该在的位置。他站在一座高高的金属台子上，台子位于一个巨大圆形房间的正中央，房间周围有十几洞尖尖的拱门。说不定他就是从其中一个门走进来的——假如它们不是分布于四十码开外的话。

佩顿一时间惊慌失措。他感到自己的心怦怦直跳，双腿好像有点不听使唤。深感孤立无援的他在高台上坐下，开始理智地分析这一局面。

第四章　罂粟花标志

有什么东西将他从黑漆漆的门口瞬间带到了房间中央。只有两个可能的解释，两者都同样地不可思议。要么是科马雷内部的空间出了很大的问题，要么就是它的建造者掌握了物质传输的秘密。

自从学会用无线电传送声音和景象，人类就一直梦想着用同样的方法传送物质。佩顿看着自己立于其上的台子。它可以很容易地装下电子设备——而且头顶的天花板上也有一个奇怪的凸起。

不管这是怎样做到的，他都想象不出来，还能有什么更好的方式去拒绝那些不受欢迎的访客。他急急忙忙地从高台上爬下来。他可不想继续留在上面了。

此时此刻，如果把他带到这里的机器不肯配合，他也就无法离开了，这一事实令他感到不安。他决定一次只担心一件事。等到完成了他的探险，他应该已经掌握了科马雷的这个秘密以及其他所有的秘密。

他其实并不是自负。在佩顿和这座城市的制造者之间，横亘着长达五个世纪的研究。尽管他可能会发现许多不曾听闻的东西，但也不会有什么是他不能理解的。他随机选择了一个出口，开始了对这个城市的探索。

机器们观察着，等待着时机。它们被建造出来是为了服务于一个目的，而它们仍在盲目地实现着这个目的。很久以前，它们给建造者们的心灵带去了忘却的安宁。现在所有进入科马雷城的人仍然可以从它们那里得到这种忘却。

佩顿从森林里走出来的时候，仪器就已经开始分析了。剖析一个人的心灵及其所有的希望、欲望和恐惧，这可不是一件可以迅速完成的任务。合成器要几个小时后才能开始工作。在那之前，当更加丰盛的款待还在准备之中时，访客会享受到心情的放松和愉悦。

在他的城市探险中，佩顿快速奔走在不同的房间之间，所以小机器人费了好大力气才终于找到这位神出鬼没的访客。不久之后，机器在一个圆形小房间的中央停了下来，房间里排列着磁开关，只有一根发光管照明。

根据自身装备的仪器探测到的结果，佩顿只在几英尺之外，可是它的四个镜头看不到他在场的迹象。它困惑不解地静立着，除了马达隐约的低吟和一台继电器时而发出的嘶嘶声，没有任何声响。

佩顿站在离地面十英尺的栈桥上，饶有兴趣地看着那部机器。他看到的是一台亮光闪闪的金属圆筒，立在一个下方安装着小驱动轮的厚底盘上。圆柱体没有任何肢体，除了一圈镜头和一连串小金属发声格栅，全身上下浑然一体。

小小的机器头脑在两套相互冲突的信息中辛苦挣扎，它这时候表现出的困惑劲头看上去挺有意思。它知道佩顿一定在房间里，可是它的眼睛告诉它这个地方空无一人。它开始绕着小圈仓皇奔走，直到佩顿发了恻隐之心，从栈道上走下来。机器立刻停止了转圈，开始发表欢迎词。

“我是A-5。我可以将你带到你想去的任何地方。请用标准的机器人词汇表给我下达命令。”

佩顿挺失望的。这是一部完全中规中矩的标准机器人，而他原本希望能在索尔达森建立的城市里见到更好的东西。不过只要运用得当，这台机器还是很有用的。

“谢谢。”他说——虽然无此必要，“请带我去起居区。”

现在佩顿已经确信，这座城市是完全自动化的，不过它仍有可能正在维持着一些人的生命。说不定这里还有其他人可以帮助他的探索，尽管也许他能指望的最多只是对方没有反对意见而已。

小机器一语未发，在自己的驱动轮上转了个身，驶出了房间。它带领佩顿穿过走廊，走廊的尽头是一扇雕花精美的门。他曾经试图打开它，但是没有成功。显然A-5知道它的秘密——因为当他们接近时，那块厚厚的金属板无声地滑到了一边。机器人向前驶入了一个像盒子一样的小房间。

佩顿疑心他们是不是进入了另一个物质传送器，不过很快发现那只不过是一部电梯。根据上升的时间来判断，他们肯定快到城市的顶端了。门一打开，佩顿觉得自己好像到了另一个世界。

他最初进入的那些走廊，单调乏味，毫无装饰，纯粹是功利主义的产物。相比之下，这些宽敞的大厅和会议室布置得极为豪华。二十六世纪盛行艳丽的装饰和色彩，并因此被后来的时代所鄙视。但是，颓废者们已经远远超越了他们所处的时代。在设计科马雷的时候，他们穷尽了心理学和艺术的资源。

哪怕花上一辈子，一个人也看不尽这里所有的壁画、雕刻和绘画，还有那些图案精美、看上去华丽如新的挂毯。一个如此美妙的地方，竟然被遗弃，隐于世人不及之处，这似乎是一个彻头彻尾的错误。佩顿几乎忘记了他对科学的全部热情，像个孩子似的，急匆匆地从一个奇迹赶往另一个奇迹。

这些都是天才的杰作，也许是世上有过的最伟大作品。但这是一个病态的、绝望的天才，对自己失去了信心，却仍然保留着精湛的技能。佩顿第一次真正明白了，科马雷的建造者们为什么会得到那样一个名字。

颓废者们的艺术既使他反感，又使他着迷。它不是邪恶的，因为它完全脱离了道德标准。也许它的主要特点是疲倦和幻灭。过了一段时间，一向认为自己对视觉艺术不太敏感的佩顿，开始感到一种微妙的沮丧侵入了自己的灵魂。然而，他发现自己实在无法脱身。

最后，佩顿再次转向机器人。

"现在有人住在这儿吗？"

"有的。"

"他们在哪儿？"

"在睡觉。"

不知道为什么，这个回答听上去完全自然。佩顿感到非常疲劳。在上一个小时里，他要拼命挣扎才能保持清醒。仿佛有什么东西在令他昏昏欲睡，甚至就像是把睡觉的想法硬生生地朝他脑子里灌输。明天还会有足够的时间来了解他所要发现的秘密。眼下他只想睡觉。

他不由自主地跟着机器人走出宽敞的大厅，走进一条长廊，长廊两旁排列着金属门，每扇门上都有一个佩顿感觉似曾相识却又看不明白的符号。他昏昏欲睡的脑子还在半心半意地纠结着这个问题，机器在一扇门前停了下来，门无声地打开了。

光线幽暗的房间里，那张盖着厚毯的睡椅令人无法抗拒。佩顿情不自禁地朝它踉跄而去。坠入梦乡之时，一种心满意足的喜悦温暖了他的心灵。他已经认出了门上的那个符号，然而他的大脑已经疲惫不堪，无法领悟它的重要意涵。

是罂粟花。

城市的运作不存在什么阴谋诡计，也没有什么怨恨恶毒。它在毫无感情地完成着它被赋予的使命。所有进入科马雷的人都欣然接受了它的馈赠。这位客人是第一个无视它们的人。

集成器们几个小时之前就已经准备停当了，但是那颗不肯安分、刨根问底的头脑一直在躲避它们。它们不怕等待，过去五百年里，它们一直都在等待。

现在，随着理查德·佩顿平静地沉入梦乡，这个出奇顽固的头脑的防线正在瓦解。科马雷中心的深处，一个继电器切断了，缓慢波动的复杂电流开始起起落落着流过一排排真空管。理查德·佩顿三世的意识不复存在。

佩顿立刻就睡着了。有一阵子，他的心智变成了彻底的空白。接下来，微弱的意识开始恢复。然后，像往常一样，他开始做梦。

奇怪的是，出现在他脑海里的竟然是他最喜欢的那个梦，而且比以往任何时候都更加生动。佩顿一生都热爱大海。有一次，在一艘低空航班的观景台上，他见识到了太平洋岛屿令人难以置信的美丽。他从未探访过它们，但是他常常希望自己能在某个偏远而宁静的小岛上度过余生，丝毫不用操心未来和世界。

几乎所有的人在一生中都有过这样的梦想，不过佩顿很清醒地认识到，只需要两个月的时间，这样的生活就会让他无聊到几近发疯，把他赶回文明社会。不过，在梦里他可不必为这样的考虑担忧。他再一次躺在摇曳的棕榈树下。潟湖有如一面蔚蓝色的镜子，倒映着骄阳。浪花在潟湖之外拍打着礁石，隆隆作响。

这个梦实在是太逼真了，以至于佩顿在睡梦中也开始琢磨，什么梦也不应该真实到这种程度。这时候梦结束了，突然得仿佛他的思绪出现了一条明显的裂痕。这一打断令他猛然恢复了意识。

佩顿非常失望，紧闭着眼睛躺了一会儿，试图夺回失去的天堂。但是无济于事。有什么东西在敲打着他的脑袋，使他无法入睡。而且，他的沙发突然变得很硬，很不舒服。他很不情愿地把注意力转向打断他的事物。

佩顿向来是个现实主义者，不曾被哲学上的怀疑困扰过。因此，相对于许多不那么聪明的人，这件事给他带来的震惊可能要大得多。他以前从来没有怀疑过自己的理智，现在却开始怀疑了，因为唤醒他的是海浪拍打礁石的声音。他躺在潟湖旁边的金色沙滩上。在他的周围，风在棕榈叶当中轻轻叹息，用温暖的手指轻轻抚摸着他。

有那么一会儿，佩顿只能想象自己还在做梦。但是这一次他并不可能真的那么怀疑。一个人只要是理智的，便不可能把现实误认为梦境。如果宇宙中还有什么东西是真实的，那么此时此刻他的所见所感就是真实的。

慢慢地，惊奇的感觉开始消退。他站起身来，沙子从他身上落下，宛若金色的雨帘。他手搭凉棚，向着海滩看去。

他没有停下来想一想，为什么这个地方会这么熟悉。村庄就在海湾方向稍远一点的地方，知晓这一点似乎也是相当自然的事情。不久，他就要回到他的朋友们中间去了。在一个他很快就要忘记的世界里，他和他们分开了一段时间。

一段记忆正在脑海里渐渐消散。它属于一位曾经渴望名利和智慧的年轻工程师，可是现在他连他的名字也想不起来了。在另外那个生活中，他很了解那个笨蛋，然而现在他没有办法向他解释，他的野心是多么虚妄浮华。

他开始悠然自得地沿着海滩散步。随着他迈出每一步，他的影子生活最后些许模糊的记忆也在慢慢离开他，就像一场梦境的细节消失在白天的阳光里。

世界另一侧的一间废弃实验室里，三位科学家盯着一台设计独特的多通道通信器，忧心忡忡地等待着。这台机器已经沉默了九个小时。在前八个小时里，谁也不会期望有消息传来，但是到了现在，事先商定的信号已经迟到了一个多小时。

艾伦·亨森猛地站起身，做了个不耐烦的手势。

“我们必须做点什么！我要呼叫他。”

另外两位科学家紧张地面面相觑。

“呼叫可能会被追踪到！”

“前提是他们真的在监视我们。即便他们在监视，我也不会说什么出格的话。佩顿会理解的，如果他能回答的话……”

即便理查德·佩顿曾经知道时间，他现在也已经忘记了这个概念。只有当下是真实的，因为过去和未来都躲到了一道无法穿透的屏障后面，就像一道壮丽的风景可能被势如瓢泼的雨幕遮蔽。

乐在其中的佩顿对当下感到心满意足。曾几何时，他愿意带着一点不确定，出发去征服新的知识领域，现在那种永不停歇的闯劲已经荡然无存了。此刻知识对他来说没有用处。

后来，他再也想不起来岛上生活的点点滴滴。他认识了许多同伴，可是他们的名字和面孔都已经记不得了。在那短暂的一刻，他拥有了爱情、内心的平静和幸福。然而，他只记得自己在天堂生活的最后几分钟。

奇怪的是，它在开始的那一刻便已经结束。他又一次身在潟湖边，不过这一次是晚上了，而且他不是孤身一人。似乎总是一轮银盘的月亮低低地悬在海面上，长长的银色光带一直延伸到世界的边缘。不曾移动过的群星在天空中熠熠生辉，毫不闪烁，有如灿烂的珠宝，比起地球上那些已经被遗忘的星星，更加光彩夺目。

不过佩顿的心思被另外一种美吸引过去了，他再一次朝躺在沙滩上的那个身形俯下身去。比起那团任意铺散在沙滩上的秀发，沙子的金色也并不显得更加浓郁。

这时候，天堂在他周围颤抖着消失了。当所爱的一切都被夺走，他发出了一声痛苦的叫喊。幸而转换是迅疾的，他的心智才没有遭到破坏。当一切结束时，他体会到的是，当伊甸园的大门在身后砰然关闭，永不复开时，亚当定然拥有的那种心情。

但是把他带回来的声音在这个世界上是再普通不过的。也许，真的没有其他声音能进入他的思想的藏身之处。在科马雷城这个漆黑的房间里，沙发旁边的门上，他的通信器正在发出刺耳的声音。

当他下意识地伸出手去按接收开关时，叮叮当当的声音却消失了。他一定是答复了什么，满足了那位不认识的呼叫者——艾伦·亨森是哪一位啊？——因为只过了很短的时间，电路就已经消停了。佩顿仍然晕头转向，坐在沙发上，双手抱着头，试图重新找到自己生活的方向。

刚刚不是在做梦。他对此深信不疑。更确切地说，他仿佛经历了另一个生活，而此刻正在回到过去的生活中，就像一个正在康复的健忘症患者一样。他虽然还在惶惑茫然，脑子里却已经有了一个明确的信念。他再也不能在科马雷睡着了。

慢慢地，理查德·佩顿三世的意志和性格从放逐中回归。他摇摇晃晃地站起来，走出了房间。他发现自己又一次站在长长的走廊里，走廊两旁有几百扇一模一样的门。他带着新的领悟看着门上刻的符号。

他几乎没有注意到自己在往哪里走。他的头脑专注于思考眼前面对的问题。走着走着，他头脑清醒了，慢慢地明白了。目前他还只有一个理论，但是他很快就会将其付诸检验。

人类心智是一样受到庇护的脆弱事物，并不直接与世界接触，而是通过身体的感官来收集所有的知识和经验。人们有可能记录和储存思想和情感，就像早期的人们曾经把声音记录在几英里长的电报上一样。

如果趁着某一具身体及其所有感官都处于迟钝、麻木的状态，将这些想法投射到它的心智当中，那个大脑就会认为它正在经历现实。它没有办法辨别出这种欺骗，就像人们无法区分一首完美录制的交响乐和现场演奏一样。

这一切在几个世纪前就已经为人所知，但是科马雷的建造者们以世界上前所未有的方式运用了这些知识。在城市的某个地方，肯定有机器可以分析进入者的每一条想法和欲望。而在另外某处，城市的制造者一定已经储存了人类大脑所能知道的所有感觉和体验。利用那些原材料，所有可能的未来都可以被构建出来。

现在佩顿终于明白了人们往科马雷的建造工作中投入了多少奇思妙想。这些机器分析了他最深层的思想，以他潜意识中的欲望为依据建立了一个世界。然后，等到机会来临，它们控制了他的心智，把他刚刚经历的那些体验都注入其中。

怪不得在那个已经快被忘记的天堂里，他拥有了他梦寐以求的一切。也怪不得在那漫长的岁月里，那么多人都在寻求只有科马雷才能带来的平静！

第五章　工程师

车轮声引得佩顿扭头观望时，他已经恢复了正常。之前给他当向导的小机器人回来了。毫无疑问，控制它的伟大机器正在寻思，它的这位照管对象出了什么问题。佩顿等待着，一个想法在他的脑海中慢慢形成。

A-5又从头说起了它那套固定说辞。在这个自动化已经发展到极致的地方，如此简单的一台机器似乎有些格格不入。这时佩顿意识到，说不定人们是故意在这里安排一台并不复杂的机器人的。如果一台简单的机器就能起到同样甚至更好的作用，那么使用复杂的机器就基本上没有什么意义了。

佩顿没有理会现在已经听熟了的话语。他知道，所有的机器人都必须服从人类的命令，除非之前有其他人给过它们相反的命令。他苦笑着想，就连这座城市的投射器也服从了他自己潜意识晦涩难辨、无法言说的指令。

“把我带到思想投射器那里。”他命令道。

如他所料，机器人没有动。它只是回答说：“我不明白。”

佩顿感到自己重新控制住了局面，精神再次振奋起来。

“过来，在我下令之前，不得再次移动。”

机器人的选择器和继电器考虑了指令。它们没有找到撤销命令。小机器的轮子缓缓向前滚动着。它已经答应了——现在没有回头路了。它不能再次移动，除非得到佩顿的命令，或者收到更高的指令。机器人催眠是一种很有历史的把戏，深受淘气小男孩们喜爱。

佩顿迅速从他的包里面倒出了所有的工程师必备工具：万能螺丝刀、伸缩扳手、自动钻，还有最重要的：能在几秒钟内把最厚的金属蚀穿的原子刀具。然后，凭着长期练习得来的技能，他对着那台毫无戒心的机器下手了。

幸运的是，这个机器人被设计得便于维护，不用费什么工夫就能打开。它的控制系统没有什么不同寻常之处，佩顿没费多长时间就找到了移动装置。现在，别管发生什么事情，机器都逃不掉了。它被致残了。

接下来，他弄瞎了它的眼睛，然后一个接一个地找到它的其他电子感官，并让它们失去功能。很快，小机器就变成了一个装满复杂垃圾的圆柱体。佩顿觉得自己就像个小男孩，刚刚对一个毫无防备的落地钟发起疯狂攻击。他坐下来，等待他料定会发生的事情。

在离主机楼层这么远的地方破坏这个机器人，未免有点不体谅人。自动运输车花了将近十五分钟才从遥遥的底部爬上来。佩顿听到车轮的隆隆声从远处传来，知道自己算对了。崩溃派对就要开始了。

运输车是一部简单的搬运机器，装备着一组手臂，可以抓取并存放一个损坏的机器人。它似乎并没有视觉，不过它的特殊感官无疑足以满足它的目的。

佩顿一直等到它把不幸的A-5拾取起来，自己才跳了上去，同时避开了那些机械肢体。他可不想被误认为是另一部被损坏的机器人。幸运的是，那台大机器根本没有注意到他。

佩顿就这样在巨大的建筑中一层又一层地往下走，穿过生活区，穿过他一开始去的那个房间，然后再往下走，进入了他以前从未见过的地方。随着下降，他周围城市的特征发生了变化。

在这里，较高楼层的豪华和富裕不复存在，取而代之的是一片无人之地，那一条条冷冰冰的通道就跟巨大的线缆管道差不多。又过了不久，这样的景象也消失了。传送器穿过一组巨大的滑动门——他到达了目的地。

一排排的中继板和选择器仿佛没有尽头，尽管佩顿很想跳下他那头无知无觉的坐骑，他还是一直等到主控制板出现在视野里。然后他从传送带上跳下来，看着它消失在城市更遥远的地方。

他思忖着超级自动机需要多长时间才能修好A-5。他的破坏非常彻底，他甚至认为那台小机器要被扔进垃圾堆了。然后，他开始审视这座城市的奇绝之处，觉得自己像一个饥肠辘辘的人，突然间发现一场盛宴摆在了面前。

在接下来的五个小时里，他只有过一次停顿，用来向他的朋友们发送例行信号。他希望能够向他们讲述自己取得的成功，但是那样做的风险太大了。经过一番充满才智的线路梳理，他揭开了主要部件的功能，并开始研究一些次要设备。

事情一如他所预料。思维分析器和投射器被安排在了上面一层，可以通过这个中央装置进行控制。它们的工作原理他完全不知道：要想揭开它们全部的秘密很可能需要几个月的时间。但是他已经认出了它们，并认为在有必要的情况下，他应该能够关掉它们。

又过了片刻，他发现了思想监视器。那是一台很小的机器，有点像老式的手动电话交换机，不过复杂得多。操作员的座位结构奇特，与地面绝缘，顶部是一张由电线和水晶条构成的网络。这是他发现的第一部显然供人类直接使用的机器。也许在城市建立之初，第一批工程师建造了它来安装设备。

如果不是详细的说明已经印在了控制面板上，佩顿是不会冒险使用思想监视器的。经过一番实验之后，他接通了其中一条电路，慢慢地增加了功率，将强度刚好控制在红色的危险标志以下。

他这样做其实也好，因为那种感觉令人震撼。他仍然保留着自己的个性，但是在自己的思想上叠加了对他来说完全陌生的想法和形象。透过一个异类的心灵之窗，他正在观察另一个世界。

就好像他的身体同时出现在两个地方，尽管第二人格的感官远远不如真正的理查德·佩顿三世那么鲜明。现在他明白了危险界限的含义。如果思想强度控制得太高，精神的错乱将成为必然的结果。

佩顿关掉了仪器，以便不受干扰地思考。先前机器人说这个城市的其他居民都在睡觉，现在他明白了它是什么意思。在科马雷还有其他人，他们正入迷地躺在思想投射器的下面。

他的思绪又回到了那条长长的走廊和那几百扇金属门上。在往下走的路上，他经过了许多条那样的走廊。很明显，这座城市的大部分只不过是由一间间内室组成的巨大蜂房，供成千上万的人在睡梦中度过他们的一生。

他一个接一个地检查面板上的电路。大多数电路已经断开了，但是仍有大约五十条在运作。每一条都承载着人类的思想、欲望和情感。

因为头脑已经完全清醒，佩顿想明白自己是怎么被骗的了，但是知道这件事并没有给他带来多少安慰。他能看出来这些人造世界的缺陷，能看到当简单而生动的情感被源源不断地注入人类头脑时，它的所有批判能力是如何被麻木的。

是的，现在看来，一切都非常简单。但是这并没有改变一个事实，即这个人造世界对于经历者来说是完全真实的——真实到他自己的内心仍然在为离开它而痛苦。

在将近一个小时的时间里，佩顿探索了五十个沉睡中的心智正在体验的世界。这是一场令人既着迷又反感的探索。在这一小时里，对于人类的大脑及其隐藏的思维方式，他拥有了不曾想象的更多领悟。结束之后，他在机器的控制台前一动不动地坐了很久，分析自己刚刚掌握的知识。他的智慧已经增长了许多年，他的青涩年华似乎一下子变得非常遥远。

他第一次直接认识到这样一个事实：那些有时候会在他自己的心灵表层浮现的、变态而邪恶的欲望，其实是全人类共有的。科马雷的建造者们并不在乎善恶，而机器则是他们忠实的仆从。

知道自己的理论是正确的，他感到很满意。佩顿现在明白了，他的逃脱只是侥幸。如果在这些墙壁当中再次睡着，他便可能再也醒不过来了。巧合救了他一次，这样的幸运不会再有第二次。

思想投射器必须被破坏掉，而且要破坏到机器人也无法修复的程度。机器人可以处理正常的故障，但是它们应付不了佩顿设想的那种蓄意破坏。等他做完，科马雷将不再构成威胁。它再也不会困住他的心智，或者将来可能到这里来的访客的心智。

首先，他必须找到熟睡的人，让他们苏醒过来。这可能是一个漫长的任务，不过幸运的是，机器楼层配备了标准的单视觉搜索设备。有了它，只需要将载体光束聚焦到需要的地点，他就可以看到和听到城市里的一切。如果有必要，他甚至可以投射自己的声音，但是不能投射自己的形象。那种类型的机器是在科马雷建成后才得到广泛应用的。

他花了一点时间才掌握了控制装置，而且一开始光束在城市里毫无章法地到处乱转。佩顿看到了许多令人惊奇的地方，有一次他甚至瞥见了森林——不过它是颠倒的。他好奇利奥还在不在，然后费了好大劲才找到了入口。

是的，它在那儿呢，就在他昨天留下它的地方。几码之外，忠实的利奥正卧在那里，脑袋对着城市，脸上带着明显的忧虑。佩顿深受感动。他想知道他是否能把狮子带进科马雷。精神支持是很有价值的，因为经历过夜晚的那些事情之后，他开始更加觉得自己需要有人陪伴。

他有条不紊地搜索着城市的围墙，在地面层发现了几个隐蔽的入口，这使他松了一口气。他一直在想自己将如何离开。即使他能让物质传送器反向工作，前景也不是那么吸引人。他更喜欢在空间中进行传统的物理运动。

所有的洞口都封上了，他一时感到困惑，然后他开始寻找机器人。经过了一段耽搁，他发现已故的A-5的一位孪生兄弟正在走廊上移动，去执行某项神秘的任务。令他欣慰的是，它毫无疑问地服从了他的命令，打开了门。

佩顿再次将光束穿透墙壁，并将焦点移到离利奥几英尺远的地方，然后轻声叫道：

“利奥！”

狮子吓了一跳，抬起头来。

“你好，利奥——是我——佩顿！”

狮子看起来很困惑，慢慢地绕起了圈子。然后它放弃了，无助地坐了下来。

经过一番劝说，佩顿才把利奥哄到门口。狮子听出了他的声音，看起来愿意听从他，但是非常困惑又相当紧张。它在门口犹豫了一会儿，既不喜欢科马雷，也不喜欢那个静静等待着的机器人。

佩顿很有耐心地指示利奥跟着机器人走。他用不同的词语重复着他的话，直到确信狮子听懂了。然后他直接对着机器说话，命令它把狮子带到控制室。他观察了一会儿，看到利奥在后面跟着。然后，他说了一句鼓励的话，就离开了这对奇怪的组合。

令人相当失望的是，那些罂粟花标志后面的封闭房间，他根本看不到内部。它们都装备了光束屏障，要么就是对焦控制被设置为不允许单视镜窥探那一部分空间。

佩顿并没有气馁。那些沉睡的人会像他那样痛苦地醒来。在了解了他们的私人世界之后，他对他们并没有多少同情，驱使他去唤醒他们的只有一种责任感。他们不值得关心。

一个可怕的想法突然袭上他的心头。为了满足他的欲望，在那个已经被遗忘而他也不愿再回去的田园生活中，投射器给了他什么呢？他自己隐藏的思想会不会也和其他做梦的人一样不光彩呢？

这是一个令人不安的想法，他把它放在一边，再次坐在中央总机前。首先他会切断电路，然后他会破坏投射器，让它们再也不会被人使用。科马雷对那么多心灵施的魔咒将被永远破解。

佩顿向前伸手去拉多路断路器，但是没能完成这个动作。四只金属手臂轻柔但又非常坚定地从后面抱住了他的身体。他踢打、挣扎，但还是从控制台前被抬到了半空，带到房间的中央。在那里他又被放到地面，金属手臂也松开了。

震惊之余，佩顿更多的感受是愤怒，他猛转回身，面对着那个抓住他的东西。几码之外，那个静悄悄地打量着他的，是他所见过的最复杂的机器人。它的身体几乎有七英尺高，安放在十二个宽大的充气轮胎上。

触角、手臂、杆状肢，还有其他一些不大容易描述的机械结构，从它金属底盘的不同部位伸向四面八方。在两处地方，成组的肢体正在忙于拆除或者修理机器。佩顿一看到那些机器，不由得感到一丝愧疚。

佩顿默默估量着他的对手。这显然是一部最高级别的机器人。但是它对他使用了肢体暴力——没有机器人可以对人类那么做，尽管它可能会拒绝服从他的命令。只有被另一个人类思维直接控制的时候，机器人才能做出来这样的事情。所以说，有人生活在这座城市里的某个地方——有意识的、心怀敌意的人。

“你是谁？”佩顿终于喊道。他质问的不是机器人，而是机器人背后的控制者。

觉察不到什么延宕，机器立刻用自动而精确的声音给出了回答，声音听上去似乎并不仅是放大了某位人类的讲话。

“我是工程师。”

“那你出来让我看看。”

“你正在看我。”

对方语声那种毫无人类气息的腔调，连同话语本身，一下子便打消了佩顿的怒气。取而代之的是一种难以置信的惊奇感。

没有人控制这台机器。它是自动的，就和城市里的其他机器人一样——但是与它们以及世界上所有已知的其他机器人不同的是，它拥有自己的意志和意识。

第六章　噩梦

佩顿睁大眼睛盯着面前的机器，感到自己的头皮发麻，不是因为害怕，而是因为极度的兴奋。他的追求得到了回报——近千年的梦想就在他眼前。

很久以前，机器只能获得有限的智能。现在它们终于达到了拥有意识的目标。这就是索尔达森想向全世界透露的秘密——理事会由于担心可能带来的后果而试图压制的秘密。

那个没有激情的声音又说话了。

“很高兴你明白了真相。这会让事情变得容易一些。”

“你能解读我的思想？”佩顿呼吸变得粗重了。

“那是当然。从你进来的时候我就做到了。”

“是的，我也料到了。”佩顿冷冷地说，“现在你打算对我怎么样？”

“我必须阻止你破坏科马雷。”

佩顿认为这很有道理。

“如果我现在离开呢？你会满意吗？”

“会的。那太好了。”

佩顿忍不住笑了出来。别管它再怎么接近人类，工程师仍然只是个机器人而已。它不懂得搞阴谋诡计，也许这给了他一个优势。不管怎样，他必须哄骗它吐露出自己的秘密。然而机器人再次侦测到了他的想法。

“我不会允许那样的事情发生。你已经了解太多了。你必须马上离开。我将在必要的情况下使用武力。”

佩顿决定争取时间。他至少可以发现这台神奇机器智能的极限。

“在我离开之前，告诉我一件事。你为什么叫工程师？”

机器人回答得很畅快。

“如果出现机器人无法修复的严重故障，我就会去解决。有必要的话，我可以重建科马雷。通常情况下，一切运作正常时，我保持静默。”

对人类来说，佩顿想，“静默”这个想法好陌生啊。工程师把自己和“机器人”区分开来的说法令他不禁感到好笑。他问出了那个显而易见的问题。

“那么如果你出了什么问题呢？”

“我们有两个。另一个现在正处于静默状态。我们可以相互修复。三百年前，发生过一次那样的情况。”

这是一套完美的系统。科马雷可以维持几百万年而不会发生事故。这座城市的建造者们设立了这些永恒的守护者，在他们追寻梦想的过程中守护着他们。难怪，制造者们去世很久之后，科马雷仍在履行它奇怪的使命。

多么可悲啊，佩顿想，所有这些天才的想法都白白浪费了！工程师的秘密本可以给机器人技术带来变革，可以创造一个新世界。现在，第一个有意识的机器已经被制造出来了，以后还能有什么限制吗？

“不。”工程师冷不防地说，“索尔达森告诉我，机器人有一天会比人类聪明。”

机器说它自己制造者的名字，听起来挺奇怪的。那么这就是索尔达森的梦想！他还没有充分意识到这个梦想有多么宏大。尽管已经为它做了一定的准备，他还是不能轻易接受结论。毕竟，机器人和人类思维之间横亘着一条巨大的鸿沟。

“那条鸿沟并不比人与动物之间的深，而人类正是从动物当中脱颖而出的，索尔达森这样说过。你，人类，只不过是一个非常复杂的机器人。我比你简单，但更有效率。如此而已。”

佩顿非常仔细地思考着这一论断。如果人类真的只是复杂的机器人——一部由活细胞而不是电线和真空管构成的机器——终有一天比人类更加复杂的机器人会被制造出来。当那一天来临时，人类至高无上的地位将会结束。机器可能仍然是人类的仆人，但是它们会比它们的主人更加聪明。

摆放着一架架分析器和继电器板的巨大房间里非常安静。工程师专注地盯着佩顿，手臂和触角仍在忙于修复工作。

佩顿开始感到绝望了。性格使然，在阻力面前他变得前所未有地坚定。他无论如何都要弄清楚工程师是怎么被制造出来的。否则的话，他将浪费一生的时间去努力赶上索尔达森的才智。

无济于事。机器人总是快他一步。

“你不能制订违抗我的计划。如果你真想从那扇门逃出去，我就拿这个动力装置往你腿上扔。在这个距离内，我可能的误差不到半厘米。”

人无法躲避思想分析器。这个计划在佩顿脑子里还没有成形，工程师便已然知晓。

双方的对垒突然被打断了，佩顿和工程师双双吃了一惊。只见褐金色的身影倏尔闪过，半吨骨头和筋肉以每小时四十英里的速度砸在机器人身体的中部。

触手们很是一阵乱晃。接着，伴着仿佛末日来临的巨响，工程师四仰八叉地躺在了地板上。利奥蹲踞在倒下的机器身上，若有所思地舔着爪子。

它无法完全理解这头外表亮光闪闪、刚刚在威胁它的主人的动物。自打多年以前，它与一头犀牛发生的那次非常不明智的分歧之后，这一位是它见过的皮肤最坚韧的。

“好孩子！”佩顿兴高采烈地喊道，“别让他起来！”

工程师一些较大的肢体被折断了，而触手力量太弱，不会造成任何伤害。佩顿再一次发现自己的工具箱价值无法估量。等到他行动结束，工程师显然已经失去了行动能力，尽管佩顿没有碰过任何神经回路。那样的话有点太像谋杀了。

“你现在可以下来了，利奥。”任务完成后，他说。狮子不太情愿地听从了命令。

“我很抱歉不得不这样做。”佩顿假惺惺地说，“不过我希望你能领悟我的观点。你还能说话吗？”

“可以。”工程师说，“现在你打算怎么办？”

佩顿笑了。五分钟前，问这个问题的人是他。他想知道，工程师的孪生兄弟要多久才能到达现场。如果要进行力量的较量，利奥可以顶上，但是另一个机器人会得到警告，可能会做出一些令他们两个非常不愉快的事情。例如，它可以关灯。

发光管熄灭了，黑暗夜幕降临。利奥发出一声沮丧而悲哀的嚎叫。佩顿相当恼火地掏出手电筒并打开。

“这对我来说真的没什么区别。”他说，“你还是再把它们打开好了。”

工程师什么也没说。但是辉光管再次亮了起来。

佩顿想，你怎么能和一个能读懂你思想，甚至能看着你准备防御的敌人战斗呢？他必须避免去想任何可能对他不利的想法，比如——他及时制止了自己。有那么一会儿，他试图把阿姆斯特朗的欧米伽功能整合到自己的头脑中，从而阻塞了自己的思想。然后他又控制住了自己的情绪。

“听着，”他最后说，“我跟你做个交易。”

“什么意思？我不明白那个词。”

“没关系。”佩顿连忙回答，“我的建议是这样的。让我唤醒被困在这里的人，把你的基本电路给我，然后我就会离开，不碰任何东西。这样一来，你也听从了你的制造者的命令，谁都不会受到伤害。”

人类也许会对这条建议提出反对，但是机器人不会。它的大脑大概用了千分之一秒来权衡可能涉及的所有情况。

“很好。我从你的头脑中看到你打算信守约定。不过‘讹诈’这个词是什么意思？”

佩顿脸红了。

“那不重要。”他急忙说，“只是一种常见的人类表达。我猜你的——呃——同事马上就来吧？”

“它已经在外面等了一会儿了。”机器人回答，“你能管住你的狗吗？”

佩顿笑了。也不能指望一个机器人会懂动物学。

“好吧，狮子。”机器人说。解读了他的头脑后，它纠正了自己的错误。

佩顿对利奥说了几句话，为了更加确定，还把手指插在狮子的鬃毛里绕了绕。他还没来得及说出邀请之意，第二个机器人就悄悄地滑进了房间。利奥咆哮着试图挣脱，不过佩顿让它冷静下来。

无论从哪个方面来看，工程师二世都是其同事的翻版。就在向他逼近的时候，它便以一种佩顿永远无法习惯的恼人方式潜入了他的脑海。

“我看出来你想去找做梦的人。”它说，“跟我来。”

佩顿受够了被人下命令。机器人就不能说个“请”字吗？

“请跟我来。”机器带着尽可能轻微的重音重复道。

佩顿跟了过去。

他发现自己又来到了那条走廊上，两旁是几百扇装饰着罂粟花图案的门——或者是与之差不多的另一条走廊。机器人把他领到一扇和别的门没有区别的门前，停了下来。

金属门板静悄悄地滑开，佩顿有些不安地走进黑暗的房间。

沙发上躺着一个很老的人，乍一看仿佛已经死了。当然，他的呼吸已经慢到了几近停止的程度。佩顿盯着他看了一会儿，然后对机器人说话：

“唤醒他。”

在城市深处的某个地方，来自思想投射器的冲动之流停止了。一个从未存在过的宇宙分崩离析。

一双闪耀着熊熊怒火的眼睛，从沙发上向佩顿投来如炬的目光。它们盯着他，以及更远的地方。乱七八糟的话语从那对薄薄的嘴唇之间倾泻而出，佩顿几乎一个词都听不分明。老人一遍又一遍地喊着一些名字，定然是他刚刚被拽出来的那个梦想世界里的人或者地方。场面立刻变得可怕而可悲。

“别说了！”佩顿喊道，“你已经回到现实了。”

那双目光炯炯的眼睛似乎这才看见了他。老人费了很大的力气才把自己撑了起来。

“你是谁？”他用颤抖的声音说。然后，还没等佩顿回答，他就继续嘶声喊道：“这一定是一场噩梦——走开，走开。让我醒来！”

佩顿克服了自己的厌恶，把手放在他瘦弱的肩膀上。

“别担心，你是醒着的。你不记得了吗？”

对方似乎没有听见他的话。

“是的，这肯定是一场噩梦——肯定是！但是我为什么醒不来？尼兰，科雷希多，你们在哪里？我找不到你们！”

佩顿忍了很长时间，但是无论怎么做，他都无法再次引起老人的注意。他心里很难受，转向机器人。

“送他回去吧。”

第七章　第三次文艺复兴

胡言乱语慢慢消停了。虚弱的身体倒在沙发上，布满皱纹的脸再次变成了一个冷静的面具。

“他们都这么疯吗？”佩顿最后问道。

“但是他并没有疯啊。”

“你这是什么意思？他当然疯了！”

“他沉迷其中已经有很多年。假设你去了一个遥远的地方，生活方式完全改变，你失去了对先前生活的全部记忆。最终，你对它的了解不会比你的第一个童年时期更多。

“如果由于某种奇迹，你突然回到了过去，你也会出现那样的行为。记住，他梦中的生活对他来说是完全真实的，他已经在其中生活了很多年。”

这倒是真的。但是工程师怎么会有这样的洞察力呢？佩顿吃惊地转向它，不过像往常一样，这个问题根本没有必要提出来。

“我们还在建造科马雷的时候，索尔达森有一天对我讲了这些话。即便在那个时候，一些人就已经沉迷睡梦二十年了。”

“有一天？”

“大概是五百年前吧。”

这些话使佩顿的脑海里浮现出一幅奇怪的画面。他可以想象出那个孤独的天才在这里和他的机器人一起工作的画面，也许已经没有人类同伴留下来了。其他的人早就去寻找他们的梦了。

但是，索尔达森可能一直留在现实世界中，因为对创造的渴望仍然把他和这个世界联系在一起，直到完成他的工作。这两位工程师是他最伟大的成就，也可能是电子学史上最令人惊叹的壮举，是他的终极杰作。

那么巨大的浪费和自己对此的遗憾令佩顿感觉难以承受。他下了从来不曾如此坚定的决心：因为那个心怀怨恨的天才抛弃了自己的生活，他的作品不应该灭亡，而是应该被呈送给世界。

“所有做梦的人都会这样吗？”他问机器人。

“只有刚刚开始做梦的人不会。他们可能还记得自己原先的生活。”

“带我去见个这样的人。”

他们进入的下一个房间与其他的并无不同，但是躺在沙发上的是一个不超过四十岁的人。

“他来这儿多久了？”佩顿问道。

“他几周前才来——在你之前，他是我们多年以来的第一位访客。”

“请叫醒他。”

那双眼睛慢慢地睁开了。眼神中没有疯狂，只有怀疑和悲伤。然后回忆开始恢复，那个人起身转为坐姿。他的第一句话是完全理性的。

“你为什么把我叫回来？你是谁？”

“我刚刚逃脱思想投射器的掌控。”佩顿解释说，“我想释放所有能得救的人。”

对方苦涩地笑了。

“得救！从谁那里得救？我花了四十年才逃离世界，现在你又要把我拖回来！走开，不要搅扰我！”

佩顿不打算这么轻易地退却。

“你认为你的这个虚构的世界比现实更好吗？你就没有一点逃离它的想法吗？”

对方又笑了，笑声里听不出丝毫的幽默。

“科马雷对我来说就是现实。这个世界从来没有给过我什么，我为什么要回到它那里去呢？我在这里找到了平静，这就是我所需要的。”

佩顿突然间转身离开了。他听到身后的做梦者发出一声满足的叹息，躺了回去。被击败的时候，他自己心里是有数的。现在他知道他为什么希望恢复那些人了。

根本不是出于任何的责任感，而是为了自己自私的目的。他想说服自己科马雷是邪恶的。现在他知道了它不是。即便是在乌托邦，也总是有一些人，对他们来说，世界仅仅是悲伤和幻灭之源。

随着时间的流逝，他们会越来越少。在一千年前的黑暗时代，大多数人都在某些方面与这个世界格格不入。无论世界的未来将会有多么精彩，依然会有一些悲剧——科马雷凭什么要因为它向他们提供了唯一平静的希望而遭受谴责？

他不会继续尝试更多的实验了。他自己坚定的信念和信心已经严重动摇。科马雷的做梦者们也不会感谢他的辛苦。

他再次转向工程师。在刚刚过去的几分钟，离开这座城市的欲望已经很强烈，但最重要的工作还是要做。像往常一样，机器人阻止了他。

“我有你想要的东西。”它说，“请跟我来。”

它并没有像佩顿期待的那样，带着他回到机器的楼层，回到那一堆堆错综复杂的控制设备当中。当他们的旅程结束时，他们所在的位置要高于佩顿之前去过的任何地方。他们在一个小小的圆形房间里，他怀疑这可能是在城市的最顶端。没有窗户，除非嵌在墙壁上的那些奇怪的板可以通过某种秘密的方法变成透明。

这是一间书房。在意识到谁曾经在几个世纪之前在这里工作之后，佩顿怀着敬畏的心情凝视着它。墙上陈列着五百年来没有被翻开过的古代教科书。感觉就像是索尔达森几小时前才离开。墙上的画板上甚至还钉着一个半成品电路。

“看起来他好像是被打断的。”佩顿半是自言自语地说。

“确实如此。”机器人回答说。

“什么意思？完成了你们之后，他没有步其他人的后尘吗？”

很难相信那句回答的背后没有一丝一毫的情感，但是机器人的口气还是那么冷淡，一如它曾经说过的所有的话。

“完成了我们之后，索尔达森仍然不满意。他和别人不一样。他经常告诉我们，他在建设科马雷的过程中找到了幸福。他一次又一次地说他也会加入其他人的行列，但他又总是会找到一些他希望能够做出的最后改进。如此继续下去，直到有一天我们发现他躺在这个房间。他停了下来。我在你的头脑中看到的词是‘死亡’，但是我对此不持任何意见。”

佩顿沉默了。在他看来，那位伟大科学家的结局没什么不光彩的。使他的生活蒙上阴影的辛酸终于离开了。他体验过创造的乐趣。在所有到过科马雷的艺术家中，他是最伟大的。现在他的工作不会白费了。

机器人默默地驶向一张铁桌子，一根触手消失在一个抽屉里。抽出来的时候，它拿着一本装订在金属片之间的厚书。它一声不吭地把书递给佩顿，佩顿用颤抖的手打开它。里面有几千页，书页很薄，但是材料非常坚韧。

扉页上用粗壮有力的字体写着：

罗尔夫·索尔达森

亚电子学笔记

开始：2598年13月2日

下面还有更多的字迹，很难辨认，显然是在匆忙中潦草写就的。读着读着，佩顿茅塞顿开，就像赤道附近突然出现的黎明一样。

致读者：

我，罗尔夫·索尔达森，在我这个时代没有得到任何人的理解。我把这个信息发送到未来。如果科马雷仍然存在，你就能看到我的作品，而且肯定已经逃脱了我设下的圈套。因此，你适合把这些知识带到世界上去。把它交给科学家们，告诉他们要明智地使用它。

我打破了人与机器之间的障碍。现在，他们必须平等地分享未来。

佩顿把这条消息读了好几遍，他的心对他早已死去的祖先产生了好感。这是一个绝妙的计划。通过这种方式，索尔达森就能确信他的消息肯定到了合适的人手里，这样它就能够安全地传递下去了。这也许是其他任何方式都无法做到的。佩顿想知道，这个计划在索尔达森刚加入颓废者时已然成形，还是他在后来的生活中逐步构想的。他永远不会知道。

他再次看向工程师，想象着所有的机器人都有了意识之后的世界。不止如此，他透过未来的迷雾，看向了更远的地方。

机器人不需要有人类的局限性，不需要有人类可怜的弱点。它们永远不会让激情遮蔽自己的逻辑，永远不会被私利和野心左右。它们将是对人类的补充。

佩顿想起了索尔达森的话："现在，他们必须平等地分享未来。"

佩顿停止了他的白日梦。所有这一切，即便真的会发生，可能也会是在几个世纪之后。他转向工程师。

"我准备走了。但是总有一天我会回来的。"

机器人从他身边慢慢地后退。

"站着别动。"它命令道。

佩顿困惑地看着工程师，然后他匆匆瞥了一眼天花板。那里又出现了他许久之前刚刚进入城市的时候，在自己头顶发现的那个神秘凸起物。

“嘿！”他喊道，“我不想——”

太迟了。他身后是一块比黑夜还要黑的黑幕。他面前是一片空地，空地之外是森林。天色已晚，太阳快要垂到了树梢。

他身后突然传来一阵呜咽声：一头非常害怕的狮子正用不可思议的眼神望向森林。利奥并不喜欢它的转移。

“全都结束了，老伙计。”佩顿安慰道，“它们想尽快摆脱我们，这事儿你可不能责怪他们。毕竟，我们确实把那地方搞得一团糟。走吧——我不想在森林里过夜。”

在世界的另一边，一群科学家正怀着极大的耐心分散开来。他们还不知道这是一次多么彻底的胜利。在中央塔，理查德·佩顿二世刚刚发现，他的儿子过去两天并没有在南美洲和他的表兄弟们待在一起。他正在为这位浪子的归来撰写欢迎致辞。

在地球的上空，世界理事会正在制订很快就会被第三次文艺复兴的到来冲垮的计划。但是，引起所有这些麻烦的人对此一无所知，而且暂时也不太在意。

佩顿慢慢地离开那个神秘的大门，走下大理石台阶。他仍然没有了解到那道门的秘密。利奥跟在他后面一小段距离，不时地回头看看，小声咆哮着。

他们一起沿着金属路，穿过矮树簇拥的小径往回走。佩顿很高兴太阳还没有落山。到了晚上，内部的放射性会令这条路灼灼放光。在星星的映衬下，那些树木扭曲的轮廓就不那么好看了。

在路的转弯处，他停了一会儿，回头看了看那道弯曲的金属墙，以及上面那个外表很能迷惑人的黑色开口。他所有的胜利感似乎都消失了。他知道，只要他活着，他就永远不会忘记那些高墙后面有些什么——关于宁静和全然的满足，那令人反胃的允诺。

在灵魂的深处，他感到一种恐惧，即外部世界所能给予的任何满足和成就，比起来科马雷提供的那种唾手可得的幸福，可能都显得苍白无力。刹那间，他仿佛看到了凄惨如梦魇的自己，身形憔悴、衰老不堪，正沿着这条路回来，寻求忘却。他耸了耸肩，把这个想法放在一边。

一到平原上，他的情绪立刻高涨起来。他再次打开那本珍贵的书，翻看着微缩印刷的一页页内容，陶醉于书中所蕴含的承诺。很久以前，慢悠悠的商队曾经沿此路而来，为智者所罗门带来了金子和象牙。但是，与这一卷书相比，他们所有的财富都一文不值，而穷尽所罗门的智慧，也想象不出将由这卷书生发而出的新文明。

过了片刻佩顿开始唱歌。他很少唱歌，唱功也非常糟糕。这是一首非常古老的歌，来自一个没有原子能，没有星际旅行，甚至人类还没有飞向天空的时代。歌中唱到了塞维利亚的一个理发师，不管塞维利亚在哪里。

利奥默默地站了很长时间，然后也跟着唱了起来。二重唱并不成功。

夜幕降临，森林和它所有的秘密都消失在地平线之下。佩顿仰面躺在星空下，利奥在他身边守护着。他睡得很好。

这一次，他没有做梦。

（译者：秦鹏）

被遗忘的敌人

1949年首次发表于《新世界》（*New Worlds*）5号刊

收录于《争取明天》

米尔沃德教授在窄小的床上猛然坐起，厚厚的毛皮大衣轻飘飘地落到地上。他敢肯定，这一次绝不是做梦。冷空气粗粝地灌入肺叶，震撼夜空的那声巨响依然残存着隐隐回声。

他捡起毛皮大衣披在肩上，竖起耳朵仔细倾听。一切都已安静下来——月光自西墙的几块窄窗射入，长长的光柱映照在几排仿佛无边无际的书脊上，正如它映照着楼下的死城一般。

万籁俱寂，在古老的岁月里，夜幕下的城市也是一派安宁，如今更是寂静得有些离谱。

虽然疲惫不堪，米尔沃德教授还是下定决心摇摇晃晃地下床，捡起几块焦炭扔进红彤彤的火盆。然后他慢慢走向最近的窗子，途中不时停下，伸手深情地拂过一本本图书，这些年来他一直保存着它们。

他抬手遮住耀眼的月光，凝视着黑夜。天空万里无云——他听到的巨响不知是什么声音，但绝不是雷声。巨响来自北方，他正等着声音再次传来。

遥远的距离，还有阻隔在伦敦城外远处的群山，使声音渐渐减弱。它不像放纵的雷声在整个天际回响，更像是来自偏远北方的某一处。这声音也不像他听过的任何自然之声，过了片刻，他真想再听一次。

他相信，只有人类能制造出这种声音。他屈身在这些文明的宝藏中间，已经做了二十多年的梦，或许这将不再是梦想了。人类正在返回英格兰，手持宇宙尘席卷世界之前科学赐予他们的武器，在冰雪之间清出一条道路。奇怪的是，他们为什么会走陆路，并且是从北方归来呢？但他把这些想法抛到脑后，免得浇灭刚刚燃起的希望之火。

脚下三百英尺处，冰雪覆盖的重重屋顶犹如一片支离破碎的海洋，笼罩在清寒冷冽的月光之下。数英里开外，巴特西发电站那几根高耸的烟囱在夜空中微光闪烁，仿佛清瘦的白色鬼魂。由于圣保罗大教堂的穹顶已在积雪重压之下倒塌，如今只剩下它们还在挑战上苍的权威。

米尔沃德教授沿着书架慢慢往回走，还在思考已在脑中成形的计划。二十年前，他看到最后一架直升机艰难地从摄政公园起飞，螺旋桨在飘扬的雪花中不停地翻搅。即便那时，当寂静将他紧紧包裹时，他依然不相信北方已经永远地被人遗弃。可是，他独自一人，在用生命换回的图书中间流连，已有整整一代人的时间了。

最初一段时间里，他在无线电中听到一些传闻，那是他与南方有所联系的唯一方式。在赤道地区，也就是如今的“温带”，人们为了建立殖民地而相互争斗。他们在行将消失的丛林中绝望地拼杀，跨过已经飘起第一片雪花的沙漠。他不知道远方的战斗结果如何，也许他们已经失败，无线电中已有十五年甚至更长时间没有任何消息了。不过，如果人类和机器确实从北方——不管哪个方向吧——归来，他应该会再次听到他们的声音，他们会彼此交谈，还会谈到他们来自何方。

米尔沃德教授每年只离开大学建筑十几次，然后一直等到必需的时候才会出门。过去二十年里，他每一样生活必需品都是从布鲁姆伯利区的商店里找来的，在最后一次大迁移期间，由于运输工具匮乏，大量库存的必需品被遗留下来。实际上，在许多方面，他的生活都堪称“奢侈”——就连衣服都是由牛津街皮草商“供应”的，历史上还没有哪位英国文学教授穿过如此昂贵的上等货。

太阳在晴朗无云的天空中闪耀着光辉，他背起包裹，打开大门。十年前，这个地区还能见到成群的饿狗在狩猎，近几年则看不到了，可他依然保持警惕，每次走上大街时都要随身携带一把手枪。

阳光闪亮，反射的光辉刺得他双眼生疼，身上却感受不到半点儿热量。尽管宇宙尘埃带已经掠过太阳系，太阳的光线看起来与以往没什么不同，可它的热力早已被洗劫一空。没有人知道世界气候回暖需要十年还是一千年，人类文明早已赶往南方去寻找一片新天地，希望在那里，“夏天”一词不再是空洞的笑谈。

最近几场雪把道路堆得满满当当，但米尔沃德教授没费多少力气就走到了托特纳姆法院路。有时，他要花上几个小时才能挣扎着穿过雪地，还记得有一年，他在一座巨大的混凝土瞭望塔里被困了整整九个月。

有些大楼的屋顶堆满沉重的积雪，房檐上挂着一排排冰溜子，仿佛高悬的达摩克利斯之剑。他尽量远离这样的房子，一直往北走，终于来到他要找的商店。空洞洞的窗口上方，商店的招牌文字依然醒目——“詹金斯父子店，专营无线电与电气产品、专业电视设备”。

经由屋顶一处破口，积雪已经堆进了店铺，不过楼上的小房间仍和十二年前他最后一次拜访时一模一样，桌子上还摆着全波段无线电收音机。他曾在这里度过一段孤独的日子，直至所有希望化为乌有，空空如也的罐头盒随意丢弃在地板上，默默诉说着这一切。他不知道自己有没有必要再经历一次同样的考验。

米尔沃德教授挥手拂去《业余无线电手册（1968年版）》上的雪末，这本书曾指导过他这个无线电门外汉。试验仪表和电池还躺在几乎被人遗忘的角落里，令他欣慰的是，有些电池还能用。他翻遍仓库，接好必要的电源线，尽其所能检查了收音机。他准备好了。

很遗憾，他永远没法向无线电制造商表达他的谢意了。扬声器里传来微弱的嘶嘶声，唤醒了他关于BBC的回忆，只是从九点新闻播报到交响音乐会，所有与这个世界相关的事物都已如梦消散。他的心情变得烦躁，情绪无法控制，他迅速搜遍所有波段，但广播中除了没完没了的嘶嘶声，其他什么都没有。这一点令人失望，但仅此而已——他明白，真正的考验要等到晚上。在这期间，他还得搜刮附近的商店，寻找任何有用之物。

他返回楼上小屋时，天色已近黄昏。太阳下山后，在他头顶上方一百英里高处，脆弱稀薄、无形无质的赫维赛德层[①]将会向外围朝着群星方向扩张。于是数百万年间，每到夜晚，它便会成倍发挥功效，可人类直到半个世纪前才学会如何对其加以利用，比如，向世界各地发送或仇恨或和平的信息，与他人共谈凡尘琐事，演奏一曲曾经名为“不朽”的乐章……

带着无限的耐心，米尔沃德教授开始慢慢调试短波波段，二三十年前，这些波段里还充斥着嘈杂的惊叫声和混乱的莫尔斯电码。他仔细地听着，随着时间流逝，心中怀抱的渺茫希望渐渐消失。城市本身一片沉寂，仿佛一度喧嚣的以太[②]海洋，只有从半个世界以外传来的

① 赫维赛德层：英国物理学家奥利弗·赫维赛德（Oliver Heaviside，1850—1925）为解释无线电波发射现象，猜想大气中有一层导电物质。1923年，该猜想得到证实，于是这层大气被称为肯涅利-赫维赛德层。

② 以太：古希腊哲学家亚里士多德所设想的一种物质。除空气、水、土、火之外的第五元素。以太为太空的介质，填满虚无的元素。古典科学家曾假设其为光或电磁波的介质，直到19世纪被推翻。——译者注

模糊的雷暴声打破了死寂。人类已经遗弃了最后的征服之地。

午夜过后，电池电量耗尽。米尔沃德教授再也没有心情继续搜寻，于是蜷缩在毛皮大衣里，心烦意乱地睡了。他心想，虽说没能证明他的计划可行，但也没能证明不可行呀，这倒给了他一些安慰。

他开始往回走，毫无热度的阳光笼罩在荒凉的白色大道上。他感觉很累，本来前一夜就没睡好，刚刚睡着又从梦中惊醒了——他经常会梦到救援到来时的情景。

城市的宁静被打破了，远方的雷声突然响彻雪白的屋顶。它来了——这一次毫无疑问——从曾是伦敦游乐场的北部群山那边滚滚而来。两侧高楼顶端的积雪簌簌滑落，好似迷你的雪崩，倾注到宽阔的街道上。随后，又是一片寂静。

米尔沃德教授呆呆地站着，他在权衡，在思考，在分析。这声音持续良久，不可能是普通的爆炸——他又开始做梦了——这简直就是远方原子弹爆炸引起的雷鸣，每一次都能炸飞并融化百万吨积雪。他的希望再次苏醒，昨晚的失望情绪渐渐消逝。

短暂的原地停留几乎要了他的性命。从附近的侧街里突然蹿出一只巨大的白色猛兽，转眼就冲进他的视野。那一刻，他脑子里一片空白，简直不敢相信自己的眼睛。但他迅速缓过神来，手忙脚乱地掏出无用的手枪。那东西甩开脚步，穿过积雪向他扑来，脑袋左右摇晃，仿佛被催眠了似的，居然是一头硕大的北极熊。

他丢下一切可扔之物，转身就跑。他在雪窝里挣开脚步，逃向最近的建筑。谢天谢地，地铁入口距此只有五十英尺。铁栅栏是关着的，可他记得几年前就把锁弄坏了。他强忍住回头察看的冲动，因为他什么也听不见，不知道后面追来的家伙离他有多远。糟糕的是，他的手指僵硬麻木，铁栅栏怎么也打不开。终于，它不情愿地张开一道窄缝，他用力挤了进去。

一段童年记忆不合时宜地冒出头，他曾经见过一只白化变种雪貂在铁丝笼子里不停地舞动身子。今天这一幕再度上演，对方长着同样优雅的皮毛，只是块头更壮硕，几乎有成人的两倍高，正用后足站立，对着铁栅栏发泄怒火。在它的撞击之下，栅栏扭曲变形，还好没被撞倒。不一会儿，北极熊四肢着地，轻声打着呼噜，渐渐走开。它用前爪挥了一两下便撕开教授的背包，几听食品罐头散落在雪地里。它无声无息地消失了，正如它无声无息地出现。

米尔沃德教授从一幢建筑逃到另一幢，辗转三个小时才赶回大学校园，这时他依然浑身发抖。经过这么多年，他在这座城市里终于有伴儿了，不知道城里还有没有其他访客。当天晚上，他得到了答案。天亮以前，他清清楚楚地听到了，就在海德公园的方向，狼嚎声一阵阵传来。

一周以后，他发现这些来自北方的动物也在迁徙。有一次，他见到一头驯鹿向南方跑去，身后跟着一群悄无声息的狼，有时在夜间，他还能听到拼死撕咬的声音。他很惊讶，原来还有这么多动物生存在伦敦与北极之间的白色荒原里。如今，正有什么东西把它们向南方驱赶，这个消息让他十分振奋。他相信，让这些凶猛的野兽都害怕的，只能是人类。

焦急的等待开始渐渐影响米尔沃德教授的心智，他常常在冰冷的日光下一坐就是几个小时，身上紧紧裹着毛皮大衣，幻想着救援到来的那一刻，想象人类会用哪种方式重返英格兰。也许这支远征队来自北美洲，他们横跨冰封的大西洋，花了好几年才抵达这里。但他们为什么大老远从北方绕过来呢？他认为最可信的原因是，大西洋的冰山不够结实，从南方过来不安全。

然而，还有一件事，他的解释无法让自己满意。为什么看不到飞机侦察呢？很难想象，人类的空中力量会在这么短的时间内彻底消失。

有时，他会在书架之间走来走去，口中不时窃窃私语，念叨着他最喜爱的书籍。多年来，有些书他都不忍心打开，生怕就此回忆起不堪回首的过去。不过现在，随着日照时间越来越长，阳光越来越明亮，他时常取下一本诗集，重新阅读最爱的诗句。然后他会走上顶楼，对着窗外大声朗读这些充满魔力的诗句，仿佛它们可以打破冰封整个世界的魔咒。

天气在回暖，失落的夏日幽灵似乎正在重新返回这片土地。现在白天的温度已升至零上，在许多地方，花朵顶开积雪渐渐绽放。不管是什么东西从北方而来，它已经接近了，一天里会有好几次，那神秘的巨响如奔雷般响彻整座城市，震得积雪从上千幢房子的屋顶滑落。米尔沃德教授感到诡异的暗流在四处涌动，这令他困惑，甚至有些不安。有时，他好像听到两支强大的军团在交战；有时，一阵疯狂而又可怕的想法会涌进他的脑海，久久不愿散去。他常常在夜间惊醒，似乎听到了群山走向大海的声音。

夏天渐渐过去，随着远方战场的声音越来越逼近，在米尔沃德教授心中，希望与惊恐愈发频繁地交替出现，令他饱受折磨。尽管再也看不到狼或熊——它们应该都逃到南方去了——他依然不敢冒险离开藏身之处。每天早晨他都会爬到顶楼最高的窗子前，用双筒望远镜朝北方的地平线观望。可他只能看到汉普斯特德区顽强不屈的积雪，正在同太阳做最后的殊死一搏。

在短暂夏天的最后几天里，他的观察也到头了。夜晚的雷鸣声比以往更加接近，但没有任何迹象可以显示它与城市的真正距离。米尔沃德教授即便爬到窗前，抬起望远镜看向北方的天空，也依然什么都看不到。

教授躲在坚固堡垒的高墙之后，终于见到了不断前进的敌军，第一缕阳光映照在它们的矛尖上闪闪发光，这一刻，米尔沃德教授明白了一切。空气如水晶一般洁净，群山峰峦锐利，熠熠生辉，直指冰蓝色的天空。它们身上几乎不再有积雪覆盖，曾经的他见到这一切会欢欣鼓舞，可是现在，他已经笑不出来了。

一夜之间，被世人遗忘的军团再一次攻克了人类最后的防线，即将发起最后一次冲锋。末日群山的峰顶闪烁着致命的寒光，看到这些，米尔沃德教授终于明白，这几个月里，他听到的正是它们行军的声音。难怪他会梦到大山在行走了。

来自北方——远古的家园——迈着胜利的步伐再次踏上这块被征服过的土地，冰川回来了。

（译者：邹运旗）

捉迷藏

1949年9月首次发表于《惊奇科幻》（*Astounding Science-Fiction*）

收录于《远征地球》

我们穿过树林返回时，金曼发现了一只灰松鼠。我们的袋子虽然不大，但装满了猎物——三只松鸡、四只兔子（很不幸，其中一只是刚出娘胎的幼崽）、一对鸽子。这让某些人的乌鸦嘴落了空，连两条狗都乐得活蹦乱跳。

松鼠同时也看到了我们。想必它知道，因为在这片土地上对树木造成了破坏，我们一见面就会判处它死刑，又或许它的某位近亲已经倒在了金曼的枪下。总之，三个起落之后，它一溜烟地跳到最近的大树下，绕到树后消失了。不一会儿，我们又见到了它，它正躲在十几英尺外的树林边缘，只探出一只小脑袋。我们端起猎枪瞄向几根树枝，满怀希望地等它现身，可它再也没有出现。

我们步行穿过草地，走向那座古老的大屋，金曼一路上显得心事重重。我们把猎物交给厨子——这家伙接过去时也没显出多少热情——金曼还是一言不发，直到我们在吸烟室里坐下，他才如梦方醒，记起了身为主人的职责。

“那只树鼠……”他突然说道（他总是管它们叫“树鼠”，因为人们一提起“松鼠”就会多愁善感，不愿意再开枪射杀这些小动物了），“让我想起一次非常独特的经历，那是在我退役前不久。实际上，那件事之后我就退役了。”

“我就知道。”卡森讽刺地说。我瞪了他一眼。他以前也在海军服役，想必听说过金曼的经历，可我对此是一无所知啊。

“没错。”金曼不太高兴地回答，“如果你们不想听……”

“别，请继续。”我急忙说道，“你让我很好奇。一只灰松鼠和第二次木星大战之间会有什么联系呢？”

金曼的火气似乎平息了下来。

“我想我还是把人名换一换吧。”他想了想说，“但是地点不会变。这个故事开始于火星朝向太阳方向的一百万千米处……”

* * *

K15是个军事情报人员，许多缺乏想象力的人都叫他“间谍”，这让他很是苦恼，可眼下这件事才是真的让他叫苦不迭。近几天来，一艘速度超快的敌方巡洋舰正追在他的船后，距离已越来越近。那是一艘优良的舰艇，上面搭载着不少训练有素的士兵。被这么一支队伍盯上，本是一件值得高兴的事，可K15情愿放弃这份殊荣。

让形势更加恼人的是，十二小时后，他的朋友将与他在火星区域内见面，他将登上一艘飞船，到那时，区区一艘巡洋舰就不足挂齿了——由此可知，K15绝对不是一个寻常人物。不幸的是，哪怕最乐观的预计也表明，再过六个小时，他便会落入追击者的炮火范围之内。也就是说，六小时零五分钟之后，K15的血肉便极有可能弥散在太空当中，成为广阔无垠的宇宙的一部分。

他还是有机会及时降落到火星的，但那将导致极其严重的后果。

他会因此激怒严格保持中立的火星人，引发不愉快的政治纠纷。此外，如果他的朋友也降落到火星搭救他，那么，每一秒他们将损失足以飞行十千米的燃料——也就是大量的能源储备。

他只有一个优势，可这优势毫无把握。敌方巡洋舰指挥官也许会猜到他将直接飞往目的地，但他不知道距离还有多远，也不知道与他会合的飞船有多大。如果他能活着熬过十二个小时，他就安全了。这个“如果”的概率还是比较大的。

K15心烦意乱地看着航线图，心中盘算要不要冒险燃尽剩余的燃料做最后的加速。可他能加速去哪儿呢？这一下将会耗尽他的燃料，使他冲进茫茫的黑暗虚空，而追击者的燃料箱可是满满当当的，他们很快便会追上来，让他被营救的希望彻底落空——他的朋友正朝向太阳驶来，相对速度这么快，他们很有可能擦肩而过，无法对他施以援手。

对有些人来说，对生活的期待越低，精神上就越容易懈怠。当死亡临近时，他们很容易陷入一种催眠状态，会屈从于命运，逆来顺受，听之任之。而K15恰恰相反，越是到了紧急关头，他的精力越容易集中。这会儿，他平时不算活跃的头脑高速运转起来。

指挥官史密斯——这个名字倒是挺常见的——是巡洋舰剑鱼号的舰长，发现K15开始减速时并没有特别惊讶。本来他就预料到那个间谍有可能会降落到火星，按道理，做俘虏总比被消灭要强。可当绘图人员报告说小型侦察艇的目标是火卫一时，他彻底糊涂了。这颗近轨道卫星可谓一无是处，不过是块直径二十千米的石头，就连一向吝啬的火星人都没发现它有什么用途。如果K15认为它会有价值，那他一定是铤而走险，不顾一切了。

小型侦察艇几乎完全静止下来。在雷达中，它已经消失了，只剩下火卫一。在减速过程中，K15那点儿微不足道的领先优势渐渐消失，剑鱼号距它只剩下几分钟的路程——这时剑鱼号也开始减速，免得超过对方。距离火卫一只有三千千米远时，巡洋舰完全停了下来，这时还是没有K15飞船的迹象。用望远镜应该很容易就能发现它，不过它有可能藏身在卫星的背面。

仅仅几分钟后，它又出现了，并以全速直直地朝太阳的反方向冲去。它正以五倍重力加速——这也打破了它的无线电静默状态。一台自动记录仪正在一遍又一遍地广播一条颇有意思的信息。

“我在火卫一上迫降，正遭到一艘Z级巡洋舰的袭击。我能坚持到你们来，但要快！”

信息甚至没有加密，这让史密斯指挥官更加迷惑。如果K15还在船上，那么整件事作为策略来说未免过于幼稚了。不过这也可能是虚张声势，信息如此清晰，明显就是要让他收到并感到疑惑。如果K15真的已经在火卫一上降落，他就无须调整行动步调，也不用浪费燃料去追击侦察艇。很明显，对方的援军正在路上，他越早离开这里越好。那一句“我能坚持到你们来”似乎很莽撞，但也表明援军可能非常接近了。

K15的飞船停止了加速，显然它已耗光燃料，现在正以每秒钟六千米多一点儿的速度远离太阳。K15一定还在火卫一上，因为他的飞船正无力地向太阳系外围飞去。史密斯指挥官一点儿也不喜欢飞船广播的信息，并且猜测另外一艘正在接近的战舰已然接听到了信息，只是他对此无能为力。剑鱼号开始朝火卫一移动，他不想再浪费时间了。

表面上看来，史密斯指挥官在形势上占据着主动。他的舰船装备了十二枚重型制导导弹，还有两门电磁炮。对手只是一个穿着太空服的人类，还被困在一颗直径只有二十千米的卫星上。可是，史密斯指挥官在不到一百千米远处第一眼看到火卫一后，才意识到K15的袖子里藏了一手好牌。

刚才我们说过，火卫一的直径只有二十千米。天文学书籍总是充满误导性，“直径”一词一般用来表示均匀的规则球体，可这恰恰是火卫一缺少的特质。它更像一颗小行星，就是那种宇宙中的矿渣，一块飘浮在太空中的形状不规则的巨石。当然了，它的周围没有一丝大气，表面也没有多少吸引力。它每七小时零三十九分钟便绕轴旋转一圈，于是总有一面朝向火星——它离火星非常近，以至于将近一半的火星不在它的视野之内。卫星的两极处于地平线弧度之下。

除此以外，火卫一再无任何突出之处。

新月状的火星世界填满了头顶的天空，可K15没有时间欣赏这片美景。他把能够随身携带的设备都从气密舱中扔出，设置好自动驾驶，然后跳出侦察艇。小型飞船喷吐着火焰冲向群星，他漠不关心地看着它飞走。他烧毁了自己的飞船，任由它空空如也地驶向虚空，只能寄希望于正在赶来的战舰能够截获无线电信息。他还有个渺茫的希望，但愿敌方巡洋舰能追上去，只是这个想法过于不切实际了。

他转过身来查看他的“新家”。此时，太阳已降到地平线之下，唯一的光源便是散发着暗红色光辉的火星，对他来说这已足够，他看得非常清楚。他正站在一块方圆不过两千米的不规则平原中间，四周是一座座小山，只要他愿意，随便一跳就能飞跃而过。他想起很久以前曾读过的一则故事，说有个人一不小心纵身一跃，结果飞出了火卫一。其实这是不可能的——就算在火卫二上也不行——因为这里的逃逸速度仍有十米每秒。不过，如果不小心，他会发现自己轻而易举就能跳上高空，落地就是几个小时以后的事了，这可就太危险了。K15的计划很简单，他必须尽量贴近火卫一的地表——并时刻处于巡洋舰的正对面。剑鱼号会把所有炮火倾泻到这颗直径二十千米的岩石上，而他藏到背面，就连震动都不会感觉得到。在这里只有两种危险，其中之一完全困扰不到他。

对外行人来说，如果不了解太空航天学的微妙细节，会认为这计划与自杀无异。剑鱼号装备着最先进的武器，况且，横在它和猎物中间的卫星只有二十千米长，剑鱼号在高速之下不足一秒便能飞跃。但史密斯指挥官对形势心知肚明，所以他的感觉很不愉快。他最清楚不过了，所有运输工具在设计上都有局限，太空巡洋舰在机动性上更是远远不足。他面临着一个简单的事实，在他操纵剑鱼号绕行卫星一周的时间里，K15却可以绕着这个小世界转上五六圈。

没有必要追究技术细节，不过，不相信的人可以考虑如下一些基本常识。显然，靠火箭驱动的太空飞船只能沿着它的长轴加速——也就是说，只能“向前”，想偏离这条直线，需要飞船本身先行转向，这样，发动机点火后才能驶向另一个方向。人人都知道内部陀螺仪或切线转向喷口可以控制转向，但鲜有人知这种简单的操作需要耗时多久。普通巡洋舰装满燃料后，质量可达两千到三千吨，这样的设计不可能用来灵活走位。更糟的不是质量，而是这些质量带来的惯性力矩——由于巡洋舰的形状又细又长，所以它的惯性力矩相当大。这个悲哀的事实（却很少被太空航天学工程师们提及），使得一艘太空飞船转向一百八十度须耗时整整十分钟，不管它的陀螺仪尺寸有多合理。用控制喷口也快不了多少，而且在任何情况下，使用喷口都会受到限制，因为它们造成的转向是永久性的，很容易让飞船原地打转，就像一只慢动作的轮转焰火，让飞船里的人叫苦连连。

在一般情况下，这些不利因素可以忽略不计。宇宙飞船的活动范围往往在百万千米以上，每次任务时间动辄几百个小时，可它从未绕着这么小的目标旋转过。绕着十千米半径的圆转圈，明显不符合飞船的运动规律，剑鱼号指挥官为此感到愤愤不平，K15这么玩实在是太不公平了。

与此同时，那个狡猾的人类也在审时度势，反正形势已然差得不能更差了。他连着三个起落，跳到小山之间，这下不像在开阔的空地上那么无遮无挡了。他把从飞船上带来的食物和设备藏了起来，希望以后还能找到，只是这身太空服仅能让他存活一天，这是他最担心的问题。那个让他陷入麻烦的小包裹还带在身上，一套精心设计的太空服里有很多可以藏东西的地方。

山中的宁静给人一种莫名的孤寂感，只是K15并没有想象中那般孤独。永远笼罩在天空中的火星渐渐变小，但依然清晰可见，此时的火卫一正在掠过火星的背阳面。他能看到某些火星城市的灯光，它们如闪闪发光的大头针，标出了无形的火星运河的连接点。他还能看到闪亮的群星、寂静的夜空，以及长长的锯齿状的群峰，近得仿佛触手可及。至于剑鱼号，还是不见踪影。或许他们还在用望远镜仔细地检查着火卫一的向阳面。

火星就像一块精准的手表，当它只剩一半时，就是太阳升起的时刻，同样升上天空的还有剑鱼号。不过剑鱼号也有可能从完全意想不到的方向出现，它甚至有可能——这才是真正的危险——让一支搜索队从天而降。

其实，就在看清眼前的形势时，史密斯指挥官便马上有了这种打算。可他随后意识到，火卫一的表面积超过一千平方千米，而他最多只能从船员中抽调十个人搜索这片蛮荒之地。再说了，K15肯定会携带武器。

考虑到剑鱼号上携带的武器装备，就连反对意见也变得毫无意义了。事实上还不止于此。在执行普通任务时，太空巡洋舰上配备的随身武器通常只有短刀和十字弩。而剑鱼号呢，很不巧——尽管违反了规定——船上也只有一把自动手枪和一百多发子弹。哪怕派出搜索队，队员也等于是手无寸铁，对手却隐匿行踪，孤注一掷，随心所欲就能将他们一一放倒。K15又一次破坏了游戏规则。

火星的明暗分界线化作一条完美的直线，几乎是同时，太阳露出了头，刺眼的强光仿佛原子弹爆炸，只是没有隐隐的雷声。K15调整好头盔上的滤光镜，决定动身离开。还是避开阳光比较安全。一方面，躲在阴影里不容易被敌人发现；另一方面，在太阳下眼睛很容易受伤。他只带了一只双筒望远镜，可剑鱼号上的至少也是二十厘米光圈的电子望远镜。

K15决定，如果可以的话，最好能探明巡洋舰的位置。这么做有些鲁莽，但他若能发现巡洋舰的确切位置及其下一步的动向，他会很开心的。这样他就能躲在地平线以外，不管巡洋舰往哪个方向移动，火箭驱动器的火光都会向他发出警告。于是他小心地贴着近乎水平的路线前进，开始了他的“环球之旅”。

狭长的火星月牙沉到地平线以下，只剩一条巨大的“牛角”点缀在群星之间。K15有些担心了，他还是找不到剑鱼号的行踪。但也没什么好意外的，因为巡洋舰的舰身呈黑色，与夜空融为一体，或许它还在距火卫一一百千米的太空中。他停下脚步，心中暗想自己的决定究竟是否正确。这时，他发现有个巨大的东西遮住了头顶的星星，抬头看时它又迅速飞走了。他的心脏停滞了一阵子，稍后才缓过神来。他飞快地分析形势，暗恨自己为什么会犯下如此大的错误。

过了一会儿，他意识到划过天空的黑影不是巡洋舰，而是别的同样致命的家伙。那东西比巡洋舰小得多，也更贴近地面。为了找到他，剑鱼号发射了视频监控制导导弹。

除了巡洋舰本身，这是令他畏惧的第二件东西。而他除了小心谨慎，不引起对方注意以外别无他法。这下剑鱼号多了好几双搜寻他的眼睛，可这些辅助设备仍存有非常严重的缺陷——制导导弹能在群星背景之下发现反射阳光的太空飞船，却很难找到藏身在乱石阴影中的人类。他们的视频监控系统的清晰度也很低，且只能看到正前方的目标。

棋盘上的棋子增加了，棋局变得更加血腥，但他依然占有优势。

导弹在夜空中消失不见。在这个低重力的环境下近乎笔直地飞行，它很快便会转到火卫一的背面去，K15在等待一件预料之中的事。几分钟后，他看到一段短短的火箭废气，猜想这发导弹也摇摇晃晃地飞上了轨道。几乎是同时，另一团火焰在天空中正对面的一角闪现。他想知道，如今已有多少枚死亡机器在空中就位？根据他对Z级巡洋舰的了解——他了解得肯定不够多——那上面有四座导弹控制平台，想必每一个都派上了用场。

他突然想到一个好主意，他甚至怀疑这么高明的想法会不会真的起作用。他太空服里的无线电是可调谐的，可以覆盖相当广的波段。在不远处徘徊的剑鱼号开足马力后，会发出一千兆周以上的信号。他打开接收器，开始探查。

他立刻便收到回应——不远处一台脉冲发射器发出刺耳的哀鸣。或许他只是收到了一个次谐波，但这已经足够了。信号非常清晰，K15终于可以做出长远规划了。剑鱼号暴露了自己——只要它还在操纵导弹，他就能查到它的确切位置。

他小心地朝发射源靠近。让他惊讶的是，信号突然减弱，然后又迅速回升。他有些迷惑，随后意识到自己一定穿过了一个衍射区。如果他是个足够优秀的物理学家，或许会从衍射区的宽度中得到某些启示，可他想不出什么有用的信息。

剑鱼号在距离地面五千米高处悬浮着，暴露在日光之下。它的“不反射”涂层已然过期，需要修复，所以K15可以清楚地看到它。他还躲藏在黑暗之中，光与影的界限离他越来越远，他断定目前的位置非常安全。他舒服地坐下来，这样就能继续观察巡洋舰，他等待着，心中十分确定，没有一枚制导导弹会离母船如此之近。到目前为止，他心中猜测，剑鱼号的指挥官一定是暴跳如雷。他想得太对了。

一个小时后，巡洋舰开始爬升、旋转，动作优雅得就像一只陷入泥潭的河马。K15想知道发生了什么。史密斯指挥官打算去卫星正对面看看，正准备开始这段凶险的五十千米航程。K15仔细观察飞船调整的方向，当它再次停下，他感到一阵轻松，飞船几乎完全侧对着他。然后，飞船一阵抽搐，船里乘客的感觉一定很不舒服，巡洋舰向地平线驶去，渐渐消失。K15闲庭信步般跟在它身后——如果可以这么形容的话——那轻盈的步伐可不是每个人都能学会的。他一步就能滑出一千米，所以特意留心，免得不小心超过巡洋舰，还得密切关注导弹的行踪，当心它们在船尾出现。

剑鱼号花了近一个小时才绕过这五十千米。K15算了一下，结果被逗笑了，这速度还不如它常速的千分之一。有一次，飞船差一点儿沿着切线方向飞向太空，它只好浪费时间一次又一次地转向，船身上喷口齐射，这才把速度降下来。最后，它终于赶到目的地。K15躲进另一个隐蔽之处，藏身在两块岩石中间，在这里他能看到巡洋舰，对方却肯定看不到他。K15心想，这一下，史密斯指挥官会不会严重怀疑他已经不在火卫一上了？他真想发射一枚信号弹，告诉对方“我还在这儿”。最终，他拒绝了这份诱惑。

接下来的十个小时就没必要细说了，反正和之前的情形差不多。剑鱼号又移动了三次，K15尾随其后，就像追逐猎物的猎手，紧紧跟在巨兽的脚步之后。飞船曾经差点儿把他带到日照之下，他只好等着它沉到地平线另一侧，仅靠无线电信号跟踪。不过在大多数时间里，他都能亲眼看到飞船，一般他只要躲到近处的小山背后就可以了。

还有一次，一枚导弹在几千米外爆炸。K15猜测是某个火气上升的操作员发现了他不喜欢的影子——不然就是技术员忘记了切断引线。除此以外，再没有可以活跃气氛的事情发生。实际上，整个过程已经变得乏味至极。他甚至期待制导导弹偶尔会好奇地从头顶掠过，但只要他静止不动，适当隐藏一下，相信对方不可能看到他。如果他待在火卫一的另一侧，正对着巡洋舰，或许会比现在更安全，因为他意识到，那边属于卫星的无线电盲区，飞船监控不到那里。但他又一想，那样做并不可靠，一旦巡洋舰再次移动，那边就算不上真正的安全区域了。

整个行动突然之间就落幕了。巡洋舰的转向喷口突然发出一阵巨响，主驱动器全功率运转，尾焰光华夺目。几秒钟后，剑鱼号瞄准太阳全速前进，脱离了这颗卫星。谢天谢地，他们终于走了。这颗贫瘠的太空岩石可恶地横在巡洋舰和它的猎物中间，最终挫败了他们。K15明白发生了什么，一阵强烈的平静与放松之情拂过他的全身。在巡洋舰的雷达室里，某个士兵必定发现了一个令人不安的巨大物体正在高速靠近。现在，K15只要打开太空服上的信号灯，坐等援军到来就行了，他甚至可以舒舒服服地抽上一根香烟。

“真是个有趣的故事。”我说，“现在我明白它跟松鼠有什么关联了。但我还有一两个问题。”

“什么问题？”鲁伯特·金曼客气地问道。

我一向喜欢打破砂锅问到底，我也知道，这位主人曾参加过木星战争，但他很少提及此事。我决定以此为契机，一探究竟。

“这是一次非常规的军事行动，你为什么会知道这么多呢？要我说，难不成你就是K15？”

卡森从喉咙里挤出一阵尴尬的咳嗽声。然后，金曼平静地说：“不，我不是。”

他站起身，朝枪械室走去。

“恕我失陪一会儿，我打算再去找找那只树鼠，也许这一次我能打中它。”说着，他便离开了。

卡森看着我，脸上的表情仿佛在说：没有人会再邀请你来这儿了。等到主人走远，不会再听到我们的谈话，他用一种愤愤不平的语气冷冷地说：“瞧你干的好事！你干吗要说这种话？”

“呃，我这么猜也是有道理的。不然他怎么会知道这么多？”

“事实上，我相信他在战后见过K15，他们两个肯定有过一次有趣的谈话。但我想你知道，鲁伯特退役时，他的军衔只是海军少校。在调查法庭上，他对这次行动只字未提。毕竟，海军舰队里一艘最快舰艇的指挥官居然连一个只穿着太空服的人都抓不到，这也太不合情理了吧？”

（译者：邹运旗）

破裂应变[1]

1949年12月首次发表于《战栗冒险故事》（*Thrilling Wonder Stories*），篇名《三十秒—三十日》

收录于《远征地球》

《破裂应变》原发表于《战栗冒险故事》杂志，篇名《三十秒—三十日》，为《2001：太空漫游》小说与电影的蓝本故事之一。

听见身后舱门开启时，格兰特正在写星后号日志。他并未费神回头——实在没这个必要，船上只有他和另一人。门开了却悄无动静，麦尼尔既不说话也没有进舱房来，长长的沉默终于勾起格兰特的好奇，让他将旋转座椅转向后方。

麦尼尔仍站在门口，神情活像见了鬼似的。格兰特的脑海瞬间浮现这个老掉牙的比喻，他不知道与事实相距多少。就某个层面而言，麦尼尔确实见了鬼——他自己的鬼魂。

① 破裂应变：一含裂缝之结构物，于外加负载下，若该裂缝之应力强度因子等于或大于材料之破裂韧度，则裂缝将产生延伸现象，此时之应力场大小被称为破裂应力，而再根据材料组成律求出之应变，被称为破裂应变。

“怎么了？”格兰特微愠地问道，“你是病了还是怎样？”

工程师摇了摇头。格兰特看见他的汗珠从额头上剥落，随着他们笔直的行进轨道，闪亮地飘过整个舱房。麦尼尔喉头肌肉抽动，却没发出声音。他看似快哭出来了。

“我们完蛋了，”最后，他呜咽着说，“储备氧气没了。”

然后他真的开始哭泣。麦尼尔像个松垮的玩偶，身体缓缓折叠，却因为没有重力而无处瘫倒，只能在半空中瑟缩成一团。

格兰特什么也没说。无意识地，他在烟灰缸里狠狠捻熄点着的烟，直到看不见任何火光。他竟被太空旅行最了无新意的恐怖故事攫住要害，周围的空气似乎更显滞闷。

格兰特缓缓松开弹性束带。坐下时，弹性束带能造成些许重量的错觉，解开时，格兰特便自然弹起，向门口飘去。麦尼尔没有打算跟上。即使考虑到他所经历的震撼与惊吓，格兰特还是认为麦尼尔的反应极为不堪。经过麦尼尔时，格兰特生气地拍了他一下，要他打起精神。

货舱是宽阔的半球体空间，中心有根极粗的圆柱。圆柱长一百米，连接杠铃造型船体的两端，使控制系统与缆线得以与太空船另一端相连。货舱里满是货柜箱与包裹，不受重力影响，以超现实的方式立体堆叠。

然而，就算货物凭空消失，格兰特也不会注意到。他的双眼直盯着巨大的氧气槽；氧气槽比他还高，用螺栓锁在靠近气闸内门的墙上。

氧气槽与格兰特前次见到时没什么差别；铝漆微微发亮，只有金属侧边散发些微寒气，透露了内容物的蛛丝马迹。所有管线运作正常，全看不出异状，唯独一处小小例外：量测计指针默默地指向零。

格兰特静盯着指针，仿佛古代伦敦大瘟疫时期的男子，出门返家却发现家门新画上潦草的十字标记。接着，出于绝望，他朝量测计的玻璃狠敲五六下，希望指针只是卡住了——虽然，他从未真正怀疑指针可能有误。噩耗往往自带保证，唯有喜讯需要确认。

格兰特回到控制舱时，麦尼尔已经恢复原状。瞄向打开的药箱，就能看出工程师为何恢复得如此迅速。他甚至还试着展现一点幽默。

“是流星，”麦尼尔说，“他们还说这个体形的船被流星打中是世纪难得一见的事呢，我们却早九十五年遇上了。”

“但警报器没响啊。气压正常，船体怎么会被砸破洞呢？”

“船体没破，”麦尼尔回道，“氧气会从夜侧管线循环经过制冷盘管，好保持液态，你知道的吧？流星想必是打中那里，使氧气全蒸发掉了。”

格兰特一语不发，试图理出头绪。他们遭逢的事件极其严重，要命地严重——但可能不至致命。毕竟，整趟旅程已经完成超过四分之三。

“再生器循环过的空气，就算含氧量比较低，也够让我们呼吸吧？”他满怀希望地问道。

麦尼尔摇头：“我还没仔细算过，但恐怕不行。二氧化碳在再生循环裂解为氧原子时，损失率约为百分之十，所以我们才得储备氧气。”

“那太空服呢！”格兰特突然兴奋地喊道，“太空服的储气槽呢？”

格兰特没细想便脱口而出，随即察觉自己的失误，感觉比先前更糟。

“太空服的储气槽存不了氧气，几天就会蒸发光的。里头的压缩空气只能撑三十分钟，紧急事件发生时，氧气量也只够我们设法接上主要氧气槽。”

“总有办法的……就算我们得抛下货物赶路。别再猜了，赶快计算我们的精确位置吧。”

格兰特又惊又怒。他气麦尼尔崩溃了，也气太空船设计师竟没想到这种概率仅几百万分之一的灾难会发生。距离死期还有数周，在那之前，可能还有转机。这个念头让格兰特暂时压抑恐惧。

毫无疑问，他们面临迫切危机，但危机又来得特别缓慢。这种情节，好像总在太空发生。他们有足够的时间思考——或许太多了。

格兰特坐回驾驶座，固定束带，拿出笔记板夹。

“先厘清事实，”他故作镇定地说，“我们就剩目前船里的空气。每经过一次再生循环，氧气会损失百分之十。把操作手册递给我，好吗？我总记不得我们每天消耗多少氧气。”

当麦尼尔说，就统计学而言，星后号每世纪会被流星撞上一次，问题未免被过度简化了。影响具体数字的因素过多，以致整整三个世代的统计学家合力也只得出空泛的基本规则。每当流星雨席卷太阳系内围世界，保险业者总担忧得发抖。

当然，一切皆取决于所谓“流星”的定义。任何一块抵达地球表面的宇宙碎渣，都有百万个更微小的弟兄在“无人地带”毁灭殆尽，即大气层即将结束、太空却尚未开始的交界处，也是那个夜里偶有极光游走的幽魂之境。

这便是我们最熟悉的流星，每颗不超过图钉般大。此外，还有更小的粒子，数量要再乘上百万倍，它们同样从天空飘落死去，却因为体积太小，肉眼无法见证。前述这些——从无数尘埃、罕见的巨砾，乃至百万年才可能一见、如山的漂流巨岩——通通被称作流星。

以太空旅行而言，流星只有在可能穿透船壳且破口足以造成危险时才值得被讨论。这取决于相对速度与体积。统计学家备好图表，详列太空船在太阳系各个区域可能遭遇撞击的次数及流星大小，最小的甚至只有几毫克。

击中星后号的流星，可说是巨大无比：直径接近一公分，重量足足有十克之多。根据统计图表，要遇上如此庞然怪物，须等待十的九次方个日子，也就是将近三百万年。他们几乎可以完全确信，人类历史上不会再碰到这样的流星，可这事实无法带给格兰特和麦尼尔多少安慰。

然而，情况本可能更糟。星后号进入轨道已经一百一十五天，航程只剩下三十天。如同所有的货船，它运行的轨道为长椭圆形，在太阳的相反两端[①]分别与地球和金星的轨道相切。高速客轮于行星际航行的速度是它的三倍，耗费的燃料是其十倍；而星后号只能像街车一样，沿着既定的轨道，每趟差不多花费一百四十五天，拖着脚步踽踽前行。

世上很难再出现比星后号更背离二十世纪初想象的太空船了。它的船体由两个球体组成，直径分别为五十米与二十米，以长一百米的圆柱相连，结构像火柴棒与黏土做成的氢原子球杆模型。船员、货物与控制舱位于较大的球体，原子发动机则位于较小球体，远离任何生物所及（这已是最委婉的说法）。

星后号于太空建成。就算从月球表面，它也无法起飞；不过，离子推进器若火力全开，可产生重力二十分之一的加速度，一个小时内，它的速度便足以切换轨道，使星后号从绕行地球的卫星轨道换成绕行金星的。

---

① 也即霍曼转移轨道。从近拱点/近日点（椭圆轨道与引力中心最近位置），也就是与低轨道行星轨道的切点，至远拱点/远日点（椭圆轨道与引力中心最远位置），也就是高轨道行星轨道的切点。——译者注

货物在行星与太空间运载，由小巧但威力强大的化学燃料火箭负责。一个月内，拖船可从金星表面起飞，与星后号会合。只是，它不会停下，因为控制舱已无人能驾驶，而星后号将盲目地沿着椭圆轨道继续运行，加速行经金星（每秒数英里），五个月后回到地球轨道，届时地球早已离原地甚远。

若计算出的答案关乎生死存亡，即使只是简单加法，耗费时间仍出人意料地长。格兰特检视算式数字，看了五六次才死心，确定答案不会改变。他坐在驾驶座，紧张地在白色塑胶桌面涂鸦。

“最节省的情况下，”他说，“我们大概能撑二十天。也就是说，到时候……我们距离金星还差十天路程……”他的嗓音越来越微弱，最终沉默下来。

十天听起来不多，感觉上可比十年漫长。格兰特苦涩地想起所有在冒险故事和广播剧中翻玩这个情节的作家。这些过时的“专家”只会纸上谈兵，没几个人曾到过比月球更远的地方。根据他们的说法，这个情境下只可能有三种办法。

妥帖的办法（正因妥帖，几乎已成陈腔滥调）是将太空船改造为“温室”或水耕农场，剩下的交给光合作用即可。或者，也可发挥化学工程或原子工程奇才（下略繁冗的技术细节），发明制造氧气的机器，不仅能救自己的命（当然了，还要能英雄救美），还能拥有价值连城的技术专利。第三种办法，或称天外救星，便是靠另一艘恰好路线与速度都相同的太空船前来救援。

然而这些都只是虚构，与现实不同。尽管第一种办法理论上可行，星后号船上连一包植物种子也没有。至于工程奇才的发明，仅仅两个船员，无论才华多么横空出世又多么绝望，短短几天内仍不太可能达成最顶尖的工业研究机构整整一世纪都做不到的事。

而“恰好经过”的太空船，更几乎不可能。就算同个航线上有其他货船（而格兰特确知没有），可根据货船行进的原理，两艘船间的距离将保持恒定。若是沿着双曲轨道狂飙的客轮，或许能设法缩短距离至几十万千米之内，不过，行进速度那么快，登上客轮会和登上冥王星一样困难。

“如果我们抛下货物，”麦尼尔打破静默，“我们可能改变行进轨道吗？”

格兰特摇头。

“要是可以就好了，”他回道，“可惜不能。我们是能在一周内赶到金星，但没有足够燃料能够刹车，金星那边也没有办法帮我们停下来。”

“客轮也不行吗？”

“根据洛伊德登录名册，金星目前只有几艘货船。就算是客轮，也几乎不可能操纵。即使客轮能够追上我们的速度，救到我们之后该怎么返航？要每秒五十千米的速度才行得通呢！”

“我们要是想不出办法，”麦尼尔说，“或许金星那边有法子。得赶快通知他们才行。”

“我正要这么做，”格兰特回道，“等我想好该说什么。去帮我校准发送器吧。”

格兰特看着麦尼尔飘出舱房。接下来的日子里，这工程师恐怕会惹出麻烦。目前为止，他们还算处得来。麦尼尔是那种典型的胖子，和善好相处。不过，格兰特现在明白，麦尼尔不够坚强；在太空生活久了，他的意志和体形同样益发松弛。

发送交换机响起蜂鸣声。船壳外的抛物面镜对准像弧光灯般闪闪发亮的金星；只相距一千万千米，金星与太空船行进方向几乎平行。

太空船所发射的电磁波波长三毫米，需半分钟多方能抵达金星。晓得自己和生命无虞之间只差三十秒，感觉更为苦涩。

待金星的自动监控器给出冷淡的“收到请讲”，格兰特便不疾不徐开始报告。他希望自己听起来够冷静。格兰特审慎分析了现况，最后请求建议。他没有提及对麦尼尔的担忧，部分原因是他知道工程师会从发射器监听他的信息。

即使发送器的延迟时间已过，金星那边还无人听取信息。信息可能还留在记录线轴里，几分钟内，就会有通信官过来，毫无防备地回放。

通信官不会知道自己将接到多么震撼的消息，电视报章将反复报道，怜悯同情的涟漪不断向外扩散至所有人居世界。

目前为止，格兰特心头上只有自己的安危，完全没想到运载货物。若在古代，视海船为优先的船长恐怕会对格兰特的态度大惊失色。不过，理智站在格兰特那边。

星后号既不可能沉没，不会触礁，也不会像过往无数的海船般默默流向未知领域，从人类记忆中消失。无论船员发生何事，星后号都将安全无虞。若无外力介入，它只会继续沿着轨道前进，行迹之精确，甚至人类未来数个世纪都能以它为准计算历法。

格兰特突然想起，星后号运载货物的保险金额高达两千万美元。世上值得于星际间运送的物品并不多，货舱里的货物，价值都超过等重（或说质量才对）的黄金。也许里头有什么能派上用场，格兰特去保险箱取货运单。

麦尼尔回到舱房时，格兰特正在整理一页页薄韧的货运单。

“我把气压调低了，”麦尼尔说，“船壳有些缝隙，原本不成问题的，不过……”

格兰特漫不经心地点头，将一叠纸递给麦尼尔。

“货运清单。我提议我们全检查一遍，看有没有什么能派上用场。”

他没说出口的是，若派不上用场，至少也能转移他们的注意力。

货运单可说是星际商务往来的完整缩影，格兰特沿着编号栏位往下读，不禁想象起那些死气沉沉的符号所代表的物品。第347项—1本书—总重4公斤。

他读到此项物品有着星号标记，保险金额十万美元，吹了声口哨。接着，他想起曾在广播听过，昏星博物馆刚收购了初版《智慧的七柱》[①]。

几页之后，他读到相差甚远的品项：各式书本—25公斤—无金钱价值。

运这些书到金星得花不少钱，可单据上又写“无金钱价值”。格兰特任由自己的心思飘荡：或许有人打算永久离开地球，带着自己的珍宝前往新世界——那十几本形塑他心志、影响他至深的著作。

第564项—12卷影片胶卷。

这当然是讲述罗马皇帝尼禄的超级史诗巨片《暴君焚城录》[②]了。这部片抢在审查前早一步出发，金星正引颈期盼它的到来。

医疗补给—50公斤。雪茄1箱—1公斤。精密仪器—75公斤。品项繁多，读也读不完。在相较年轻的文明看来，这些物品不是极其罕见，就是工业或科学水准尚无法制造。

---

①《智慧的七柱》：托马斯·爱德华·劳伦斯根据自己在1916至1918年间作为联络官参与阿拉伯起义的经历所著的自传。书名源自《圣经·旧约》的箴言（9:1）：“智慧建造房屋，凿成七根柱子。”

②《暴君焚城录》：1951年上映的美国史诗电影，讲述了古罗马帝国时代的昏君尼禄王荒淫无耻，导致罗马民众纷纷反抗暴君，最后整个罗马城陷入一片火海的故事。

货物可明确分成两类：张狂的奢侈品以及不可或缺的必需品，甚少物品介于两者之间。而且这些货物中没有半项能带给格兰特一丝丝希望。尽管本来就不指望能找到什么，他却仍不由自主地被失望淹没。

金星终于发出回复时，记录器花了快一个小时才跑完。他们收到一份浩繁的问卷，细节之琐碎，令格兰特甚至阴郁地怀疑自己答完前可能已先丧命。多数提问是有关太空船的技术问题，两颗行星的专家正集思广益，试图拯救星后号与船上所运载的珍贵货物。

“嗯，你怎么看？”格兰特在麦尼尔读完信息后问。他仔细观察工程师是否出现感受到压力的迹象。

麦尼尔沉默了好一阵才开口。他耸耸肩，说的话与格兰特心中所想差不多。

“这可够我们忙上好一阵子，这么多测试，一天之内我做不完。多数时候，我都能猜到提问的原因，不过有些问题实在太奇怪了。”

格兰特也怀疑如此，不过他没有接话，让麦尼尔继续说。

“船壳泄漏比率……这还算合理，可怎会有人想知道辐射遮蔽率呢？我猜他们只是假装有些办法，好保持我们的士气，或让我们忙到没时间担心。”

麦尼尔显得相当冷静，这让格兰特既松了一口气又觉得有点讨厌：松一口气是因为他原本担心麦尼尔又会大闹一场，讨厌的则是麦尼尔的性格并不符合他原先的分类。到底，稍早的失控展现的是这个人的性格，或者，此般反应其实是人之常情？

对格兰特而言，世界非黑即白。他无法判断麦尼尔究竟是懦弱还是勇敢，因而感到生气。他不曾想过，两者可能同时为真。

太空旅行让人感受不到时间的流逝，这是所有人类经验当中最独特的。就算在月球上，也能从太阳光影缓缓爬过一个又一个岩坡看出时间。往地球望去，不停自转的地球更是颗巨大的时钟，几个大陆各为时针。然而，搭乘以陀螺仪平衡的太空船长途旅行，阳光映照在同侧墙或地板上，恒常不变，只有天文钟嘀嘀嗒嗒，钟面显示的时日已不再有实质意义。

格兰特与麦尼尔早已学会建立规律，以适应仿佛静止的时间。身处太空深处，他们的行动与思考从容不迫，直到接近旅程终点、准备开始刹车操作，才会被忙碌取代。现在，尽管已然被宣判死刑，他们仍继续随着长年习惯，照常作息。

每天，格兰特严谨地撰写日志，确认太空船位置，完成各项例行工作。麦尼尔也尽可能维持正常，照表操课，不过，格兰特怀疑某些设备维护做得挺敷衍。

被流星击中已过了三天。过去二十四小时内，地球与金星一直在开会，格兰特琢磨何时才能得知他们的讨论结果。纵使找来全太阳系最高明的技术专家，格兰特也不认为他们能得救，不过，眼前生活看来如此正常，空气仍洁净新鲜，也很难让人放弃希望。

第四天时金星再次传讯。脱下技术的外衣，信息内容根本是篇悼文；对格兰特和麦尼尔的生死未置一词，却对货物安全给予详尽指示。

地球上，天文学家正在计算所有未来几年内可能拦截星后号的轨道。甚至，在六至七个月后，太空船回到远日点时，他们便有机会从地球拦截。不过，如此救援任务只有空舱的高速客轮办得到，而且燃料费更是贵得惊人。

收到信息后不久，麦尼尔就消失了。一开始，格兰特还稍微松了一口气。假使麦尼尔决定自己消化，那是他自己的事。何况格兰特也有好几封信得写，虽说要写遗嘱还有点早。

轮到麦尼尔准备“晚”餐了。他通常乐在其中，因为他胃口很好。格兰特发现厨房没有传出平常的声响，便起身寻找他的船员。

麦尼尔在自己的舱房里躺着，一脸平静祥和。一个金属箱飘在他身侧，有强行打开的痕迹。格兰特不需检查也能猜出箱子的内容物，看麦尼尔一眼就知道了。

“真是可惜呀，”工程师说，毫不羞惭，“得从管子里吸这玩意儿。你不如把油门催下去，让我们好好享受它吧？”

格兰特怒眼瞪着麦尼尔，满脸蔑视，麦尼尔也不闪躲，直视他的双眼。

“噢，别扫兴！你也来点儿吧，都这种时候了，有什么关系！”

麦尼尔将瓶子推向格兰特。酒瓶飘来时，格兰特灵巧地挡了回去。那是瓶上好的葡萄酒，他记起货运订单，这个小小的金属箱价值少说要几千美元。

“我认为，”格兰特严厉地说，“就算是现在的情况，也没必要表现得像只猪猡。”

麦尼尔还没喝醉。他才刚踏进微醺那明亮的前院，还未隔绝于枯燥的现实之外。

“我已经做好准备，”麦尼尔庄严地说，“听你有什么大道理，可以反驳我现在的行为。在我看来，我的行为可是合情合理。但你得趁我还讲理时快点说服我。”

他再次按压塑胶容器，紫色液体喷入他的口中。

“姑且不论你这是偷窃公司财物，他们迟早会来救回的，你也不可能继续醉上好几周吧。”

“这点，”麦尼尔若有所思地说，“我们走着瞧。”

“才不呢。”格兰特反驳道。他抵着墙，狠狠地朝货柜箱推了一把，箱子穿过门口，飞出舱房。

他跟在箱子后头，大力甩门。他听见麦尼尔大吼：“这手段还真下流啊！”

工程师得花不少时间（尤其是以现在的状态）才能解开束带追上他。格兰特将货柜箱推回货舱，锁了门。旅程当中，货舱不曾有锁门的必要，所以麦尼尔不会有钥匙。格兰特只须把控制舱的备用钥匙藏起来。

一段时间后，格兰特又经过麦尼尔的舱房，听见他在唱歌。他还有几瓶酒为伴，正在扯着嗓子喊：

“我们不在乎氧气哪儿去了
只要不在酒里……”

格兰特只受过理工训练，不知道这句引言出自哪里。他停下来倾听时，惊觉自己被一种陌生的情绪深深震撼。为他说句公道话，格兰特完全认不得这是什么情绪。

情绪一涌而上，又迅速消退，空留格兰特反胃的感受，令他不停颤抖。他第一次发现自己对麦尼尔的反感已逐渐转变为憎恨。

“长途旅程船员不能少于三人”为太空旅行基本规则之一，其背后有坚实的心理学理论基础。

不过，规则是用来打破的。尽管原本的船长缺席，星后号船主仍取得太空管制局与保险公司的全面许可，获准让星后号朝金星出发。

出发前船长临时病了，找不到替补人选。而行星是不等人的——星后号若不及时出发，就没有必要出航了。

这关系到上百万美元的货物，所以星后号必须启航。格兰特与麦尼尔能力都很优秀，也不介意多分担一些工作、领取双倍薪资。尽管两人的基本个性天差地别，正常情况下，他们相处还算融洽；而现在情况远超出正常范围，也不是任何人的错。

据说，只要三天不进食，文明人与野蛮人间的任何分野都会消失殆尽。虽然格兰特与麦尼尔目前生理尚无不适，他们的想象力却过于活跃了，心理状态几乎与划着独木舟、迷失于太平洋的岛民无异，只是他俩不愿承认。

关于现况，还有一个可能未曾被提起，却是最关键的。格兰特在笔记里反复验算，其算式仍不完整。两人皆暗自多想了一步，也各自得出同样的结论，却都没说出口。

这其实非常简单，与初阶算数题目极其类似：六人可于两天组装五架直升机，多久可……只是这个戏仿版本更为骇人。

氧气量足以让两人生存二十天，太空船要三十天才能抵达金星。这不用数学神童都算得出来，若只有一个人，不多不少，或许有机会活着抵达，漫步于昏星港的金属巷弄。

两人共同的死期是二十天后，而他们闭口不提的期限，将在十天后到来。在那之前，氧气仍够两人共同使用；在那之后，剩下的氧气，只够让其中一人活着抵达旅程终点。在完全置身事外的人看来，目前的情况可说非常有趣。

显然，心照不宣的沉默无法再维持下去了。但即使在最理想的状态下，两个人友好地讨论谁该自杀就极为艰难了，何况两人已不再和对方说话。

格兰特希望能尽量公平。因此，唯一的可行方式是等麦尼尔酒醒，再与他开诚布公地谈。格兰特在工作岗位的思绪最为清晰，因此他往控制舱行去，将自己固定于驾驶座。

他若有所思地盯着虚空看了好一阵子。或许通信讨论比较合适，最后他如此决定。毕竟，两人现在只维持着表面和平。他在笔记板夹加上一张纸，开始写："致亲爱的麦尼尔……"接着，他撕掉这页，再次动笔："致麦尼尔……"

他写了快三个小时，却仍不甚满意。有些事要写成白纸黑字就是天杀的难。至少他设法写完了。

格兰特封起信口，把信收进他的保险箱锁起来。此事可再等一两天。

* * *

地球与金星上迫切等待星后号消息的千千万万民众，对船上逐渐累积的紧绷气氛毫无所知。几天来，报纸与广播全在谈各式各样的救援奇招。除了星后号，三个主要人居世界的民众茶余饭后没有别的话题。然而，位居风暴中心的二人，并不知道他们的处境造成的星际骚动。

金星通信站可随时与星后号联系，但是没什么能说的。向死期将近的囚徒传达鼓励话语，就算行刑日期仍未确定，还是颇为过分。

因此，金星安于每日与星后号交换例行信息，而地球涌入的各种建议、忠告与采访邀约，全被排拒在外。于是，地球的私人无线电公司拼了命想直接联系星后号，却徒劳无功。全因为金星近在眼前，格兰特和麦尼尔压根儿没想到把接收器转向其他方位。

有一次麦尼尔从他的舱房出现，两人的互动算不上多么热络。不过，除了这段尴尬的插曲，星后号船上的生活照旧。

除了睡觉，格兰特多数时间都在驾驶座计算拦截星后号的操作，或无止尽地写信给妻子。若他想，他大可直接与妻子通话，但想到可能有百万只耳朵在听，他就却步了。星际通话线路理应为私密通信，只是，对他们谈话内容感兴趣的人实在太多。

再过几天，格兰特向自己保证，他就要把信交给麦尼尔，他们便可共同决定怎么做。延后几天，好给麦尼尔主动提起此事的机会。格兰特完全拒绝考虑麦尼尔或许是有其他的考量才迟迟未提起的可能性。

他常想，不知道麦尼尔都在做些什么。工程师的书本微缩胶卷收藏数量惊人，因为他涉猎范围广，兴趣也异于常人。格兰特知道他最喜欢的著作是于尔根的，或许麦尼尔正沉浸在奇想故事的魔法中，更甚以往，好忘却悲惨的现况。麦尼尔的其他收藏，就没有这么高尚了，不少是“异色”之流。

事实是，麦尼尔的个性过于复杂，有许多幽微之处，格兰特完全无法理解。他是享乐主义者，每次出航、几个月的艰苦生活，让他更乐于追求人生的各种逸乐。然而，他绝不像缺乏想象力且如清教徒般禁欲的格兰特所推测的那样，是个懦弱的小人。

确实，受到现实的震撼，他起初完全失了态；红酒事件（以格兰特的标准而言）也值得谴责。不过，麦尼尔崩溃过后，已重新打起精神。这就是麦尼尔与坚毅却易碎的格兰特之间最大的差别。

尽管出于二人的默契，星后号的例行工作回归正常，船上的紧张气氛却丝毫没有缓解。除了一起用餐，格兰特与麦尼尔尽可能避开彼此。共处时，两人又过度客气与礼貌，仿佛都极力表现正常，却莫名失败。

格兰特希望麦尼尔自己提起自杀的话题，为他免除这个别扭的重担。而顽固的工程师绝口不提，更让格兰特愈发憎厌与不屑。雪上加霜的是，格兰特开始受到噩梦侵扰，睡得很差。

噩梦梦境总是相同。格兰特小时候，常因为睡前故事过于刺激，等不及隔天早上再继续读。为了不被发现，他会躲在被窝里、就着手电筒的光阅读，包裹于白色中，像窝在温暖舒适的茧里头。约过十多分钟，被窝里就会变得滞闷，难以呼吸。不时探头，享受凉快而鲜美的空气，也是格兰特童年的乐趣之一。

而现在，三十年过后，无邪的童年时光回过头来纠缠着他。格兰特梦见周围的空气越来越沉、越显稀薄，自己却逃不出床被的无情桎梏。

他本想隔两天便把信交给麦尼尔，不知为何又推迟了。这样拖延非常不符合他的性格，但他设法说服自己这么做是合理的。

他其实是在给麦尼尔一个救赎的机会，给他机会提起这个话题，证明自己不是懦夫。格兰特却根本没想过，可能麦尼尔心中所想的也是如此。

距离死期只剩五天时，格兰特首度琢磨起谋杀。“晚”餐过后，他正想放松，麦尼尔在厨房忙里忙外，发出（在他看来）不必要的声响。

这个工程师对世界有什么价值？格兰特暗忖。他既无义务须履行，也没有家累，死了也没分别。反观格兰特，除了妻子还有三个小孩。他颇为关爱自己的孩子，但由于某些神秘因素，孩子们似乎仅出于本分地回应父亲的爱。

任何公正的判官都能轻易决定两人中谁应活下来。麦尼尔若还有一丝正直，早该得出同样的结论。既然他拒绝行动，就表示他放弃争取自己的性命。

这是格兰特潜意识的基本逻辑：几天前潜意识就已经得出解答，而现在，它终于获得格兰特的注意。公允地说，格兰特起初确实惊骇地否定了这个念头。

格兰特是耿直且可敬的人，恪守严格的行为准则。正常人（于此，以“正常”称之或许有些混淆）偶尔涌现的杀意也鲜少令他动摇。但是，在所剩无几的日子里，杀意出现得更为频繁。

空气已经明显变浊。尚不至于呼吸困难，却不停提醒他们眼前的危机。格兰特发现，窒闷的环境使他更难入睡。失眠的好处是，他终于不须再受噩梦侵扰，但身体累坏了。

他的神经越来越衰弱，尤其因为麦尼尔表现得出乎意料（且令人厌恶）地冷静，相形之下更为明显。格兰特明白，他们必须尽快摊牌，否则就危险了。

格兰特到控制舱拿信时，麦尼尔一如往常待在自己的舱房。拿出锁在保险箱里的信，格兰特感觉那是上辈子的事了。他原本想看信中有没有什么需要补充，但发觉那又是拖延的借口。于是，他毅然决然走向麦尼尔的舱房。

由一个中子开始的连锁反应，能在转瞬间摧毁百万条性命，祸延好几个世代。同理，微不足道的琐事能够触发决定性的事件，左右一个人往后的行为，甚至主宰了他的未来。

使格兰特在麦尼尔舱房门口停下来的琐事，再琐碎不过了，平常他根本不会察觉的。那是烟味，烟草的味道。

想到工程师如此耽于逸乐，毫无节制，浪费仅存几公升的氧气吸烟，格兰特完全被怒火遮蔽了。格兰特呆站着，他的情绪过于强烈，使他动弹不得。

接着，他慢慢将手里的信揉成一团。那个擅自闯进脑海的念头，几经思量，至今已完全被格兰特接受。麦尼尔原有机会可以证明自己，而他自私至极、令人难以置信的行为只证明一件事：他没有资格活命。

格兰特如此骤下结论，再蹩脚的心理学家也能一眼看出蹊跷。确实，憎恨驱使他跨步离开麦尼尔的舱房，但逃避正道也令他感到轻松。比起高尚的做法，例如提议以某种概率游戏决定生死、确保公平，他早就想找理由说服自己不这么做。

麦尼尔偷偷抽烟的事，恰好是格兰特让自己心安最理想的借口。因为，即使格兰特可能图谋人命，甚至置人于死地，他仍不能违背自己的道德准则。

其实，格兰特又误会麦尼尔了。工程师是个老烟枪；就算是平时，烟草也是维持他心神稳定的必需品，试想现在这种情况下，他又会多么需要烟呢！这是偶尔才抽甚至不太享受抽烟的格兰特不可能理解的。

麦尼尔规定自己一天只能抽四支烟。他仔细计算过，这不会对全船氧气消耗量造成具体可测量的影响，却为他精神稳定（间接而言，也对格兰特的精神稳定）大有助益。他深知不可能与格兰特解释这些，于是私底下偷抽。自己竟能如此自律，麦尼尔不只感到庆幸，甚至有些自我陶醉。格兰特察觉烟味，纯粹是麦尼尔运气太差。

虽说格兰特才刚刚说服自己实施谋杀，他的行动却极为按部就班。他毫不迟疑，加快脚步回到控制舱，打开药箱。药箱内容物标示清楚，排列井井有条，太空中所有可能发生的紧急事件，几乎都被设想到了。

甚至包括最极端的事件……格兰特在找的小瓶子就收纳于弹性束带后方，瓶身图案已经潜藏在他脑海深处好几天了。白色标签上画着骷髅与两根交叉骨，图下文字写着：用量约半克，无痛且几乎即刻导致死亡。

无痛且即刻导致死亡，很好。标签略过未提的是，此毒药尝起来也没有味道。

格兰特准备的餐食与麦尼尔精心倾力的料理天差地别。任何懂吃或长期生活于太空的人，为了保护自己，通常都善于烹饪。麦尼尔很早以前就习得烹饪的技艺。

对格兰特而言，用餐是无可避免且恼人的例行公事，能越快解决越好。他的料理向来反映这种观点。麦尼尔已经不再抱怨；不过，看到格兰特对眼前这顿饭下的工夫，他必定深感好奇。

若麦尼尔用餐时注意到格兰特越来越紧张，他也没说出口。两人沉默用餐，但这也不令人意外，毕竟闲聊的可能性早已耗尽。收拾完最后的餐盘（碗缘向内折的深碗，以免食物飘出来），格兰特走进厨房，准备餐后咖啡。

他花了很久的时间。咖啡上桌前，令人发狂且荒谬的事发生了。格兰特突然想起上世纪一部经典影片①的桥段：伟大的卓别林试图对妻子下毒，却不小心互换了杯子。

此时，千不该万不该想起的就是这种事。格兰特静默地陷入歇斯底里，慌乱得直发抖。爱伦·坡笔下那乐于违背谨慎的原则与自保背道而驰的悖理恶魔正在蠢动，整整一分钟后，格兰特终于能控制住自己。

他设法维持（至少表面上看来）冷静，把两个塑料容器与吸管端上桌。不会弄混的，因为工程师的容器上写着大大的“麦”字。

想到这儿，他又差点忍不住要开始神经紧张得咯咯笑，于是赶紧克制自己，同时悲惨地惊觉他的心理状态远比自己所想的更差。

格兰特尽力不显露心迹，有些入迷地看着麦尼尔把玩咖啡杯。工程师看来完全不赶时间，他别有深意地望向太空，最后才将吸管凑至唇边啜饮。

不一会儿，他咳了一声——格兰特觉得有只冰冷的手紧紧攫住他的心脏。麦尼尔面向格兰特，平稳地说：“你总算会弄咖啡了！还真烫。”

---

① 指1947年上映的影片《凡尔杜先生》。——译者注

格兰特的心终于慢慢恢复跳动。他怕说话会穿帮，仅不置可否地点点头。麦尼尔小心地将杯子置于距离他的脸几英寸以外，让它在空中飘浮。

麦尼尔看起来若有所思，仿佛正为了重大发言斟酌用词。格兰特暗自咒骂自己，咖啡太烫了，谋杀犯都是因为这种小细节出错而上绞刑台的。麦尼尔再等下去，格兰特就要因为过于紧张而自乱阵脚了。

"我想，"麦尼尔悄声向格兰特说，"你应该想到过，船上的氧气够我们其中一人安全抵达金星。"

格兰特尽力控制怦怦作响的脑袋，逼自己回神，将眼神从那个令人入迷的杯子转开。回答时他感到喉咙干涩："是有……这么想过。"

麦尼尔轻触杯子，觉得还是太烫，继续若有所思地说："那么，我们其中一人决定从气闸口走出去，不就很合理吗？或者，喝下这里头的毒药？"他以拇指指向医药箱，他们的位置刚好看得见。

格兰特点点头。

"当然，唯一的问题是，"工程师说，"谁是倒大霉的那个。我提议以抽牌或其他随机的游戏决定。"

格兰特盯着麦尼尔，看得出神，入迷程度几乎要高过他紧张的程度。他不敢相信工程师竟能如此冷静地讨论这个话题。格兰特原本确信他并未起疑心，但显然他的思考脉络与格兰特自己的不谋而合。而在此刻提起这件事，怎么想都不是巧合。

麦尼尔认真地望着格兰特，仿佛在观察他的反应。

"你说得对，"格兰特听见自己回答，"我们应该讨论讨论。"

"是啊，我们该这么做。"麦尼尔漠然地说，接着再次伸手取杯子，将吸管凑至唇边，慢慢啜饮。

格兰特无法等着麦尼尔喝完。他以为能卸下重担，却诧异地发现并没有更轻松，甚至微微感到后悔；但不是因为懊悔，而是瞬间想起，接下来只有他独自待在星后号，被自己的思绪纠缠，救兵到来前他得撑超过三周时间。

他不希望见到麦尼尔死去，对此他感到相当反胃。于是，没有再多看受害者一眼，格兰特开始朝出口移动。

恒常不移的炽日与星辰毫不闪烁，照耀着星后号，太空船看似和繁星同样静止不动，丝毫看不出杠铃造型的小小太空船正全速前进，较小的那个球体静静等待，时间一到，便将释放百万马力。确实，也丝毫看不出船上是否有任何生命。

太空船夜侧的气闸缓缓打开，船内的光透了出来，形成灿烂的光环，诡异地悬于黑暗中。光环突然出现缺蚀，两个形体飘出船外。

其中一个比另一个形体庞大许多，且原因相当关键——较大的形体，原来穿着太空服。有些服饰，可以任人高兴穿脱，顶多损及名誉，除此之外没有任何损失，可太空服并不是这么回事。

黑暗中看不清形体的动作。接着，较小的形体开始缓缓移动，逐渐加速，从太空船阴影中蹿出，暴露于阳光之下。现在能清楚看见形体背后绑着一个圆筒，气体向后喷射，细雾随即消失在太空中。

那个“火箭”虽原始但实用。这样一来，太空船微小的引力就不至于将形体拖回船边。

向外射出的尸体微微旋转，衬着繁星越来越小，一分钟内便从视线消失。气闸边的形体动也不动，看着尸体消失。接着，舱外门关闭，光环消失，太空船阴影侧的墙上只剩地球反射的光微微闪烁。

接下来的二十三天皆无事发生。

赫拉克勒斯号的船长转向大副，轻叹一口气。

“我原本担心他办不到呢。只凭他一个人驾船切换轨道，应该难以招架吧！尤其现在船上的空气又那么差。我们多久能接到他？”

“大概一小时。他的离心率还很高，不过我们能修正。”

“很好。发消息给利维坦号和泰坦号，说我们与飞船联系上了，要他们准备起飞。另外，如果是我，气闸口接上之前，都不会跟你那些记者朋友爆什么料的。”

大副还算懂礼貌，脸红了：“我并没有这个打算。”声音听起来有点受伤，他轻巧地按着计算器的按键，似乎对荧幕上闪现的答案感到不悦。

“我们最好登船，自己帮星后号减速至圆周速率，再呼叫其他拖船，”大副说，“不然会浪费很多燃料。星后号现在的速度还是太快，每秒快一千米呢。”

“好主意，叫利维坦号和泰坦号待命，等我们通知新轨道再出发。”

信息还在努力穿过遮蔽了底下行星大半表面的厚重云坡，大副若有所思地说：“不知道他现在感觉如何呢？”

“这我知道。他肯定很高兴自己还活着，其他什么都顾不了。”

“可是，他为了平安回家，把同伴留在太空中呢。我不确定我会不会这么做。”

“谁会希望这么做呢？但你也听到广播啦，他们冷静讨论过，输的人进太空。这是唯一合理的办法。”

“或许合理，但为了自己能活下来，这么冷血地让同伴牺牲性命，实在很糟。”

“该死，别那么多愁善感！若这事儿发生在我们身上，我敢打赌，你早就把我推出去了！我恐怕还来不及说再见呢！”

“除非你先打算那样对我。话说回来，赫拉克勒斯号大概遇不上这种事。我们顶多出港五天而已吧？哼，还说太空旅行有多浪漫呢！”

船长没有回应。他正从导航望远镜的目镜向外窥视；星后号应该已经进入视线范围内了。船长调整刻度时无人说话，一会儿后，船长满足地轻叹一声。

“看到飞船啦，约九百五十千米。要船员待命，然后再传个信息给他吧。跟他说，我们再半小时就到……虽然没那么快，至少让他开心点。”

几千米长的尼龙绳吸收了两艘船的相对动量，因为压力而慢慢变形；星后号与赫拉克勒斯号向彼此靠近，尼龙绳又渐渐松弛。电动绞车开始运作，赫拉克勒斯号像蜘蛛般沿着绳索爬至货轮旁。

两人身着太空服，挥汗扛着笨重的反应处理设备，（因此艰难地）接上太空船的气闸，加以固定。船舱外门滑开，两船气闸口新鲜与混浊的空气混合。赫拉克勒斯号大副手里握着氧气筒，边等边猜想幸存者的状态如何。然后星后号舱内门滑开了。

两人分别站在连接两船气闸的廊道两端，对望了片刻。气氛平淡，没有什么戏剧性，大副因而感到惊讶，并微微失落。

为了成就此刻，发生了那么多事；而此刻即将铸为历史，竟如此寡淡，几乎像是反高潮一般。大副暗自希望（因为他是无可救药的浪漫派）能够说出什么千古名言，例如“阁下想必是李文斯顿博士”之类，让他名垂千史。

不过，他只说得出这么一句：“你好啊，麦尼尔。很高兴见到你。”

尽管大为消瘦、神情枯槁，但麦尼尔经历如此折磨，状态已算不错。他感激地吸进一大口纯氧，尽力抗拒想即刻躺下睡觉的冲动。他向大副解释，为了保存氧气，过去一周里他几乎只睡觉，不做别的事。大副看来松了口气；他本来担心，不知道等多久麦尼尔才会娓娓道来。

货物正在转运，其他两艘拖船正映着金星新月形状的云雾攀升，麦尼尔开始交代过去数周的事件，大副偷偷摸摸地做笔记。

麦尼尔平静地叙述，不带个人情感，仿佛转述发生在别人身上或纯粹虚构的冒险故事——当然，某个层面而言，这么看待也没有错；但若认定麦尼尔说了谎，又不甚公道。

他并没有捏造任何事，但略过了不少。他有三周时间可整理说辞，也确保其中毫无破绽……

格兰特已经到了门口，才听见麦尼尔轻声唤他："怎么急着走呢？不是有事情得讨论吗？"

格兰特抓着门，停下移动的身体。他缓缓转身，不可置信地盯着工程师。麦尼尔早该死了，却仍舒适地坐在椅子上看着他，表情极富深意。

"坐下。"麦尼尔明确地说。这时，仿佛所有权威都交到了他的手里。格兰特顺从地照做。情况有异，但他不确定哪里出了错。

控制舱内的寂静似乎无止尽。然后，麦尼尔颇为忧伤地说："我对你的期望更高啊，格兰特。"

格兰特终于重拾说话的能力，却几乎认不得自己的嗓音。

"你在说什么？"他悄声应道。

"你觉得我在说什么？"麦尼尔回复，露出微微困扰的表情，"当然是指你试图对我下毒的事呀。"

格兰特摇摇欲坠的世界终于崩塌。不过，无论崩塌与否，他都顾不得了。麦尼尔开始检视自己保养得宜的指甲。

"我想知道，"他说，仿佛只是随口问个时间，"你何时决定要杀我的？"

一切感觉太过虚幻，格兰特觉得自己完全脱离了现实，像在扮演某个剧中角色。

“今天早上。”他说，也信了自己的说法。

“嗯哼。”麦尼尔应道，显然不太相信。他抬起脚，往医药箱移动。格兰特的双眼跟着他移动，看他在箱子隔间里翻找，带着小毒药瓶回到座位。瓶子看起来仍是满的，格兰特细心确认过这点。

“或许我该对整件事情大发脾气，”麦尼尔用两根手指捏着药瓶，继续以闲聊的语气说道，“但不知怎的，我没有很生气。可能因为我本就对人性不抱太大幻想吧。当然啦，也因为我老早就知道会这样。”

格兰特只听进了最后一句。

“你……早就知道？”

“老天爷啊，当然了！你实在太容易看透，恐怕不适合当罪犯。好啦，现在你的小小计谋失败了，搞得我们俩立场有点尴尬，是吧？”

这个说法远过于轻描淡写，令人难以回应。

“照理说，”工程师深思着继续说，“我应该暴跳如雷，联系金星中央通信站，任你由官方处置。但这么做实在没有意义，我也不是爱发脾气的人。当然了，你会说那是因为我太懒，可我不这么认为。”

他对格兰特投以扭曲的微笑。

“噢，我很清楚你怎么看我。你那有条有理的脑袋早就把我归类了吧？我很软弱，耽于逸乐。不具备任何道德勇气——或任何道德。我只在乎自己，对其他一切毫不关心。呃，也不是说我否认这些，大概九成都是事实。可是，格兰特啊，剩下那一成才最重要！”

格兰特无心投入精神分析，现在的时机也太不适合。何况，他满脑子都在想到底哪里失败了，麦尼尔的生命为何尚未终结。麦尼尔深知这点，一点也不急着揭晓谜底，满足格兰特的好奇心。

“你现在打算怎么做？”格兰特问，急切地想结束一切。

“我想继续讨论，”麦尼尔平静地回答，“被咖啡打断的那个话题。”

“你该不会是指——”

“噢，是的。就像什么也没发生。”

“这没道理啊！你暗藏了一手！”格兰特哭喊。

麦尼尔叹息。他把药瓶放下，坚定地盯着格兰特。

“你没有立场指控我任何事吧。就像先前说的，我提议我们共同讨论决定由谁服下毒药。还有，”他又拿起药瓶，“是货真价实的毒药，不像这玩意儿，只在嘴里留下怪味。”

仿佛有道光照入格兰特的脑海里：“你把毒药调包了！”

“当然。你可能以为自己演技不错，老实说，格兰特，在我看来你的演技烂透了。我早就看出你在谋划些什么，可能比你自己发现得更早。过去几天，我已经彻底把船上的危险都排除了。想象你可能杀我的各种方式确实很有趣，也很能消磨时间。毒药实在太容易想到，我第一个解决的就是它。只是，放示警信号时，我下手可能太重，喝第一口咖啡时我差点露馅儿。盐跟咖啡实在不搭。”

麦尼尔又露出那个扭曲的微笑：“而且，我本希望你的手法可以更细致些。目前，我已经想出十五种在太空船上杀人的方法，不过暂且不一一说明。”

这下可好，格兰特心想。他非但没有被当成罪犯，反而像没有好好做功课的愚蠢学童。

“尽管如此，”格兰特不可置信地说，“你还是愿意从头开始？如果输了，也愿意自杀？”

麦尼尔沉默了好一阵，然后缓缓道：“看来，你还不相信我。你那死板的脑袋想不通，对吧？或许我能解释给你听。其实这很简单。

“我确实享受人生，格兰特，无愧无悔。可最美好的岁月已经过去了，我对于活下去并没有你想象的那么执着。确实，活着的时候，对于生活许多方面，我还是颇为挑剔。

“你可能以为我的人生毫无理想吧，格兰特。但我确实有理想。我向来希望自己的行为符合文明和理性。当然不见得每一次都成功，若失败，我总希望能够补救。”

他停顿了一下。再接下去说时，他的语气好像要为自己辩解，而不是格兰特需要为自己的行为辩驳：“我向来都不太喜欢你，格兰特，可是我对你很是敬佩。所以我实在很遗憾事情落到这步田地。船体破洞那天，我对你再敬佩不过了。”

说到这里，麦尼尔第一次必须搜索合适的字词。说下去时，他回避格兰特的眼神。

“我那时的表现不算多好。我以为不可能的事情却发生了。长期以来，我都以为自己不会崩溃，可是一切发生得太快，令我措手不及。”

他试着用幽默掩饰难为情：“第一次上太空时也发生了同样的事。我肯定自己不可能晕太空的，结果下场更惨，要是我没有过度自信就好了。但是，我那时挺过来了，这次也是。格兰特，看到你开始崩溃，是我这辈子最惊讶的事情。竟然是你！

“噢对，红酒的事！可以想象你正在想那个。关于那次，我可毫不后悔。刚刚说过吧，我的理想是做个文明人，而文明人总知道何时该喝醉。你可能不理解就是了。”

奇怪的是，格兰特正开始慢慢理解。他终于得以一窥麦尼尔错综曲折的思路，并发现自己对他的看法错得离谱。不，也不是这么说；格兰特的看法确实没错，但仅仅触及表面，他未曾设想表面之下的层层叠叠会有多深。

灵光首度乍现，纵然不可复返，格兰特终于理解麦尼尔行事背后的动机。这并不单是懦夫想为自己扳回颜面或对世人证明自己而已，毕竟不会有人确知星后号船上具体发生了何事。

再怎么说，依着麦尼尔那时常惹恼格兰特的安然自得的个性，他恐怕完全不在乎世人的评价。也正因为这样的性格，他势必得尽力维护他对自己的评价；若做不到，人生根本不值得活，而麦尼尔是不可能违背自己的心意过活的。

工程师细细观察格兰特，大概猜到格兰特已经逐渐得出真相，于是语气突然转变，仿佛自陈过多，感觉有些抱歉。

“别以为我多么天真，乐于以德报怨，”他说，“这纯粹是逻辑。毕竟，我们势必得达成某种程度的协议。

“你有没有想过，如果对方没有留下什么免责的信息就死了，我们任何一人都难以解释发生的事。”

格兰特被熊熊怒火遮蔽，完全没想到这点。不过，他也不认为这件事对麦尼尔的决策有多大影响。

“是吧，”他回道，“你说得对。”

格兰特现在感觉好多了。所有的憎恨之情都从他身上流光，他终于回归宁静。真相已大白，他接受了现实。事实与他所想象的差了多远都不再重要。

“好，那就来吧，”他不带情绪地说，“我记得船上有副新的卡牌。”

“我们应该先跟金星通话。我们两人都得传信息，”麦尼尔特别强调，“一切协议都该完整记录在案，以免有人问起令人尴尬的问题。”

格兰特心不在焉地点头。无论结果如何，他都不太在乎了。甚至，十分钟后，他抽出牌，面朝上摆在麦尼尔的牌旁边时，他还微笑了。

“这就是所有的来龙去脉了吗？”大副问道，暗忖自己在维持体面的前提下，能多快冲到发送器前。

“是的，”麦尼尔不疾不徐地说，“就是这样。”

大副咬着铅笔，盘算下个问题的用词：“我想，格兰特的反应相当冷静啰？”

船长瞪了大副一眼，他躲开了。麦尼尔依旧漠然地看着他，仿佛可以看穿大副，读到那些煽情的新闻头条。麦尼尔起身，朝观景窗移动。

“你们都听过他的广播信息，不是吗？听起来够冷静吧？”

大副叹息。此般情境下，两人竟能如此理性、如此自持，仍然令他难以置信。他可以想象所有充满戏剧性的转折：偶然爆发的疯狂行径，乃至于意图谋杀。然而，根据麦尼尔的说法，这一切都没发生。太可惜了。

麦尼尔再次开口，像自言自语：“是啊，格兰特行为可敬，非常可敬。实在太可惜了……”

接着，他似乎对这个永远澄亮、无可比拟的灿烂行星看得入了迷。金星逐渐接近，每秒更近一千米；不远处，雪白的云臂向外延展，盘踞大半天空。在那底下，便有生命、温暖、文明——与空气。

未来，不久前还凝缩于一个定点，现又重新开展，通往各种未知的可能与美好。但是，麦尼尔能够感受到自己背后的目光，援救他的人仍在刺探、怀疑——以及谴责。

终其一生，他都会听见别人在背后议论，窃窃私语：“那个人不就是——”

他不在意。麦尼尔这辈子终于有一回能对自己问心无愧。或许某天，他心里那无情的自我分析会再剥开他的行为，显露真正的动机，对他耳语：“利他主义？别开玩笑了！你只是自我陶醉而已——对你来说，你自己的意见比别人的意见重要得多！”

那个悖理、顽固且令人发狂的声音，使麦尼尔此生所有事都显得毫无意义，但目前仍沉默无语。光是这样他便已满足。他已抵达风暴中心的宁静，无论维持多久，他都要好好享受。

（译者：张芸慎）

天敌

1950年3月首次发表于《超级科学故事》（*Super Science Stories*），篇名《永世流徒》

收录于《远征地球》

山脉因雷声隆隆颤抖不已；此般雷电只有人类造得出来。但这里感觉离战场甚是遥远。战况激烈，却隐没于底下的世界；满月高悬于世界之巅，映照着亘古不变的喜马拉雅。不过，这里的宁静也维持不了太久。主宰深知，他的最后要塞已被死亡包围，步步进逼，舰队残兵正承受重击，纷纷坠落天际。

顶多再有几个小时，主宰与他梦想中的帝国就要幻灭，由历史洪流吞噬。各国仍将低咒他的名字，却不再惧怕这个名号的含义。再一阵子，连憎恨都会消逝；对世界而言，他不过是希特勒、拿破仑或成吉思汗之流。和这些人一样，主宰将成为时间无尽回廊彼端的模糊身影，逐渐被忘却。他的名字可能短暂占据历史与神话之间的灰色地带，然后，世界便不再想起。多少人为了贯彻他的意志而丧命，而他也将随他的无名军团消逝。

南方远处，一座山棱突然陷入火海。仿佛过了好几辈子，主宰脚下的阳台才传来地底岩石的震动。又隔了一阵，轰然巨响与回声才随空气而来。他们该不会已经距离如此近了吧！主宰希望那只是一枚射偏的鱼雷，越过了不断退后的战线。若不然，剩下的时间便比他所担忧的更少。

参谋长步出阴影，与主宰一起站在栏杆边。指挥官（全世界第二受人憎恨者）刚强的脸孔有着许多刻痕，挂着汗珠。他已数日未眠，曾经华美的制服松垮地挂在身上。然而，挫败当前，尽管透露疲累，参谋长的眼神仍坚定不移。他沉默地站着，静候最后的命令。他已经没有其他任务了。

三十英里外，一向冰雪锦簇的珠穆朗玛峰透着焰红，映照隐没于地平线以下的熊熊大火。然而，主宰仍丝毫未动，迟迟未发出命令。直到又一波鱼雷齐射，呼啸着越过他们的上方，他才终于转身离开山顶，临行前又回望一眼，与世界道别。

电梯往下一千英尺，战斗的声音随即消失。主宰步出电梯，暂停片刻，按下隐藏开关。指挥官听见上方岩石崩落的声音，竟露出微笑——敌军追来或我军逃离都已不可能。

如同往常，主宰进入会议室时，一帮将官立即站起。他环视会议桌：他们全部都在，一个也没少。直至最后关头，也没有半个叛徒。他静静走到习惯的位子，准备发表最后谈话，这也会是他最艰难的一场演讲。他可以感受到，在场属下望向自己的眼神炽热得能灼烧他的灵魂，他将带领他们迎向毁灭。他可以看见这些军官背后无数中队、师团和部队兵士都已为他送死，更糟的是，他还看见那些再也不可能诞生的国家无声的幽魂。

最后，他终于开口，嗓音仍带有强大的催眠力量。几个字之后，他又化身那个命定将毁灭一切的完美机器。

“各位，这是我们最后一次会议。我们不须再拟订新计划、研究更多地图了。上方某处，我们投注心力打造且深深引以为傲的舰队，正在垂死搏斗。几分钟内，上千艘机舰将全数从空中陨落，一艘也不剩。

“对我们所有人而言，投降都是不可能的；就算可能，各位也没有这个机会，因为你们很快就会死在这个房间里。你们都效忠于我军使命，理应值得更好的下场，可惜事与愿违。但是，我不希望各位认为我们彻底失败了。过去，各位亲眼见证过许多次，对任何可能发生的事件，无论概率多么低，我都已计划周全。因此，当我说我已为战败做好准备，各位亦不应感到意外。”

身为杰出的演说家，他停顿片刻，好制造戏剧效果。看见听众疲惫的脸上闪现警觉与兴趣，他不禁感到满意。

“我信任各位，愿意向你们分享我的秘密，”他接着说，“因为敌军绝对无法找来这里，入口已经由几百英尺的落石封死了。”

听众仍一动也不动，只有宣传部长脸色刷白又迅速恢复正常，可惜不够快，还是没逃过主宰的眼睛。主宰暗暗微笑，虽然迟了些，但心中久远的疑虑获得了证实。此时已无所谓。是真是假，他们全都要一起死了——全部，只差一人。

“两年前，”他继续说，“我军输掉南极一役时，我就知道我们不再稳操胜券，开始为今日做准备。敌军已誓言取我性命，我不可能藏身于地球任何地方，遑论重建我军财富。不过，尽管是孤注一掷，我们仍有出路。

“五年前，我军科学家已开发出完善的人工休眠技术，发现以相对简单的方法，便能无限期暂停生命现象。我将利用此项发现，从现在逃往未来。届时世界将已遗忘，我便能利用我军掌握的技术卷土重来。假使我们有足够时间，这些资源本能带我们迎向胜利的。

“永别了，各位。容我再次感谢各位的奉献，我为你们的不幸命运感到遗憾。”

语罢，敬完礼，他便起身离开。金属门随即砰的一声关上，会议室里一片死寂。宣传部长接着冲向门口，哭喊一声又向后退。金属门烫得不得了，焊死在石壁上了。

战争部长率先拿起自动手枪。

这时，主宰便能好整以暇。离开会议室时，他打开开关，启动了焊接电路。同一个开关也开启了走廊墙上的面板，露出一个不停向上延伸的圆形通道。他沿着通道缓缓前进。

每隔几百英尺，通道便会转个弯继续向上，主宰会停下脚步，启动开关，他身后的走廊便随隆隆落石塌毁。

走道方向一共变换五次，才终于抵达一个金属包覆的球形空间。复层门一关闭，轻巧地贴紧门缝胶条，门外最后一节走道便也塌毁。主宰将不受外人侵扰——无论对方是敌是友。

他迅速环视房间，对一切准备就绪感到满意。接着，他走向简单的控制面板，扳开数个尺寸特别大的开关；这些开关导电率较低，但可以耐久不朽。房间里的每样东西都是如此。打造墙壁用的金属亦是；钢铁与之相比，简直稍纵即逝。

泵开始低鸣，抽出密室中的空气，以灭菌氮气取代。主宰加快动作，走向加垫座椅躺下。他觉得自己能感受到头顶杀菌灯的照射，这当然只是幻觉。他从座椅下方凹陷处取出一支皮下注射器，将乳白色液体注入自己的手臂。接着，他放松身体，静静等待。

这时气温已非常低。冷却机组很快将使房间温度降至冰点以下，并维持数个小时。接着，室温将回归正常，杀菌程序亦已完成，主宰便可不受细菌侵扰地长眠。恒久不变地休眠。

他计划等待一百年。他不敢再等更久，毕竟醒来便必须尽快熟悉休眠期间的科技进展与社会变迁。光是一个世纪，文明就可能面貌全非，超乎他的理解范围——但主宰必须承担如此风险，休眠短于一个世纪，可能还不够安全，世界可能还充满苦涩的记忆。

座椅底下，有三个密封于真空中的电子计数器，由设于密室上方数百英尺外山峰东面的热电偶驱动，那里积雪消融无踪。热电偶感应到每天日出，电子计数器便加一。主宰长眠的密室不见天日，这就是计算时间流逝的方法。

三个电子计数器中任何一个的数字累积至三万六千，就会切换开关，氧气会再流回密室。室温提升，绑在主宰手臂的皮下注射器会自动将预先计量好的液体注入他的体内，他便会醒来。只有电子计数器显示数字能让人看得出时间在流逝。他只须按下按钮，山壁便会炸开，辟出通往外界的路。

一切都经过缜密考量。不可能失败。所有机械装置都有两套备用设备，皆已是科学能及的最完美境界。

意识逐渐恍惚时，主宰所想的并非他的过往人生，也不是自己如何背叛了母亲的希望。不知不觉，令人不悦的念头涌入脑海，那是一名远古诗人的诗句：

“长眠，也许还会做梦——”

不，他不愿，也不敢做梦。他只愿入眠，长眠……

二十英里外，大战即将告终。主宰的舰队剩下不到十艘船，正徒劳抵抗着排山倒海的战火。若非攻方不敢大意，不肯冒险让任何一艘船随意攻击，最后一战早已结束。攻方决定以长程炮弹剿灭对手，于是，当今航空舰队最强大的驱逐舰都藏于重山中，炮弹按号令一波波齐发，如雨落下，轰炸残兵。

舰队旗舰上，一名年轻的印度裔炮兵无比精准地调整指针，轻轻踩下踏板。随着一阵微弱震动，鱼雷离开飞船的摇篮，朝敌军呼啸而去。印度青年坐下，紧张地等待，看着计时钟算秒数。或许，他心想，这就是他发射的最后一批鱼雷了。不知怎的，他并没有自己预期的兴高采烈；他竟对自己注定毁灭的敌人感到一股超然的同情。他们的生命再几秒钟就要消逝。

远处，紫色火球绽放，敌舰如碎片向外喷射；奇特的爆炸声响起，炮兵上身前倾，开始数：一、二、三、四、五次，烟雾散去，斑斑的敌舰痕迹消失了。

炮兵简短地在日志记下："0124点，第12批鱼雷发射。五枚鱼雷引爆，歼灭敌军，一枚未引爆。"

他以花式字体签名，放下笔，盯着日志的棕色封面，看着香烟灼破的页缘与杯子不经意置于其上染出的一个个圈印。他随意地翻开扉页，再次读起许多前任者的字迹。接着，他翻至熟悉的一页，已经不知第几回，读起一个起了头却再也没有机会完成的签名。这人曾是他的朋友。

轻叹一口气，他合起日志本，收起来上锁。战争结束了。

远处山间，未能引爆的鱼雷在火箭驱动下速度持续增加。从远处看来，鱼雷只剩一丝光线，驰过孤独谷间陡耸的山壁，巅峰的雪都被震落山坡。

鱼雷沿着山谷疾飞，向前并无出路：一千英尺高的山壁横挡于前方。错失目标的鱼雷，在这里找到更大的目标。主宰的墓室埋于山峰深处，甚至没有因为鱼雷爆炸而震动。不过，上百吨落石扫落了三个小小的仪器及连向墓室的线路。曾经可能发生的未来，也与落石一起坠入遗忘的深渊。每天日出，阳光依然照向炸毁的山壁；但是，密室里的计数器，就算等到太阳不再升落，也等不到第三万六千次日出了。

而称不上墓室的墓室中一片寂静，主宰浑然不知发生了何事，他的表情安详，即使他几乎没有资格如此。一个世纪过去了，如同他所计划的。尽管动用他全数的邪恶天才，以及他带着一起入眠的所有秘密，主宰恐怕也不可能征服在世界屋脊那场大战结束后开花结果的文明。但我们无从得知了。除非，时间有许多分支、所有可能宇宙彼此并列交融的理论为真，那么在某个平行宇宙，或许主宰能够得以胜利。然而，在我们所知的宇宙，他继续沉睡，直到新世纪也被抛在背后——远远地抛在背后。

（以某种尺度而言）过了一会儿，地球的地壳对承担喜马拉雅山脉的重量感到厌倦。于是，山脉缓缓倾落，南方的印度平原升起。目前，全球地势最高的地方是锡兰高原，珠穆朗玛峰上方的海洋深达五英里半。不过，主宰仍不受侵扰，无梦安眠。

淤泥有耐心地从耸立的海上高地缓缓向下冲刷，如被毯般，沉积于喜马拉雅山脉的遗骸之上，有朝一日又将化为石灰岩，每世纪增厚一至二英寸。若有人隔一阵子回来探望，会发现海床不再是五英里、四英里或三英里深。接着，地面再次倾斜，宏伟的石灰岩山脉矗立于原为西藏洋之处。不过，主宰一无所知，继续安睡，而同样的事又发生了一次、两次，又一次。

这时，雨水与河水冲蚀石灰岩，将碎片带至新形成的奇特海洋。地表表面逐渐下移，距离深藏其中的墓室越来越近。厚达数英里的岩层经风吹雨打，逐渐剥离，庇护主宰的球形密室终于重见天日——不过，比起他刚闭眼之时，此刻的白昼更长，日光更为微弱。

打从主宰开始长眠算起——那可说是这个世界的清晨——多少种族繁盛发展后又死去，已完全超出他的想象。此时距离那个清晨已经甚远，黑夜的阴影逐渐向东延伸：太阳即将死去，这个世界已经极为衰老。不过，亚当的子孙仍称霸海空，在地上，人类的泪水与欢笑仍填满那些比不断变动的山峰与丘陵还要古老的平原、谷地与树林。

哲人粹文德出生时，主宰无梦的长眠已过半，那时正介于第九十七王朝与第五银河帝国之间。他出生于距离地球非常遥远的世界；因为地球如此荒僻，距离宇宙繁盛区域如此之远，曾踏足先祖起源行星的人已经不多了。

粹文德与帝国间的短暂冲突走向必然的结局后，他们将粹文德带至地球。于此，那些思想曾受他挑战的人，将为他举行审判；于此，他们将沉思踟蹰，思索如何决定粹文德的命运。这个案子过于独特。此时统治银河系的文明温和且崇尚哲学，即使从纯粹智识的层面，也从未遭逢异议分子。粹文德与帝国间虽保有礼貌却无可消弭的意见分歧，深深地撼动了帝国根基。议会成员眼见没有达成决议的可能，便循惯例向粹文德请教。

正义殿堂闪耀着白色的光，已近一百万年无人进入。面对最终被证明比他更强大的对手，粹文德骄傲地站着，静听他们的要求，并陷入沉思。审判者也静静地等，直到他开口说话。

“各位要求我保证不再违抗帝国，”他说，“但我不可能为我无法保证的事立下誓言。我们的观点分歧太大，冲突迟早会再起。

“若在从前，各位的选择可能比较容易，你们大可将我流放或判我死刑。今时今日，宇宙无数个世界里，若我不愿留下，你们能把我流放至哪颗行星呢？要记得，我仍有诸多信徒散布于银河系各处。

“还有其他可能的方法。若各位考虑效法古老习俗，判我死刑，我也不会对各位心怀憎恨。”

议会成员间响起不满的细语，主席疾言厉色地回道：“此番言论简直不入流！本会期望严肃的讨论，并不是要你提醒我们远祖的野蛮习俗，这连开玩笑都万分不妥。”

粹文德鞠躬，接受议会的驳斥：“我只是提出所有的可能性。我还想到两个可能的方法。较简单的方式是将我的思维模式改造成各位的思维，未来便不可能出现歧见。”

“我们已经讨论过这个方案，但必须否决。尽管听来吸引人，但改造思维模式会改变你的人格，而这便与谋杀无异。宇宙中只有十五个人的智力高于你，本会无权改造你的思想。最后一个提案是？”

“虽然各位不能将我流放至太空，但仍有其他方法。只要我们的思绪得以延续，时间洪流便会向前延伸。我知道议会有能力把我流放至未来，可以利用罗斯顿时间场，把我送到你们确信当今文明不可能存活之时。”

接着是一段长长的静默。议会成员沉默地将决定输入复合分析仪，该机器将权衡所有意见，达成判决。最后，主席发言。

“本会达成决议。我们将把你送到太阳仍够温暖、足以生存，但我们的文明几乎不可能留下任何痕迹的时间。本会亦将为你提供安全与合理舒适所需的一切。你可以退席了。安排就绪时，本会将再次传唤你。”

粹文德鞠躬，退出大理石厅堂，并无守卫跟随。就算想逃跑，他也无处可去——宇宙中，已经没有宏伟的银河远航客轮一天之内到不了的地方。

生平首次且是最后一次，粹文德站在曾为太平洋的岸边，聆听微风轻叹，拂过曾为棕榈的树叶。太阳目前行经的区域已几无星体；透过这衰老世界的干燥空气，只看见寥寥数颗星，稳稳地发着光。粹文德悲凉地想，他下次仰望这片天空时，将是更久远的未来，连太阳都行将就木，不知这些星体是否还在？

他的通信腕带叮咚一声，时候到了。他转身，背对海洋，决绝地走向自己的命运。走不到十几步，时间场就围住了他，把他与思绪冻结于一瞬；当海洋萎缩、消失，银河帝国逝去，浩繁星团崩毁、回归虚无，时间场内却丝毫未变。

对粹文德而言，时间完全没有流逝。对他而言，前一步仍踏在湿润的沙滩上，后一步脚下已是枯硬的岩地，因炎热与干旱而碎裂。棕榈全都消失了，海洋微弱的絮语不再。只须看一眼就会发现，在这个干涸的垂死世界，连海洋的记忆都已不复在。直至遥远的天际线为止，皆是红色的砂岩，荒漠一路向外延伸，视线所及没有任何生物。头上的太阳变得非常怪异，橙色圆盘怒视大地，天空却一片漆黑，肉眼便能看见许多星体。

然而，这个古老世界似乎还有生命。往北望去——若那仍是北方——几百码外，某个金属结构正暗暗闪着光。粹文德朝那儿走去，他感到脚步轻盈得诡异，仿佛重力变小了。

不久，粹文德便发现那是一栋低矮的金属建筑，仿佛是置放于此，而非于此建造的。建筑看来微微倾斜，并没有完全与地面平行。他怀疑自己是否如此幸运，没走几步就发现了文明。再往前一些，他就发现，这栋建筑置放于此绝非偶然，就和他自己一样，完全迥异于这个世界。可能有人前来迎接的希望已然幻灭。

门上的金属铭牌内容与他推测的相差无几。仍光洁如新，仿佛刚铭刻完成（以某个程度而言，确实是如此），文字内容所含的信息同时带来希望与苦涩。

致粹文德，此为来自议会的问候。

随你之后，本会以时间场将此建筑送至未来，应可无限期满足你一切所需。

本会无以得知你所在的时间是否仍有文明。人类可能已经绝种，因为K*K染色体将成为显性，可能已突变至看不出人类痕迹的模样。这待由你去探索了。

你正身处地球的暮年，本会期盼你并非孤身一人。然而，若你是这个曾经可亲的世界仅存的生命，记得，这是你的选择。永别了。

粹文德将信息读了两次，认出结语只可能是友人诗人兴提琅所写，不禁感到心痛。寂寞与孤绝的感受涌现，淹没他的灵魂。他坐在岩崖上，将脸埋进掌心。

久久之后，他起身进入建筑内。逝去已久的议会竟以如此高贵情操待他，令他万分感激；据他所知，他们原本的时代尚无能力将整栋建筑以时间场传送至未来。灵光闪现，他再看了铭牌一眼，发现上头刻着日期：那是他与同侪在正义殿堂会面的五千年之后。对一个与死囚无异的流徒，审判者花了五十个世纪兑现他们的诺言。无论议会有何过失，其正直风范已完全超出更早以前的人类文明理解范围。

粹文德数日之后才再次踏足屋外。屋内陈设顾及所有细节：连他钟爱的思想记录也备齐了，让他能继续钻研现实的本质、建构哲学理论，直到宇宙终结。不过，若他是地球上最后一个有思想的生物，哲学这个职业亦独木难支。现在倒也安全了，粹文德带着嘲讽地想，他对于人类存在意义的推想不太可能再与社会观点相冲突了。

粹文德彻底探索完建筑物内部后，才把注意力再次转向外在世界。若文明仍存在，最优先的问题便是与之联系。议会为他备了功能强大的接收器，他花了好几小时在频谱上上下下，希望能找到通信站。接收器传来遥远的静电声响，一度爆出类似语言的声音，可听来绝非人类。粹文德的寻觅没有其他成果。世世代代以来，以太一直是人类忠实的仆役，现在终于归于寂静。

小型自动飞行器是粹文德仅剩的希望。他眼前仍有近乎永恒的时间，且地球又不大，顶多花个数年时间，他就能将地球完全探勘一遍。

于是，几个月过去了；流徒以严谨的方法探索地球，反复折返他位于赤色沙漠上的家。行经每一处都是同样画面，满是荒芜与废墟。他甚至无法猜测海洋是何时消失的，只看见海洋死去时遗留的盐，无论平原或山地，皆覆盖了一层暗淡灰色的盐壳。粹文德为自己非生于地球、未曾目睹地球早年的繁华与荣光感到庆幸。他对地球如此不熟悉，仍因眼前的孤绝感到消沉；若曾居住于此，他必定哀伤不已。

粹文德搭着飞船穿梭，从南至北，行经上千平方英里的荒漠。其中，他只发现过一个文明曾存于地球的线索。在接近赤道的深谷中，他发现以白色岩石建造的小型城市遗迹，状甚奇特，还有外形古怪的建筑。虽然半掩于流沙中，仍看得出建筑完好无缺。粹文德顿时感到无比欢欣，人类终究曾在其生命源头的世界、在首个家园留下某些痕迹。

欢欣情绪相当短暂，因为该建筑比他设想的更为诡异。无出入口，对外唯一的开口是接近地面的横向狭缝，且建筑物并无任何窗户。粹文德苦思何种生物曾居住于此，却不得其解。尽管他越来越感到孤单，如此不近人性的城市的居民已先他而去，仍令他暗感万幸。他并没有逗留，因为苦夜即将降临，而那处谷地弥漫着一股他不太明白的压迫气息。

一度，粹文德确实找着了生命。他正沿着其中一个失落海洋的干涸海床前进，一抹颜色攫住他的眼光。小丘上，竟有一小块漂砂尚未掩灭的细密草地。光是看见它，便让粹文德热泪盈眶。他降落，小心翼翼地步向草皮，生怕伤到任何一叶。他温柔地拂过这一小块稀疏的生命之毯——这个世界所知的生命仅止于此了。离开前，粹文德尽量将能用的水都洒在这块草地上。或许只是徒劳，但这么做让他高兴许多。

探索过程即将告终。粹文德早已放弃任何希望，但他仍不屈不挠，行遍整个地表。在证实自己的恐惧前，他无法休歇。因此，他终究回到主宰的墓室前。曾不见天日那么多年，如今建筑暴露在阳光下，微闪着雾光。

主宰的意识比身体先苏醒。他无力地躺着，睁不开眼，记忆如潮水涌现。他已安然度过一百年，人类史上最绝望的豪赌竟成功了！强烈的疲倦感排山倒海而来，他又暂时失去意识。

此时，意识的迷雾已然消散，他感到更强壮了些，但气力仍不足以移动。他躺在黑暗中养精蓄锐，不禁思索，等他从山侧步入阳光之中，外面的世界样貌如何呢？他能否执行既有的计划……等等！那是什么？一股恐惧战栗彻底撼动他的心灵。他身旁有东西在移动，可这墓室里理应只有他一个人。

一股思绪平静且清晰地在他脑海中响起，抚平他蹿出的恐惧。

“别怕，我是来帮助你的。你很安全，不会有事的。”

主宰过于震惊，不知作何反应。不过，显然他的潜意识或多或少做出了回应，因为那股思绪又发话了。

“很好。我是粹文德，和你一样被流放至这个世界。先别动，告诉我你怎么到这儿来的？你是何种种族呢？我从没见过像你这样的生物。”

主宰的恐惧与戒慎之情慢慢浮现。何种生物能够这样读人的思绪？为何会出现在他的密室里？那股既平静又清晰的思绪再次像钟声一样从他脑海响起。

“我说过了，你无须害怕。为何你对读取思绪这么紧张呢？这没什么奇怪的呀。”

“哪里不奇怪？”主宰哭喊，“你到底是什么东西！”

“和你一样，人类。不过，若你认为读取思绪不寻常，你的种族想必相当原始。”

主宰的脑海浮现一股可怕的怀疑。问题还未成形为意识，解答已经到来。

“你已经休眠远远超过一百年了。你所知的世界消亡已久，甚至久到你无法想象。”

之后主宰什么都没听见。黑暗再次笼罩心灵，他又沉入幸福的无意识中。

寂静中，粹文德站在主宰所躺的座椅旁，满心喜悦，暂时盖过了可能浮现的任何失望感受。至少，他不再需要独自面对未来了。地球上令人战栗的孤寂，压得他的灵魂喘不过气，而这份重担顿时不再。不再是独自一人了……不再是独自一人！这个念头盖过所有其他思绪，回荡于粹文德的脑海。

主宰又渐渐苏醒，几个破碎的片段传入粹文德脑中。主宰所知的世界开始在观者的脑海中重组。起初粹文德还不明所以，接着，碎片渐渐融合，画面瞬间明朗。当看见国家彼此征战、城市陷入火海，人类痛苦地死去，一股恐怖席卷他全身。那是什么样的世界！在粹文德出生的和平纪元之后，人类难道沉沦至此？他曾听说过类似的传说，但都是远古历史，人类文明早已远远超过那个年代，总不会又重蹈覆辙了吧！

破碎的思绪越来越鲜活，而且更为恐怖。这人所经历的，果真是噩梦般的年代……难怪他会逃离！

粹文德继续观看主宰脑海中的恐怖图像，瞬间发觉真相，不禁作呕。这人才不是从恐怖年代逃离的，他就是始作俑者，乘着时间洪流至此，唯一目的就是将同样的恐怖散布至未来！

粹文德从未想见的情绪在他眼前涌现：野心，对权力的贪欲，残酷，偏见，憎恨。他试着关闭心灵，但顿时发现自己无力抵抗。邪恶思绪不受阻拦地流入，污染各个层次的意识。粹文德痛苦地哭叫，冲向沙漠，斩断他与邪恶心灵之间的联结。

那时已经入夜，周遭毫无动静；地球已过于疲惫，甚至无法起风。黑暗能掩盖一切，但粹文德明白，即使黑暗也无法掩盖另一个心灵的邪恶，而他必须和对方共享这个世界。自从落单开始，他始终认为没有什么比独自一人更可怕了。现在，他却发现，世上仍有比孤寂更值得恐惧的事。

黑夜静谧，繁星如友，温煦的光令粹文德冷静下来。他开始缓缓往回走，脚步沉重，因为他必须去做一件他的种族从未做过的事。

粹文德回到球形空间时，主宰正站着。或许，主宰多少已猜到对方的动机，因为他脸色苍白，颤抖不止，仿佛身心都吓得使不出力。粹文德坚定地逼自己再次望进主宰脑中。他的心灵触及一团混乱，各种情绪彼此抵触，不停闪现恐惧。混沌旋涡中，一个念头不断颤着声问：

“你要做什么？为什么那样看着我？”

粹文德没有回答，漠然地将自己的心思隔绝起来，好下定决心、集中气力。

主宰脑中的骚动越来越强烈，心中恐惧不断累积，一度使粹文德的温柔灵魂几乎出现怜悯之情，动摇了他的意志。但是，再看到废墟与火海的画面，他就不再迟疑。他倾注全力，动用超乎常人的思维能力及人类花了数千世纪演化发展的心灵力量，向眼前的男人使出一击。主宰脑海中所有想法被全数抹去，只剩一个念头：死亡。

主宰动也不动地站着，双眼狂乱地望向前方。他的呼吸冻结了，因为肺脏不再工作；血管中曾暂停许久的血液亦不再奔流，从此凝结。主宰无声地倒落，静止不动。

粹文德缓缓转身，走进夜色，世界的寂静与孤独如裹尸布般笼罩着他。长久以来始终苦无门路的流沙，渐渐从主宰的墓室开口涌入。

（译者：张芸慎）

守护天使

1950年首次发表于《著名奇幻悬疑》（*Famous Fantastic Mysteries*）4月刊

收录于《岗哨》

《守护天使》最初创作于一九四六年，然后被《惊奇》杂志的编辑约翰·坎贝尔退稿。在几次被拒绝后，我的经纪人斯科特·梅雷迪斯请求詹姆斯·布利什[1]重写这个故事。布利什答应了，还加上了一个新的结局，之后这个故事被卖给了《著名奇幻悬疑》杂志。我觉得故事写得还不错，但是有很长一段时间我都不知道这件事。斯科特这事办得挺淘气的。后来，在一九五二年，《守护天使》被扩写，成了《童年的终结》的第一部分《地球和超主》。

走进斯托姆根的房间时，皮特·凡·瑞伯格一如既往地打了个寒战。他看了一眼恒温器，耸耸肩膀，装出一副无可奈何听天由命的

[1] 詹姆斯·布利什（James Blish，1940—1975），美国科幻奇幻作家，黄金时代代表人物。

样子。

“你要知道，老大，”他说，“你走了以后我们会很难过，不过一想到肺炎死亡率很快就会下降，感觉还是很不错的。”

“你又怎么知道？”斯托姆根微微一笑，“搞不好下一任秘书长是因纽特人呢。有些人啊，为了几摄氏度就大惊小怪的！”

凡·瑞伯格笑了，走到弯曲的双层窗户前。他静静地站了一会儿，目光沿着林荫大道，看向那些还没有完工的白色大楼。

“那么，”他突然改变了语气，说道，“你要见他们吗？”

“是的，我觉得我还是见见吧。一般来说这样可以省掉以后的麻烦。”

凡·瑞伯格突然挺直身子，把脸贴在了玻璃上。

“他们来了！”他说，“他们正沿着威尔逊大街走过来。不过没有我预计的那么多——大概两千吧，我估计。”

斯托姆根走到助理秘书长身边。半英里外，一群数量不多但是意志坚定的人正举着横幅沿着大道朝总部大楼走来。哪怕隔着隔音玻璃，他此刻也已经能够听到那些意蕴险恶的口号声。他突然感到一阵恶心袭上心头。这个世界真的已经受够了游行的暴徒和愤怒的口号！

人群现在已经走到大楼的近旁了：他们一定知道他在注视着这个场面，因为四处都有举到半空挥舞着的拳头。手势是做给他看的，他们的抗议对象却不是他。就像矮小的俾格米人[①]威胁巨人似的，那些愤怒的拳头针对的是他头顶大约五十英里高处的天空。

说不定，斯托姆根想，卡列伦正俯视着这一切，开心得不得了呢。

这是斯托姆根第一次与自由联盟的领导人会面。他仍然拿不准这

① 俾格米人：俾格米人并不是一个种族，而是泛指所有全族成年男子平均高度少于150厘米或155厘米的种族。常含有贬义。

样做是否明智：归根到底，他这样做只是因为，任何形式的拒绝都会被自由联盟用作攻击他的武器。他知道双方分歧太大，这次会面是不可能达成任何协议的。

亚历山大·温莱特接近六十岁的年纪，个子挺高，但有点驼背。他似乎有点想替他那些更为狂躁的追随者道歉，而斯托姆根则被他显而易见的真诚和相当大的个人魅力吓了一跳。

“我想，”斯托姆根开始说道，“你此行的主要目的是对联邦计划提出正式抗议。我说得对吗？”

“这正是我的主要目的，秘书长先生。如您所知，在过去的五年里，我们一直试图唤醒人类，让他们意识到面临的危险。我不得不承认，从我们的角度来看，我们得到的回应是令人失望的。绝大多数人似乎满足于让超主随心所欲地管理世界。但是这个欧洲联盟是不可容忍的，也不会行得通。就算是卡列伦也不可能将两千年的世界历史一笔勾销。”

“那么，你认为，”斯托姆根插言道，“欧洲，乃至整个世界，都只能继续无限期地划分成几十个主权国家，每个国家都有自己的货币、武装力量、海关、边境，以及其他所有那些——那些中世纪流传下来的琐碎玩意儿吗？”

“我不反对把联邦作为最终目标，尽管我的一些支持者可能有其他想法。我的观点是，它必须来自内部，而不是由外部强加给我们。我们必须决定自己的命运——我们有权独立自主。人类的事务绝不能再受到干涉！”

斯托姆根叹了口气。这些话他早就听过上百遍了，而且他知道他能够给出的，还是自由联盟早就表示不可接受的那些回答。他对卡列伦有信心，而他们没有。这是根本的分歧，他对此无能为力。幸运的是，自由联盟也无能为力。

“我来问你几个问题，”他说，“你能否认超主给世界带来了安全、和平与繁荣吗？”

“那倒不假。但是他们夺走了我们的自由。人活着不能——”

“只靠面包。是的，我知道——但就算是面包，这也是第一个人人都吃得上的时代。不管怎么说，比起来超主赋予我们的史无前例的富足，我们到底失去了什么自由呢？”

“在上帝的指引下，控制自己生活的自由。”

斯托姆根摇摇头。

“上个月，五百名主教、枢机和拉比签署了一份联合声明，承诺支持超主的政策。全世界的宗教都反对你。”

“那是因为意识到危险的人太少了。等到人们意识到的时候，可能就已经太晚了。人类将失去主动权，变成一个受人支配的种族。”

斯托姆根仿佛没有听到这句话。他望着楼下的人群。由于领导人不在，他们正在漫无目的地乱转。他暗自忖量着，当许多人聚集在一起的时候，要过多长时间他们就会放弃自己的理性和身份呢？温莱特或许是一个率真而诚实的人，但他的许多追随者并非如此。

斯托姆根转过身来面对他的访客。

“三天后我又要去见主管了。我会向他解释你的反对意见，因为我有责任代表全世界的看法。但这改变不了什么。”

温莱特不急不慢地又说了起来。

“这让我想起了另外一件事。如您所知，我们反对超主的主要理由之一是他们的隐秘。您是唯一和卡列伦交谈过的人——而即便是您，也从来没有见过他。这么说来，我们许多人对他的动机心存疑虑，还令人奇怪吗？”

“你听过他的讲话。这还不够有说服力吗？”

“坦率地讲，仅有言辞是不够的。我不知道哪一样更让我们愤恨——卡列伦的全能，还是他的保密。”

斯托姆根沉默了。他对此无话可说——无论如何，他也说服不了对方。有时候他会怀疑他究竟有没有说服自己。

当然，从他们的角度来看，那只是一次非常小的行动，但是对地球来说，那是有史以来最重大的事件。没有任何预警，突然之间世界上一众大都市都被笼罩在阴影当中。在那个令人胆战心寒的时刻，一百万人停下工作，抬起头来发现人类不再孤独。

二十艘巨大的飞船，明白无误地象征着人类再过多少个世纪也无法企及的科技水平。整整七天，它们一动不动地悬浮在人类的城市上空，没有表现出任何他们知道人类存在的迹象。不过他们根本没有必要表现——那些宏伟的飞船不可能仅凭机缘巧合就那么精准地停靠在纽约、伦敦、莫斯科、堪培拉、罗马、开普敦、东京……

哪怕还没等那些难忘的日子结束，有些人就已经猜到了真相。这不是一个对人类一无所知的种族在进行第一次试探性的接触。在那些沉默而静止的飞船里，心理学大师们正在研究人类的反应。当紧张的曲线达到顶峰时，他们就会显露真容。

到了第八天，卡列伦，地球的主管，向世人做了自我介绍，用的是完美的英语。但是比演讲的方式更加令人震惊的，是演讲的内容。不管用什么标准来衡量，那都是一部天才之作，展现了对人类事务完全、绝对的掌握。

几乎没人会怀疑，演讲中蕴含的丰富学识和精湛演技，以及那些仍深藏不露，但一瞥之际令人心驰神往的知识，都是经过了精心设计的，目的是让人类相信，具有压倒性优势的智能力量已经来到了他们面前。卡列伦的宣讲结束时，地球上的各个国家都明白了，他们朝不保夕的主权即将走到尽头。地方和国内政府仍将保留着权力，但是在更广泛的国际事务领域，最高决策权已经不再掌握在人类的手中。争论、抗议——都是徒劳的。没有任何武器可以触及那些沉思的巨人，即使可以，它们的坠落也会彻底摧毁下面的城市。一夜之间，地球就变成了一个受保护地，被纳入了繁星之间某个神秘莫测、不为人类所知的帝国。

过了一会儿，骚动平息了，世界又恢复了往常的样子。一个大梦初醒的人能够注意到的唯一变化是一种屏息凝神的期待，一种意念中的翘首以盼，此时人类正等待着超主们现身，从他们熠熠生辉的飞船上走下来。

五年过去了，人类仍在等待。

房间很小，除了那把椅子和显示屏下面的桌子，什么家具也没有。按照原本的设计意图，它没有透露出关于建造它的生物的任何信息。只有一个入口，直接通向巨大飞船弯曲侧面的气闸。在所有活着的人类当中，只有斯托姆根，曾经来到这里与卡列伦——地球的主管——会晤。

此刻显示屏上一如既往地空空如也。在那块黑漆漆的长方形后面，隐藏着一种彻头彻尾的神秘——但是也存在着对人类的喜爱，以及宏大而宽容的理解。斯托姆根知道，只有经过许多个世纪的研究，才有可能达到那种程度的理解。

从隐藏的格栅里传出一向从容有度的平静声音，连同它蕴含的幽默——斯托姆根对那个声音再熟悉不过了，然而世人在历史上仅仅听到过三次。

“是的，瑞奇，我在听。你对温莱特先生有什么看法？”

“他是个诚实的人，别管他的支持者们怎么样。我们该拿他怎么办？联盟本身并不危险，但是它的一些较为极端的支持者公开鼓吹暴力。我一直在想，我是不是应该在我家安排一个警卫。但是我希望没有那个必要。”

卡列伦以令人恼火的方式回避了这个问题。他有时候就是会这样。

“欧洲联盟的细节已经公布了一个月。之前有百分之七的人反对我，还有百分之九的人选择不置可否，这两个数字有没有显著的增加？”

“还没有，尽管媒体上出现了一些反应。我所担心的是一种普遍的感觉，就连你的一些支持者也有这种感觉，那就是，现在是时候结束这种保密了。”

卡列伦的叹息在技术上无可挑剔，但不知为何不那么令人信服。

“你也是那么想的，对不对？”

反问的口气太明显了，斯托姆根都懒得回答。

“你真的理解，”他继续恳切地说，“这样的事态给我的工作造成了多么大的困难吗？”

“对我的工作也谈不上有什么帮助啊。”卡列伦带着点情绪回答道，“我希望人们不要再把我看作一个世界独裁者，而是记住，我只是一个公仆，正在尝试执行多少有些理想化的殖民政策。”

“那么你就不能至少给我们一些你不露面的理由吗？因为我们理解不了你为什么要这样。这让我们很恼火，还勾出了各种各样的流言。”

卡列伦发出了他那深沉而强烈的笑声，不过乐感太强了，根本不是人类能够发出来的声音。

“我现在被说成什么了？机器人理论还在流行吗？我倒是宁愿做一堆齿轮，也不想跟蜈蚣似的在地上爬来爬去，就像一些小报想象的那样。”

斯托姆根用芬兰语爆了个粗，他相当肯定卡列伦听不明白——不过这事儿谁也说不准。

“你就不能严肃点儿吗？”

“我亲爱的瑞奇，”卡列伦说，“只有不把人类当回事儿，我那曾经相当强大的精神力量，才能继续保住残存的零星碎片。”

斯托姆根不由自主地笑了。

“那对我可没有多大帮助，对吧？我还要到下面去说服我的同胞，让他们相信，虽然你不愿露面，但你也并没有什么要隐藏的。这项工作可没那么好干。好奇心是人类最主要的特征之一。你不能永远违拗它。”

“在我们来到地球的时候，这是我们面临的所有问题当中最困难的。”卡列伦承认，“你们在其他方面相信了我们的智慧——你们肯定也可以在这一点上相信我们！”

“我相信你。”斯托姆根说，“但是温莱特不相信，他的支持者也不相信。如果他们对你的不愿露面给出了错误的解读，你真的能说是他们不对吗？”

“听着，瑞奇。”卡列伦开始了长篇大论，“这些事情不是我能控制的。相信我，我很遗憾有必要这样隐瞒，但是我们确实有充分的理由。不过，我将设法从我的上司那里索取一份声明。这份声明可能会让你满意，也说不定可以安抚自由联盟。现在，请回到议程上来，重新开始录音好吗？我们才谈到第二十三项，我希望我能比过去几千年的前辈们更好地解决中间的问题……”

“有进展吗，老大？”凡·瑞伯格焦急地问道。

“我不知道。”斯托姆根一边疲惫地回答，一边把文件扔到桌子上，然后瘫倒在椅子里，“卡列伦正在和他的上司商量，也不知道他这位上司是什么人，或者什么东西。他不肯做出任何承诺。”

“听着，”皮特突然说道，“我刚想到了一件事。我们有什么理由相信在卡列伦之外还有其他人？所谓的超主也许都是虚构的——你知道他多么讨厌这个词。”

虽然很累，但斯托姆根一下子坐直了。

“这个理论很有创意。但是它并不符合我对卡列伦的背景极其有限的了解。”

“你了解他多少？”

“是这样的，在一颗他称之为天碟的星球上，他是一个天体政治学教授。在被安排这个职务之前，他进行了一场激烈的斗争。他假装讨厌它，但实际上他很享受。”

斯托姆根停顿了一下，不知什么好玩的念头让他粗犷的面容罩上了一层柔和的微笑。

“不管怎么说，他说过一次，经营一个私人动物园还是相当有趣的。”

“嗯——这样的赞美有点让人不知道该作何感想。他能长生不老，是不是？”

“是的，大概算是吧，不过他好像害怕某种存在了几千年的事物，我想象不出那是什么东西。我就知道这么多。”

“这些话搞不好都是他瞎编的。我的理论是，他的小舰队在太空迷路了，正在寻找新的家园。他不想让我们知道他和他的同伙有多么少。说不定其他的飞船都是自动的，里面一个人都没有。它们都只是用来撑门面的。”

“你，”斯托姆根非常严肃地说，“一直在上班时间读科幻小说。”

凡·瑞伯格咧嘴一笑。

“《太空入侵》没有达到预期的效果，是吧？我的理论显然能够解释为什么卡列伦从不露面。他不想让我们知道根本没有什么超主。”

斯托姆根笑着摇了摇头，表示不同意。

“跟往常一样，你这个解释太过巧妙了，不可能是真的。尽管只能推断，但我们仍然认为主管的背后一定存在着一个伟大的文明——而且这个文明了解人类已经有很长一段时间了。卡列伦本人一定已经研究了我们许多个世纪。你就看看他对英语的掌握吧。他都能教我怎么说才算地道！”

“有时候我觉得他做得有点过分了。”凡·瑞伯格笑道，“你发现过有什么事情是他不知道的吗？”

“哦，发现过，经常发现——但都是些鸡毛蒜皮的小事。不过，如果每一件事孤立地看，我并不认为他的智力天赋超出了人类能够达到的程度。然而没有人能够做到他做到的所有事情。”

“这和我的判断差不了多少。”凡·瑞伯格表示同意，“我们可以围绕着卡列伦一直争论下去，但是最终我们还是会回到那一个问题——他到底为什么不现身？只要他没现身，我就会继续提出理论，自由联盟就会继续喊口号。”

他带着反抗的神色看了一眼天花板。

“主管先生，我会在一个漆黑的夜晚，乘火箭到你的飞船上，带着我的照相机从后门爬进去。那得是多棒的独家新闻啊！”

即使卡列伦在听，他也没有表现出来。当然了，他从来没有做出过任何表现。

斯托姆根醒来时，周围一团漆黑。有那么一阵，他睡意太沉，没有意识到这有多么奇怪。然后，等到完全清醒，他突然坐起来，摸索着床边的电灯开关。

黑暗中，他的手碰到了一面光秃秃的石墙，摸起来很冷。他一下子僵住了，头脑和身体都被这意想不到的事情吓蒙了。然后，带着对自己感觉的极度怀疑，他跪在床上，开始用指尖探索那陌生得令人震惊的墙壁。

才刚刚摸索了一小会儿，突然间咔嗒一声，一小段黑暗滑向一旁。他瞥见一个男人的身影映衬在昏暗的背景上，然后门又关上了，黑暗回归。事情发生得太快了，他都没有来得及看清楚自己身处的这个房间。

片刻之后，一把明亮的手电筒把他照了个头晕目眩。光束扫过他的脸，令他一时间忘了动弹，然后又向下照射，照亮了整张床——这时候他看到，那张床只不过是用粗糙的木板支撑着的床垫。

黑暗中，一个柔和的声音对他说话，用的是非常流利的英语，不过带着一种口音，斯托姆根一时间没有听出来。

“啊，秘书长先生，很高兴看到你醒了。希望你感觉还好。”

他正要提出的那些愤怒的问题到了嘴边便没了动静。他凝视着黑暗，然后平静地回答：“我昏迷了多久？”

“好几天。我们得到了保证，不会有后遗症。我很高兴看到保证是有效的。”

一方面为了争取时间，另一方面为了测试自己的反应，斯托姆根把双腿甩下床沿。他仍然穿着睡衣，但是睡衣皱得很厉害，似乎积了不少污垢。走动时，他感到轻微的头晕——还不至于造成麻烦，但也足以让他相信他确实被下了药。

一团椭圆形的光斑掠过房间，斯托姆根对它的大小第一次有了一定的认识。他意识到自己在地下，可能在很深的地方。如果他已经昏迷了好几天，他可能在地球上的任何地方。

手电筒照亮了盖在包装箱上的一堆衣服。

“这些对你来说应该足够了。”黑暗中的声音说，“洗衣服在这里是个大问题，所以我们拿了你的几套西装和半打衬衫。”

“这么说，”斯托姆根毫不幽默地说，“你们想得还挺周到。”

“很抱歉没有家具和电灯。这个地方在某些方面很方便，但是缺乏便利设施。”

“方便干什么？”斯托姆根一边套上衬衫一边问道。熟悉的布料在手指下的感觉奇怪地令人安心。

“就是——方便。”那个声音说，“对了，既然我们很可能相处很长时间，你最好叫我乔。”

“哪怕你根本不是英语国家出身。”斯托姆根反驳道，“我觉得我可以读出你的真名。它不会比许多芬兰名字更难发音。”

对方稍事停顿，灯光闪烁了片刻。

“好吧，我早该料到的。”乔无可奈何地说，“你在这方面一定很有经验。”

“对在我这个位置上的人来说，这个爱好挺有用的。我猜你出生在波兰，战争期间在英国学会了英语吧？我认为你应该在苏格兰驻扎了相当长的一段时间，这是根据你的翘舌音判断的。”

“行了，”另一位非常坚决地说，“说得已经够多了。你好像穿好衣服了——谢谢你。”

四周的墙壁虽然有那么几块混凝土面，但大部分是光秃秃的岩石。斯托姆根清楚地知道，他是在一个废弃的矿井里，他也想不出还有什么监狱能比这里更管用了。在这一刻之前，他还没怎么担心自己被绑架。他觉得，不管发生什么事，主管掌握的海量资源很快就会找到并营救他。现在他不那么肯定了——即使是卡列伦的力量也一定有个限度，如果他真的被埋在某个遥远的大陆地下，搞不好连超主们的科技手段也无法追踪到他。

在光秃秃但灯火通明的房间里，还有另外三个人围在桌子旁。斯托姆根进来的时候，他们饶有兴趣还颇有敬畏地抬头看了看。到目前为止，乔是最有特点的一个人——不仅是体形方面。另外那几位都乏善可陈，可能也是欧洲人。等到听到他们说话，他就能确定他们老家在哪儿了。

“那么，”他平静地说，“现在你也许可以告诉我这是怎么回事，以及你们希望得到什么。”

乔清了清嗓子。

“我想澄清一点。”他说，“温莱特与此事毫无干系，他会和其他人一样感到惊讶的。”

斯托姆根可以说已经预料到这一点了。确认自由联盟内部存在着极端主义运动，并没有给他带来多少满足感。

“出于好奇，我想问一下，”他说，“你们是怎么绑架我的？”

他基本上没指望能问出什么来，然而对方回答得倒挺乐意——甚至有些急切，令他吃了一惊。个中原因他后来才猜出来。

“就像弗里茨·朗的老电影演的那样。”乔兴致勃勃地说，“我们不确定卡列伦有没有盯着你，所以我们采取了一些复杂的预防措施。你是被我们通过空调释放的气体放倒的——这一步很容易。然后我们把你抬上车开走了——一点也不麻烦。所有这些，我可以说，都不是我们的人做的。我们雇了——呃——专业人士干这些活儿。卡列伦可能会抓住他们——事实上，他应该抓得到——不过他的能耐也就到此为止了。离开你家之后，汽车开进了一条长长的公路隧道，隧道的出口离纽约到不了一千千米。它在预定的时间从另一端驶出，车上带着一个被迷晕的人，很像秘书长。大约在同一时间，一辆载着金属箱的大卡车从相反方向驶出来，前往某一机场，其中一个箱子被装到一艘货船上。与此同时，完成任务的那辆汽车大致朝着加拿大的方向，继续它精心准备的出逃行动。也许卡列伦现在已经抓到它了：我不知道。

“你能看得出来——我真心希望你能欣赏我的坦率——我们的整个计划都取决于一件事。我们非常确定卡列伦能看到和听到地球表面上发生的一切——但是除非他使用魔法，而不是科学，他是看不到地下的状况的。所以他不会知道在隧道里的那次转移。当然，我们是冒了一个险，不过在你的转移过程中还有一两个步骤，我现在就不讲了。也许有一天我们还会用到它们，泄露出去就太可惜了。”

乔把整个故事讲得那么有滋有味，让斯托姆根觉得很难正儿八经地发个脾气。然而他感到非常不安。这是一个巧妙的计划，看起来别管卡列伦用什么手段盯着他，他都很有可能被这个诡计骗了。

波兰人认真观察着斯托姆根的反应。不管真实感受如何，他必须表现出自信。

“你们肯定是一帮傻瓜，”斯托姆根轻蔑地说，“如果你们认为这样子就能欺骗超主的话。别管怎么说，这么干能有什么好处？”

乔递给他一支烟，斯托姆根拒绝了，然后自己点了一支。

“我们的动机，”他开始说，“应该是相当明显的。我们已经意识到论辩没有用，因此只得采取其他措施。不管卡列伦有什么能力，他都会发现和我们打交道并不容易。我们要为独立而战。不要误解我的意思。不会有暴力——至少一开始不会。不过，超主们必须使用人类代理人，我们可以让他们感到非常不舒服。”

看来就从我开始喽，斯托姆根想。

“你们打算拿我怎么办？”斯托姆根终于问道，“我算是人质，还是什么？”

“别担心——我们会照顾你的。我们预计一两天之内就会有客人来，在那之前我们会给你尽可能优良的招待。”

他用自己的语言补充了几句，另一个人拿出了一副崭新的纸牌。

“这是我们特意为你准备的。”乔解释说。他的声音突然变得严肃起来。“我希望你有足够的现金，”他焦急地说，“毕竟我们是不接受支票的。”

斯托姆根不知所措，茫然地盯着绑架他的人。然后，他突然觉得，工作方面所有的责任和忧虑都烟消云散了。不管发生了什么，他都无计可施——现在这些神奇的罪犯想和他玩扑克了。

突然，他把头往后一仰，笑了起来，笑出了多年没有过的畅快。

在接下来的三天里，斯托姆根对绑架他的人做了一番透彻的分析。乔是唯一有点地位的人，其他几个都无足轻重——一帮乌合之众，瞧一眼就让人觉得在搞什么非法勾当。

乔整体上来讲个性较为复杂，不过有时候他会让斯托姆根想起一个过度发育的婴儿。他们没完没了的扑克牌局中不时穿插着激烈的政治争论，但对斯托姆根来说，很明显的一点是，这位大人物从来没有认真考虑过他为之战斗的原因。感情用事和极端保守主义遮蔽了他所有的判断。他的国家争取独立的长期斗争已经彻底地塑造了他，使他仍然生活在过去。他是一个生动的幸存者，一个在有序的生活方式当中百无一用的人。等到他这种人消失（如果真的会消失），这个世界将会更安全，但也不会那么有意思了。

斯托姆根判断，毫无疑问卡列伦没能找到他。被绑架五六天之后，听到乔说会有人来访，他并没有感到意外。有那么一段时间，这一小群人表现得越来越紧张，于是这位囚徒猜测，这次行动的领导人看到没有什么危险，终于要来接他了。

乔彬彬有礼地挥手请他走进客厅，这时他们都已经围着那张摇摇晃晃的桌子等着了。那三个暴徒不见了，就连乔也好像有些束手束脚。斯托姆根立刻意识到，此刻他面对的，是一些更有才干的人物。这六位都具备过人的智慧、钢铁般的决心和冷酷无情的心肠。乔那类人都成不了气候——这几位才是组织背后真正的大脑。

斯托姆根略微颔首，来到座位上，尽量装出镇静自若的样子。当他走近时，坐在桌子另一端的胖老头向前探了探身子，用一双目光锐利的灰色眼珠盯住了他。斯托姆根被他们弄得很不自在，不由自主地先开了口——这可不是他原本的打算。

“我想你们是来谈条件的吧。我的赎金？”

他注意到后面有人在用速记本记录他的话。一切都是公事公办的样子。

领导人用悦耳的威尔士口音回答。

“你那么说倒也未尝不可，秘书长先生。不过我们感兴趣的是信息，不是钞票。你知道我们的动机是什么。你如果愿意，可以称我们为抵抗运动。我们相信地球迟早要为独立而战。我们绑架了你，部分目的是向卡列伦表明我们是认真的，而且有严整的组织，不过更大的原因是，只有你能告诉我们关于超主的事情。你是个通情达理的人，斯托姆根先生。跟我们合作，你就可以自由。”

“那么诸位想了解什么呢？”斯托姆根谨慎地问。

“你是否知道，超主到底是谁，或者是什么？”

斯托姆根差点笑了出来。

“相信我，”他说，“我和你们一样渴望这个问题的答案。”

“那么你会回答我们的问题吗？”

“我不会承诺。但有可能。”

乔轻轻松了一口气，屋子里响起一阵饱含期待的嘈切之声。

“我们大体上有些了解，”另一个人接着说，“你和卡列伦会面的环境。你能不能仔细地介绍一遍，确保没有遗漏任何重要的信息？”

这个要求没什么大不了的，斯托姆根想。这事他以前已经做过几十次了，而且这样做会给人一种合作的感觉。

他从口袋里摸出一支铅笔和一个旧信封，一边说，一边迅速地画着草图：

“你们肯定知道，有个小型飞行器，看不出来明显的推进装置，每隔一段时间就召唤我，把我带到卡列伦的飞船上去。那台机器里只有一个小房间，里面相当空旷，只有一张沙发和一张桌子。布局是这样的。”斯托姆根说话的时候，感觉自己的思维同时在两个层面上运作着。一方面，他在试图反抗那些绑架他的人；另一方面，他又希望他们能帮助他揭开卡列伦的秘密。他并不觉得自己在背叛主管，因为他在这里提供的信息，都是之前提供过许多次的。此外，认为这些人有能力以任何方式伤害卡列伦的想法实乃天方夜谭。

审讯的大部分过程是由威尔士人主导的。看着那个机敏的头脑尝试一个又一个可能性，把斯托姆根自己很久以前就已经放弃的所有理论都考虑一番再否定，还是很有意思的。过了一会儿，他叹口气靠在椅背上，速记员也放下了笔。

“这不会有什么结果的。”他无可奈何地说，“我们需要更多的细节，而这意味着行动，而非争论。”那双锐利的眼睛若有所思地盯着斯托姆根。他紧张地敲了一会儿桌子——这是斯托姆根注意到的第一个犹豫的迹象。然后他继续说：

“我有点吃惊，秘书长先生，你从来没有努力增进对超主的了解。”

“你有什么建议呢？”斯托姆根冷冷地问，“我告诉过你，我和卡列伦谈话的那个房间只有一条出路——直通气闸。”

“也许有可能，”另一个人思索着说，“设计出某些仪器，来教我们一些东西。我不是科学家，但是我们可以仔细考虑一下这个问题。如果我们给你自由，你愿意协助这个计划吗？”

“我再说最后一次，”斯托姆根愤怒地说，“让我把我的立场完全说清楚。卡列伦正在努力促成一个团结的世界，我不会帮助他的敌人。我并不了解他的终极规划，但我相信他为我们设想了一个美好的未来。你们可能会惹恼他，你们甚至可能会推迟他目标的实现，但最终结果还是一样的。你们对自己的信念也许是真诚的：我可以理解你们的恐惧，等到世界政府成为现实，小国家的传统和文化将被埋没。但是你们错了：死守过去是没有用的。即便在超主来到地球之前，主权国家就已经在走向消亡了。现在没有人能挽救它，也不应该有人去尝试。”

没有人回答他，对面那人既不动也不说话。他坐在那里，嘴唇半张着，眼睛已经失去了生机和视力。他周围的人也同样地一动不动，停留在一种僵直而不自然的姿态。斯托姆根吓得倒吸了一口冷气，站起身来，向门口退去。就在这时，沉默突然被打破了。

“说得很精彩，瑞奇。我想现在我们可以走了。”

“卡列伦！感谢上帝——可是你做了什么？”

“不必担心。他们都不要紧的。你可以称之为瘫痪，不过这种状况比瘫痪要微妙得多。他们只是在以比正常情况慢几千倍的速度生存。我们走了以后，他们永远不会知道发生了什么事。”

“你要把他们留在这儿等警察来吗？”

“不，我有一个更好的计划。我要放他们走。”

斯托姆根感到了一种不合逻辑的解脱感，而他懒得研判这种感觉。就像最终告别似的，他看了一眼这个小房间和那些僵直的人。乔单脚站立，瞪着眼睛，目光空洞而神情呆滞。突然，斯托姆根大笑起来，在自己口袋里摸索。

“谢谢你的款待，乔。”他说，“我想我要留下点纪念品。”

在一张还算干净的纸上，他仔细地写道：

曼哈顿银行

向“乔”支付15美元35美分（15.35美元）

R.斯托姆根

他把纸条放在波兰人旁边时，卡列伦的声音问道：“你到底在搞什么啊？”

“支付一笔信用债。”斯托姆根解释道，“另外两个出老千了，但我认为乔手脚挺干净。”

他心情愉悦，头晕目眩地走向门口。门外悬着一个毫无特色的大金属球，它移到一旁给他让路。他猜测它是某种机器人，这解释了卡列伦如何能够透过头顶上不知多少层岩石接触到他。

“往前走一百码。”金属球用卡列伦的声音说，“然后向左拐，直到我给你进一步的指示。”

他急切地向前跑去，尽管他知道没有必要这么匆忙。那个球仍然悬在走廊上，斯托姆根猜测就是它产生了瘫痪力场。

一分钟后，他遇到了第二个球。它正在走廊的岔口等着他。

“你还要继续走半英里。”它说，“靠左边走，直到我们再见面。”

在走向开阔地的路途中，他六次碰到了球。一开始，他怀疑第一个机器人不知如何溜到了他前面，然后他又猜测一定是有一连串的球维持着一条通往矿井深处的完整线路。在入口处，一群守卫保持着令人难以置信的静止状态，由另一枚无处不在的球看守着。几码外的山坡上停放着一个小型飞行器，正是斯托姆根之前乘坐着去和卡列伦会晤的那个。

他站立片刻，在强烈的阳光下眨了眨眼睛。爬上小飞船的时候，他最后看了矿坑的入口和它周围那些动弹不得的人一眼。突然，一排金属球从洞口鱼贯而出，就像银炮弹一样。然后，门在他身后关上了，他如释重负地叹了口气，躺倒在他熟悉的座椅上。

斯托姆根等了一阵子，让自己缓过气来，然后发自肺腑地说出了一个词：

“怎么？”

“很抱歉没能早些救你出来。但是你会明白，等到所有的领导人都在这里聚齐是多么重要。”

“你是说，”斯托姆根结结巴巴地说，“你一直都知道我在哪儿？如果我认为——”

“别这么急躁，”卡列伦回答，“或者至少让我解释完。”

“你最好有个好借口。”斯托姆根语调阴沉地说。他开始怀疑自己只不过是一个精心设计的圈套中的诱饵。

“我在你身上安置追踪器已经有一段时间了。”卡列伦开始说，“你新交的朋友们认为我掌握不了你在地下的行踪，他们的想法是正确的，但是在他们把你带进矿井之前，我都一直能够追踪你。在隧道里换车这一招很巧妙，然而当第一辆车停止反应时，他们的小把戏就露馅儿了，我很快又找到了你。然后就只是等待的问题了。我知道，一旦他们确定我跟丢了你，领导人就会来到这里，我就能把他们一网打尽。”

“可是你要放他们走！”

“直到现在，”卡列伦说，“这颗星球上的二十亿人当中，我都不知道谁是这个组织的领导。既然我已经找到了他们，我就可以追踪到他们在地球上任何地方的行踪。这比把他们关起来管用多了。他们实际上已经被解决了，他们知道这一点。”

爽朗的笑声在小房间里回荡。

“从某种程度上说，整个事件就是一出喜剧，但是也有严肃的目的。对其他任何谋划者来说，这都是一堂有价值的实践教训。”

斯托姆根沉默了一会儿。对方的解释并没有让他完全满意，但是他明白了卡列伦的观点，他的怒气消退了一部分。

“我的任期还剩下几周，现在做这件事情真是很遗憾。”他说，“但是从现在起，我要在我家安排一名守卫。说不定下一次就是皮特被绑架了。对了，他怎么样？事情是不是真的和我想象的一样糟？”

“你会失望地发现，你的缺席并没有造成太大的影响。过去一周，我一直在仔细观察皮特，并有意避免帮助他。总的来说，他做得很好——但他不是接替你位置的人。”

“算他走运。”斯托姆根仍然愤愤不平地说，“另外关于——关于你们露面的事，你的上级有没有对你说什么？现在我相信，这是你的敌人最有力的论点。他们一次又一次地告诉我：‘在亲眼见到超主之前，我们永远不会相信他们。’”

卡列伦叹了口气。

“不，我什么也没有听到。但是我知道必然的答案。”

斯托姆根没有继续追问此事。以前也许他会那么做，但是现在他心里隐约有了一个计划的雏形。在威逼之下他拒绝了的事情，也许他愿意凭自己的意愿去做。

对于斯托姆根突然走进他的办公室，皮埃尔·杜瓦尔并没有表现出惊讶。他们是老朋友，而秘书长亲自拜访科技局局长也算不上不寻常。卡列伦肯定不会觉得这有什么古怪，即使他真的凑巧把注意力转移到这个世界的角落。

两人谈了一会儿公事，交流了一些政治圈流言，然后，斯托姆根多少有些犹豫地说到了点子上。访客说话时，法国老人靠在椅背上，眉毛一毫米一毫米地上升，几乎要跟前额的头发缠在一起。有那么一两次，他似乎想说话，但又打住了。

斯托姆根讲完后，科学家紧张地环视了一下房间。

“你觉得他会不会正听着呢？”他说。

“我认为他听不到。这个地方应该是能够阻挡任何信号的，不是吗？卡列伦不是魔术师。他知道我在哪儿，仅此而已。”

“希望你说得对。除此之外，等他发现了你的图谋，不会有麻烦吗？因为他会发现的，你知道。”

“我愿意冒这个险。再说了，我们彼此也很了解。”

物理学家摆弄着铅笔，愣了一会儿神。

“这是一个非常棘手的问题。我喜欢。”他简单地说，然后他从抽屉里掏出一个巨大的写字板。那是斯托姆根见过的最大的写字板。

“好吧。”他开始飞快地书写，“让我确认一下我掌握了所有的事实。尽可能告诉我你们会晤的房间的全部信息。不要遗漏任何细节，不管你觉得它多么微不足道。”

最后，法国人皱起眉头仔细研究着他的笔记。

“你能告诉我的就这些吗？”

“是的。”

他厌恶地哼了一声。

“照明呢？你是坐在一片漆黑中吗？还有暖气、通风……”

斯托姆根对此个人风格浓厚的爆发报以微笑。

“整个天花板都在发光，据我所知，空气是从扬声器格栅里进来的。我不知道空气怎么流出，也许气流每隔一段时间会倒流，不过我没有注意到过。看不出来哪里有暖气，但是房间里总是保持着正常的温度。至于把我带到卡列伦飞船上的机器，那个我在其中旅行的房间，就跟电梯轿厢一样，毫无特色。”

几分钟的时间里无人作声，物理学家在他的写字板上纹丝不乱地写画着精细的涂鸦。没有人能够猜得到，在他基本上仍然舒展着的眉毛后面，那颗世界上最杰出的技术大脑正在以它闻名世界的冷静和精确运转着。

然后，杜瓦尔满意地点点头，向前一探身子，用铅笔指着斯托姆根。

“瑞奇，是什么让你认为，”他问，“卡列伦那块你所说的‘显示屏’，真的是它伪装成的那个东西呢？要我说，‘显示屏’并不比一面单向玻璃更加复杂，难道这个假设不是更加可信吗？”

斯托姆根对自己很恼火，于是坐在那里沉默了一会儿，回想着过去。从一开始，他就没有质疑过卡列伦的说辞——但是现在他回过头来想想，主管什么时候说过他在使用电视系统？是他自己想当然了。整件事情都是心理上的诡计，他完全被骗了。他想安慰自己说，在同样的情况下，即使是杜瓦尔也会落入圈套的。

“如果你判断得正确，”他说，“我只要打碎玻璃就行了——”

杜瓦尔叹了口气。

“这些不懂技术的门外汉！你认为它的材料有可能让你不用炸药就能破坏吗？如果你成功了，你认为卡列伦会和我们呼吸一样的空气吗？如果他要在含氯的大气中生存，留着那面屏对你们俩来说岂不是都很好？”

斯托姆根脸色苍白。

“好吧，你有什么建议？”他有些恼怒地问。

“我要仔细考虑一下。首先，我们必须搞清楚我的理论是否正确，如果正确的话，了解一下屏幕的材料。我会让我一些最得力的手下来做这项工作——顺便说一下，我想你去见主管的时候应该带着公文包吧？是你手里的那个吗？”

“是啊。”

“这个挺小的。你能不能弄一个至少十厘米深的，从现在就开始用，好让他习惯看到？”

“很好。”斯托姆根怀疑地说，“你想让我随身携带一台隐蔽的X射线机吗？”

物理学家咧嘴一笑。

“我还不知道，不过我们会有主意的。大约一个月后我会告诉你。”

他轻声笑了一下。

“你知道这一切使我想起了什么吗？”

“知道。”斯托姆根马上说，“就是你在德国占领期间非法制作收音机的那段时间。”

杜瓦尔看起来很失望。

“好吧，看来我以前提到过一两次。”

斯托姆根放下厚厚的打字稿夹，松了一口气。

“谢天谢地，总算定下来了。”他说，“一想到这几百页纸掌握着欧洲的未来，就觉得很奇怪。”

斯托姆根把文件放进他的公文包里。现在公文包的背面离黑色的长方形屏幕只有六英寸。他的手指不时紧张而半自觉地拨弄着锁，不过他并不打算在会晤结束之前按下隐藏的开关。有可能出差错的——尽管杜瓦尔信誓旦旦地说卡列伦什么也探测不到，这事谁也说不准。

“那么，你说你有消息要告诉我。”斯托姆根带着基本上掩饰不住的热切继续说，“是不是——”

“是的。”卡列伦说。“我在几小时前收到了政策委员会的决定，并被授权发表一项重要声明。我并不认为自由联盟会很满意，但是它应该会有助于缓和紧张局势。顺便说一下，我们不会记录这个。

“瑞奇，你经常跟我说，不管我们的外表与你们有多么不同，人类都会很快习惯我们。这个说法证明了你缺乏想象力。就你而言，这话可能是正确的，但是你必须记住，无论用哪条合理的标准衡量，世界上大部分人都可以说是未经教化的，满脑子偏见和迷信，可能需要一百年才能根除。

“你必须承认，我们懂得一些人类的心理学。我们相当准确地知道，就凭这个世界目前的发展状态，一旦我们揭示了自己的样子，将会发生什么。即使是对你，我也不能说得太详细，所以你必须相信并接受我的分析。不过，我们可以给出一个确定的承诺，这应该能够在一定程度上满足你们的诉求。再过五十年，也就是两代人以后，我们就会走下飞船，人类终将会看到我们的样子。”

斯托姆根沉默了一会儿。他并没有感受到卡列伦的声明曾经带给他的满足感。事实上，自己的部分成功令他有点惘然，一时间他的决心动摇了。随着时间的推移，真相会慢慢浮出水面，他所有的密谋都没有必要，也许根本不明智。如果他继续按照计划行事，那只会是出于自私，因为他不会活到五十年后。

卡列伦一定看出了他的犹豫不决，他接着说：

“如果这让你失望了，我很抱歉，不过至少近未来的政治问题将不再是你的责任。也许你仍然认为我们的担心是没有根据的，但是请相信我，我们已经有确凿的证据证明，任何其他道路都是危险的。”

斯托姆根向前探身，喘着粗气。

“我早就料到了！你们被人类看见过！”

“我可没那么说。”卡列伦短暂沉默后回答，“我们督管过的星球并非只有你们的世界。”

斯托姆根可没那么容易糊弄。

“有很多传说表明，以前有过其他种族造访地球。”

“我知道。我读过历史研究部的报告。它把地球说得好像是宇宙的十字路口。”

“说不定有一些到访事件连你们也不知晓。”斯托姆根说。他仍然在满怀希望地旁敲侧击：“不过，既然你们已经观察我们几千年了，我想这个可能性也不太大。”

“我想可能性不大。”卡列伦说这话的口气对当下的境况毫无助益。就在那一刻，斯托姆根下定了决心。

“卡列伦，”他突然说，“我会起草这份声明，然后发给你批准。但是我要保留继续就这个问题纠缠你的权利，只要有机会，我会尽力去了解你的秘密。”

“我完全明白。”主管答道。他好像还轻声笑了一下。

“你不介意吗？”

“一点也不介意——不过我会将原子弹、毒气或者任何可能破坏我们友谊的东西都视作越线。”

斯托姆根暗忖，卡列伦是不是猜到了什么。在主管的调侃背后，他听出了一丝理解的意味，也许——谁敢说呢？——甚至还有鼓励。

“我很高兴知道这一点。”斯托姆根用尽可能平静的声音回答。他一面站起身来，一面拉下箱子的盖，拇指顺着栓扣滑了一下。

“我马上起草声明。”他重复道，“今天晚些时候用电传发上来。”

他在说话的同时按下了按钮——他知道他所有的恐惧都是毫无根据的。卡列伦的感官并不比人类灵敏。主管不可能发现什么，因为在他与卡列伦告别，并用熟悉的口令打开房间门的时候，他的声音并没有变化。

然而，斯托姆根仍然觉得自己像个扒手，正在侦探的眼皮底下离开百货商店。当气闸门终于在他身后关闭时，他松了一口气。

“我承认，”凡·瑞伯格说，“我的一些理论并不怎么高明。不过请告诉我你对这一个怎么想。”

“我必须说吗？”

皮特似乎没有注意到。

“这其实不是我的主意。”他谦虚地说，“我是从切斯特顿的一个故事里得到了灵感。万一超主们正在隐瞒的，其实是他们根本没有什么可隐瞒的呢？”

“我觉得这话听起来有点绕。”斯托姆根说。他被勾起了兴趣。

“我的意思是，”凡·瑞伯格急切地接着说，“我认为从生理上来说，他们其实和我们一样，也是人。他们意识到，我们能够接受被我们想象中的生物——外星生物和超智能生物统治。但是人类就是受不了被同类颐指气使。”

“非常有创意，就像你其他的理论一样。”斯托姆根说，“我希望你能给你的理论加上作品编号，好让我理清楚哪个是哪个。对这一个的反对——”

然而就在这时，亚历山大·温莱特被领进来了。

斯托姆根揣摩着他在想什么。他还想知道温莱特是否和绑架他的人有过任何联系。他对此表示怀疑，因为他相信温莱特对暴力手段的反对完全是真心实意的。他的运动中的极端分子已经把自己的名声彻底败坏了，世人在很长一段时间内都不会再听到他们的消息。

听取草案的过程中，自由联盟的领导人默不作声。斯托姆根希望他能领会这个姿态，这是卡列伦的主意。再过不到十二个小时，世界上其余的人就会了解到，他们的子孙得到了一个什么样的承诺。

“五十年。”温莱特若有所思地说，“等待的时间很漫长啊。”

“对卡列伦来说不算漫长，对人类来说也是。”斯托姆根答道。这个时候他才开始意识到，超主们的解决方案是多么干净利落。他们因此争取到了他们认为自己需要的喘息空间，还动摇了自由联盟的根基。他并不认为自由联盟会投降，但是自由联盟的立场会被严重削弱。

当然温莱特也意识到了这一点，他也肯定意识到卡列伦正在盯着他。因为他只说了寥寥数语便尽快地离开了。斯托姆根明白，自己在任期内再也不会见到他了。自由联盟可能仍然是个麻烦，但那将会是他的继任者的问题。

有些东西只有时间才能治愈。邪恶的人可以被消灭，但是对于好人被欺骗这种事，你往往无计可施。

“这是你的公文包。”杜瓦尔说道，“跟新的一样。”

“谢谢。”斯托姆根答道，不过他还是很仔细地检视着公文包，“现在你也许可以告诉我这是怎么回事——以及我们下一步要做什么。”

物理学家似乎对自己的想法更感兴趣。

“我不明白的是，”他说，“我们竟然这么轻易地就把事情搞定了。如果我是卡——”

“但你不是。说重点，伙计。我们发现了什么？”

杜瓦尔递过来一张照片。在斯托姆根看来，它更像是一次轻微地震的亲笔签名。

“看见那个小疙瘩了吗？”

“看见了。那是什么？”

“只会是卡列伦。”

“我的天哪！你确定吗？”

“这是一个相当合理的猜测。他或坐或站，或者别管在做什么，位置就在屏幕另一侧大约两米远的地方。如果分辨率再高一些，我们甚至可以计算出他的体形。”

盯着那个几乎看不出来的痕迹，斯托姆根的心情很复杂。直到现在，还没有证据表明卡列伦有一个物质的身体。眼前的证据仍然是间接的，但他毫无疑问地接受了。

杜瓦尔的声音打断了他的沉思。

“你会意识到，”他说，“没有真正的单向玻璃。通过对结果的分析，我们发现，卡列伦的屏幕朝一个方向传输光要比朝另一个方向容易一百倍。”就像魔术师变出一窝兔子一样，他把手伸进桌子，拿出一个手枪似的物体，那东西带着一个柔性的喇叭口。它让斯托姆根联想到了橡胶大口径枪，他无法想象它到底是什么。

他的困惑令杜瓦尔咧嘴一笑。

“它并不像看上去的那么危险。你所要做的就是把枪口按到屏幕上并按下扳机。它会发出非常强烈的光，持续五秒，在这段时间里你可以用光柱扫过整个房间。反光的强度足以让你看清楚。”

“不会伤着卡列伦吧？”

“如果你瞄得低些，然后往上扫，就不会伤到他了。那样他会有时间适应——我想他应该具备和我们一样的反应能力，而且我们不想弄瞎他。”

斯托姆根心怀疑虑地看着那把武器，把它拿在手里。在过去的几个星期里，他的良心一直令他不安。卡列伦一直对他表现出明确无误的好感，尽管偶尔也会坦率得令人崩溃。现在他们在一起的时光已经快要结束，他不愿做任何可能破坏这种关系的事。但是主管已经得到了应有的警告，而且斯托姆根坚信，如果卡列伦能够做决定，他早就现出自己的面目了。现在要由别人为他做决定了——当他们的最后一次会面结束时，卡列伦的面庞将被呈于斯托姆根注视的目光中。

当然，前提是卡列伦长着一张脸。

斯托姆根一开始的紧张早已消退。卡列伦拼凑着他非常喜欢的复杂长句，几乎把说话的活儿全承包了。斯托姆根曾经觉得，这是卡列伦所有能力当中最美妙的，当然也是最令人意外的。现在看来，它已经没有那么神奇了，因为他知道，就像主管的大多数能力一样，这纯粹是智力的结果，而不是什么特殊才能。

当卡列伦放慢自己的思维以配合人类说话的速度时，他有时间进行任何数量的文学创作。

“没有必要，”他说，“为自由联盟担心。过去一个月它一直非常平静，而且尽管它将再次复苏，它也不会再次构成真正的危险了。事实上，了解你对手的动向意义重大，因此自由联盟是一个非常有用的机构。如果它遇到经济困难，我甚至可能会资助它。”

斯托姆根经常发现自己很难分辨卡列伦什么时候是在开玩笑。他保持着冷漠的神情。

“很快，自由联盟将失去另一个最有力的论点。在过去几年里，你占据的这个特殊职位引来了很多批评，其中大多是相当幼稚的。在我执政初期，我认为那些意见非常宝贵，不过现在世界正在按照我计划的路线发展，那些意见可以结束了。在未来，我与地球的所有往来都将是间接的，而秘书长办公室将恢复它最初的设计职能。

“未来五十年将会发生许多危机，但是它们都会过去。从现在起再过大约一代人的时间，由于那些必须付诸实施但又不能完全解释清楚的计划，我的声望将降到最低点，甚至可能会有人试图摧毁我。但是，未来的格局是非常清晰的。终有一天，所有这些困难都会被忘记——即使是对于一个记忆像你们这样长的种族。”

说最后几句话时，他的语气里带着特别的强调，斯托姆根立刻在座位上僵住了。卡列伦从来没有无意中说漏嘴过，就算是他的言语失当也是精确到小数点后面许多位的。但是还没有来得及提问题——当然提了也不会得到回答——主管就已经再次改变了话题。

“你经常询问我们的长期计划。”他继续说，“建立一个世界国家当然只是第一步。你将会活着见证它的实现——但是变化将会难以察觉，以至于当它到来的时候，很少有人会注意到。在那之后，会有三十年的停顿，等下一代长大成人。然后，我们所应许的那一天就会到来。很抱歉到那时候你已经不在了。”

斯托姆根睁着眼睛，但是他的目光远远超越了屏幕的黑暗屏障。他遥望着未来，想象着他永远也看不见的那一天。

“在那一天，”卡列伦继续说，“人类的心智将经历一种对你们来说非常罕见的心理间断。不过那不会造成永久性的伤害——那个年代人类的心理会比他们的祖辈更加稳定。他们那一代人的生命历程中一直有我们的存在，当他们见到我们的时候，我们不会显得那么——奇怪，就像在你们眼中那样。”

斯托姆根从未见过卡列伦表现出这般深谋远虑的状态，不过他并没有感到意外。他心知肚明，对于主管的个性，他见识到的无非几个侧面而已——真正的卡列伦是未知的，说不定人类根本理解不了。斯托姆根再次感到，主管真正的兴趣在别处。

“然后还会有一次停顿，不过这一次比较短暂，因为世人将变得越来越不耐烦。人们会希望飞往其他星球，去看看宇宙中其他的世界，投身于我们的工作。因为这仅仅是开始——银河系中只有不到千分之一的恒星被我们所知道的种族造访过。有一天，瑞奇，你的后代将乘坐他们自己的飞船，把文明带到那些已经成熟到可以接受它的世界——就像我们现在正在做的一样。”

卡列伦沉默了，斯托姆根感觉主管正在专心地注视着他。

“这是一个伟大的愿景，”他轻声说，“你们把它带到你们所有的世界了吗？”

“是的。”卡列伦说，“所有能够理解它的世界。”

好没来由的，一个令人不安的奇怪想法进入了斯托姆根的脑海。

“假如，经过了这一切，你们对人类做的实验还是失败了呢？在我们自己与其他种族的交往中，我们就经历过这样的事情。你们肯定也失败过吧？”

“是的。”卡列伦说。他的声音轻得斯托姆根几乎听不见。“我们也有失败的时候。”

“那么你们怎么办呢？”

“我们等待——然后再试一次。”

对话停顿了大约十秒钟。当卡列伦再次开口说话时，他的声音变得低沉，而且因为太出乎意料，斯托姆根一时间没有做出什么反应。

“再见，瑞奇！”

卡列伦把他耍了——也许已经太迟了。斯托姆根的停顿只持续了片刻。然后，他抽出闪光枪，猛按在屏幕上。

这是谎言吗？他究竟看到了什么？他确信，肯定不会比卡列伦打算让他看到的更多。他毫不怀疑，主管从一开始就知道他的计划，而且已经预见到了计划被付诸实施时的每一刻。

若非如此，那把巨大的椅子为什么会在光圈照到它的时候已经空了呢？与此同时，他开始挥动光柱，然而为时已晚。那扇有两人高的金属门，在刚刚映入他眼帘的那一刻正在迅速关闭——关得很快，但还不够快。

卡列伦信任他，不希望他在陷入生命的漫漫长夜之时仍然被一个他永远无法解开的谜困扰。卡列伦不敢挑战在他之上的未知力量（他也属于那个种族吗？），但是他已经尽己所能。即便他违背了上面的意思，上面也永远无法证明这一点。

“我们也有失败的时候。”

是的，卡列伦，此话不假——人类历史大幕将启之时，那个失败的种族，就是你们吧？哪怕再过五十年，你们就能战胜世界上所有神话和传说的力量吗？

然而，斯托姆根知道不会再有第二次失败。等到这两个种族再次相遇的时候，超主们就会赢得人类的信任和友谊，即便是认出“故交”的震惊也不会使他们的努力付诸东流。

而斯托姆根也知道，当他阖目辞世的时候，他看到的最后一幕场景，将是那扇迅速转动的门，以及那条消失在门后的黑色长尾。

一条非常有名而且漂亮得令人意外的尾巴。

一条带着倒钩的尾巴。

（译者：秦鹏）

时间之箭

1950年夏季首次发表于《科学幻想》（*Science-Fantasy*）

收录于《争取明天》

科幻作家的难处在于须设法领先于科学事实，而《时间之箭》正显示了这项挑战多么艰巨。发表当时，故事中天马行空的科学发现，如今确实存在，或许还能在纽约自然历史博物馆里见到呢。然而，至于故事中其他情节，我想就不太可能成真了……

巨兽从干涸水道走下荒僻泥滩时，河流已死，湖泊亦垂死。它能安全行走的地方不多，承载它全身体重，有力如活塞的腿即使踏在地面最坚硬处仍下沉超过一英尺。巨兽偶尔停下脚步，如鸟类一般、利落地四处顾盼，观察附近地势。接着，巨兽在土中陷得更深，以至五千万年后，人类得以准确判断它停顿的时间。

这是因为：水源一去不复返，烈阳将泥滩烤干为岩。在那之后，沙漠更掩盖了这片土地，层层荒沙提供保护，完全封住了巨兽的尸骸。更久更久之后，人类来了。

“你觉得，”巴顿在嘈杂声中大喊，“富勒教授是喜欢气动钻才当古生物学家，或者是后来才培养出这兴趣的？”

“听不见！”戴维斯吼道，以最“专业”的架势倚在铲子上，期盼地瞄了瞄手表。

“我该告诉他晚餐时间到了吗？用气动钻时他不能戴表，不知道时间。”

“应该没什么用，”巴顿叫道，“他摸透我们了，现在都会再拖个十分钟。不过，至少可以歇歇，再继续挖简直是地狱。”

两个地质学家的肢体动作掩不住情绪，他们兴冲冲地放下工具，走向他们的头儿。他俩走近时，教授关掉气动钻，周围瞬间变得安静，只剩下压缩机抽动的背景噪声。

“时间差不多，我们该回营地了，教授。”戴维斯说，腕表随性地放在背后，“要是迟到，厨师又要说话了。”

富勒教授，文学硕士，皇家科学学会院士暨伦敦地质学会会士，抹了抹额头赭色的沙尘（只设法抹掉一点点）。他看来就像一般的粗工，营地偶有访客，几乎无人认得出这个蹲在钟爱的气动钻上方的结实的半裸工人，其实是地质学会副主席。

他们花了快一个月才清除表面的砂岩，露出形成化石的泥滩表面。他们清出几百平方英尺的表面，揭示过往特定一瞬的光景，这可能会成为古生物学最惊人的发现。数种鸟群与爬虫类追寻不断退缩的水源而前来此地，留下的足迹却成为纪念碑，尸骸湮灭之后仍历久不衰。研究人员已可辨识这里多数的足迹，但学界对最大的那个脚印仍相当陌生。足迹的主人想必重达二十至三十吨；而富勒教授正以巨兽猎人追踪猎物的热情追寻着五千万年前遗留下来的踪迹。他甚至有希望追上它：那无名巨兽朝此地来时，地面已变幻莫测，极其凶险，它的骨骸可能仍在附近，和许多与它同时代的生物一样，记录其受困而死的过程。

尽管有了机器工具辅助，挖掘工作仍相当繁冗琐碎。电动工具只能用以清除上层岩石，底下的挖掘工作仍须手工小心翼翼地进行。使用气动钻时，由于一失手就可能造成难以挽回的后果，富勒教授坚持只有他一人可进行初步钻探，也是无可厚非。

三人乘着探勘队身经百战的吉普车，行经颠簸的路，往主营地去，半路上，戴维斯问起他们年轻人从挖掘工作开始就相当好奇的事。

“我明显感受到，”他说，“我们的邻居可能不太喜欢我们。虽然我完全想不到原因。我们又没有妨碍他们什么，竟连打个招呼、邀我们过去看看也不愿意。”

“除非……那是军事研究机构。”巴顿说，提出大伙儿公认的推断。

“我倒觉得不是，”富勒教授温和地说，“因为我刚好收到了邀请呢，我明天会到那儿去。”

若他丢出的消息并未如预想中轰动，那是因为他手下的谍报系统相当有效率。戴维斯怀疑已久的事实获得验证，他思索一阵，轻咳了声，问道：

“也就是说，其他人没被邀请啰？”

对于他的暗示，教授只笑了笑。“没有，”他说，“他们只邀请了我一个人。我知道你们都非常好奇，但老实说，我对那个地方的认识不比你们多多少。这样吧，我明天若得知任何事情，回来再告诉你们。至少，我们现在知道那儿做主的是谁了。”

他的助手们竖起耳朵。“是谁？”巴顿问，“我猜是原子能发展局。”

“可能噢，”教授说，“至少，负责人是亨德森和巴恩斯。”

这次，教授揭露的消息确实造成了轰动，戴维斯差点把吉普车驶出路面。（虽说路况之糟，颠簸的程度根本没有差别。）

“亨德森和巴恩斯！在这鸟不生蛋的地方？”

“是啊，”教授愉快地说，“是巴恩斯邀请我的，他在信中道歉没能早点联络，找了些借口，邀我明天去聊聊。”

“他有说他们在研究什么吗？”

“没有，什么提示也没。”

“巴恩斯和亨德森？”巴顿若有所思地说，“我只知道他们是物理学家。具体来说，他们是干啥的？”

“他们是低温物理的权威，”戴维斯回道，“亨德森以前是卡文迪许实验室[①]负责人，当了好几年。他不久前为《自然》期刊写了好几篇专题讨论，若我记得没错，都在讲氦-2。”

巴顿不喜欢物理学家，而且一找到机会就会如此宣告，对他们颇不以为然。“我根本不知道氦-2是啥，而且呢，”他得意地说，“我也不想知道。”

此话是针对戴维斯说的。戴维斯曾修习过物理学位；根据他的说法，是因为一时软弱。但“软弱时刻”持续了好几年，直到他跌跌撞撞进入地质学为止。而他总把自己的旧爱挂在嘴边。

“氦-2是液态氦，只存在于绝对零度以上几度，性质极为特殊。但我仍看不出氦-2怎么把两位顶尖物理学家带到地球这个角落。”

他们抵达营地，戴维斯照常将吉普车急停至车位中，吉普车撞上前方卡车的力道比平常更大了些，他困扰地摇摇头。

“轮胎差不多要磨光了，新轮胎到了没？”

“直升机今天送来了。安德鲁附上很绝望的纸条，求你至少让

① 卡文迪许实验室属于剑桥大学物理系。——译者注

新轮胎撑过两个礼拜。”

“太好了！我今晚就换上。”

教授原本走在前头，此时他停下，加入助手们。

“你们不该催吉姆的，”他阴郁地说，“又是腌牛肉。”

若说巴顿和戴维斯因为教授不在而偷懒不甚公平。甚至，他们工作得更辛苦，因为老大不在，当地原住民工人需要加倍监督。不过，他们确实有更多交谈的机会。

自从加入富勒教授的团队，他们就一直对下方谷地约五英里外的古怪建筑物相当好奇。看来显然是某种研究机构，戴维斯认出核电厂高耸的烟囱。由此，当然看不出研究内容，但可看出其重要性。全世界所有涡轮反应堆不超过数千个，只有重大研究计划才能得以使用。

两个顶尖物理学家躲在这儿的理由可能有十几个：多数危险的原子能研究都尽可能远离人烟，有些甚至已先中断，等到在太空建好实验室才会继续。不过，这里已成为当今地质学研究重镇，无论他们研究的内容为何，其地点怎么会与此距离这么近呢？当然，也可能只是巧合，毕竟那些物理学家从未对同事的研究显露出任何兴趣。

戴维斯正沿着其中一个巨大足迹仔细地削去土石，巴顿则朝一个已完全出土的脚印倒入亚克力液体，透明塑料将会保护它不受破坏。他们有点心不在焉，边工作边不自觉地听着吉普车的声音是否靠近。富勒教授答应拜访完物理学家会来接他们，因为别处也需要用车，但他们不想顶着艳阳走两英里回营地。再说，他们也想尽快得知一切。

“你觉得，”巴顿突然说，“他们那边有多少人？”

戴维斯直起身：“从建筑物来看，大概不超过十几个人吧。”

“那也可能是私人研究，而不是原子能发展局的计划。”

“或许吧，但背后资源想必不少。话说回来，亨德森和巴恩斯光靠声望就能取得不少资源。”

“这就是物理学家吃香的地方，”巴顿说，“他们只须说服某个军事部门，说快要研发出新型武器了，几百万就能轻松入袋。”

他的语气不乏苦涩，就像多数科学家，他对这个议题有很强烈的看法。而且巴顿的立场恐怕比一般科学家更为坚定，因为他是贵格会教徒[①]，战争的最后一年都在与法庭辩论，且法庭亦对其观点抱持同情。

两人的对话被吉普车的引擎怒吼与机械声响打断，他们随即跑去迎接教授。

“怎么样？”两人同时发问。

富勒教授若有所思地看着他俩，表情透露不出任何思绪。“今天过得好吗？”他最后说。

“老大，别卖关子了！”戴维斯抗议，“快把知道的事告诉我们！”

教授从座位爬下来，拍拍身上的尘土。“抱歉，孩子们，”他有点难为情地说，“我什么都不能说，没的商量。”

两人异口同声地抱怨，但他挥挥手制止了他们：“我过了非常有趣的一天，但我已经答应一个字都不能说。况且，我自己也没完全搞懂，只知道那是非常具有革命性的研究，或许就跟原子能一样震撼。不过呢，亨德森博士明天会过来。到时看你们能从他口中套出多少东西吧。”

一时之间，巴顿和戴维斯都因突如其来的反高潮而无语。巴顿先回过神来：“咦，怎么突然对我们的工作感兴趣了呢？”

教授想了一下。“是呀，确实称不上是礼仪性拜访，”他承认道，“他们认为我能为他们的研究提供协助。好啦，别再问了，除非

① 贵格会反战，反对使用核武器。——译者注

你们想走回营地！”

下午过了一半时，亨德森博士抵达挖掘场址。他是壮硕的长者，身上只穿着闪亮的实验室白袍，几无其他衣物，显得相当不和谐；服装选择看似古怪，在如此炎热气候中，却是出于务实的考虑。

富勒教授介绍他们时，戴维斯和巴顿还有点冷漠，决心让访客知道他们仍觉得自己被轻待了。不过，亨德森显然对他们的工作内容相当感兴趣，两人的态度很快就软化了。教授便让他们两人领着亨德森参观挖掘现场，自己去监督原住民工人的进度。

物理学家对眼前揭示的远古世界大为惊叹；将近一小时的时间，两个年轻地质学家带着他沿途介绍丧命于此的各种生物，推测未来可能的发现。由于富勒教授放下其他挖掘工作，专心跟随巨兽踪迹，他们已辟出一条偏离主要挖掘场址的宽阔沟渠。沟渠尽头不再是连续路线；为了节省时间，教授决定沿着足迹路线，直接朝下开挖。最后一个向下探钻的洞却什么也没找到；进一步挖掘发现，爬虫巨兽突然间完全改变了既有路线。

“这是最有趣的地方，”巴顿向热得微微冒汗的物理学家说，“记得刚刚看到的脚印，它停下脚步查看四周吗？它在这里应该看到了某样东西，才改了行进方向，而且开始奔跑。从足迹间距可以看出来。”

“想不到那野兽竟然能跑！”

“动作应该满笨拙的，但步距长达十五英尺还是颇有帮助。我们会继续追踪足迹，说不定能找到它追逐的猎物。我认为，教授希望能找到打斗现场，不只布满脚印，更有猎物骨头四散。大家肯定会感兴趣。”

亨德森博士微笑：“都是华特·迪士尼的功劳，我觉得自己好像能想象那个画面呢！”

戴维斯没那么看好。“说不定它只是赶着回家开饭而已，”他说，“我们的领域最令人沮丧的，就是每当事情好玩起来，材料就可能逐渐消失。地层冲蚀啦，地震啦，甚至可能哪个傻蛋不懂这些遗迹的价值，就破坏光了。”

亨德森附和地点头。“想必很辛苦，”他说，“这就是我们物理学家的优势，只要有答案，我们终究会找到。”

他有些羞怯地停顿，仔细斟酌自己的用词：“如果，你们能确实目睹过去的事件，而不是劳心劳力地推断发生何事，是不是能省下很多工夫呢？你们花了好几个月时间，只能跟着脚印前进几百码；况且，这么大费周章也可能什么也没找到。”

一阵长长的沉默。接着巴顿开口了，语气谨慎。

“当然了，博士，我们对您的研究也很好奇呢，”他说，“富勒教授什么都不肯说，我们可猜了好久。您的意思该不会是……”

物理学家急促地打断他。“别再想了，”他说，“我只是在做白日梦罢了！至于我们的研究，还要很久才能完成呢，时候到了你们一定会听说的。我们不是爱搞神秘……就跟任何研究新领域的人一样，只想确定有把握了再公布。再怎么说，要是有其他古生物学家来这附近，我敢赌富勒教授也会拿十字镐把他们赶跑的吧！”

“那倒不一定，”戴维斯笑道，“教授更可能把他们叫来工作。不过，我明白您的意思了；希望我们不须再等太久。”

当晚，两人在主营地熬夜苦思。巴顿相当怀疑，但戴维斯已经根据访客的言论，想出一整套理论。

“这样，很多事都说得通了。”他说，“首先，他们出现在这里。不然根本没道理啊！我们已经知道，这里地表往下一英寸内就包含了过去一亿年的痕迹，而且能为任何事件精确定年，误差值不超过百分之一。地球上没有其他地区可以把历史那么仔细地记录下来，最适合那种实验了！”

“但你真的觉得，打造窥探过去的机器理论上可行吗？”

“我无法想象怎样可以做到，但也不敢说不可能……尤其对亨德森和巴恩斯来说。”

“嗯……没什么说服力。有什么可能验证的方法吗？《自然》期刊登的那些专题讨论呢？”

“我已经请大学图书馆寄过来了，这礼拜会收到。科学家的研究多少有些连贯性，希望那些文章能提供一些线索。”

然而，起初他们失望了，因为亨德森的文章内容只让人更加摸不着头脑。戴维斯记得没错，多数内容都在介绍氦-2不同凡响的性质。

“真的很神奇，”戴维斯说，“如果任何液体在一般温度环境下具备这些性质，所有人都会发疯的。首先，氦-2完全没有任何黏滞性。乔治·达尔文爵士曾说，若有氦-2形成的海洋，船只不需引擎也能航行。启程时推上一把，在终点缓冲减速即可。但有个缺陷：若真有这样的海洋，船下水时氦-2就已经沿着船壳往上流了，肯定马上沉船。咕噜咕噜……”

“真有趣，”巴顿说，“但这跟你的宝贝理论有什么关系？”

“没什么关系，”戴维斯承认，“不过，还有更多呢。文章说，科学家可能让两股氦-2以相反方向在同一个试管里流动……也就是说，其中一股氦-2会流过另外一股。”

“这个可能要多点解释；看起来有点像一个物体可以同时往两个方向移动。我猜他们确实能够解释吧，我敢赌大概和相对论有关。”

戴维斯继续仔细阅读。“文章的解释，”他缓缓地说，“非常复杂，我不敢说我全看懂了。不过，主要根据是氦-2液体在特定条件下，可以具备负熵。”

“我连正熵都没搞懂过，也帮不上什么忙。”

“熵是宇宙热能分布测量单位。时间起源之时，所有的能量都聚集在恒星中，熵值最小；当宇宙死亡时，所有之处热能全都相同，熵值达到最大。宇宙中仍会有热能，但不能使用。”

“为什么？”

“试想，海洋水位完全一致，水力发电厂就不可能运作，而高山里的小湖能发电。能量数值一定要有高低之别才行。”

“我懂了。现在想起来，不是有人说熵是‘时间之箭’？”

“没错，我记得是爱丁顿。任何时间装置，例如钟摆，都是往前就有往后。只有熵是单行道，随着时间推移只会增加，不会减少，所以熵才会被称作时间之箭。”

“那么负熵……天啊！”

两人互看一阵，巴顿悄声说：“亨德森是怎么说的？”

“我看他最后一篇专题写了什么：‘发现负熵为物理世界带来不少崭新且革命性的概念，其中部分将在往后的专题中讨论。’”

“然后呢？”

“问题就在这儿，这篇之后就没有新的文章了。可能原因有两个，要么是期刊编辑拒绝刊登，我想应该不是这个原因。不然就是，结论过于颠覆，亨德森根本没有继续投稿。”

“负熵……负的时间，”巴顿笑道，“听起来太神奇了。要是通往过去的机器理论上真的可行……”

“我知道该怎么做了，”戴维斯突然说，“我们去突击教授，跟他说我们的理论，看他反应如何。现在我得去睡觉，不然脑袋要烧焦了。”

那一晚，戴维斯没睡好。他梦见自己走在一条无尽的双向道上，跋涉好几英里，最后看见一个路标。等走到路标前，他发现它坏了，两个指标随风不断旋转。路牌朝不同方向翻转时，戴维斯读到上面分别写着“往未来”和“往过去”。

他们从富勒教授那边没有得到任何消息。这一点也不令人意外；除了系主任，教授是全大学最厉害的扑克玩家。焦躁的助手们完全读不懂教授的反应，戴维斯讲出理论时，教授的表情并未透露丝毫情绪。

戴维斯说完时，教授只轻轻地说：“我明天会再过去一趟，到时，我会跟亨德森讲你们的推理结果。或许他会同情你们，跟我多说一些。现在，我们先工作吧。”

谜团近在咫尺，戴维斯和巴顿发现越来越难专注于自己的研究。他们虽然仍努力不懈，却不时停下来思考自己辛勤劳动是否还有意义，会不会徒劳无功。若亨德森他们成功，他们大概也是最欣喜的人吧！想想，要是能窥视过去，目睹历史开展，见证时间的起源！过去所有伟大秘密都可解开：生命如何降临地球，以及从阿米巴原虫至人类的完整演化史。

不，这个梦太美了，不可能成真。想到这里，他们就会回到工作上，认真地挖掘、刮削，过了半小时，又想到：但如果真的做得到呢？接着再经历一次同样的循环。

富勒教授第二次从亨德森与巴恩斯的研究机构回来时，显然被慑服了，受到极大震撼。助手们所获得唯一令人满意的答复是，亨德森听完他们的理论后，称赞了他们的演绎推理能力。

仅此而已；在戴维斯看来，这已是一锤定音，但巴顿仍半信半疑。接下来的几周，他也渐渐屈服，最后两人都同样深信不疑。富勒教授花在亨德森与巴恩斯那边的时间越来越多，有时，戴维斯和巴顿甚至好几天都见不到他一面。他对挖掘工作几乎已经失去兴趣，将所有职责交给巴顿，甚至允许巴顿随心所欲地使用气动钻。

他们一天可挖掘长达数码的足迹，间距显示，巨兽奔跑已达极速，仿佛已经接近猎物，就要一跃而上。再几天，他们就可能揭露数纪元以前的悲剧结局；那场景奇迹似的保存下来，供人类凭吊。然而，这一切相形之下都无关紧要；富勒教授的暗示与心不在焉的程度，都指出秘密研究即将迎来最后高潮。教授也亲口对他们保证，若实验顺利，几天内一切都会结束。除此之外，他三缄其口。

其间亨德森来拜访了一两次，他们看得出他面临极大压力，相当劳累。显然他想谈论自己的研究，但最终测试完成前什么也不能说。他们只能对亨德森的自制力肃然起敬，并希望一切快点画下句点。戴维斯强烈怀疑，高深莫测的巴恩斯正是亨德森守口如瓶的主因；毕竟，巴恩斯坚持要验证再验证才发表研究成果是出了名的。若实验的重要性如他们所想，无论多么令人受挫，这样保密到家也情有可原。

亨德森一大早来接富勒教授，运气不佳，车子抛锚在简陋的路边。这对戴维斯和巴顿而言实在不巧，因为这表示富勒教授得把车开走，和亨德森一起回研究机构，他们俩就得走回营地用午餐了。由于其他人已经明示暗示秘密研究即将结束，他们俩也就做好心理准备，摸摸鼻子接受。

两位年长科学家驶离前，他们站在吉普车旁交谈了一阵。当时双方都知道彼此在想什么，情况有些尴尬。最后，一向最敢言的巴顿开口了：

“听着，博士，若这就是了，希望一切顺利。帮我拍张雷龙的照片当纪念品吧。”

这类玩笑话亨德森听多了，已经习以为常。他笑了笑，但看来不是很快乐。“我没办法保证任何事，”他回道，“结果也可能是史上最大笑话。”

戴维斯阴郁地用脚趾踢踢轮胎，检查胎压。他注意到吉普车换上了全新的轮胎，戴维斯没见过这种奇怪的锯齿纹路。

“无论如何，希望你们会告诉我们结果。否则，我们就要半夜潜进去，亲眼瞧瞧。”

亨德森笑了：“若你们从那样简陋的鬼地方能看出任何事，根本是天才。话说回来，若一切顺利，晚上应该会小小地庆祝一番。”

“老大，你预计几点回来？”

“四点左右吧。我不希望害你们走回营地用下午茶。”

“好的，希望不用！”

吉普车消失在沙尘中，留下两个心事重重的地质学家站在路边。巴顿耸耸肩。

“我们越认真工作，”他说，“时间就过得越快。来吧！”

巴顿一直在沟渠尽头使用气动钻，此时已距离主要挖掘场址超过一百码。戴维斯正为最新出土的几个脚印做最后处理。脚印现在已非常深，间距极大，沿着足迹看来，可明确看出那爬虫类巨兽改变路线、开始奔跑、最后像巨大袋鼠般跳跃的时间点。巴顿想象，看着这庞然巨物以特快车般的疾速追来，会有何种感受？然后他便想起，若他们对秘密研究的推测正确，不久之后他们就能亲眼见到了。

下午过了一半，他们的挖掘进度已经破了纪录。地面土质较软，巴顿轰隆向前的速度之快，让他几乎忘了其他挂念。他已领先戴维斯好几码。两人都埋首于工作，直到饥饿袭来，提醒他们该休息了。戴维斯先发现教授他们晚了，便走向他的好友。

“已经快四点半了！”气动钻的噪声消散时，戴维斯说，“老大迟到了……若他没来接我们就回去喝下午茶，我会生气的。”

“再给他们半小时吧，”巴顿说，“我猜大概烧断保险丝或什么的，时间延误了。”

戴维斯不愿接受巴顿的安抚：“如果我们又得走回营地，我真的会生气！不管了，我要去山坡上看他们过来了没。”

戴维斯留巴顿在原地继续凿开软岩层，自己爬上老河床侧边的矮丘。这里能够俯视谷地，亨德森、巴恩斯的实验室那两座烟囱在一片荒凉景色中清晰可见。但放眼望去都没看见吉普车后飞扬的尘土；教授还没出发回来呢。

戴维斯不满地哼了一声。今天特别辛苦，又得走两英里回营地去。更糟的是，下午茶的时间已经快结束了。他决定不再等了，开始往下走、准备回到巴顿那儿时，眼角注意到异状，便停下脚步，望向谷地。

他只能看到实验室的两座烟囱、看不见其他建筑物。此时，烟囱周围竟变得雾气蒸腾，仿佛空气因高温而震动。戴维斯知道那里温度肯定很高，但不可能那么高。他更仔细地看，发现雾气笼罩的范围竟然超过四分之一英里。

然后，实验室突然爆炸。但并没有任何亮光或刺眼的闪光，只有一阵烟雾的涟漪突然布满天空，然后又消失了——实验室的两座烟囱也消失了！

戴维斯的腿瞬间软了，他滑下浅丘，看着谷地，目瞪口呆。不祥的预感排山倒海而来，像做梦似的。戴维斯等着爆炸的声响传来。

听见时，声音并不大，而是沉闷、拖长的“呼咻”一声，在沉滞的空气中戛然而止。戴维斯隐约听见气动钻的声音也停止了；爆炸声恐怕比他想象中更大声，连巴顿都听见了。

全然寂静。戴维斯放眼望去，一片荒僻中毫无动静。他等到气力恢复，半跑半滚地回到好友身边。

巴顿半坐在沟渠边上，头埋在双手里。戴维斯靠近时，巴顿抬起头。虽然巴顿的脸满是沙尘，戴维斯仍对巴顿的眼神感到震惊。

“你也听到了吗？”戴维斯说，“实验室好像爆炸了，天啊，快过来！”

“听到什么？”巴顿木然地问。

戴维斯吃惊地瞪着他。然后，他想起巴顿原本在使用气动钻，根本什么也不可能听见。不祥的预感加剧，他觉得自己好像希腊悲剧中的角色，正要迎来无可避免的悲惨命运。

巴顿站起身。他的表情诡异，戴维斯以为他快要崩溃了，但他开口时又出奇冷静。

“我们多傻啊！”他说，“我们猜他们打算‘窥视’过去，亨德森应该都在偷偷笑我们吧。”

无意识地，戴维斯移动脚步，走近五千万年来首见天日的痕迹。此刻，他几乎不带情绪地摸过几小时前才注意到的锯齿纹路。轮胎陷进泥滩的程度不深，仿佛化石形成时，吉普车正以极速往前驶。

无疑确是如此。一处浅胎纹完全被巨兽的脚印抹去，此时足迹已非常深，就像爬虫巨兽正要使出最后一击，攫住正绝望地逃命的猎物。

（译者：张芸慎）

1937
1938
1939
1942
1946
1947
1949
1950
1951
1952
1953
1954
1955
1956
1957
1958
1959
1960
1961
1962
1963
1964
1965
1966
1967
1968
1970
1971
1977
1984
1986
1992
1998
1999

暗中行路

1950年8月首发表于《战栗冒险故事》（*Thrilling Wonder Stories*）

收录于《争取明天》

手电筒坏掉时，罗伯特·阿姆斯特朗刚走过两英里，至少他的推测如此。他呆站片刻，无法置信如此厄运竟降临在自己身上。接着，半出于恼怒，他将手中无用的工具抛向远方。手电筒降落在黑暗中某处，暂时打破了这个渺小世界的寂静。回音铿锵地从矮丘传来，一切又回归宁静。

阿姆斯特朗心想，这已是悲惨的极限。不可能更惨了。他甚至能对自己的霉运苦笑，决定再也不指望寡情的幸运女神眷顾自己。谁会相信，四号营地唯一的牵引机刚好在他准备往安德森港出发时出了故障？阿姆斯特朗回想当时慌乱地试着维修，牵引机再次发动时他如何松了一口气，而最后履带完全卡住时，他又是多么崩溃。

对于未能早点出发离开感到懊悔并无用处；他不可能预见这些意外事故，而距离卡诺珀斯号启程还有足足四个小时。无论如何，他非得赶上不可；这个月内，不会再有其他的船靠港。

不仅因为他的工作要紧，要他在这偏远的行星多待四周，简直令人无法接受。

能做的事只有一件。幸好，安德森港距离营地只有六英里多，就算步行也不算太远。他必须留下所有装备，不过装备能乘下一班船晚点抵达，他暂时可另想办法。路况很差，多是委员会用几台百吨压路机开辟出来的碎石子路，但他倒也不须担心走上歧路。

即使现在，尽管可能搭不上船，他也并没有面临真正迫切的危险。前进速度会很缓慢，毕竟这附近满布未知的峡谷与地道，他可不想冒迷路的险。周围——显然——是一片漆黑。他身处银河系边缘的行星，周遭恒星稀少，光线微弱，无法照亮任何表面。这个孤独星系的深红色太阳要几小时后才会升起；星系的五个娇小卫星尽管都悬于空中，却暗淡到肉眼几乎看不见，照不出半点光影。

阿姆斯特朗并非对自身命运长吁短叹之人。他开始沿着路缓缓前进，以脚感受地表的质地。他知道，除了在卡佛隘口附近有些蜿蜒，前路还算笔直。当然，他宁可手里有根手杖什么的，可以向前探寻，现在他只能从地表的触感寻求指引。

起初阿姆斯特朗的速度极为迟缓，逐渐建立前进的自信之后才好一些；他从不知道笔直前进竟如此困难。尽管微弱星光多少对辨明方位有些帮助，他却发现自己一再撞到路边的原始岩。他沿着长长的之字形前进，轮流碰到左右两边的岩壁，再用大脚指抵住裸岩，沿着岩壁摸索，设法回到行路铺平的表面。

目前摸索过程已成既定步骤。他无从估计自己的速度，只能艰难前行，希望赶得及。他还有四英里要走，不知会花多久。除非迷路，抵达目的地应不至太难……但他不敢再想太多。

前进的技巧逐渐上手后，他才有余裕思考。阿姆斯特朗说不上多享受目前的处境，但他曾经历过更糟的。只要他继续沿着路走便非常安全。他原本希望自己的眼睛能渐渐适应，好靠星光认路，但现在他已确定，一路都得在黑暗中盲目前进。这让他深刻体会到自己离银河系中心有多远。天气如此清朗的夜里，任何行星天空都该繁星闪耀；而这里位处宇宙边哨，天上只有不到一百个幽弱的光点，与那五颗娇小到甚至无人愿意费神登陆的卫星同样无用。

前路有异，打断了阿姆斯特朗的思绪。究竟是前方出现弯路，还是他又向右走偏了呢？他慢慢朝着看不见且暧昧不清的边线移动。没错，前路向左弯。他试着回忆道路白天的样貌，可他只走过一次。这表示他接近隘口了吗？希望如此，这表示路程已经完成一半。

他望向漆黑的前方，地平线参差错落，透露不出半点线索。现在，他发现道路又逐渐直行，心情不免为之一沉。进入隘口的地方恐怕还在前方，这表示他还有至少四英里要走。

四英里……这距离看来多么荒谬！卡诺珀斯号行进四英里需要多长时间呢？大概没有人会这么无聊，想测量这么短的时间，他自忖。而他自己，罗伯特·阿姆斯特朗，旅行累积的里程又超过几兆英里了？想必已是天文数字。毕竟，二十年来，他未曾待在同一个世界超过一个月。光是今年他就已经两度横跨银河系；即使在幻影引擎的时代，此般旅行仍堪称壮举。

阿姆斯特朗被一颗石子绊到，心思才回到现实。遥想速度以光年计的太空船对现况毫无益处。他正面对大自然，却手无寸铁，只能单凭自身气力与技能。

他花了些时间才察觉自己不安的真正原因，感觉有些古怪。过去四周行程满档，他又急着离开，加上对牵引机故障感到厌烦与焦虑，脑中其余所有思绪都被驱散了。而且，他一向对自己的顽固与缺乏想象力感到自豪。他已经完全忘记抵达基地第一夜，工作人员专为“款待”新人与访客所讲的荒诞奇谈，现在才想起来。

那时，营地的老事务员说起自己在夜里从安德森港走回营地的经历，提到他经过卡佛隘口后，便有不明物体一路尾随，小心翼翼地躲在手电筒光线范围之外。阿姆斯特朗已经在不下十几个世界听过类似故事了，当时他没有太认真听，毕竟，这个行星一般被认为并无生物栖息。但是，不安感受并不听从逻辑理性，无法轻易摆脱。要是老人的奇幻故事有几分真实……怎么办呢？

想来令人不太自在，阿姆斯特朗不敢沉浸其中，可他也知道，若断然否定故事的真实性，不安的情绪还是会如影随形。要战胜幻想出来的恐惧，唯一方法是正面迎击。他现在就必须这么做。

阿姆斯特朗最强的论点是这个行星空无一物，贫瘠而荒芜；不过，反方也能对此多加驳斥，老事务员就提出不少。人类仅踏足这个行星二十年，多数地区仍未经探索。荒地中的地道确实令人费解，没有人能够否认，但多数人认为那是火山喷发遗留的裂口。话说回来，生命也常盘踞在那些空间。他想起首度踏足瓦冈三号的远征队员遇见的巨大水螅，瞬间不寒而栗。

一切皆无定论。姑且假设这个星球有生命存在，又如何呢？

宇宙绝大多数的生命形式对人类都漠不关心。古兰星的气体生物或仙达露星的波形晶体甚至无法侦测到人类，只会无视地穿过或绕过。其他生物则有些纯粹好奇，有些友善得一塌糊涂。确实有些生命会攻击人类，但多在被激怒时才会出击。

尽管如此，老事务员的绘声绘色，仍营造了恐怖气氛。当时众人在温暖明亮的吸烟室里畅饮，还笑得出来，现在阿姆斯特朗身处黑暗中，距离任何人类聚落都有数英里之遥，他的感受便大为不同。

他跌跌撞撞，又差点离开路面，导致思绪被打断，此时他反而松了一口气。阿姆斯特朗得用手四处摸索才能找到正途；这段路特别难走，道路与岩石地表几无差异。不过，几分钟后，他又回到路上安全地前进。

思绪又继续绕着那令人不安的想法打转，这让他有些不高兴。显然，这个故事令他担忧的程度，远比他自己愿意承认的高。

阿姆斯特朗的慰藉来自一项事实：营地没有人相信那老家伙的故事。他们质疑的提问与挖苦即是证明。当时，阿姆斯特朗笑得与其他人一样大声。毕竟，证据在哪儿呢？幽暗中的形体，搞不好只是形状古怪了点的岩石。至于令老事务员印象深刻的诡异喀喀声……任何人，只要够害怕，都可能在夜里想象听见各种声音。那“生物”若怀有敌意，为何不继续靠近呢？“因为那怪物怕我手上的灯。”老事务员说。好吧，这听来还算合理；这也能解释为何从未有人在白天看过任何生物。此般生物可能蛰居地底，只在夜里冒出……可恶！他太认真看待那老家伙的胡言乱语了！阿姆斯特朗再次理清思绪。若继续钻牛角尖，他生气地对自己说，就会想象自己看见或听见一大堆怪物了。

另外还有一个论点，能完全驳倒这个荒谬故事。很简单，自己竟然没有更快想到，他甚至觉得有点抱歉。这生物要吃什么过活呢？整个行星都看不出任何植被的痕迹。恐惧竟能如此轻易被驱散，他几乎笑了出来；同时，又因为自己没有放声大笑而感到困扰。倘若他真的已被自己的推理说服，为何不吹个口哨、哼个歌，或做任何事鼓舞自己呢？他冷静地质疑自己，仿佛这么做即是自己身为男人的证明。半带羞愧地，他承认自己仍然感到害怕，因为“外边可能还是有些什么”。不过，他的分析仍对自己的心情有所帮助。

若他就此打住，对自己的论述半信半疑，倒也好了；可是，他的心思还有部分动得飞快，试图破解自己的缜密思路，而且过于成功。当他想起大香提尔星座的植物，心理冲击之大，令他过于难受，以致他必须完全停下脚步。

大香提尔星座的植物绝不恐怖，甚至极其美丽。现在令阿姆斯特朗如此难受的，是知道这些生物完全不摄取食物也能活下去。这些奇异生命能从无所不在的宇宙辐射中撷取所有所需能源——而在这里，宇宙辐射含量与其他地区相差无几。

他经过许久才想到一个例子，随后却不由自主想起更多，完全盘踞他的心思。他记起川陀二号上，目前已知唯一能直接利用原子能的生物，因为那个行星和这里一样是贫瘠荒芜的世界……

阿姆斯特朗的心思分成两个截然不同的部分，各自意图说服对方，却双双失败。直到他发觉自己屏气慑息，以免被周围的黑暗听见行迹，他才体认到自己的意志已经低落至此。因此，他恼怒地清除占据心思的垃圾，再次专注于当前的迫切问题。

前路无疑渐渐向上倾斜，地平线的轮廓也落在空中较高位置。行路开始蜿蜒，阿姆斯特朗突然感受到两侧不时出现巨岩。很快，上方只剩下一小条缎带般的天空，他身边的黑暗竟变得更为厚重。

某种程度而言，他因身边环绕石壁而感到安全；两侧方向有巨岩保护，脚下的道路也维护得较好，更为平坦，更容易辨别方向。更好的是，他现在可知旅程已经过了一半。

他的精神暂时提振不少。可是，像故意找自己麻烦似的，他的心思又回到同一个死胡同去，简直令人发狂。他记起老事务员的惊险历程（若真有其事）就始于卡佛隘口的另一端。

再过半英里，他就会回到旷野，不受巨岩庇护。想到这里，他感到加倍恐惧，更觉赤裸。攻击可能从各个方向而来，他却孤立无援……

片刻之前，他还能设法自制，坚决不让自己想起老事务员的故事最慑人的关键——那晚，唯一阻遏营地众人调侃、更使整场陷入沉默的证词——可他现在意志薄弱，再也抑制不了。老人当时所讲的话，使身处温暖营地的众人打了寒战，此时又浮现于阿姆斯特朗的脑海。

矮小的事务员始终坚持一点：在手电筒光线范围之外，他与其说是看见，不如说是感知到那个暗影尾随，而他从未听见任何追猎的声音。没有爪蹄刨抓岩地的声音，连石子碰撞的声音也没有。仿佛就像老事务员以肃穆的神情说的，“尾随其后的生物在黑暗中能清楚视物，且有许多细腿或足掌，可在岩地里敏捷轻松地移动，像是巨型毛虫或克劳克二号上的一种毯形生物”。

然而，尽管并无追随其后的脚步声，老事务员确实几次听见某种声音，且因为听来实在太过陌生，更显不祥：一种微弱但挥之不去的喀喀声。

老家伙生动地描述了那种声音；对现在的阿姆斯特朗而言，恐怕过于生动了。

“有没有听过巨型昆虫嘎吱嘎吱地咀嚼、啮咬猎物的声音？”他说，“听起来就像那样。我觉得像螃蟹夹紧蟹螯的声音，某种甲壳的声响。”

到了这时，阿姆斯特朗记得自己大笑了（奇怪，记忆怎么一一浮现），旁人先前明明都畅快地笑了，此时却半个也没笑。感受到周围气氛的变化，阿姆斯特朗赶紧请老事务员继续讲下去。噢，要是他当时没那么好奇就好了！

老事务员很快地继续说了下去。隔天，一群半信半疑的技师前往卡佛隘口后方的无人地带查看。他们半信，因此仍带了枪，不过终究没派上用场，因为没遇见任何生物。他们意料之中地找着了坑洞与地道；阴森发亮的洞穴，手电筒照进去的光无尽地在错综复杂的地形中辉映反射，终至消散。但整座行星都充满这些地形。

尽管没有寻得生物的踪迹，探勘队伍却发现一项完全令人开心不起来的证据。他们在卡佛隘口后方原岩裸露、未曾开发的区域发现一条地道，比他们见过的所有地道更大。隧道口矗立一块巨岩，半部没入地面底下。巨岩的两侧皆有明显的磨蚀痕迹，仿佛曾是颗巨大的磨刀石。

在场至少五人都见到那块巨岩，却无人能提出合理解释，说明此般地貌如何自然形成。然而，他们仍不愿意相信老事务员的故事。阿姆斯特朗曾问他们有没有打算验证老事务员的说辞，得到的回应只有尴尬与沉默。大块头安德鲁·哈格理夫说：“见鬼了，谁会没事夜里跑到隘口去呢？”话题便不了了之。确实，从未有人在夜里从安德森港步行至营地，甚至白天也没有这样的记录；在白天，宏伟艳阳遮盖了半个天空，光芒直射之下，若无保护装备，人类恐怕撑不久。况且，若牵引机运作正常，不会有人想穿着抗辐射装备走完六英里。

阿姆斯特朗感觉自己离隘口越来越远。两侧岩石向后退开，路面也没有先前那么坚实平坦。他再次暴露于旷野之中，而那可能用来磨砺庞然巨牙或巨爪的谜样岩柱即在黑暗中的不远处。想到这里，阿姆斯特朗极为不安，但想法仍挥之不去。

他现在极为担忧，得花更大的力气才能振作。得设法理性思考才行；想想他的事业，想想在营地所做的工作……想想其他任何事都好，只要别再落入这个万劫不复的深渊。他似乎暂时成功了，却发现千思万绪总都绕回原点。那神秘的岩柱及各种造就其形貌的可能原因占据了阿姆斯特朗的脑海。他发现自己不停琢磨着，他距离岩柱多远？经过岩柱了没？它在左侧还是在右侧呢？

地面又渐趋平，前路笔直如箭。他心中燃起微弱的希望：距离安德森港只剩不到两英里。阿姆斯特朗无从得知自己走了多久。可惜他的手表不会发光，他只能猜测有多少时间已流逝。若够幸运，卡诺珀斯号至少还要两个小时才会启航，但他不敢打包票。现在，另一种恐惧进驻他的心头：他怕眼睁睁看着灯如群星利落地驶入天空，届时，他所有的痛苦与努力都将失去意义。

阿姆斯特朗已能行进得更直，触及两侧的频率越来越低，且能在被路缘绊倒前发现。他心想，或许现在的行进速度与平时差不了多少，欲借此鼓舞自己。若一切顺利，或许再过半小时就能抵达安德森港——听来短得荒谬！当他悠闲地步入卡诺珀斯号的预订舱房时，想必便能对自己的恐惧一笑置之；他将感受到幻影引擎的古怪震动，看着雄伟的太空船被抛出这个星系，跃入接近银河系中心的锦簇星云，回到地球附近。他已经多少年没见到地球了。总有一天，他对自己说，他真的得再次造访地球。他已经这样承诺自己一辈子了，却总是得到同一个结论：没有时间。说来奇怪，这样一颗微小的行星，竟在整个宇宙发展中扮演如此关键的角色，往后竟得以主导众多更为先进、更有智慧的世界！

阿姆斯特朗的思绪终于不再那么具有破坏力，他也稍稍冷静下来。知道自己离安德森港已经不远，着实让他安心不少，他也刻意让自己的思绪保持忙碌，想着熟悉的、无关紧要的琐事。卡佛隘口已经远远被他抛在身后，他不愿再想起那里和"那个东西"。若哪天他有机会重返这个行星，他会趁着白天到隘口去，当面嘲笑自己的恐惧。再过二十分钟，那些令他战栗的思绪便将加入童年梦魇的行列。

当阿姆斯特朗看见地平线浮现安德森港的灯光，他吓了一跳；他这辈子从未如此惊喜过。这个渺小世界的地表曲度总会误导人的感知：行星的重力与地球差不多，可是地平线距离近得多，感觉不太对劲。有朝一日，会有人研究这个行星的地核，解答行星密度为何如此大。或许那些密布的地道可对研究有所帮助……此时想起这点确实不妙，但阿姆斯特朗实在离目标太近，这暂时驱散了他的恐惧。确实，想到自己可能曾暴露于危险之中，就像生活的辛香料，增添不少刺激。但现在眼看再有十分钟就能抵达安德森港，没有什么伤得了他。

几分钟后，脚下的路猛然拐了个弯，他的感受骤然一变。他不记得在哪里误入歧路，路程又多了半英里。哼，又怎样呢？他顽固地想。半英里不会改变什么，不过是多走十分钟的路而已。

当城市灯光消失时，阿姆斯特朗失望极了。他不记得这条路沿着哪个山坡蜿蜒前进，可能只是矮丘的山脊，白天他根本不会注意到。港埠灯火被藏起来，阿姆斯特朗唯一的护身符就被夺走了，他只能任恐惧宰割。

尽管阿姆斯特朗的理智指出这些想法不合理，他不禁又开始想，眼看旅程将尽，要是发生任何意外就糟了。他设法压抑最黑暗的恐惧，绝望地祈求城市灯火再次出现。但时间分分秒秒流逝，他发现山脊或许比自己所想的更长。阿姆斯特朗试着想象，当他再看见灯火时目的地会离他多么近，试着以此激励自己前进。可是，他的逻辑似乎已不听使唤。现在，他竟停下脚步，做出身处卡佛隘口的荒野时也没做的事。

他停下脚步，缓缓转身，屏息倾听，直到肺部快要爆炸。

周围的寂静近乎离奇，毕竟他已距离港口如此近。他的身后没有任何声响。当然不会有了，他生气地对自己说，但也如释重负。过去整整一小时，那微弱且持续的喀喀声都萦绕着他的脑海，纠缠着他。

港口熟悉的喧闹迎向他时，因为来得过于平淡，阿姆斯特朗差点大笑出声。起降场牵引机的声音沿着滞闷的空气传来，听来不到一英里外，说不定就在装卸卡诺珀斯号的货物呢！再过几秒，阿姆斯特朗心想，他就能越过这个山脊，港口就在几百码之外了。不出多久，这片邪恶的平原就会像噩梦一场。

实在太不公平了：就差这么点，漫长人生中的一霎，阿姆斯特朗就只需要再多一会儿时间……可是，神祇从未对人类公平，他们正享受自己对人的小小作弄呢。因为，肯定没错，庞然巨爪发出的喀喀声，正从阿姆斯特朗前方传来。

（译者：张芸慎）

1937 1938 1939 1942 1946 1947 1949 1950 1951 1952 1953 1954 1955 1956 1957 1958 1959 1960 1961 1962 1963 1964 1965 1966 1967 1968 1970 1971 1977 1984 1986 1992 1998 1999

请安静

1950年冬天首次发表于《科学幻想》（*Science-Fantasy*），原名《请安静！》，署名查尔斯·威利斯

收录于《白鹿酒馆故事集》

负反馈噪声消除器如今已经上市，而且应用在了很多产品设计中。我最近买了一对所谓的“降噪”耳机，不过我还是怀疑芬顿消声器这种无所不能的产品是否永远都不可能上市销售。

从舰队街到泰晤士河岸之间有许多无名小巷，在其中一条小巷中，你会出乎意料地看到白鹿酒馆。我没办法告诉你酒馆的确切位置，要知道，一门心思要去这家酒馆的人很少能够得偿所愿。头几次去白鹿酒馆的时候，你需要个向导，不过之后你只要闭上眼睛跟着感觉走，就能找到酒馆。而且实话实说，我们并不想招来太多顾客，至少我们在的晚上是这样。这个地方已经拥挤不堪了。关于酒馆的位置，我只能说它偶尔会因为报纸印刷机的振动而摇晃，如果从男厕的窗户探头向外看，你能看到的只有泰晤士河。

从外面看，它和其他的酒馆并没什么不同，且也是一周营业五天。酒馆的一楼是公共酒吧和沙龙酒吧，里面是酒馆常见的棕色橡木家具和泛起白雾的玻璃杯，吧台后面有酒瓶和打酒器的把手……没有任何扎眼的地方。事实上，酒馆里看上去唯一有二十世纪感觉的东

西就是公共酒吧的自动唱机，它是二战期间安装的，不言而喻是为了让美国大兵们感到宾至如归，我们最先做的事情之一就是确保它重新启动不会发生危险。

说到这儿，我得讲讲“我们”是谁了。要解释这个问题并不像我一开始所想的那么简单，因为要一一列举白鹿酒馆的各种顾客是不可能的，而且也会冗长乏味到难以忍受。所以现在我只能说“我们”当中主要有三类人。第一类是记者、作家和编辑。记者们当然都是来自舰队街，那些没能爬到总部职位的人四散而去，留在这里的全是些厉害角色。至于作家，大多数是从其他作家那里听说的，他们为了写稿来到此处，最后却被困在了这儿。

凡是有作者出没的地方，当然早晚也会出现编辑的身影。如果我们的房东德鲁能从酒吧里成交的文字生意里抽百分之一的提成，恐怕他早就发家致富了。（不过我们怀疑他本来就是个富翁。）我们当中的一位智者曾经观察到，酒馆中的常见景象是一个角落里有六七个愤愤不平的作者在和一个面色严厉的编辑争论，而另一个角落里则是六七个愤愤不平的编辑在和一个面色严厉的作者争论。

文学圈的事情已经说了不少，我得告诉你，后面还有大量近距离了解他们的机会。现在，让我们来简单了解一下科学家们。他们是怎么来到酒馆的？

简单来说，伯贝克学院就在马路对面，只需要沿着河岸街走几百米就能到国王学院。这当然是最显而易见的，不过也有很多科学家是经人介绍来的。而且，我们当中的科学家很多也是作家，而且相当多作家也是科学家。讲起来很绕，不过我们喜欢这样的。

我们这个小世界中的第三类人，可以笼统地称为“有兴趣的门外汉”。他们被白鹿酒馆的喧闹声吸引过来，也十分享受酒馆里的聊天和相互陪伴，所以现在会每周三定期出现在酒馆里，而周三正是我们所有人齐聚酒馆的日子。有时候他们忍受不了这里的节奏，中途退出，不过总有源源不断的新人补充进来。

由于客源如此丰富，几乎可以完全确定的是，周三的白鹿酒馆从不沉闷无聊。这里不仅诞生了一些惊人的故事，也发生了一些非凡的事情。比如，有一次某教授前往哈韦尔的时候不小心把一个手提箱落在了这里，里面装着——好吧，我们最好还是别继续聊这个，虽然我们当时没这么做。而且这也是最有意思的……随便哪个苏联间谍都会在角落的飞镖靶下面找到我，我要价很高，但是其他条件好商量。

现在我终于想出了这个点子，想到我的酒友们里竟然没有一个人腾出一些时间把这些故事写下来，简直令人震惊。这算不算是只见树木不见森林？或者是因为缺乏动力？不，后面这个解释根本站不住脚：有几个人跟我差不多一样手头拮据，而且同样对德鲁那条“概不赊账”的准则抱怨不已。我唯一担心的是，就在我用这台老雷明顿无声打字机敲下这些文字这会儿，约翰·克里斯托弗或者乔治·怀特利，或者约翰·贝农已经把最好的素材塞进他们的故事里了。比如说，芬顿消声器的故事……

我记不清这个故事是什么时候开始的：就在某个普普通通的周三，具体日期已经没印象了。而且，人们可能会在白鹿酒馆的人群里迷迷糊糊地过好几个月，然后你才能注意到他们的存在。哈利·珀维斯就是这样，因为我第一次注意到他的时候，他已经知道我们这帮人中大部分的名字了。现在回想起来，那时候他能叫出名字的人可比我多。

虽然想不起来时间，但是我能够清楚地记得故事是怎么起的头。事情是伯特·哈金斯挑起来的，更准确地说，是他的声音挑起来的。伯特的声音能挑起任何事儿。当他跟人低声耳语时，那声音大得就像士官长在训练一整个团。而他放开音量的时候，酒馆里其他地方的谈话都会败下阵来，我们都得等着内耳里被震晕的可爱小听骨归位。

他刚刚跟约翰·克里斯托弗翻了脸（这事我们都经历过），大爆炸一样的争吵声打扰到了沙龙酒吧后面一场正在进行的象棋比赛。和平时一样，这两名选手身后都有不时指挥出招的看客，当伯特的声音在我们头顶炸开的时候，所有人都把头抬了起来。声音消散后，有个人说："真希望有什么办法能让他闭嘴。"

然后，哈利·珀维斯回了一句："你知道吗，还真有办法。"

我并没听出来这是谁的声音，所以四下张望。是一个三十几岁的男人，身材瘦小，衣着整齐。他叼着那种刻花的德国烟斗，这种烟斗总让我想起来布谷鸟钟和黑林山。这是他身上唯一特别的东西，不然他就会像个穿戴整齐准备去参加政府账目委员会会议的财政部官员了。

"你说什么？"我问。

他不经意地对自己的烟斗做了细微调整。那时候我才注意到，那根本不是我原本以为的精细木雕。比那更繁复精细——是一个用金属和塑料制成的奇妙精巧的装置，有点像一个小型化工厂。上面甚至有几个微小的阀门。我的天呀，那真是个化工厂……

我并不比旁边人更容易大跌眼镜，不过我丝毫不掩饰自己的好奇。他对我露出一个高傲的微笑。

"都是为了搞科学。这是生物物理实验室的点子。他们想弄明白烟草燃烧产生的烟雾里究竟有什么东西，所以就发明了这些过滤装置。不是总有人争论吗：抽烟是不是导致舌癌的原因，如果是，又是怎么导致的？研究这个问题的难点在于得用许许多多——呃——蒸馏物，才能鉴别出某些不容易发现的副产物。所以我们得抽好多烟。"

"中间那么多管子不会让抽烟变得毫无乐趣可言吗？"

"不知道。我只是为科学献身罢了，我本身不抽烟。"

“哦。”我说，一时也想不出什么别的话。然后我想起这场对话的起因。

“你刚才说，”由于左耳还有一点耳鸣，所以我带着点情绪继续说，“有办法让伯特闭嘴。我们想听听你的点子，如果你是认真的话。”

“我在想，”为了继续为实验做贡献，他又吞云吐雾了一番，然后说，“不幸夭折的芬顿消声器。一个悲惨的故事，不过也给我们上了一课。有一天——谁说得准呢——也许有人能让它臻于完美，造福世界。”

他吸了一口气，烟斗里接连发出冒泡泡的声音，然后一个液滴吧嗒一声落下……

“那，说来听听。什么时候的事儿？”

他叹了一口气。

“其实我有点抱歉提到这事儿。不过，既然你们如此坚持——当然，你们得理解，这事儿不能外传。”

“呃——当然。”

“是这样，鲁珀特·芬顿是我们实验室的一名助理。一个非常聪明的年轻人，机械学背景非常好，但理论功底自然就没有那么扎实。他业余时间经常做些小工具。通常来说他的创意都不错，但是因为他在基本原理方面不太在行，所以做出来的东西通常都没办法正常运行。这似乎并没有让他感到沮丧：他可能认为自己是爱迪生再世，可以用实验室里四处散落的电子管和其他小零件发大财。他这些小打小闹也不会干扰自己的正常工作，所以没有人提出反对意见：事实上，物理助教们竭尽全力鼓励他，毕竟这能给他们带来一点新鲜乐子。不过没人认为他能搞出什么名堂来，因为我感觉他连e^x的积分都不会算。”

“他怎么可能这么无知？”有个人倒抽一口气。

“可能我夸张了点。可能不会算xe^x的积分吧。不管怎么说，他只懂实操，你知道的，都是拇指规则。如果你给他一张电路图，不管这张图有多复杂，他都能够把仪器给你做出来。但是他什么工作原理都不懂，哪怕这样东西简单如电视机。问题是他根本就意识不到自己的能力所限。这才是最不幸的地方。

“我想，他可能是在看物理本科生做声学实验的时候想出来的这个点子。当然，我猜你们都了解干涉现象是怎么回事吧。”

“那是自然。”我回答道。

“嘿！”其中一名棋手大喊，他已经彻底放弃手里的棋局了（也可能是因为他马上要输了），“我就不了解。”

珀维斯看着那个人，目光似乎在说这个人压根儿就不该出现在一个已经发明了青霉素的世界上。

“这样的话，”他冷冰冰地说，“我还是说明一下比较好。”他挥挥手，并没有理会我们愤愤不平的抗议，“不，我坚持这样做。不了解这些事情的人才最应该听听这些内容。如果当时有人给可怜的芬顿解释过这些理论的话……”

他低头看看如今已经尴尬得面红耳赤的棋手。

“我不知道，”他开始说道，“你以前有没有想过声音的本质是什么。可以说，声音就是一连串在空气中传播的波。不过这种波并不是海面上的海浪，哦，天哪，完全不是！海浪是上下起伏的运动。而声波是相间排列的紧密和稀疏介质。”

“稀啥？”

“稀疏。”

“你是不是想说‘稀拉’？”

“不是。我怀疑你说的这个词是不是真的存在，即便真有这么个词，也不是我所说的。”珀维斯回答说，他脸上的沉着仿佛艾伦·赫伯特爵士把特别惹人心烦的新词扔进他的杀虫瓶里。“我说到哪儿了？哦对，解释声音。当我们发出噪声时——无论是微弱的悄悄话还是刚刚那种争吵，都会产生一系列压力变化，这种压力变化会在空气中传播。你有没有见过支线上工作的转线机车？这个例子完美地体现了声波的本质。转线机车有一长列火车厢，所有的车厢都连接在一起。只要一头停住，前两节车厢就会撞在一起，然后你就能看到这种间距紧密的波向车尾移动。后面则会发生相反的事情，也就是相邻两节车厢会向相反方向弹开，距离变得稀疏——我再重复一遍，是稀疏。

“当声源只有一个的时候，情况非常简单，也就是只有一列波。但是假设有两列传播方向相同的波呢？这时候就会出现干涉现象，基本物理学中有许多漂亮的实验能够证明干涉现象的存在。我们需要担心的只是一个事实——我想你们所有人都会同意——也就是如果有两列完全相反的波，那么最后的结果就是什么都不会发生。一个声音紧密的部分会和另一个声波稀疏的部分互相抵消，两列声音加起来的结果就是什么都不会变化，所以也就不会有声音。回到列车车厢的例子上，就好像你拉了一下最后一节车厢的同时又推了它一下。什么都不会发生。

“毫无疑问，你们当中的一些人已经猜到我接下来要说些什么了，也能领会到芬顿消声器的基本原理了。我可以想象，年轻的芬顿会这样说。‘我们的世界，’他自言自语，‘实在是充满了噪声。如果有谁能发明出真正完美的消声器，那他一定能挣大钱。好吧，那意味着……？’

“用不了多久他就会得出答案。我说过他是个聪明的小伙子。他的原型机非常简单，只有一个麦克风、一个特殊的扩音器以及一对扬声器。附近发出的声音能够被麦克风接收，经过放大和反转后，消声器就能产生和原本噪声的相位相反的声音了。然后通过扬声器把相反的声音放出来，原本的声波和新的声波相互抵消，最后的结果就是世界一片寂静。

“当然，消声器并不只是这么简单，它还得保证与原来的声音相抵消的声波强度刚刚好，否则你可能会把事情搞得更糟。不过这些都是技术细节，没必要多聊。正如你们当中很多人已经意识到的那样，它是负反馈的简单应用。”

“等一下！”埃里克·梅因打断了他。我得提一句，埃里克是电子专家，还是电视等其他领域方面论文的编辑。他也写过一部关于太空飞行的广播剧，不过这又是另一个故事了。“等一下！这儿有问题。你这样不可能达到消音的目的。要改变相位是不可能的……”

珀维斯又把烟斗塞回嘴里。有那么一会儿，出现了一段不吉利的冒泡泡的声音，让我想起了《麦克白》的第一幕。然后他瞪着眼睛盯着埃里克。

“你是想说，”他冷冷地说，“这故事不是真的？”

“啊——其实，我并不想这么说，不过……”埃里克的声音逐渐低了下去，好像他给自己消音了一样。他从口袋里拽出一个旧信封，以及一团在手帕中纠缠在一起的电阻和电容，开始在那儿琢磨。那之后好久我们都没听到他说话。

“就像我刚才说的，”珀维斯冷静地继续说，“芬顿消声器的工作原理就是这样。他做的第一个样品性能不怎么好，没办法处理很高或很低的音调。所以消声器会产生挺奇怪的效果。当你把它打开，对着它说话的时候，你会听到声谱两端的声音——微弱的蝙蝠一样的尖叫和低沉的隆隆声。不过他很快就用线性更好的电路（该死，我没忍住用了这些术语！）解决了这个问题，他后来做的样品就能够在相当大的区域中产生彻底静音的效果。不仅是一个普通房间，正常大小的大厅都没问题。没错……

“有些秘密行事的发明家不愿跟任何人讲自己在一门心思研究什么，以防止他们的创意被窃取，而芬顿并不是这种人。他的问题是过于喜欢跟别人讲自己在做的事情。从研究人员到学生，只要有人愿意听，他就会跟人讨论。第一个看到他展示改进过的消声器的学生就是这样的，那是个年轻的文科学生，好像是叫肯德尔，他选修了物理。肯德尔对于消声器大为震惊，他当然会这样。但是他并没有如你所想象的那样思考这东西的商业潜能，也没有想过，对于要忍受噪声折磨的愤怒之耳们，它能带来多么大的福音。哦天哪，他没有这么想，他想到了完全不同的主意。

“请允许我先稍微跑个题。我们学校里有个活跃的音乐协会，最近几年协会成员迅猛增长，已经可以演奏不那么宏大复杂的交响乐了。在故事发生的那一年，协会正准备做一件野心勃勃的事情。他们打算创作一种新的歌剧，主创是一名年轻的作曲家，我在这里就不提他的名字了，因为如今他已经家喻户晓。咱们暂且叫他爱德华·英格兰吧。我已经不记得作品的名字了，一出普通的爱情悲剧，不知道为什么，我从来都没办法理解这种歌剧，如果没有音乐的话，这种剧情会显得更加荒唐。毫无疑问，这种剧的好坏全看音乐。

“我仍然记得当时，我一边读剧情概要，一边等着幕布拉开。直到今天，我都无法判断剧本上的那些内容是不是认真的。剧情大概是这样的：故事发生在维多利亚时代晚期，主要角色有热情的邮局局长莎拉·斯坦佩、闷闷不乐的猎场看守人沃尔特·帕特里奇，以及我记不起名字的地主少爷。这是个有关三角恋的老套故事，村民对时代变化的怨气让故事更复杂了一些，这个故事中村民们怨恨的对象是新出现的电报，村里的老太婆们预言电报会对奶牛产奶造成影响，羔羊分娩的时候它也会带来麻烦。

“忽略掉这些无关紧要的剧情，这就是一部常见的争风吃醋的歌剧。地主家的少爷不想跟邮局局长结婚，而猎场看守人则在遭到女局长拒绝后发疯并决心报复。可怜的莎拉被封箱胶带勒死，人们在死信部的包裹里发现了她的尸体，悲剧进入了可怕的高潮部分。村民们将帕特里奇吊死在最近的一根电报杆上，这让线务员非常恼火。帕特里奇在被吊死的过程中需要唱一段咏叹调——错过这一段我还挺遗憾的。最后大地主少爷终日酗酒，或者去了在美国，也可能是去了美国之后终日酗酒，大概就是这样。

“你们现在肯定在琢磨我讲这么多故事是想说什么，请允许我再多说一点。事实上，在他们排练这一大堆嫉妒戏码的时候，真正的好戏正在后台上演。芬顿的朋友肯德尔遭到了扮演莎拉·斯坦佩的年轻女孩的冷落。我并不认为他是一个报复心特别强的人，不过他发现了一个特殊的报复机会。咱们实话实说，大学生活的确会催生出一些不负责任的行为，如果易地而处，我们当中有多少人能拒绝同样的机会呢？

“我看到你们的脸上都浮现了理解的表情。但是在那个令人印象深刻的日子里，序曲开始的时候，我们作为观众没有产生一丝怀疑。当时宾客云集，从校长到教职员工，所有人都来了。现场的院长教授多如牛毛，我直到现在都不知道，这么多人是怎么被逼来的。现在回想起这事儿，我甚至都不记得自己为什么会去。

“序曲在喝彩声中结束了，我得承认，有些闹腾的观众还不时发出嘘声。我这么说可能有失公允，毕竟这些嘘声可能还比歌剧更像音乐。

“然后帷幕升起。舞台上的场景是大约一八六〇年，道德林斯劳利的村广场。女主角登场，开始读晨信中的明信片。她发现了一封写给年轻地主的信，然后张口就唱起了歌。

“莎拉的开场咏叹调跟序曲相比还算好一些，但是也很糟糕。不过幸运的是，我们只听到了开始的几个小节……

“你们猜得不错。我们不需要知道肯德尔是如何说服天真的芬顿做这件事的，而我怀疑这位发明家压根儿不知道他的消声器被拿来做什么用。我只能说，这是最有说服力的产品展示。现场仿佛突然出现了一块有万籁俱寂效果的大毯子，莎拉·斯坦佩变得像按下了静音键的电视节目。所有人都僵在了座位上，而演员的嘴唇依然在无声地一张一合。然后，她自己也意识到发生了什么。她张着嘴，如果一切正常，那口型应该能发出非常有穿透力的尖叫声，然后她便逃向舞台侧面，手里的明信片哗啦啦如下雪一般飘下来。

“然后，现场出现了难以置信的混乱。有几分钟，所有人肯定都觉得自己突然聋了，但是很快他们就通过同伴的行为发现听不到声音的并不只是自己。估计是物理系的一个人很快意识到真正的原因，因为很快前排的重要人物之间就已经传开了小纸条。副校长用手语拼命尝试维持现场秩序，站在台上疯狂地向观众挥手。这个时候我已经笑到要死，无法欣赏这些小细节了。

“人们别无办法，只能走出音乐厅，所有人都尽可能快地离开了。我觉得肯德尔肯定逃走了，他肯定是被这个小工具的效果吓到了，所以忘了关掉消声器。他不敢待在音乐厅里，怕被抓住后受到私刑处置。至于芬顿，唉，我们恐怕永远都听不到他自己的经历了。我们只能从现场留下的证据来推断后来发生的事了。

“我想，他可能等到音乐厅空无一人时，才悄悄溜进去关上了设备。整个学校都听到了爆炸声。”

“爆炸？”有个人倒吸了一口凉气。

“一点不错。我都不敢想当时我们能逃出来的时间窗口有多么短暂。要是再偏差一点，爆炸可能就会在音乐厅仍然满是观众的情况下发生了。当时只有发明者本人在爆炸中丧生，如果你愿意，可以将它视为天意难测。不过这样也好：至少他在自己成就的高光时刻中死去，而没有被院长抓住。”

“就别说教了。究竟发生了什么？”

“好吧，我之前说过芬顿的理论基础很差。如果他之前好好看看消声器的数学计算部分，就能发现自己犯了什么错。问题在于，人是不能毁灭能量的。即便你通过声波抵消了另一个声波的声音，但是你中和掉的声波的等量仍然在别的地方积聚。这就好像把房间里所有的灰都扫到一起，然后把这一大堆灰都藏在地毯底下。

“当你仔细研究这个东西的原理，你就会发现芬顿设计的这个小工具并不是消声器，而更像是声音收集器。这东西开着的时候，它就一直在吸收声音的能量。在那场音乐会上，这东西真的是开足了马力。你只要看看爱德华·英格兰写出来的乐谱就能理解我的意思了。除此之外，当然现场还有惊慌的观众发出的噪声，或者甚至可以说是他们试图发出的噪声。所有这些能量加起来一定非常可怕，这个可怜的消声器还得持续地吸收能量。这些能量会去哪儿呢？好吧，我不知道里面的电路细节，可能这些能量都进了电源的电容器里面。而芬顿后来又去捣鼓消声器的时候，那东西已经变成了随时会爆炸的炸弹。他靠近消声器的过程中发出的脚步声成了压垮骆驼的最后一根稻草，然后这个本就已经过载的装置再也承受不住，于是就爆炸了。”

有一段时间，现场没有人说话，可能是以此表达对已故的芬顿先生的敬意。然后，埃里克·梅因，这个之前十分钟都在角落里对着自己的计算过程念念有词的人，从围成一圈的听众中挤进来。他手里拿着一张纸，使劲扬到自己身前。

“嘿！”他说，“我果然是对的。这东西不可能有用，相位和振幅的关系……”

珀维斯挥手赶走了他。

“我刚才就是这么解释的。”他耐心地说：“你应该好好听我说。芬顿以这种悲惨的方式发现这个问题真是太悲剧了。”

他看了看表。出于某些原因，他得赶快离开了。

“我的天呀！时间快到了。改天记得提醒我给你们讲讲我们用新的质子显微镜看到的那些了不起的东西。那是个更让人激动的故事。”

他说这些话的时候半个身子都已经出了酒馆，没人能来得及提任何问题。然后，乔治·怀特缓过了神。

“听我说，”他用迷茫的声音说，“我们怎么会从没听说这个消声器的事呢？”

珀维斯在门口停了一下，他又抽了两口烟，烟斗里快速地冒了几个泡泡。他扭头朝门内看了一眼。

“我们只能这么做。”他回答说：“我们不想闹出什么丑闻，你知道的，有句老话说，人死莫言过[1]。而且，在这种环境下，难道你不认为对这个事情——啊——彻底保密是最合适的吗？祝各位晚安。”

（译者：丁将）

---

① 原文为法语。

难以入乡随俗

1951年2月首次发表于《小人国》（*Lilliput*），原名《三个飞碟里的人》。

收录于《争取明天》

飞碟以迅雷不及掩耳之势穿越云层，垂直下降，直到距离地面五十英尺处才猛然刹住，然后又是一阵噼里啪啦，这才降落在一片星星点点长着几丛荒草的野地里。

“着陆技术太差劲儿了！”威斯克特普托船长说道。当然，他说的不是地球上的语言。在人类听来，他的声音就像只愤怒的小母鸡在咯咯叫。驾驶员克特克拉格将三根触手从控制面板上挪开，撑开四条腿，舒服地伸了个“懒腰”。

“这又不是我的错，谁叫自动驾驶又罢工了？”他抱怨道，“这艘破船五千年前就该报废了，你还有什么不满意的？要是母星上那些见钱眼开的……”

“行了行了！能完完整整地着陆，我已经很知足了。叫克里斯蒂尔和达斯特进来，出发以前我有话说。”

克里斯蒂尔和达斯特进来了，显然，他们俩和机组其他成员并非同类物种。他们只有两条腿和两只手臂，后脑勺没长眼睛，还有其他一些生理缺陷——他们的同事在进化过程中早已将这些缺陷摒除了。但正是因为有了瑕疵，他们才成为此次特殊任务的不二人选。只须简单地化化妆，他们就能伪装成人类，甚至能骗过最严密的检查。

船长问他们："你们真的清楚这次任务的内容吗？"

"当然。"克里斯蒂尔回答，他有些生气，"我又不是第一次接触这些原始物种了。我在人类学方面的训练……"

"很好。语言方面呢？"

"那个……这是达斯特的专长，但我现在说得也很流利。他们的语言很简单，况且，我们研究他们的广播已有两三年了。"

"出发之前，你们还有什么问题？"

"呃，只有一件事。"克里斯蒂尔迟疑了一下，"从他们的广播内容来看，很明显，他们的社会体制非常原始，犯罪和不法行为相当普遍。许多有钱人会雇用所谓的'侦探'或'保镖'来保护他们的生命和财产安全。我知道，这个要求会违反规定，但我们还是想……"

"想什么？"

"这么说吧，如果能带上两把马克三代分解枪，我们会很有安全感。"

"那我就没有安全感了！要是母星上有人知道了，我会被军事法庭起诉的。如果你们不小心杀了几个原住民，星际政治局、原住民保护委员会，还有其他乱七八糟的组织都会来找我的麻烦。"

"如果我们被杀了，不是一样麻烦？"克里斯蒂尔的情绪有些激动，"别忘了，你要为我们的安全负责。还记得我跟你讲过的广播剧吗？那是一户典型的人类家庭，结果故事发展不到半个小时，就出现了两名杀人犯！"

"哦，好吧，但你们只能带马克二代——就算遇上麻烦，我也不希望你们把事情搞得太糟。"

“非常感谢，这样我也就放心了。按照计划，我会每三十分钟向你报告一次，整个任务时间不会超过几个小时。”

威斯克特普托船长目送他俩的身影消失在山脊后，深深地叹了一口气。

“为什么？”他说，“船上有这么多人，为什么只能选他们两个？”

“没办法呀。”驾驶员回答，“那些原始物种见到任何异类都会大受惊吓。如果看到我们，他们只会恐慌，接着炸弹就会从意想不到的地方直接落到我们头上。你也不想发生这种事吧？”

威斯克特普托船长心神不宁地将所有触手拧成一团，焦虑的时候，他经常这么干。

“当然。”他说，“如果他们回不来，我就马上离开，然后报告说这地方很危险。”他的心情似乎好了一些，“没错，这样还会省去好多麻烦。”

“那我们几个月的研究就全白费了。”驾驶员不满地说。

“怎么会白费呢？”船长一边回答，一边迅速地解开纠缠的触手——动作太快了，肉眼根本看不清，“我们的报告会让下一艘考察船受益匪浅，我还会建议再过——嗯，就算五千年吧——再回来。到那时，这地方应该会变得更文明——但坦率地讲，我对此深表怀疑。”

塞缪尔·希金斯·博萨姆正在享用干奶酪和苹果酒，这时他看到两个人影沿着小路越走越近。他用手背擦了擦嘴，把酒瓶小心地放到码得整整齐齐的工具边上，然后用略带惊奇的目光看着两人走到近前。

“早上好。”他愉快地打着招呼，嘴里塞满了奶酪。

两个陌生人停下了脚步。其中一位偷偷摸摸地掏出一本小册子，塞缪尔当然不知道，上面写满了诸如此类的词语和短句："在天气预报之前，插播一条大风警告。""不许动——把手举起来！"以及："呼叫所有车辆！"

达斯特却不需要这些东西做提醒，他立刻上前回答道："各位听众早上好。"他用的是最标准的BBC腔调，"请问你能告诉我们最近的村落、乡镇、集市或其他人类聚居地在哪里吗？"

"啥？"塞缪尔疑惑地看着两个陌生人，这才注意到他们的衣着有些奇怪。其中一位还算正常，他心中暗想，那人穿着一件翻领羊毛套衫，外面是时髦的条纹外套，现在的城里人很喜欢这种款式；另一位仍然手忙脚乱地翻阅着小册子，他头戴礼帽，身穿一套夸张的晚礼服，打扮得一丝不苟，还扎着一条醒目的红绿相间的领带，脚下穿着钉头皮靴。克里斯蒂尔和达斯特在服装上下足了功夫，可惜他们只能跟电视剧学。体谅一下吧，在没有其他信息来源的情况下，能把衣服穿成这样，已经很不错了。

塞缪尔挠了挠头。他们是从外国来的吧，他心想，就算城里人也没有这么打扮的嘛。

他用手指路，告诉他们具体该怎么走。他的口音很奇怪，除非你住在英国西部地区，否则，三句话里有两句别想听懂。克里斯蒂尔和达斯特居住的星球距地球非常遥远，就连马可尼的第一声无线信号至今都未能抵达，他们更不可能听到BBC专为西部地区广播的节目了。他们只听懂了大概意思，便彬彬有礼地败下阵来。两人都在想，我们的英文能力果然没有想象中那么好啊。

就这样，人类与外星生命的第一次会晤平安无事地结束了，没能载入任何史册。

"依我看，"达斯特认真想了想，却没什么把握地说，"他是不想帮忙吧？这倒让我们省去不少口舌。”

“恐怕不是。看他身上的衣服，还有从事的工作，我猜他不是一个很有知识和地位的人。我甚至怀疑，他连我们的身份都没搞清楚。”

“那边还有一个！”达斯特伸手指向前方。

“别这么一惊一乍的，小心吓着他。慢慢走过去，自然点儿，让他先说话。”

那人急匆匆地迎面走来，明显是要去办什么事，一眼都没看向他们。没等两人缓过神，他已经走远了。

“这下可好！”达斯特说。

“没关系。”克里斯蒂尔用哲学家的口吻说，“或许他也无法提供任何帮助。”

“明明就是没礼貌，干吗还要找借口？”

费茨西蒙教授穿着一套老式运动服，全神贯注地看着一篇有关原子物理的深奥论文。克里斯蒂尔和达斯特有些气愤地看着老教授的背影沿着小路渐行渐远。克里斯蒂尔第一次不安地感觉到，接触人类或许真的没那么简单，他以前过于乐观了。

小米尔顿是一座典型的英国乡村，坐落于群山脚下，为了防止发生意外，周围的高山已被封锁起来。现在正值夏日的清晨，路上几乎没有行人。男人干活儿去了，女人伺候一家之主吃完早饭，把他们送出家门，又开始马不停蹄地整理家务，因此克里斯蒂尔和达斯特一直走到村子中央才见到第一个人。那是村里的邮递员，送完信件后正骑着自行车返回邮局。他现在心情很坏，因为他刚刚跑了好几英里去道奇森的农场，只为送一张一便士的明信片。还有，岗纳·埃文斯每周寄给他老妈的换洗衣物又比平时重了好多，自从这小子从饭店厨房里偷出四听牛肉罐头以后，他已经不止一次顺手牵羊了。

“打扰一下。”达斯特有礼貌地问。

“没空儿。”邮递员没有心情停下来聊天，“忙着呢。”说完便扬长而去。

“我实在受不了了。”达斯特抗议道，“他们怎么都这样？”

“你要有点儿耐心。”克里斯蒂尔说，“记住，他们的习惯跟我们的很不一样，可能还要再花点儿时间才能取得他们的信任。以前我与这种原始物种打交道时就遇上过麻烦，每个人类学家都要习惯这一点。”

“嗯……”达斯特说，“我建议咱们到他们家里去，这样他们就不会走开了吧。”

“是个好主意。”克里斯蒂尔勉强同意，“但千万不要进入任何教堂模样的建筑，不然还是会惹麻烦的。”

就算是最没经验的外星人探险家，也不会认错老寡妇汤姆金斯的房子，它实在太特别了。老太太看到两位绅士站在家门口，兴奋得不得了，根本没注意到他们的衣服有什么不对劲儿。她闪过一个念头，觉得对方应该是报社记者，他们是来就她百岁大寿的事（其实她只有九十五岁，但她不打算坦白）做采访的，这可真是个意外的惊喜呵。她愉快地迎出门，摘下挂在门上的小黑板，向两位访客打招呼。

“你们可以写字。”她笑着递上小黑板，“我耳聋，已经有二十年了。”

克里斯蒂尔和达斯特失望地面面相觑。他们完全没料到这种情况。他俩只在电视节目预告中见过手写的文字，而且根本看不懂。幸好达斯特记忆力相当好，还善于随机应变。他笨手笨脚地抓过粉笔，写下一行文字。他相信，当交流遇到障碍时，这么写肯定没错。

两位神秘客人已经沮丧地走远了，老汤姆金斯夫人还在困惑地看着小黑板上的涂鸦。过了好一阵子，她才认出这句话——达斯特把好几处都写错了——就算没错，老太太也没看懂这是什么意思。

信号中断，随时恢复。

达斯特已经竭尽全力了，老太太却只好永远被蒙在鼓里了。

他们敲开第二扇门。这次还算幸运，开门的是一位年轻的女士，她咯咯地笑着，但没说几句话就马上闭嘴并摔上了门。克里斯蒂尔和达斯特听着门内含糊不清却异常兴奋的笑声，心中均是一沉，他们开始怀疑自己伪装成人类的效果不如预期的那么有效。

第三家则恰好相反，史密斯夫人那张嘴就跟连珠炮似的，一分钟能吐出一百二十个单词，可她的口音跟塞缪尔·希金斯·博萨姆一样，他们根本听不懂。达斯特好不容易才插进话去说了声抱歉，两人赶紧告辞。

“为什么所有人的说话方式都跟广播里不一样？”他叹了口气，“如果他们都这么说话，他们又是怎么听懂广播的？”

“我想，咱们一定是弄错了降落地点。”克里斯蒂尔说，现在他已经乐观不起来了。但这还不算完，接下来又是一连串的碰壁。他们接连拜会了一位盖勒普民意调查员、一位未来的保守党候选人、一位吸尘器推销员，还有当地黑市的贩子。第六或第七个接待他们的人终于不是家庭主妇了。开门的是一个瘦小、枯干的男孩，湿乎乎的手上正抓着一本读物，一下子就吸引了两位拜访者。那是一本杂志，封面上画着一艘升空的巨型火箭，下方是一颗布满火山口的星球——不管那是什么星球，反正并非地球就是了。封面画上横列着一行大字：伪科学惊奇故事，售价二十五便士。

克里斯蒂尔看看达斯特，脸上露出一副“知道我在想什么吗”的表情，后者也用同样的表情看着他。没错，终于找到了，这个人肯定可以理解他们。达斯特精神一振，急忙与男孩攀谈起来。

“我想你能帮上我们。”他礼貌地说，“找到一个能理解我们的人真是太难了。你听我说，我们是从外太空来的，刚刚降落到这颗星球上，我们想和你们的领导人见面。”

“哦。”吉米·威廉姆斯刚刚还在土星的外围卫星上冒险，心思还没有完全回到地球上，“你们的宇宙飞船在哪儿？”

“在山上。我们不想吓到别人。”

“它是一艘火箭吗？”

“天哪，当然不是。火箭几千年前就被淘汰了。”

“那它是怎么工作的？用的是原子能吗？”

“我想是吧。”达斯特回答道，他的物理学基础很差。

“还有其他形式的能源吗？”

“别净说没用的。”克里斯蒂尔不耐烦了，“快点儿问他，我们到哪儿才能找到他们的政府官员？”

没等达斯特开口询问，房间内便传来一声狮吼。

“吉米！跟谁说话哪？”

“两个……男人。”吉米的声音有些战栗，“至少看起来像是男人。他们是从火星上来的。我就说过，火星上有外星人。”

伴随着沉重的脚步声，来了一位巨型悍妇，身板壮如大象，满脸杀气地从阴影中走了出来。她凶狠地瞪着两个陌生人，又看了看吉米手中的杂志，马上就明白是怎么回事了。

“你难道不觉得害臊吗？”她大吼着，扫视一眼克里斯蒂尔和达斯特，“我居然养了这么一个不中用的废物！整天就知道浪费时间看这些垃圾，怎么就没有一个正常的大人来教他点儿正经东西？火星人？哈！我说你们就是坐这种飞碟来的？”

“可我们从来没提过什么火星。”达斯特战战兢兢地抗议道。

砰！门关上了。紧接着，门后传来激烈的怒骂声、纸张被撕烂的刺啦声，还有悲惨的哭号声。

“这下可好。”达斯特说，“接下来怎么办？他为什么说咱们是从火星来的？如果我没记错的话，火星甚至不是离这里最近的行星吧？”

“我不知道。”克里斯蒂尔说，“不过我想，他们以为咱们来自邻近的行星也很自然嘛。他们要是知道了真相，更会大吃一惊的。火星，嘿！那里的情况比这儿还要糟，我已经看过报告了。”他那超然的科学态度已经明显地开始动摇了。

“暂时不要去房子里找人了。”达斯特说，“在户外的人肯定也不少。”

这个想法完全正确。他们没走多远，身边就围了一大群小孩子，他们吵吵嚷嚷地不知说些什么，但明显是些粗话。

“我们是不是应该哄哄他们，送他们一点儿礼物？”达斯特焦急地说。在和某些更加落后的种族打交道时，这么做经常很管用。

“好吧，你带什么了？”

“什么都没有，我还以为你……”

达斯特话没说完，这群小讨厌鬼已经一溜烟儿跑到另一条街上去了。这时候，另一个家伙，穿着蓝色制服，器宇不凡，正沿着大街走来。

克里斯蒂尔眼前一亮。

“是个警察！”他说，“也许是去某处调查一起凶杀案，但他应该能抽些时间跟咱们谈谈。”只是他说这话时没什么底气。

希克斯警官惊讶地看着两个陌生人，竭力不让这种情绪从语气中流露出来。

“你们好，先生们。你们在找什么？”

“是的，我们在找人。”达斯特用最友好、最平和的口气说，“也许你能帮帮我们。你听我说，我们刚刚降落在这颗星球上，想和你们的领导人见见面。”

“啥？”希克斯警官很吃惊，他愣了一会儿——但时间不长就平静下来。希克斯警官是个聪明的年轻人，他可不想当一辈子乡村警察。“你们刚刚降落，是这样吗？我想，是坐宇宙飞船来的吧？”

“当然。”达斯特大大地松了口气。这个警察既没有怀疑，也没有发怒，如果是在某些更原始的星球上，这番话早就引起一场轩然大波了。

“好的，好的。”希克斯警官说，他希望自己的语气能够安抚对方，让他们感到信任，（他们看起来很瘦弱，就算两人同时发飙也没什么大不了的。）“有什么要求尽管对我讲，我会尽力帮助你们。”

“我太高兴了。”达斯特说，“听我说，我们特意选在这个偏僻的地方降落，就是不想引起恐慌。在和你们的政府取得联系之前，知道我们的人尽可能越少越好。”

“我能理解。”希克斯警官一边回答，一边急匆匆地四下张望，看有没有谁能帮他给警长带个口信，“你们接下来有什么打算？”

“在这里谈论我们对地球的长期规划恐怕很不合适。”达斯特谨慎地说，“我只能说，我们已经全面调查过这片宇宙区域，并将很快开发这里，到时候，我们会在诸多方面向你们提供帮助。”

“你们真是太好了。”希克斯警官热情地说，“我想，当前最重要的事是请你们随我来，我们先去警察局，稍后再安排你们与首相的会晤。”

“非常感谢。”达斯特心中充满了感激。他们信任地与希克斯并肩而行，警官却时时放慢脚步，让他们走在前面，直到一行三人抵达乡村警察局。

“这边请，先生们。”希克斯警官彬彬有礼地引领他们走进一个小房间，这里光线暗淡，几乎没什么摆设，甚至比他们想象中的还要原始。他们还没看清周围的环境，就听咔嗒一声，一扇铁栅栏门将他们和警官隔离开来。

“现在不用担心了。”希克斯警官说，“你们在这里不会有事的。我过一会儿再回来。”

克里斯蒂尔和达斯特大眼瞪小眼，马上明白事情不妙。

“我们被关起来了！”

“这是一间牢房！”

“这下我们怎么办？”

“不知道你们两个懂不懂英语。”昏暗的阴影里传来一个无精打采的声音，“请让我安静地睡会儿觉好吗？”

两位新犯人这才发现，原来他们还有个“狱友”。那是个颓废的年轻人，正躺在牢房角落里的床上，只睁开一只眼睛看着他们，眼神疲倦而不满。

“我的天哪！”达斯特紧张兮兮地说，“你觉得他会不会是个危险的罪犯？”

“现在看来倒没什么危险。”克里斯蒂尔说，他觉得自己的判断要更精准一些。

“你们犯了什么事儿？”陌生人问道，他摇摇晃晃地坐起身，“你们看起来像是刚参加完化装舞会。啊，我的头好疼！”说着，他又一头趴倒在床上。

“化过妆的人都要关起来吗？太不讲道理了。”心地善良的达斯特非常惊讶，他用英语继续说，“我们也不知道为什么会被带到这儿来。我们只不过告诉警察我们是谁，从哪儿来，结果就变成这样了。”

“好吧，你们是谁？”

“我们刚刚降落……”

“得了，没必要再说一遍了。”克里斯蒂尔插话进来，“根本没有人会相信我们。”

“嘿！”陌生人又一次坐了起来，“你们说的是哪国话？我能听懂几门外语，却从没听过你们的语言。”

“哦，好吧。”克里斯蒂尔对达斯特说，“你不妨跟他说说。反正在那警察回来之前，我们也没什么事情可做。”

此时此刻，希克斯警官正用最诚挚的语气与当地精神病院的院长通话，对方态度坚决地表示，所有病人都在，没有一个逃跑。不过，他也保证随后会认真检查一次，有了结果便会打电话告知。

希克斯警官放下电话，心想这一切是不是纯属恶作剧？他无声无息地走回拘留室，只见三个“囚犯”正在亲热地聊天，于是又踮着脚走了回来。确实应该让他们先冷静一下，这样对他们三个都有好处。警官轻轻地揉了揉眼睛，今天凌晨时分，他可是费了不少劲儿才把拳打脚踢的格拉汉姆先生塞进拘留室里。

这个年轻人昨晚彻夜狂欢，现在终于清醒过来。虽然他被关在拘留室里，却一点儿也不后悔——如果你拿到了学位证书，本以为能通过就算万事大吉，没想到还赚了一笔优等奖学金，不庆祝一下岂不是太没天理了？可这会儿他有点儿担心自己是不是还没醒酒。达斯特刚刚讲完，正在等待对方的反应，当然，他没指望格拉汉姆会相信。

在这种情况下，格拉汉姆心想，最好的办法还是宁可信其有，直到幻觉自行消散。

“如果你们的宇宙飞船真的在山里，”他说，“你们肯定可以通知同伙把你们救出去。”

“我们打算自己解决。”克里斯蒂尔很有尊严地说，“再说，你太不了解我们船长了。”

他们讲得倒也挺可信的，格拉汉姆心想，整个故事很有说服力，只是……

“我还是不太相信。你们有能力建造宇宙飞船，却逃不出乡村警察局里这一间可怜的牢房？”

达斯特看了看克里斯蒂尔，后者不高兴地嘟囔着。

“其实我们很容易就能出去。”这位人类学家说，“可是除非万不得已，我们不想使用暴力手段。你肯定不知道那将会引起多大的乱子，事后我们还得提交一大堆报告。再说，就算我们逃出去，没等回到飞船上，你们的特种部队就能把我们抓回去。”

“小米尔顿可没什么特种部队。”格拉汉姆哈哈大笑，“只要没人拦着，咱们到达白鹿酒馆之后还能找到我的车。”

“哦！”达斯特的精神马上振作起来。他转向自己的同伴，两人热火朝天地讨论了一会儿，然后，他异常谨慎地从衣服内袋中掏出一只黑色的小圆棒，那副小心的样子，活像一个紧张的小姑娘第一次摆弄一把上膛的手枪。与此同时，克里斯蒂尔也“嗖”的一声蹿到最远的角落里。

就在这一刻，格拉汉姆猛然打了个激灵，他已经完全清醒了，而且意识到刚刚听到的离奇故事从头到尾全是真的。

没有惊天动地的巨响，没有四下溅射的电火花，也没有五光十色的激光束——三尺开外的一堵墙却无声无息地分解了，只剩下一摊细小的粉末。刺眼的阳光径直照进拘留室。达斯特如释重负地松了口气，把那件秘密武器收了起来。

“来啊，快点儿。”他催促格拉汉姆，“我们一起走。”

没有人追赶他们，希克斯警官还在电话里和院长争论，直到几分钟后，这位聪明的年轻人才回到拘留室，见到了职业生涯中最惊人的一幕。白鹿酒馆里的人再见到格拉汉姆时一点儿都不意外，他们全都知道这小子昨晚是在哪里度过的，并且希望当他的案子开庭时，法官大人能够网开一面，放他一马。克里斯蒂尔和达斯特胆战心惊地爬进宾利车的后座，这辆破车简直就要散架了，格拉汉姆却亲切地叫它“小玫瑰”。还好，在那锈迹斑斑的引擎盖下面，发动机并没有出什么问题。不一会儿，他们便大喊大叫地以每小时五十英里的速度逃出了小米尔顿。克里斯蒂尔和达斯特终于体会到什么叫作速度的相对性。近几年来，他们一直以每秒几百万英里的高速在太空中往返穿梭，旅途相当平静，什么感觉都没有，这会儿却被吓个半死。等到克里斯蒂尔的气息喘匀了，他才取出微型通话器，向飞船呼叫。

“我们正在返回的路上。”他迎着狂风大吼道，“有个智力非凡的人类跟我们在一起。预计还要——呜哇！——对不起——我们刚刚越过一座桥——十分钟就能抵达。你说什么？没有，当然没有，一点儿麻烦都没有，一切都非常非常顺利。再见！”

格拉汉姆回头看了一眼两位搭车客，只看一眼，就把他吓了一跳。他们的耳朵和头发（粘得不够牢）已经被大风刮走了，他们的本相正在渐渐暴露。格拉汉姆有些不安地想，这两位新朋友好像连鼻子也是假的。不过，算了，看着看着什么都能习惯了。今后他还不知道要跟他们打多长时间的交道呢。

剩下的事情你们已经知道了。不过，第一次降落地球的整个经过，还有格拉汉姆大使是在什么特殊情况下代表地球人加入宇宙大家庭的，这些细节以前从未有人披露过。我们在外星事务部工作期间，曾经做过大量工作，这才说服克里斯蒂尔和达斯特本人，得到了这些至关重要的材料。

于是我们可以理解，正是因为克里斯蒂尔和达斯特在地球上出色地完成了任务，所以上级才会选择他们首次来出访我们神秘莫测的邻居——火星人。同样，根据上述材料，我们也能理解，他们两人在接到新任务时是极不情愿的。从此以后，再也没人听说过他俩的消息这件事，也就没什么好奇怪的了。

（译者：邹运旗）

通向海洋之路

首次发表于1951年春出版的《关于科学探险的两部完全之书》（*Two Complete Science-Adventure Books*），原标题为《寻找斯芬克斯的人》

收录于《十个世界的故事》

有件事我觉得非常有趣，我不仅预言了超便携音乐播放器的发明，也预测它们很快就会变成重大的公共威胁，因此被禁用。可惜，预言的后半段目前还没有成真。

德尔文与他的兄弟在金色斯芬克斯旁的海岬上会面时，第一批秋叶正在翩翩落下。他把自己的飞行器丢在路边灌木丛里，步行到斜坡上，俯视海面。烈风吹过荒野，预示着霜冻的威胁即将来临，不过山下的美丽沙斯塔山谷在山坡的庇护下，仍然温暖宜人。空荡荡的码头沐浴在苍白、逐渐暗淡的阳光下做着美梦，深蓝色的海水轻柔地冲刷着码头侧面的大理石。他又一次看向魂牵梦萦的、熟悉的、他度过了童年时光的街道和花园，感觉自己的决心没有那么坚定了。他很高兴在这里和汉纳见面，这里离城市有一英里，周围也没有能够令他会忆起童年往事的景象与声音。

从山上往下看，汉纳像个小点一样在山坡下面移动，他仍然用以前那种不慌不忙、从容不迫的方式往上爬。德尔文知道，自己如果坐上飞行器，立刻就能见到他，不过这样做并不会得到对方的感谢。所以他就在巨大的斯芬克斯石像的背风处底下等着，有时候会匆匆地来回走走，让身体暖和起来。有一两次，他走到了怪兽的头底下，抬头望着这个在城市和海洋上空凝思的平静面孔。他想起自己还是沙斯塔花园中的一个小男孩时，是怎样看着天际线上这个蹲坐的影子，好奇这个怪兽究竟是死的还是活的。

他们上一次见面已经是二十年前的事情了，不过汉纳看上去并没有比那时候苍老。他的头发仍然又黑又密，脸上也没有皱纹，因为几乎没有任何事情会打扰沙斯塔，以及那里居民的平静生活。这不公平得有些残忍，德尔文这些年来一直饱受艰辛，头发已经斑白，他感觉自己大脑中的一丝嫉妒刺痛了他。

他们的见面短暂却充满温情。汉纳走到停放在石楠和皱皱的荆豆丛中的飞船边。他用拐杖敲着弯曲的金属面，然后转向德尔文。

“这东西不大。你一直都是坐这个吗？”

“不是，只有从月球回来的时候坐这个。从项目上回来的时候坐的班船比这个大一百倍。”

“你说的项目在哪里啊？还是说对我们保密？”

“没什么需要保密的。我们在土星以外的太空里建造飞船，那里的引力几乎是没有梯度的，只需要很小的推动力就能把飞船送到太阳系外。”

汉纳把拐棍挥向他们脚下的蓝色水面、小塔上的彩色大理石以及车流缓慢的宽阔街道。

“你抛下这一切，去往那么黑暗孤独的地方，找什么呢？”

德尔文的双唇紧紧地抿在一起，成了一条细线，透露着坚定的神情。

“你记得吧，”他平静地说，“我差不多一辈子都是在地球以外度过的。”

“这给你带来幸福了吗？”汉纳继续冷酷地发问。

德尔文沉默不语了一阵子。

“它带给我的不止于此。”他最终回答说，“我将自己的能力发挥到极致，品尝过你难以想象的胜利滋味。第一远征队回到太阳系的那一天抵得上在沙斯塔过一辈子。”

“你觉得，”汉纳问道，“你永远地离开我们的行星后，能够在那些陌生的太阳底下建立更公平的城市吗？”

“如果我们想这样做，就会的。要是没有这么做的冲动，就造点别的。但是我们必须建造点什么，过去几百年里，你们的人又创造了什么呢？”

“我们没有制造机械，没有背叛天上的群星，对我们的世界心满意足，并不意味着我们无所事事。在沙斯塔，我们发展出了一种我认为难以超越的生活。我们研究了生活的艺术，我们创造了第一个没有奴隶的贵族政治。这就是我们的成就，历史会给我们定论。”

“我不否认。”德尔文说，“但是永远别忘了，你们的天堂是一群跟我们一样拼搏奋斗、努力实现自己梦想的科学家一手打造的。”

“他们也并不总是能成功。行星也曾打败过他们一次，凭什么其他恒星中的行星就更适合居住呢？”

这是个好问题。五百年过去了，第一次失败的记忆仍然让人感到痛苦。二十世纪最后几年，人类满怀希望与梦想，向着其他行星出发，却发现这些行星不仅贫瘠，毫无生命痕迹，而且非常不适宜人类定居！水星上的熔岩海洋涌出滔天火焰，冥王星上的固体氮气形成了可怕的冰川，除了自己的星球以外，人类无法在任何一个行星上生存。人类苦苦挣扎一个世纪后徒劳无功，又返回自己的星球上。

但是人类的愿景并未完全破灭，人类放弃了那些行星后，仍然有些人敢于梦想前往其他恒星。正是因为这些梦想，人类后来开始了卓越旅行，也就是第一远征，然后如今我们已经喝到了漫长等待后换来的成功美酒。

“地球周围十年飞行距离内分布着五十个类太阳恒星。”德尔文回答道，“几乎所有恒星都有行星。我们现在认为拥有行星基本上是光谱为G型的恒星的特征，但是我们并不清楚到底是为什么。所以寻找类地行星注定很快就能够成功，我不认为我们这么快就找到伊甸星是特别幸运的。”

“伊甸星？你们给新行星起了这个名字？”

“没错，这名字很合适。”

“你们这些科学家真是浪漫到无药可救！也许这个名字选得过于巧妙了，如果你还记得，第一颗伊甸星上的生物对人类并不怎么友善。”

德尔文冷笑了一下。

“这也是见仁见智的事情。”他回应说。他指向沙斯塔，那里开始亮起灯光：“要是我们的祖先从知识之树上获得了足够智慧，你就不会有这样的看法了。”

“你觉得现在那里会发生什么？”汉纳刻薄地问，“当你铺平了前往恒星的道路，我们这个种族的全部精力就会从地球上流失，就像一个血流不止的伤口。”

“这一点我并不否认。这种事以前发生过，以后也会发生。沙斯塔会走上和巴比伦、迦太基和纽约一样的道路。未来是建立在过去的瓦砾上的；明智的做法是面对这个事实，而不是负隅顽抗。我和你一样爱沙斯塔，我的爱也很深，以至于我明知以后都见不到它了，现在都不敢下去走到沙斯塔的街上。你问我它会变成什么样，我会告诉你。我们做的事情只会让结局更快到来。甚至二十年前，我上一次来这里的时候，都感到自己的决心被你们生活中毫无目的的惯常做派所影响。很快，地球上的所有城市都会变成这样，因为每一座城市都跟沙斯塔非常相似。我认为那次旅行发生的时间恰到好处，如果你跟从恒星回来的人交谈过，就连你也会相信我的话，经历这些世纪的沉睡后，再次感受到血管里有热血在激荡。汉纳，你自己的星球正在死去，你现在的生活也许还能持续很多年，但最终它还是会从你的指间溜走。未来属于我们，我们会让你活在自己的梦中。我们也有梦，现在我们要去实现自己的梦了。”

太阳落到海面以下，余晖扫过斯芬克斯所在的山坡，沙斯塔进入夜晚，但那里并不是完全黑暗。宽阔的街道像会发光的河流，上面有许许多多闪亮的斑点在移动。高楼和尖塔上点缀着彩色的灯光，观光船缓缓驶入大海时，风中传来一阵隐隐约约的音乐声。德尔文脸上带着一丝微笑，看着它离弯弯的码头越来越远。最后一艘商船在这里卸货已经是五百多年以前的事情，不过大海还在，人们还是会在这里航行。

无须再多说什么，眼下汉纳独自一人站在山上，他的头向群星的方向歪着。他再也见不到自己的兄弟了，太阳已经离开他的视线几个小时了，很快就会彻底从德尔文的眼前消失，沉入太空的深渊当中。

不经意间，沙斯塔在海边的黑暗中闪闪发光。对汉纳来说，不祥的预感让他心情沉重，沙斯塔的厄运似乎马上就要临头。德尔文的话有一部分是事实，撤离即将开始。

一万年前，其他探险家从人类最早的城市中出发，寻找新的土地。他们找到后便再也没有回去，岁月淹没了被他们抛弃的家园。美丽的沙斯塔也难逃这样的命运。

汉纳重重地倚靠着拐杖，慢慢地向山下城市的灯光走去。斯芬克斯毫无表情地看着他的身影越走越远，消失在黑暗当中。

五千年后，它仍然在看着。

布兰特还不满二十岁的时候，他的族人被从家园中驱赶出来，被迫向西流浪，横穿两个大陆和一片海洋，受伤的无辜者可怜的哭喊声在苍天中回荡。世界上的其他人很少对他们报以同情，因为他们沦落至此完全是自作自受，根本不能怪最高议会做出的严厉处罚。最高议会之前就已经对他们几次三番进行事前警告了，至少给了四次明确的最后通牒，然后才被迫采取了措施。后来有一天，一艘装着大型声波辐射器的小飞船突然出现在村子上方一千英尺的高空，开始发出几千瓦功率的原始噪声。几个小时以后，叛军认输了，开始收拾行装。运输船队一周后出现，将仍在尖声抗议的村民装到船上，带往世界另一端的新家园。

律法就这样强制执行了，律法规定，任何一个社区都不能在同一个地方存在超过三个世代。服从律法就意味着改变、破坏传统、彻底离开古老且深爱的家园。这就是四千年前律法制定时要达到的目的，但是它竭力阻止的停滞无法拖延太久。有朝一日，世界上将不再存在一个能执行律法的中央组织，四处分散的村庄会留在原地，直到时间吞没它们，就像吞没了它们上一代的文明一样。

查奥蒂斯人花了整整三个月的时间才建好新的家园，他们砍掉了一平方英里的森林，种了一些没用的异域的和奢侈的水果植株，重新挖好了河流，削平了一座不符合他们审美标准的小山。这些举动声势浩大，不久之后当地监督官进行巡查时便原谅了他们。然后查奥蒂斯人心满意足地看着运输工具、挖掘机和迁徙地机械化文明的各式各样的工具升到空中。它们离开的声音逐渐减小，然后整个村子像一个人一样，再次放松下来进入怠惰状态，真诚地希望接下来能够不受干扰地生活至少一个世纪。

布兰特非常享受整个冒险旅程。他当然为失去承载了他童年的家园而感到遗憾，如今他再也无法爬上孤傲的山峰，俯瞰自己出生的村庄。这片土地上没有任何山脉，只有低矮、起伏的丘陵和肥沃的山谷，由于农业终结，几千年来生长出的森林十分繁茂。和上一个家园相比，这里也更加温暖，因为这里离赤道更近，远离北方凛冽的寒冬。几乎从各个方面来说，变化都是好的，不过一两年之内，查奥蒂斯人还会感受到殉道带来的宜人的喜悦。

这些政治问题丝毫没有让布兰特感到担忧。从黑暗时代到未知未来的全部人类历史被彻底清除，但在此刻，这件事的重要性根本比不上伊德妮的问题和她对他的看法。他很好奇伊德妮在做什么，努力想出一个去看她的借口。但是这也意味着他要见到她的父母，他们热心地装作他的拜访完全出于人情往来，而这让他尴尬。

他决定去铁匠铺，看看乔恩有什么动作。关于乔恩，他有些遗憾，他们不久之前还是很好的朋友。但是爱情是友谊的死敌，伊德妮在他们二人之间做出选择之前，他们只能处于武装中立状态。

村庄沿着山谷铺开，大概一英里左右，村庄中整洁的新房子的分布有一种恰到好处的无序感。有一些人不慌不忙地走来走去，或是几人成群在树下闲聊。在布兰特看来，他经过时所有人的目光都在跟随着他移动，聊着关于他的话题——他这种想法完全正确。在不到一千个非常聪明的人组成的封闭社区当中，没人能指望过上私密生活。

铁匠铺位于村庄一头的空地上，它整体上的杂乱并不会引起什么不快。铺子周围散落着坏掉的和拆了一半的机器，这都是老约翰还没开始修理的东西。社区中三个飞行器中的一个躺在地上，里面的龙骨暴露在阳光下，几周之前，它被人丢在这里，要求立刻进行修理。总有一天老约翰会把它修好，不过时间全看他自己的心情。

铁匠铺宽阔的大门敞开着，里面灯光明亮，自动机器按照主人的意愿生产新的形状，发出金属的尖厉声音。布兰特小心地从繁忙的机器中间穿过，走到相对安静的店铺后面。

老约翰正躺在非常舒服的椅子里抽着烟斗，看上去他这辈子好像一天活儿都没干过。他是个整洁的矮个子男人，胡须小心地修剪过，只有他聪明的、不停地滴溜溜转的眼睛能够显示出一丝活力。他看起来像是个名气不大的诗人——事实上他喜欢自己被误认为是诗人——而不是村里的铁匠。

“你在找乔恩？”他在吐烟圈的空档说，“他在这儿呢，在给那个姑娘做东西。我真不知道你俩到底看上她什么了。”

布兰特的脸有点红，打算说点什么话作为回应，然后这里的一个机器开始发出大响，引起了老约翰的注意。老约翰迅速离开了房间，很快门口就传来了奇怪的叮叮当当、乒乒乓乓和骂人的声音。不过他马上又坐回到椅子上，显然希望接下来一段时间不要有任何事打扰他。

“我告诉你，布兰特。”他继续说，好像从未被打断过，“再过二十年，她就会跟她妈妈一样。你想过没有？”

布兰特没想过，他微微退缩了一下。但是二十年对年轻人来说就像永远，只要现在赢得了伊德妮的芳心，未来的事情就交给未来。他也这样告诉约翰。

“随你自己的心意行事。”铁匠说道，语气里并没有任何不客气的意思，“我想，要是我们都能想得这么远，人类恐怕一百万年前就已经灭绝了。你们俩为啥不能像那些明智的人一样，下一局国际象棋来决定谁先得到她呢？”

“布兰特会作弊的。”乔恩回答说，他突然出现在门口，把门挡住了一大半。他是个身材高大、体形健美的年轻人，跟他父亲形成鲜明的对比。他手上拿着一张画满了工程草图的纸。布兰特好奇他在给伊德妮做什么礼物。

“你在做什么？”他用一种关切而好奇的语气问。

“我干吗要告诉你？”乔恩温和地问，“给我一个说得过去的理由。”

布兰特耸耸肩膀。

“我敢肯定这玩意儿没什么了不起的，我只是客套一下。”

“别演过火了。”铁匠说，“你上次跟乔恩客套的时候，眼圈青了一个礼拜。记得吗？”他转身对儿子直率地说：“让我看看草图，我能告诉你问题出在哪儿。”

他认真地研究那些草图，而乔恩则表现得越来越难堪。不久，约翰不赞同地哼了一声，然后说：“你打算从哪儿搞到这些零件？它们都是非标准零件，大多数是微米级以下的。”

乔恩满怀希望地打量作坊四周。

“这里可没多少。”他说，“这工作并不难，我在想……”

“我能不能让你用合成器做出这些零件？好吧，咱们走着瞧吧。布兰特，我这天才儿子打算通过做一个淘汰了五十个世纪的玩具，努力证明他的脑子和拳头一样好使。我希望你能比他强些。我在你们这个年纪时……”

他追忆往昔的声音越来越弱，最终沉默了。伊德妮从机器商店叮叮当当的零件堆旁走进来，嘴上挂着若隐若现的微笑，在门口看着他们。

要是让布兰特和乔恩形容一下伊德妮本人，他们说出来的话可能听上去像是在描述两个完全不同的人。当然，他们二人的描述也会有表面的相似之处。他们俩都会说她有栗色的头发，大大的蓝眼睛，皮肤颜色是极其罕见的珍珠白。但是对乔恩来说，她是脆弱的小姑娘，需要被珍惜、被保护。而在布兰特眼中，她显然是一个自信和坚定的姑娘，他根本没有为她效劳的机会。他们两个人的观点之所以存在差异，一部分是因为乔恩比布兰特高六英寸，腰围也比布兰特粗九英寸，但主要还是因为深层次的心理原因。爱人从不真实存在，只不过是一个人头脑中想象的样子投射在了与之偏差最小的人身上。布兰特和乔恩两个人的理想型相差很多，不过他们两个人都认为伊德妮就是自己理想型的化身。她对此并不感到意外，她几乎从不感到意外。

“我要去河边。”她说，“我路上去找你来着，布兰特，不过你出去了。”

这让乔恩很泄气，不过她很快就在他们俩之间扯平了。

“我以为你去找洛兰或者别的姑娘了，不过我知道我能在乔恩家找到他。”

乔恩看上去对于这个来路不明且并不准确的褒奖扬扬自得。他把自己的草图卷起来，一边往房子跑一边高兴地回头大喊：“等我一下，我很快的！”

布兰特身体不自在地左右摇晃，同时目不转睛地看着伊德妮。她并没有邀请他们中任何一个跟她一起去河边，除非她明确拒绝，否则他也要一同前往。不过他记得好像有句老话说过，双人成伴，三人散伙。

乔恩跑回来，穿着耀眼，他披了一件令人意外的绿色斗篷，下面两个角上还有炸开的红色花纹。只有特别年轻的人才能驾驭这件衣服，乔恩穿上的效果也只是凑合。布兰特想着自己是不是有时间赶回家换上更夺人眼球的衣服，不过风险太大了。这简直就是在对手鼻子前公然挑衅，可能他还没来得及找到增援，战斗就结束了。

“你们可真是够热闹的。”他们出发的时候，老约翰毫无建设性地说道，“介不介意我也一起去呀？”男孩们一脸窘迫，不过伊德妮发出一声欢快的笑声，这让他很难讨厌她。他在大门口站了一会儿，微笑着目送他们越走越远，穿过树林和通往河流的长长的草坡。不过很快，他的目光不再追随他们的身影，他陷入了和人类其他白日梦一样徒劳的美梦中，关于他已经远去的青春之梦。很快，他转身背对着阳光，收起了脸上的微笑，消失在作坊的忙乱当中。

* * *

向北移的太阳已经越过了赤道，很快白天的时间就会长过夜晚，冬天已经彻底走远。北半球分布在各地的无数个村庄都在准备迎接春天。大城市逐渐消亡，人类又回归了田野和森林，在数千年城市文明岁月中沉寂已久的古老习俗又悄悄复兴。很多习俗是第三千年的人类学家和社会工程师有意复兴的，在他们的聪明才智安排下，人类文明的许多模式都安全地度过了漫长岁月。所以人们仍然会举行仪式庆祝春分，比起那些曾排放大量烟雾污染地球天空的工业城市中的人，原始人对这些复杂的仪式并不那么陌生。

春节的安排总是会让相邻村庄争吵不休。虽然作为庆祝主办村庄，至少一个月内的其他所有活动都会被打乱，但是任何一个村庄都会因为被选为主办方而感到荣幸。刚刚安定下来的社区仍然处于迁移后的休养生息中，当然不能指望着他们承担这样的重任。不过布兰特的族人想出了一个绝妙的方法，能够重新获得欢心，洗刷最近做的不光彩之事带来的污点。方圆一百英里内还有五个村子，所有人都被邀请到查奥蒂斯参加节庆。

邀请函的措辞非常巧妙，字里行间都在暗示，由于众所周知的原因，查奥蒂斯不可能安排出人们想象中的精心设计的庆典，所以就拐弯抹角地说，如果客人们想尽兴，最好换个地方。查奥蒂斯以为顶多有一个村庄会接受他们的邀请，不过隔壁村庄的好奇心超过了他们的道德优越感。他们都表示自己愿意前来，查奥蒂斯因此完全不可能逃避主办责任了。

山谷中人们通宵达旦，彻夜不眠。树木挂着一排发着稳定的蓝白光的人工太阳，让星星和黑暗都远离村庄，数英里内所有野生动物的自然节律陷入了一片混乱。白昼一日比一日更长，夜晚逐渐缩短，村里的人和机器都在努力让需要容纳大约四千观众的圆形大剧场做好准备。至少从一个角度来说，他们是幸运的，他们这里的气候不需要加盖屋顶或人工取暖装置。他们恋恋不舍却不得不离开的那片土地上，在三月之前，大地都会被厚厚的冰雪覆盖。

在那个大日子的早晨，布兰特因为听到头顶的天空有飞行器降落的声音而早早醒来。他疲惫地伸了伸懒腰，琢磨着什么时候才能再爬到床上好好睡一觉，然后钻进衣服里。他用脚踢了踢一个隐蔽的开关，墙壁内便伸展出一块硬塑料板，将地面下一英寸的长方形弹性泡沫橡胶完全盖起来了。这里不需要用被单之类的床上用品，因为房间能够自动将温度保持在人体温度水平。由于许多类似的方法，布兰特的生活比遥远祖先的生活简单了许多，由于五千年来科学的不断且几乎被遗忘的努力而变得简单。

光从一面半透明的墙投过来，整个房间都布满了柔和的光线。房间乱得不可思议。唯一的空地下面藏着床，恐怕夜幕降临时，这里也得重新收拾一下才能睡。布兰特非常爱囤东西，任何东西都不愿意丢。在这个大部分东西都能轻易制造出来的世界里，有价值的东西是很少的，所以囤积东西是一个不太常见的行为，不过布兰特收藏的东西并不是合成器制造出来的那些玩意儿。房间的一个角落里有一段小树干撑着墙，树干的一部分经过雕刻，看上去有点像人的外形。地面上其他地方散落着大块的砂岩和大理石，等着有一天布兰特决定用它们做点什么。墙壁上挂满了画，大多数性质都很抽象。不需要仔细琢磨，就能推断出布兰特是个艺术家，不过他是不是个好艺术家就不太好判断了。

他在杂物堆里东踩一下西踩一下地踏出一条路，然后就去找吃的了。这里没有厨房，有些历史学家坚持认为厨房这种东西到公元二五〇〇年还有，但是在很早以前，大多数家庭自己做饭的频率就跟自己做衣服的频率差不多了。布兰特走到主客厅里，来到一个嵌在墙上齐胸位置的金属盒子面前。盒子的中央是过去五十个世纪的人类非常熟悉的东西——数字脉冲拨号盘。布兰特拨出一个四位数字，然后等待着。什么事情都没有发生。他看上去有点心烦，按下了一个隐藏的按键，设备的前盖打开了，露出内部结构，按道理说，这里应该装着美味可口的早餐。可这里空空如也。

布兰特可以打电话到中央食物机讨个说法，不过可能它也不能解答这个问题出在哪里。显而易见，餐饮制作部门准备今天超负荷的饮食一定是忙得要死，他要是能吃上早餐就算是幸运了。他清空了电子回路，然后重新输了一个很少使用的数字试试。这次，机器发出了温柔的咕噜声，一声沉闷的咔嗒声，然后门盖打开，露出了一杯深色的、冒着热气的饮品，一些看上去不太诱人的三明治和一大片蜜瓜。他皱了皱鼻子，好奇人类怎么会以如此快的速度退化到荒蛮阶段，布兰特开始吃这顿凑合的早餐，很快就一扫而光。

他的父母还在睡，他悄悄走出房子来到村子中央长满草的宽阔广场上。时间还很早，空气中有些凉意，不过天气晴朗，还留着一些最后一滴露珠蒸发后很少能留下的清新感。一些飞行器落在草地上，乘客们从里面走出来，他们凑成圈子乱逛，或者挑剔地四处转悠着审视查奥蒂斯。布兰特旁观的当口，一个飞行器蜂鸣着快速飞到天上，留下一段电离作用产生的尾迹。不一会儿，更多飞行器降落，这些飞行器只能乘坐几十个乘客，在一天结束前要往返好几次。

布兰特在游客中闲逛，努力让自己看上去充满自信，却又不至于趾高气昂，让所有人都敬而远之。大多数陌生人都跟他同样年纪，上了年纪的人会在更合适的时间抵达。

他们毫不遮掩好奇地看着他，而他也报以充满好奇的目光。他注意到，他们的肤色比自己的更深，声音温柔又自然。有些人甚至还有一点点口音，尽管人们已经使用通用语言和即时通信了，地方差异仍然存在。至少，布兰特认为他们是有口音的人，不过有那么一两次，他发现自己说话的时候他们也会微微笑起来。

整个早晨，游客都聚集在广场上，前往人们无情砍伐森林建造的大竞技场。这里有帐篷和鲜艳的横幅，四处回荡着叫喊声和笑声，早晨对年轻人来说是用来娱乐的。在时间的长河中，一万年来雅典像一座越来越暗却永不熄灭的灯塔，逐渐衰落，但体育运动的模式自打最早的奥林匹克运动会时期开始，从未变过。人类仍然跑跳、角力、游泳，不过如今人们做得比自己的祖先好太多了。布兰特是个不错的短跑运动员，百米跑比赛得过季军。他的百米成绩只有八秒多一点，这并不是多了不起的成绩，因为纪录是不到七秒。如果布兰特知道有一个时期，世界上没有任何人能够接近这个数字，他一定会非常震惊。

乔恩玩得非常开心，把甚至比自己体形还大的年轻人弹到站满人的草地上，上午的结果出来时，查奥蒂斯人的得分比任何游客都高，虽然村子只在很少的几个项目上能拿第一。

快到中午时，人群开始像阿米巴虫一样流向五棵橡树草地，从很早开始，分子合成器就在那里不停地工作，好让五百张桌子上都能摆满食物。人们在准备食物原型的时候倾注了大量技巧，之后原型经过原子级别的绝对精确的复制就可以了。尽管食物生产的机制彻底改变了，不过厨师的艺术保留了下来，甚至进一步在自然力量无用武之地的领域获得了胜利。

下午的主要特色活动是长篇诗剧——融合了被人们遗忘很久的诗人作品的技巧创作的模仿作品。总体来说，布兰特觉得这很无聊，不过还是有一些精妙的句子给他留下了印象：

冬雨和废墟已成往事，
冰雪与罪恶的季节终于过去……

布兰特了解冰雪，远离冰雪让他非常高兴。但是，罪恶是一个三四千年前就已经不再使用的古老词汇，不过它给人一种不祥和刺激的感觉。

直到快到黄昏，他才赶上了伊德妮，然后跳舞活动就开始了。山谷上空飘浮的灯亮了起来，森林被不断变换图案的蓝、红、金三色的灯光笼罩着。跳舞的人先是三五成群，然后十几个人一组，后来变成了几百个人结队进入了圆形剧场的椭圆形场地内，然后变成了充满欢声笑语的漩涡的海洋。这里终于有布兰特能够漂亮地赢过乔恩的项目了，他让自己完全随着纯粹物质享受的波浪而动。

这里的音乐涵盖了人类文化中出现过的所有类型。某个瞬间，空气还在跟随世界年轻时某片原始丛林中诞生的鼓点节奏跳动，过了一会儿，音乐又变成了像用精妙电子乐技巧编织而成的四分音符挂毯。星星不断在天空中移动，同时冷漠地俯视着大地，但是没人看到斗转星移，也没有人在意时间的流逝。

布兰特在找到伊德妮之前已经和很多姑娘一起跳过舞了。她看上去特别漂亮，整个人都洋溢着生活的喜悦，她有很多舞伴选择，所以似乎并不着急过来跟他一起跳舞。不过最后他们还是在人群旋涡中旋转起来，一想到乔恩可能在远处郁闷地看着他们，他就感觉特别高兴。

音乐暂停的时候，他们从舞会中离开了，因为伊德妮说她有点累了。这正合布兰特的心意，很快，他们就坐在高大的树下，带着彻底放松时的抽离感看着身边生活的潮起潮落。

布兰特首先捅破了窗户纸。他必须行动了，机不可失。

“伊德妮，”他说，“你为什么一直在躲着我？”

她用无辜的大眼睛看着他。

“哦，布兰特，”她回答说，“你这话太不友善了。你知道事实不是这样的！我希望你不要这么嫉妒，你不能指望我每时每刻都跟在你身后。”

“哦，那太好了！”他小声地说道，琢磨着自己是不是出丑了。不过他最好还是把说了一半的话说完。

“你知道，总有一天你得在我们之间做出选择。如果你一直这么拖着，你可能就会像你的那两个阿姨一样变成老姑娘了。”

伊德妮发出咯咯的笑声，一想到自己怎么可能变得又老又丑的滑稽之处，甩了甩头。

“即便你没什么耐心，”她说，“我觉得乔恩还是能靠得住的。你有没有见过他给我的东西？”

“没有。”布兰特说，他的心往下一沉。

“你观察很敏锐的，不是吗？你没有注意到这个项链吗？”

她的胸前戴着一大串珠宝，用细金链挂在脖子上。这个挂饰非常精美，不过没有什么特别之处，布兰特没有浪费时间说这些。伊德妮神秘地笑了起来，手指朝着喉咙上下翻动。很快，周围充满了音乐声，一开始和舞会的声音混在一起，然后声音彻底盖过了后者。

“你看，”她骄傲地说，“不论我走到哪里，都有音乐相伴。乔恩说这里面存储了好几千小时的音乐，即便什么时候开始重复播放了我也发现不了。是不是很聪明？”

“可能是吧。”布兰特不情愿地说，“不过这并不是什么新东西。以前所有人都会随身带这种东西，后来地球上所有地方都不得安宁，所以人们不得不把它禁止了。要是人人都有这东西，想想得多么混乱！”

伊德妮生气地从他身边跑开了。

“你又来了，你总是嫉妒那些你做不到的事情。你给过我任何赶得上这东西一半巧妙实用的东西吗？我要走了，你别跟着我！”

布兰特目瞪口呆地看着她走开，被她突然的行为惊讶到了。然后他在她身后大喊：“嘿，伊德妮，我不是这个意思……”但她并没有停下来。

他气急败坏地离开圆形剧场。理智地分析伊德妮发脾气的原因对他来说并没有好处。他那一番话虽然充满恶意，但是字字句句都是真的，有时候没有什么比真相更令人生厌了。乔恩的礼物虽然精美，但不过是个可有可无的玩具，只是因为目前看上去独特才有趣。

她说的一点让他久久不能释怀。他又给过伊德妮什么呢？他除了画作之外什么都没有，而这些画甚至都不能算好作品。他把自己最优秀的作品献给她时，伊德妮丝毫不感兴趣，而且也很难向她解释自己并不是肖像画家所以不想画她。她从来都没有真正理解这一点，而要不伤害她的感情也是很难的。布兰特喜欢从自然中汲取灵感，但是他不会将自己所见一丝不苟地复制下来。他的一幅画作完成时（这偶尔发生），往往画的名字是唯一能够指向创作原型的线索。

舞会的音乐仍然在他周围跳动，不过他已经兴致全无。他无法承受其他人享受欢乐的情景。他决定从人群中离开，他能想到的唯一能让自己平静的地方，就是森林里新种的微光青苔形成的闪闪发亮的毯子另一端的河边。

他坐在水边，往水流里丢小树枝，看着它们向下游流去。时不时地，有些闲人会经过，不过他们总是结伴而行，注意不到他。他嫉妒地看着他们，反复思量着自己感情的不顺遂。

他想，如果伊德妮下定决心选择乔恩，就能终结他的痛苦，他也会比现在强一些。但是她没有表现出对任何一个人的哪怕一点点偏爱。可能她就像有些人——特别是老约翰——说的那样，只是把自己的快乐建立在他们两个人的挣扎上，不过也有可能她是真的没办法做出选择。布兰特忧郁地想，她想要的是他们两个人其中之一能做些另一个人无法企及的惊人之举。

“你好。”他身后有个弱小的声音说道。他向后扭头看过去。一个八岁左右的小姑娘正在盯着他，脑袋微微向一侧歪着，像一只好奇的麻雀。

“你好。”他毫无热情地回答，“你为什么没有看跳舞？”

“你为什么没去跳舞？”她迅速反问道。

“我累了。”他希望这个借口足够充分了，“你不该自己一个人乱跑，可能会迷路的。”

“我确实迷路了。”她开心地说，在他旁边的河岸上坐下来，“我喜欢这样。”布兰特好奇她是从哪个村子来的，她是个相当漂亮的小姑娘，如果脸上没有巧克力会更漂亮。他的独处时光似乎结束了。

她用那种令人不安的率真目光凝视着他，令人欣慰的是，这种率真很少能持续到童年结束。“我知道你出了什么问题。”她突然说。

“真的？”布兰特用礼貌的质疑语气问。

“你恋爱了！”

布兰特将原本要丢进河里的树枝扔了，扭过头来看着这个好奇的小姑娘。她正用特别严肃的同情目光看着他，以至于一瞬间，他发出了一阵大笑，所有病态的自怨自艾都烟消云散。她看上去很受挫，他很快就控制住了自己的笑声。

“你怎么看出来的？”他十分认真地问。

“我读过关于恋爱的所有内容。”她严肃地回答，“有一次我看了一场图片剧，里面有个男人像你一样跑到河边坐着，不久就跳河了。然后出现了一段可怕又好听的音乐。”

布兰特一言不发地打量这个早熟的小孩，对于她不属于自己生活的社区感到如释重负。

“抱歉，我没办法给自己安排音乐。”他沉重地说，“不过这条河也没有那么深。”

“这条河流得很远。”小孩给出了很有建设性的回答，“这里只是一条小河，不过出了树林之后河面就宽了。我在飞行器上看到了。”

“然后呢？”布兰特毫无兴趣地问，不过好在对话总算变得温和无害了一些，“我猜这条河汇入了海洋？”

她毫不淑女地做出嫌恶的嗤之以鼻的样子。

“当然不是了，傻瓜。山这一侧的河最后都会流向大湖。我知道这个湖像海一样大，不过真正的海洋在山的另一侧。”

布兰特对新家的地理详情知之甚少，不过他觉得这个小孩说得没错。向北走不到二十英里就能到大海，不过中间横着一系列低矮的小山。向内陆方向走一百英里就到了大湖，地质工程师改造这片大陆之前，这里一些土地是一片荒漠，而大湖则是它们的生命之源。

小天才用树枝摆出一张地图，耐心地给她这位迟钝的学生解释这些事。

“我们在这里。”她说，“这儿是河，这里是山，湖在你的脚旁边。大海在这片区域——我告诉你一个秘密。”

“什么秘密？”

“你肯定想不到！”

“我想是的。”

她把声音压低，用秘密的耳语说：“如果你沿着海岸一直走——海岸离这儿并不远，你就会抵达沙斯塔。”

布兰特努力想做出一副吃惊的表情，却没有成功。

“我才不相信你以前听说过！”她大为失望地哭喊。

“抱歉。”布兰特说。“我觉得那儿应该是个城市，我以前在别的地方听说过。不过城市有很多的，你知道的，迦太基、芝加哥、巴比伦和柏林，你不可能把它们的名字都记住。不管怎么说，它们都已经消失了。”

“沙斯塔还没有。它还在那儿。”

“好吧，有些后期的城市仍然多多少少留在原地，人们经常去游玩。我以前的家附近五百英里处以前就有一座相当大的城市，叫……”

“沙斯塔并不是那种古老城市。”小孩神秘地打断了他的话，“我爷爷告诉过我，他去过那里。那里一点都没有被破坏，仍然充满了各种现在人都没有的好东西。”

布兰特心里暗暗笑了。地球上的废弃城市无数个世纪以来都是孕育传奇的地方。沙斯塔被抛弃已经有四千，不，将近五千年了。如果它的建筑还没有倒，当然这一点可能性相当大，它们里面有价值的部分肯定也早就被洗劫一空了。爷爷似乎是编了一些漂亮的童话故事来哄孩子。布兰特对他表示同情。

小姑娘并没有理会他质疑的目光，继续说着这个话题。布兰特三心二意地听她说话，根据情况礼貌性地插上一句“对”或者“真没想到”。突然，周围安静了。

他抬头一看，发现小姑娘正极其厌烦地盯着通往这里的林间道路。

“再见。”她突然说，“我得找个别的地方躲起来，我姐姐要来了。”

她像来时一样匆匆离去。照料这个顽皮孩子对她的家人来说肯定不容易，不过他觉得她给自己做了件好事，让自己的忧郁情绪消散一空。

不到几个小时，他意识到她做的事情远不止于此。

* * *

西蒙倚在门柱上，看着世界来来往往，这时候布兰特跑来找他。一般世界需要转过西蒙的门时往往会有一点点加速，因为西蒙讲起话来总是滔滔不绝，他曾经跟一个人聊了一个多小时，那人都没能逃走。很少有人会自愿靠近西蒙，而布兰特现在正在这么做。

西蒙的问题是他有一流的头脑，却懒得用它。如果他出生在更蓬勃的年代，可能会更幸运一些，而他在查奥蒂斯只能以牺牲别人为代价磨砺自己的智慧，由此获得名望而不是名气。不过他也是必不可少的人，因为他不仅知识丰富，而且大部分还相当准确。

“西蒙，”布兰特开门见山地说，“我想了解了解这个村庄。地图上没什么信息，它们太新了。很早之前这里有什么？”

西蒙挠了挠他坚硬的络腮胡子。

“我觉得跟现在没什么不一样吧。你是指多早以前呢？”

“哦，就是还有城市的那个时代。”

“那时候没这么多树，这是自然。这里可能是一片农业地区，用来生产食物。你见过建造圆形剧场的时候挖出来的农业机械吗？那东西肯定有年头了，它都不是电的。”

“是的，”布兰特不耐烦地说，“我见过。不过跟我讲讲这附近的城市吧。从地图来看，从我们这儿往西几百英里的海边有个地方叫沙斯塔。你知道点什么吗？”

“啊，沙斯塔，”西蒙嘟囔着，拖了一会儿时间，“一个很有意思的地方，我记得我好像在哪里还有一张那儿的图片。等我一下，我去找找看。”

他钻进房子里，快五分钟后回来了。在这短暂的时间里，他在图书馆里进行了详尽的检索，生活在纸质书时代的人很难想象他能用这么短的时间完成。查奥蒂斯拥有的所有资料记录都存在一个边长一米的金属盒子里，其中包含的内容相当于十亿卷纸质资料，都永久储存在亚原子储存模型当中。几乎所有人类掌握的知识以及留存下来的全部文献都封存在这里。

这并不只是一个被动储存知识的仓库，它还配备了图书管理功能。西蒙将自己的要求录入这个永不疲倦的机器当中时，检索会一层一层通过近乎无线的电子回路网络向下传导。只要给出名字和大概的日期，几乎在一瞬间，它就能够找到他需要的信息。然后他在轻微自我催眠下放松身体，图像就会涌入他的大脑。这些信息只会在他的记忆中保留几个小时——对他来说足够长了，然后就会被遗忘。西蒙不想用无关的事情扰乱自己整齐有序的头脑，对他来说，大城市兴衰的全部故事是无关紧要的历史章节。它是有趣而略带遗憾的插曲，属于一去不复返的过去。

他充满智慧地再次出现时，布兰特仍然在耐心等待。

“我没找到任何图片。”他说，“我老婆又在整理了。但是我会告诉你我能记得的关于沙斯塔的事情。”

布兰特换了一个让自己尽量舒服的姿势，他很可能会在这儿待上一会儿。

“沙斯塔是人类建造的最后一批城市之一。当然，你知道，城市在人类文化中出现的时间相当晚，大约是一万两千年前。在几千年的时间中，城市的数量和重要性都逐渐增长，最后有些城市当中生活着大约几百万人。我们很难想象生活在这样的地方会是什么样，城市是钢铁和石头的荒漠，几英里内都没有一点点草地。不过城市是必要的，在交通和通信还没有得到完善之前，人们必须彼此相邻而居，才能完成复杂的贸易和生产制造流程，这是他们赖以生存的基础。

“真正的大城市在空中交通普及后开始消失。在那个遥远、野蛮的时代，相互攻击的威胁也让他们逐渐分散居住。但是很长一段时间……”

“我研究过那一时期的历史。”布兰特插了一句并不太真实的话，“我了解所有关于……”

“……很长一段时间中，地球上仍然有很多小型城市存在，这些城市彼此靠文化而不是贸易相连。这些城市只有几万人口，在巨型城市消失后维持了几个世纪。所以牛津、普林斯顿和海德尔堡这些城市对我们来说仍然有意义，而那些更大的城市只不过是名字而已。但是人们发明了合成器后，即使是很小的社区，也能够毫不费力地生产出足以让居民生活的产品，所以即便这些城市也注定会走向衰落。

“有一段时期，城市实际上已经不再是必需的形式，而人类还没有意识到城市文化已经走到了尽头，沙斯塔就是这一时期建立起来的。它似乎是人们精心建造出的艺术品，城市的构思和设计都是浑然一体，城市的居民也大多是各种各样的艺术家。但是这个城市并没有存在很长时间，市民的大批离去最终让城市彻底衰落了。”

西蒙突然安静下来，仿佛在回味星际之路开辟、整个世界撕裂成两半的那几个动荡的世纪。人类中最优秀的那些沿着星际之路离开了，其余人则留在地球上，此后，地球的历史似乎走到了尽头。此后的一千多年里，离开太阳系的那些人短暂地返回太阳系，急切地讲述着他们去过的那些神奇的恒星和遥远的行星，描绘那个有朝一日能够横跨银河系的强大帝国。但是世界上总有一些最灵活的小船也无法穿越的海湾，地球和她的流浪之子之间就隔着这样一个海湾。他们之间的共性越来越少，返回的飞船越来越少，最终两次返回的飞船之间能相隔几代人。近三百年来，西蒙都没有听说有任何飞船回来。

西蒙很少要在别人的催促下才说话，不过布兰特马上说道："不论如何，我还是对这地方本身而不是它的历史更感兴趣。你觉得它还在吗？"

"我马上要讲到这儿了。"西蒙从自己的沉思中回过神来说，"它当然还在，过去人们把它建造得很坚固。不过我能不能问问你为什么这么感兴趣？你是不是突然对考古学产生了巨大的热情？哦，我觉得我能理解！"

布兰特非常清楚，想在西蒙这种专业的好事之徒面前隐瞒任何事情都是无用功。

"我希望，"他戒备地说，"即便经过了这么漫长的时间，那里仍然有值得去寻找的东西。"

"也许，"西蒙心存疑虑地说，"有朝一日我也该去看看。那几乎就在我们家门口，从来没换过地方。不过你打算怎么去呢？村子肯定不会借飞行器给你用的！你也不能走过去，少说得花一周才能走到。"

不过这正是布兰特的打算。接下来的几天，他仔细地向村子里几乎所有人展示，除非一个人非常努力地去做一件事情，不然它就不值得做。没有什么比从需要中获得美德更好的事情了。

布兰特在史无前例的瞒天过海中完成了准备工作。他并不想把自己的计划说得太具体，以防查奥蒂斯那些有权使用飞行器的人抢先跑去沙斯塔一探究竟。当然，这事儿迟早都会发生，不过过去几个月令人兴奋的活动会阻止这样的探险。步履蹒跚地跋涉一周走到沙斯塔，却发现冷漠地迎接自己的是十分钟就能走完这段路的邻居，没有什么事儿比这更丢脸了。

另一方面，同样重要的是，整个村子，特别是伊德妮，应该认识到他努力在做的事情非常特殊。只有西蒙知道真相，他不得不答应暂且不透露任何风声。布兰特希望，他对查奥蒂斯东边的一个村庄表现出的强烈兴趣能让人们无法注意到他的真实目标，这个村庄也有一些比较重要的考古遗址。

一个人离开村庄两到三周需要的食物和装备数量十分惊人，布兰特第一次计算这些东西的时候让自己陷入了相当低落的状态。有那么一段时间，他甚至想过讨一个或者借一个飞行器，但是他的请求显然不会得到同意，而且还一定会破坏他宏图伟业的所有目标。但是，他要把旅途所需的全部东西都带上是不可能的。

对生活在机械化程度较低的时代的人来说，解决办法显而易见，不过布兰特花了好一会儿才想出来。飞行工具的出现让几乎所有陆地交通工具都消失了，只有一种最古老、最万能的交通工具保留了下来，这是唯一能够自然保留下来，在没有其他人帮助的情况下能够方便控制的交通工具。

查奥蒂斯有六匹马，对这个社区来说数量少了点。有些村庄马匹的数量比人口还多，不过布兰特的族人生活在荒野和山地区域，目前为止没什么机会骑马。布兰特这辈子只骑过两三次马，而且每次时间都非常短。

特雷格掌管着一匹公马和五匹母马，这个驼背的小个子男人除了动物以外对任何生物都不感兴趣。他并不是查奥蒂斯的杰出知识分子中的一员，不过他非常乐于经营自己的私人动物园，里面养着各种大小和品种的狗、几只海狸、一些猴子、一只幼狮、两头熊、一只小鳄鱼，以及其他一般只可远观的野兽。他平静生活中唯一的伤心事就是他目前还没能养一头大象。

布兰特找到特雷格时，如自己所料，他正倚在自己小牧场的大门上。他旁边还有个陌生人，特雷格介绍说他是邻近村庄来的马匹爱好者。从衣着打扮甚至到面部表情，这两个人都有着奇怪的相似性，所以让这种解释显得没有必要。

在不容置疑的专家面前，人总是会感到有点紧张，布兰特不自信地向特雷格说起自己的问题。特雷格严肃地听他说话，沉默良久才开口回答。

“是的，”他一边慢慢地说，一边用大拇指朝着母马们指了指，“只要你知道怎么驾驭它们，任何一匹都可以。”他一脸怀疑地看着布兰特。

“它们跟人类很像，你懂的。要是它们不喜欢你，你根本拿它们没办法。”

“啥都干不了。”陌生人添油加醋地附和道。

“不过，你肯定会教我怎么驾驭它们的吧？”

“也许会，也许不会。我记得以前也有个跟你一样的小年轻想学骑马。但是马压根儿就不让他靠近。马不喜欢他，就只能这样了。”

“马能识人。”另一个人阴郁地插了一句。

“没错。”特雷格表示赞同，“你得是个有同情心的孩子。那你就没什么好担心的了。”

布兰特觉得，不那么喜怒无常的机器还是更有竞争力。

“我不想骑马了。”他带着情绪说，“我只需要一匹马帮我驼装备。还是说马连这活儿可能都不愿意干？”

他温和的讽刺也是浪费感情。特雷格严肃地点点头。

“那没有问题。”他说，“除了黛西以外，别的马都会让你用缰绳牵着走。你永远牵不动黛西。”

“那你觉得我能不能借一匹——呃，温顺一些的，让我用一下？”

特雷格犹豫地拖着步子乱走，在两种互相冲突的欲望当中纠结。他很高兴有人愿意用他心爱的动物，但也担心它们会受到伤害。布兰特可能受到的任何伤害倒都不重要。

“嗯，”他充满疑虑地说，“现在有点尴尬……”

布兰特凑近看了看那些母马，意识到了原因。虽然只有一匹母马旁边跟着小马驹，不过显然很快它们会迎来更多小马驹。这是他忽视的另一个难题。

“你要去多久？”特雷格问。

“最多三周，可能两周就回来了。”

特雷格飞速算了算产期。

“那你可以带日光去。”他说道，“它不会给你造成任何困扰，它是我养过的脾气最好的动物。”

“太谢谢你了。”布兰特说，“我保证会照顾好它。你能不能带我见见它？”

“我不知道我干吗要这么做。”乔恩温柔地抱怨着，同时调整着日光整洁的身体两侧的驮篮，“特别是你根本就不告诉我，你们打算去哪儿或者想找什么。”

布兰特即便愿意，也无法回答最后一个问题。他更为理智的时候，知道自己去沙斯塔找不到什么有价值的东西。事实上，很难想到有什么东西是自己族人没有的，或者想要而短期内得不到的。但是这趟旅程本身就能够证明自己对伊德妮的爱，而且这是他能想到的最有说服力的证据。

她肯定会被他的准备打动，而且他还认真地强调了自己将面对的危险。在野外睡觉非常不舒服，而且他路上还得吃最单调的食物。他甚至可能迷路，永远都不会再出现。山上或森林里可能还有野兽，危险的野兽。

老约翰对历史传统毫无感情，他对于将铁匠和马这种存活下来的原始交通方式联系起来的轻蔑表示反对。他弯腰检查日光的蹄子时，日光为此故意夹了他一下，动作相当娴熟精准。不过他很快制作了一组驮篮，布兰特能够把旅途需要的一切都放到里面，包括他的画画材料，他不想跟这些东西分开。特雷格给他讲了一些马具的技术细节，并做了一个大部分用绳子做成的古代马具原型。

布兰特完成最后的调整时是清晨，他打算尽可能不引人注意地出发，他完全做到了这一点，却显得有点尴尬。只有乔恩和伊德妮来给他送行。

他们沉思着一言不发地走到村口，穿过河上修长的金属桥。乔恩生硬地说："好吧，你这傻瓜可别撞坏了脖子。"然后握了握布兰特的手离开了，留下伊德妮和他独处。这是很友善的表示，布兰特很感谢他能这么做。

趁着自己的主人全神贯注做别的事情时，日光开始吃长在河边的长草。布兰特尴尬地双脚轮流着晃了一会儿，然后心不在焉地说：

"我想我该走了。"

"你要走多久？"伊德妮问。她没有戴乔恩送给她的礼物，可能她已经厌倦了。布兰特希望如此，然后意识到她可能也会同样迅速地对自己带回送给她的任何东西失去兴趣。

"哦，大约两星期，如果一切顺利的话。"他阴郁地说。

"一定要小心，"伊德妮用略带急促的语气说，"不要做鲁莽的事。"

“我尽力。”布兰特说，仍然没有要出发的意思，“但是人总要在某个时候冒点险。”

要不是日光突然出现掌控局面，这前言不搭后语的对话可能还会持续更长时间。布兰特的胳膊突然被拽了一下，然后被拖着快步走了起来。他重新找到平衡，打算挥手告别时，伊德妮向他飞奔过来，深深吻了他一下，他还没有回过神来，伊德妮便消失在村庄的方向了。

布兰特再也看不到她的时候，伊德妮的脚步便慢了下来。乔恩仍然在她前面很远，但是她也没有试图追赶他。在这个明媚的春日早晨，她整个人却处于一种不合时宜的奇怪严肃感当中。被爱的感觉很令人愉悦，但是如果一个人不再放眼长远，被爱也有坏处。在一瞬间，她怀疑这样对乔恩或布兰特是否公平，甚至对自己是不是公平。总有一天她得做出选择，这事情不可能永远拖延下去。但是她无论如何也无法决定自己更喜欢哪个男孩子，她也不知道自己是否爱他们任何一个。

没有人告诉过她，她自己也没有意识到，当一个人不得不问自己“我是否恋爱了”时，答案永远是“没有”。

森林从查奥蒂斯外向东绵延五英里左右，消失在横跨大陆剩余区域的大平原上。六千年前，这片土地是世界上最大的沙漠之一，原子时代人的第一批成就就是完成对这里的开垦。

布兰特打算向东走到森林边缘，然后朝北方高地行进。从地图上看来，以前在山脊上有一条路，它将沿海的所有城市串成了一条线，最末端就是沙斯塔。沿着这条路的轨迹走应该不难，不过布兰特并没有指望路本身经历几个世纪后还在。

他一路上始终紧跟着河走，希望河的路径从地图绘制以后没有发生改变。这条河不仅是他的向导，也是穿过森林的捷径，树木过于密集的时候，他和日光总是可以从浅水水域涉水而过。日光也非常合作，那里没有会让它分散注意力的草，所以不需要怎么督促，它就可以有条不紊地拖着步子跟着他走。

过了正午不久，树木就开始变得稀疏。一个世纪又一个世纪过去，人类已经不想再占领这些土地，而布兰特则抵达了这片区域的边缘。过了一会儿，森林就被他抛在了身后，他自己则身处于开阔的平原上。

他检查了一下自己在地图上的位置，发现跟地图绘制的时期相比，森林又向东扩展了相当一段距离。但是向北去往低矮的小山的路径很清晰，古老的路就是在这些山上，他晚上以前应该就能抵达。

到了这里，一些现实自然世界中无法预见的困难便出现了。日光发现周围都是自己已经看了很久的最可口的青草，终于难以抵挡诱惑，没走三四步就停下来吃上满满一口。布兰特和它之间用一根比较短的绳子相连，停顿导致绳子突然拽他一下，差点让胳膊脱臼。而让绳索延长会更糟，因为这样马匹就完全不受控制了。

现在布兰特已经挺喜欢动物了，不过很快他就发现日光是在利用他的好脾气。他忍着脾气向前走半英里，然后就变换方向，朝一棵枝条似乎特别纤细柔嫩的大树走去。日光用清澈的棕色眼睛的眼角警惕地看着布兰特，而他正在制作一个精致的弹性开关，耀武扬威地将它安在皮带上。然后它飞快地跑起来，他根本就追不上它的脚步。

正如特雷格所说，它无疑是头聪明得令人费解的动物。

布兰特首选的山脉海拔不到两千英尺，而且山坡非常平缓。但是爬上山脊的路上要经过无数烦人的丘陵和小山谷，他们爬到最高点时已经接近晚上了。向南看去，布兰特看到了自己来时穿过的森林，而这些森林现在已经不再是他的阻碍。查奥蒂斯就在森林当中的某处，但他只是模糊地知道村庄的位置大概在什么地方，出乎意料的是，他发现自己根本找不到森林中有他的族人开辟的巨大空地的迹象。平原向着东南方向无限延伸，平坦的草地上装点着一小簇一小簇的树丛。靠近地平线的区域，布兰特可以看到很小的、慢慢移动的半点，他猜想那可能是一些巨大的野生动物群在迁徙。

北边是海，从长长的山坡下去，穿过低地十几英里就能够抵达。阳光逐渐暗淡下去，海面看上去几乎一片漆黑，除了一些小小的碎浪和点点泡沫散落其中。

午夜以前，他找到一个避风的山洞，把日光拴在了一个结实的灌木上，然后支起老约翰给他设计的小帐篷。理论上讲，这并不是什么复杂操作，不过，很多人早就发现，这件事是非常考验人的技巧和脾气的。终于，一切就绪，他钻进帐篷过夜。

有些事情仅仅依靠智慧是难以预料的，只能通过惨痛的经验才能了解。谁能料到，搭帐篷的地方处于近乎平地的山坡上，但人体就是对这一点点坡度很敏感呢？而更令人难受的是帐篷一头到另一头之间有微小的温差，可能是在帐篷里随意乱飘的气流造成的。布兰特可以忍受固定的温度变化，但是无法预测的温度变化会让人发疯。

他断断续续地睡着，中间可能醒了十好几次，快到黎明的时候，他的精神跌倒了低谷。他浑身发冷，感觉悲惨而且身体僵硬，仿佛已经好多天没有睡过好觉一样，这时候他很容易放弃自己的整个探险计划。他做好了准备——甚至心甘情愿——为了爱情直面危险，但是腰痛并不在其中。

然而，夜晚的不适很快就因为白天的狂喜而被遗忘。从海上吹来的风沿着山坡爬上来，山上的空气清新又带有强烈的咸味。露珠遍地都是，饱满地挂在每一片弯曲的草叶上，不过很快太阳越升越高，露水便消失得无影无踪。活着真好，年轻地活着更好，而深处爱河中活着再好不过了。

开始一天的旅程后，他们很快就走到了路上。布兰特之前错过了这条路，因为它以前在靠近海洋的山坡下面，他以为自己会在山脊上发现这条路。这条路建造得很好，一千年过去，它几乎没什么变化。自然要抹杀掉它的痕迹却徒劳无功：这里或那里的几米路段被它成功盖上了薄薄一层土，不过它的仆从背叛了她，风雨再次将土擦洗干净。这条路像一个巨大的无接缝的带子，环绕海边长达一千多英里，这条路也仍然连接着人类自孩提时代起便热爱不已的城市。

它是世界上最伟大的路之一。以前，它只不过是野蛮部落走向海洋的小路，他们经过这条路和来自遥远地方的狡诈的、热情的商人交换物品。然后，它迎来了新的、更严格的主人：一个强大帝国的士兵用纯熟的技法将山上的路进行平整和加固，让它变得坚不可摧，经过漫长岁月路线仍然没有改变。他们用石头铺了路面，所以他们的军队成了世界上有史以来调动速度最快的，冠有他们名字的那个城市只要需要，军队就会如闪电般地来到道路沿线各地。几个世纪以后，这座城市在垂危之际将军队召唤回来，此后的五百年，这条路杳无人烟。

但是战争并未就此停歇，高举新月横幅的先知军队后来前往西方攻打基督教国家。再后来——几个世纪以后，人类爆发了最近一场也是最大的冲突战争，钢铁怪物在沙漠中厮杀，死亡如雨水般从空中倾盆而下。

百夫长、圣骑士、武装部队——甚至就连沙漠本身——都彻底消失了。但是道路还在，人类的众多创造中，它是保留时间最长的。它已经背负人类的负担太久，现在这条全长几千英里的路上，行人只有一个男孩和一匹马。

布兰特沿着这条路走了三天，不论何时他都保持能够望到海洋。他已经逐渐适应了这种游牧生活的种种微小不适，甚至连夜晚都不再难以忍受了。这时候的天气可谓完美，白天漫长而温暖，夜晚温和宜人，但这种好时光马上就要结束了。

第四天的晚上，他估计自己离沙斯塔只有不到五英里了。这时候，为了绕开伸向海中的巨大的海岬，道路掉转方向，背离大海。走过这一段路以后，就是一处隐蔽的海湾，城市就是在海湾的沿岸建立起来的。道路绕过海边较高的地势时，拐了一个大弯向北延伸，从山上一路向下来到了沙斯塔。

接近薄暮时，布兰特已经可以预见到他今天不可能抵达沙斯塔了。天气变坏了，厚重的、愤怒的乌云从西边快速地飘来，越积越厚。他现在开始顶着狂风爬坡了——道路在通过最后一个山脊时开始变成了上坡。要是能找到一个避风处，他肯定会支起帐篷，准备过夜，但是，他身后的山上方圆几英里都是寸草不生的，除了努力向前，别无他法。

前方很远处，在山脊的最顶端，乌云密布的天空中显示出一个又矮又暗的轮廓。那可能是个避风雨的地方，在这种希望的驱使下，他不断往前走，日光低着脑袋顶着风，同样坚定地跟在他身后拖着重重的步子往前走。

雨开始下起来的时候他们离顶峰还有一英里，雨点先是大颗大颗地掉下来，接着就变得像水帘一样密集。他只能看清楚前面几步路，大雨倾盆中人连眼睛都睁不开。布兰特的身上已经湿透了，再浇多少水都不会更难受了，事实上，他已经湿到了水继续从头顶流下来时他都几乎会产生受虐快感的地步了。但是他得使很大力气才能在狂风中前进，这让他的体力迅速被消耗。

似乎过了很久很久，道路才趋于平缓，他知道自己爬到山顶了。他在昏暗的环境中努力睁大眼睛，看到前方不远处有个巨大的黑影，他一度以为那是一栋建筑。即便它已经破败得不成样子，但仍然能给他遮风挡雨。

他快走到那里时，雨渐渐小了，头顶上的乌云渐渐散开，露出西方天空的余晖。这一点点光亮足以让布兰特看到他前面的并不是一座建筑，而是一座巨大的怪兽石像，它蹲坐在山顶上，目光凝望着海面。他没有时间更仔细地观察这座雕像，只是匆匆忙忙在避风处支起了帐篷，避风处之外狂风仍然在天空中咆哮。

他把自己弄干，准备了一顿晚饭，这时候天已经完全黑了。他在自己温暖舒适的小窝里休息了一下，艰苦的努力终于成功后，身体处于令人愉悦的疲倦中。然后他醒了过来，拿着一只手电走进了夜色当中。

暴风雨卷走了乌云，夜空明朗，星光闪闪。一弯新月正在紧跟太阳的步伐向西沉。布兰特感觉到北边的大海并未沉睡，但他说不上来自己为什么有这种感觉。沙斯塔就在下面的黑暗当中，海浪永远向着它奔涌，但他尽全力睁眼去看，也什么都看不到。

他打着手电筒，沿着这座大石像的侧面一边走一边研究。石像非常光滑，每一处接缝都十分完整，尽管岁月流逝，它表面有污渍，颜色也掉光了，但并没有呈现出磨损的痕迹。他猜不出它建造的时代，可能它比沙斯塔还要古老，也许只是几个世纪前才建造的。没有办法判断出来。

手电打出的蓝白色的强光闪过石像潮湿的、反光的侧面，停留在它巨大而沉静的面部和空洞无神的眼睛上。你也许能看出来这是一张人类的脸，但除此之外，它的感觉很难用言语来形容了。它看上去既不像男性，也不像女性，第一眼望去，呈现不出人类的任何情感。然后布兰特发现，长久以来，暴风雨在它身上留下了痕迹。无数雨滴顺着它冷峻的面庞流下来，留下的痕迹仿佛是威严的眼泪。这些眼泪可能是为这座城市而流，而这座城市的诞生和逝去，如今看上去已经同样遥远了。

布兰特十分疲惫，他第二天醒来时太阳已经照得老高。阳光透过来，把帐篷照亮了一半，他就在这里躺了一会儿，慢慢地恢复知觉，想起自己在哪儿。之后他站起身来，眯着眼睛走进阳光里，夺目的阳光几乎照得他睁不开眼睛。

斯芬克斯石像看上去比晚上的时候小了一些，不过仍然非常庞大。布兰特第一次发现这个石像是有颜色的，它是一种浓郁的秋天的金色，这种颜色并不是自然的岩石应该有的。通过这一点，他大概推断，这座雕像并不属于任何一个史前文明。它是在科学的指导下建成的，使用的是强度大得不可思议的合成物质，布兰特猜测，它建成的时间应该介于自己以及启发人们建造它的著名的斯芬克斯神像之间。

他有点害怕自己可能会发现些什么，慢慢地转过身，背对着斯芬克斯向北看。他脚下的山坡绵延向下，道路也一溜烟地沿着山坡向下，好像迫不及待地要钻进海里，道路的尽头就是沙斯塔。

阳光照在沙斯塔上，它又把阳光反射过来，闪耀着其缔造者梦想中的所有色彩。宽阔的街道两侧矗立着无边无际的建筑，似乎没有被岁月蹂躏过的痕迹。海湾上阻隔海洋的大片大理石围栏也没有毁坏。公园和花园里虽然长满了荒草，但尚未成为丛林。城市沿着海湾的曲线延伸了大概两英里，从海湾向内陆大概延伸了半英里。按照以前的标准来说，它只是个很小的城市。但是对布兰特来说，它非常庞大，街道和广场相互交织，变成了一个解不开奥秘的迷宫。然后，他开始发现城市布局隐秘的对称性，找到城市的主干道，认识到城市的缔造者为了避免单调和不协调而使用的技巧。

布兰特在山顶一动不动地站了很长时间，完全被眼前铺开的这个奇迹抓住了。他独自一人身处于那样的景色当中，像一个微不足道的人在更伟大者的成就前显得迷失而恭顺。那种历史感，以及人类在这条漫长的山坡上苦苦前行长达一百多万年的场景，把他完全征服了。

那个瞬间，布兰特感觉自己俯瞰的并不是一个空间，而是一段时间，而给他耳畔带来哗哗声响的永恒之风，过去也曾吹拂过这里。

他们靠近城市郊区的时候，日光看上去非常紧张。它以前从未见过这种景象。布兰特也不禁跟它一样担忧起来。再没想象力的人也明白，荒废了几个世纪的建筑肯定有种不祥的感觉，而沙斯塔的这些建筑至少荒废了五千年以上了。

道路像箭头一样笔直，从两根白色的金属高柱子中间穿过，这两根柱子和斯芬克斯石像一样，有一些污迹，但没有破损。布兰特和日光经过这些沉默的守护者，来到了一座又矮又长的建筑面前，它应该是这座城市的迎宾点。

从远处看，沙斯塔似乎是昨天才成为一座荒城的，但现在，布兰特能看到无数凄凉和无人理会的迹象。建筑的彩色石头上有年深日久积成的光泽；窗户上破了口，一如头骨上眼睛的位置是个洞，偶尔还有地方奇迹般地保留着玻璃茬子。

布兰特把日光拴在第一栋楼的外面，自己踏过碎石和厚厚的积灰走向入口。楼并没有大门，就好像它其实从来都没有过门一样，他穿过高高的圆顶拱廊进入大厅，这间大厅的跨度似乎跟整个建筑一样长。每隔一段固定的距离，就会有一个通往另一些房间的开口，他面前马上出现了一排宽敞的楼梯，通往楼上的一层。

他花了将近一个小时才看完整个大楼，离开时非常沮丧。他找得非常仔细，但一无所获。大大小小的所有房间都空无一物。他感觉自己像一只蚂蚁，在一副被啃得精光的骨架上爬了个遍。

不过回到阳光下，他的精神又振奋了一点点。这栋大楼可能只是某种行政办公室，除了记录和信息机器以外，里面别无他物。而城市的其他地方可能会不一样。即便这样，搜寻的工作量还是让他吃了一惊。

他慢慢地朝海滨走去，肃然起敬地走在宽阔的大道上，欣赏着路另一侧高耸入云的建筑外立面。快到城市中心时，他走到了一座公园附近。公园里面长满了各种杂草和灌木，不过里面还有相当大的草坪，他打算将日光留在这里，自己继续前进探索。这里有足够的食物，它不太可能走得太远。

公园里如此宁静，有那么一阵子，布兰特甚至都不愿意离开，再次踏进荒芜的城市。这里有一些和他以前见过的完全不一样的植物，它们是沙斯塔人多年前无比珍视的植物的野生后代。布兰特站在高高的草丛和不认识的花朵当中，从这个早晨的寂静中，他第一次听到了他总是能联想到的沙斯塔的声音。那个声音来自大海，尽管他人生此前从未听过这种声音，但这声音能让他的心灵产生一种痛苦的似曾相识感。在当下的一片寂静中，孤独的海鸥仍然在海浪的那一头悲鸣。

显而易见，即便对这座城市做最表面的检查，也得花几天的时间，第一件要做的事情应该是找住的地方。布兰特花了好几个小时寻找居民区，然后才渐渐意识到沙斯塔有一些非常奇怪的地方。无一例外，所有他进去过的建筑都是用来进行工作、娱乐或者类似的事情，任何建筑都不是用来居住的。他慢慢地想到了解决办法。他开始发现这座城市的规律，他注意到每一个道路交叉口几乎都有一个形式几乎一模一样的单层建筑。它们呈圆形或者椭圆形，有很多个入口，朝各个方向敞开。布兰特进入其中一个时，发现自己面对着一排巨大的金属门，每个金属门旁边都有一排垂直的指示灯。于是他明白了，沙斯塔人都住在哪里。

起初，他很排斥地下住所这个想法。然后他破除了自己的偏见，认识到这种住宿安排是多么合理，又是多么无可奈何。如果建筑的功能只是机械性地满足睡眠和进食需要，那它没有必要占用地表的面积，阻挡阳光。通过把所有这样的建筑放在地下沙斯塔，人类建造出了一座卓越而又庞大的城市，同时又能让它看起来如此小，一个人只要花不到一个小时的时间就能跨越整个城市。

电梯当然是已经不能用了，不过有紧急楼梯蜿蜒通往黑暗的地下。以前，这个地下世界一定光芒夺目，但是布兰特在下楼之前犹豫了一阵。虽然他有手电，但他以前从没有去过地下，他害怕自己在某种秘密陵墓当中迷路。然后他耸耸肩，开始朝下走去，毕竟只要采取基本的预防措施，就不会发生危险，而且即便迷路了，里面还有成百上千个出口。

他向下走了一层，来到了一条又宽又长的走廊里，这条走廊一直延伸到手电光柱的尽头。另一头是一排排的标有号码的房间，布兰特试了十好几个，才终于打开了一个房间。他缓慢地，甚至有些恭敬地走进这个荒废了人类历史一半时间的小房间。

房间干净而整齐，因为这里根本就不会落灰。房间比例匀称，里面没有任何家具，悠闲而漫长的外迁中没有留下任何有价值的东西。一些半永久设备仍然留在原位，食物配送机上有类似的选择拨号盘，和布兰特自己家里的那种相像得惊人，看到它甚至会让人忘掉已经相隔了好多个世纪。拨号盘还能用，不过转起来有点不顺畅，如果物质化室里出现了食物，他也丝毫不会感到惊讶。

布兰特又逛了几个房间后才回到地面上。尽管没找到什么有价值的东西，不过他逐渐萌生了和曾经生活在这里的人们的亲密感。但是他仍然觉得他们低自己一等，因为他们生活在城市中，无论城市多么美丽、设计多么精巧，在布兰特看来它仍然是野蛮的象征。

他造访的最后一个房间色彩鲜艳，四周的墙壁上画了跳舞的动物。壁画充满了异想天开的幽默感，它们是画给小孩子的，一定让小孩子很高兴。布兰特满怀兴致地仔细查看了壁画，因为这是他见到的第一个沙斯塔的表现艺术作品。就在他即将离开房间的时候，他发现角落里有一小堆灰尘，然后俯下身子仔细查看，他发现那仍然可以分辨出是洋娃娃的碎片。除了一些彩色的扣子之外，任何实质材料都没有保留下来，而那些扣子在布兰特捡拾的时候在他的手中碎成了粉末。他好奇为什么这个可怜的遗物被它的主人留了下来；然后他踮着脚离开，回到了地表，来到了孤独而洒满阳光的街道上。他后来再也没去过地下城市。

快到晚上的时候，他又回到公园里，发现日光没有做什么坏事，于是打算在散落在众多花园当中的无数小房子里的一个中过夜。他被花和树环绕着，几乎可以想象自己就在家里。这是他离开查奥蒂斯后睡得最好的一觉，这也是几天以来他第一次没有想着伊德妮入睡。沙斯塔的魔力已经萦绕在他的心头了，他曾经鄙视的文明的无限复杂性对他的改变比他想象中更快。他在城市里停留的时间越长，就离那个几小时之前刚刚抵达这里的天真而自信的男孩越遥远。

第二天，他对这里的第一印象更加牢固了。沙斯塔并不是在一年之内，甚至几代人的时间里彻底衰落的。新的——然而也很古老的——社会结构出现后，人类回归山野和森林，人们就渐渐离开了这里。他们什么都没有留下，除了这些能够证明一种一去不复返的生活方式的大理石纪念建筑。即便有任何有价值的东西留了下来，此后的五十个世纪中，来到过这里的无数好奇的探险者也早就把它们拿光了。布兰特发现了很多在他之前来到这里的人的痕迹，城市里各个地方的墙上都刻着他们的名字，这是人类始终难以抵挡的让自己不朽的方式。

一无所获的搜寻终于让他感到疲惫，他到了海边，坐在防浪堤宽阔的石面上。他脚下几英尺就是大海，蔚蓝色的海面非常平静，水面没有一丝波澜，清澈得能够看到深处游动的鱼，他看到有一处躺着一个残骸，海草从上面长出来，就像长长的绿头发。他知道，一定有些时候，海浪会翻过这些高墙，因为他身后宽阔的护墙上散落着一层石头和贝壳，它们是被许多个世纪的狂风刮到这里来的。

这种宁静的场景令人萎靡不振，雄心壮志后一事无成带来的难忘教训环绕着他，带走了所有失望和挫败感。尽管沙斯塔没有给他任何有价值的实物，不过布兰特感觉不虚此行。坐在海边的墙上，背对着陆地，被炫目的蓝色搞得眼花缭乱，他感觉自己已经远离了那些老问题，回顾过去几个月折磨着他的那些心痛和焦虑时也不感觉痛苦，只有冷静的好奇。

他沿着海边又走了一会儿，沿着一条新路缓缓地回到了城市里。他很快发现自己站在一座巨大的圆形建筑前面，它的房顶是用某种透明材料建造而成的微微隆起的圆顶。他毫无兴趣地看着这个建筑，内心已经极度疲惫，觉得它可能就是另一个剧院或者音乐厅罢了。他快要经过入口的时候，某种朦胧的冲动让他改变了主意，他穿过了敞开的门廊。

建筑内部，屋顶透过来的光线几乎没有变化，以至于布兰特差不多感觉自己就在户外。整个建筑被分为了无数个大厅，他突然明白了它们的功用，不由得一阵兴奋。长方形的污迹暴露出墙面上以前可能绘满了图画，有可能其中一些被留了下来，能够看到沙斯塔留下了什么严肃艺术作品肯定很有趣。布兰特仍然怀有那种高人一等的优越感，没有想到自己会受到多么大的震撼，所以他亲眼看到的时候，震撼更加猛烈。

巨大的墙面上满幅的绚丽色彩给他带来的冲击感几乎像管号齐鸣。有那么一段时间，他呆站在走廊里一动不动，根本无法理解眼前的图案或者意义。然后，他才开始慢慢地思考突然在他眼前炸开的这幅惊人的、复杂的壁画的诸多细节。

这张画接近一百英尺长，绝对是布兰特人生中见过的最神奇的东西。沙斯塔让他萌生了敬意，感到不知所措，不过它的悲剧神奇地无法让他动摇。但这幅画直击他的心灵，用他能够理解的语言进行表达，于是他对于过去所剩无几的傲慢如秋风扫落叶般消失不见了。

他的目光自然地从左到右扫视画面，跟随着画作的张力达到高潮部分。画的左边是海洋，就和拍击着沙斯塔的深蓝色海水一样，画面上一支由奇怪的船只组成的舰队，在好几层船桨和鼓胀的风帆驱动下努力驶向遥远的岛屿。画作不仅描绘了几英里空间内发生的事情，可能也描绘了几年时间中发生的故事，船只抵达了海岸，广阔的平原上驻扎着一支军队，他们要进攻的堡垒城市有高大的城墙，军队的旗帜、帐篷和战车在城墙面前显得非常矮小。他的目光扫过仍然屹立不倒的城墙后停了下来，好像之前有安排似的，落在了站在城墙上的女人身上，她看着那些追随着自己穿过大海的军队。

她身体前倾，俯视战场，风吹乱了她的头发，变成了头顶上一团金色的迷雾。她的脸上浮现着一种言语难以形容的深深的悲伤，但是这种悲伤无损于她那无比美丽的脸庞，她的美貌让布兰特出神了，他久久都无法让目光从她身上离开。最后他还是将目光转向了别处，顺着女人的视线，看到似乎无坚不摧的城墙下，士兵们在黑影中苦苦挣扎。他们聚集在某种东西前面，这东西从透视法来看被缩小了，布兰特花了好一会儿才认出它究竟是什么。然后他发现那是一匹巨大的马，放在轮子上方便移动。他对此毫无印象，他的目光又迅速回到画面上那个孤独的身影，现在他意识到，这张画都是以这个人为中心进行构思的。他的目光继续移动，时间继续向前，画面中出现了破败不堪的战场，城市燃烧产生的烟雾直冲云霄，船队返航，使命达成。

直到光线暗得他什么都看不清楚时，他才离开。最初的震撼消退后，他才开始更细致地观察这幅壁画，他花了好一会儿工夫找作者的签名，却徒劳无功。他也想找到一些说明或者标题，但显然这幅画从没有过这些内容，可能这个故事众人皆知，根本无需这些。不过，后来的几个世纪中，来到沙斯塔的其他游客在墙上刻下了两行诗句：

> 这张面庞，是否便是千艘船出发
> 摧毁伊利昂高不见顶的巨塔的理由？[①]

伊利昂！这是个奇怪又具有魔力的名字，但是对布兰特来说毫无意义。他不知道这个名字属于历史还是属于传说，他也不清楚有多少先于他来到这里的人也纠结过这个问题。

当他走进明亮的黄昏中时，脑海中浮现的仍然是那个悲伤、优雅又可爱的画面。如果布兰特自己不是画家，或许他此刻就不会这样动容，那幅画给他带来的震撼也就不会这样强烈。那幅画让他感觉，那位无名的大师像凤凰一样，根据一段伟大传奇的余烬进行了创作。他感觉到了那种美感，并且在以后的岁月始终坚持，那种美感就是人生的目的和唯一使命。

布兰特在星空下坐了很久，看着新月沉到城市高大建筑的另一边，被自己永远无法回答的问题困扰着。美术馆当中其他所有的画作都不见了，不仅整个地球，就连整个宇宙都找不到踪迹。跟这幅永远代表了沙斯塔艺术的天才之作相比，那些画又如何呢？

这一夜，布兰特做了很多奇怪的梦，早晨他又来到这里。他的脑子里开始形成一个计划，这个计划疯狂而充满野心，以至于一开始他甚至想对这个计划一笑了之，但这样并不能使他内心平静。他几乎不情愿地摆好了自己那个小小的折叠画架，准备开始画画。他在沙斯塔找到了一样东西，不仅独一无二，而且美得无与伦比，可能他具有将

① 画和诗句的主题均为特洛伊战争，画中女人为海伦。

这东西的一点余韵带回查奥蒂斯的技能。

当然，他只能画下这幅巨大壁画中的一小部分，不过选择并不困难。虽然他从未尝试过画伊德妮的肖像，不过他现在要画一个女子，即便以前存在过，可能在五千年前就已经变成灰了。

他几次停下来去思考这件自相矛盾的事情，最终他觉得自己可以很好地解释它。他之所以从未画过伊德妮，是因为他怀疑自己的技艺，也担心她的挑剔。布兰特告诉自己，现在这两个问题都不存在了。他没有停下来问问自己，当他带着这唯一的礼物，另一个女人的肖像返回查奥蒂斯时，伊德妮会作何反应?

实话讲，他在为了自己作画，而不是为了其他任何人。这是他人生中第一次直接接触到古典艺术的伟大作品，这幅作品让他大为心动。之前他一直是个业余爱好者，他可能一辈子都无法超越这个水平，但至少他愿意朝这个方向努力。

整个白天他都在努力地画画，精神高度集中，这让他的内心处于一种平静的状态。到了晚上，他把宫殿墙壁和战场简略地加了进去，即将开始画肖像画本身。那天晚上他睡得很香。

第二天早上他的乐观消散了大半。他的食物补给已经不够了，可能要与时间赛跑，这个念头让他感到不安。所有的事情都不对劲，色彩不够协调，前一天看上去还不错的画作，现在每一分钟都变得更加让人失望。

雪上加霜的是光线变差了，这时还不到中午，布兰特猜，外面可能是阴天。他休息了一会儿，希望不久天就可以放晴，但是光线完全没有好转的迹象，他只好继续工作。要么干要么完蛋，如果他画不好那头发，就干脆把这整件事都放弃……

下午飞快地过去了，不过由于布兰特太过专注，他几乎没有注意到时光流逝。有一两次他注意到有一些遥远的声音，好奇是否暴风雨将至，因为天空仍然非常昏暗。

没有什么事情比一个人突然在毫无察觉的情况下发觉自己不再是一个人更加令人胆寒了。很难说是什么冲动让布兰特慢慢地把画笔放下，然后更加缓慢地转身朝向自己身后四十英尺的大门廊。站在那里的男人进来时一定没发出任何响动，布兰特也猜不出来他到底看了自己多久。过了一会儿，又有两个人走了过来，但是他们同样没有穿过门廊。

布兰特缓缓地站了起来，大脑一片混乱。一度他几乎觉得那些是沙斯塔过去的鬼魂来找他了。然后理智又占了上风。他自己本来就是个游客，为什么不去见见其他的游客呢？

他向前走了几步，其中一个陌生人也往前走了几步。当他们之间只相隔几码的距离时，另外一个人用非常清晰的声音非常缓慢地讲："我希望我们没有打扰到你。"

这并不是什么戏剧化的开场白，布兰特被这个人的口音弄得有些迷惑，或者更确切地说，是为他过分小心的发音方式感到迷惑。似乎他认为如果自己不这么做，布兰特就没有办法理解他在说什么。

"完全没有。"布兰特用同样缓慢的语速说道，"不过你们让我感到惊喜，我完全没想到在这里能碰上任何人。"

"我们也没想到，"另一个人带着一点微笑说，"我们没想到仍然有人住在沙斯塔。"

"但我不住在这儿，"布兰特解释说，"我和你们一样，也是个游客。"

那三个人互相看了看，仿佛在分享什么秘密笑话。然后其中一个人抬起自己腰带上的一个小小的金属物体，对着它讲了几句话，由于声音太轻，布兰特完全没有听到他在说什么。他以为这个团队的其他人正在赶过来，自己独处的计划马上要被完全打乱，他感觉有点心烦。

其中两个陌生人走到这幅巨大的壁画前，开始带着挑剔的眼光审视它。布兰特好奇他们对这幅画有什么想法，但他又莫名其妙地有点儿讨厌把这幅珍品和对它没有一点崇敬之心的人分享，对那些人来说，它不过就是一幅漂亮画儿而已。第三个人仍然站在他的身边，尽量不显眼地比较着布兰特的临摹作品和原作。三个人似乎都刻意避免进一步交谈。他们之间出现了一段漫长而尴尬的沉默，然后另外两个人又重新回到他们这边。

“好吧，埃尔林，你怎么看这幅画？”其中一个人一边用手挥向画作一边说道。看上去他们这会儿都对布兰特失去了兴趣。

“是一幅第三千年晚期的原始画，画工精细，和我们拥有的其他作品一样好。你是不是也这么认为，拉特瓦尔？”

“我不太同意。我不认为这是第三千年晚期的作品。一方面，这张画的主题——”

“哦，你那套理论又来了！不过也许你是对的。这幅画的水准远高于上一个时期。仔细想想，我觉得它大概创作于二十六世纪左右。你说呢，特雷斯孔？”

“我同意。可能是阿隆或者他的学生之一创作的。”

“胡说！”拉特瓦尔说。

“狗屁不通！”埃尔林轻蔑地说。

“哦，那好吧。”特雷斯孔温和地回答说，“这个时期我只研究了三十年，而你们是自打咱们开始讨论才现查的。所以我要向你们出色的知识水平致敬。”

听着他们的对话，布兰特越来越感到惊讶，同时也越来越迷惑。

“你们三个人都是画家吗？”他终于脱口而出。

“当然了，”特雷斯孔大方地回答道，“不然我们为什么来这儿？”

“别说瞎话了，”埃尔林的声音并没有提高，“你就是活上一千年，也当不了画家。你自己也明白，你不过稍微懂点门道而已。有真材实料的人才会作画，没真材实料的人只会在一旁吹毛求疵。”

“你们是从哪儿来的？”布兰特用微弱的声音问道。他从没见过这样不凡的人。他们看上去是中老年人，不过身上散发着少年一般的气质和热情。他们的行为姿态都有点夸张，而当他们之间进行交谈时，语速快得让布兰特很难听清楚。

还没人来得及回答，他们又被打断了。十几个人出现在门廊上，他们第一眼看到这张巨大的画作，瞬间停住了一下。然后很快就加入了布兰特他们这一小撮人，布兰特发现此时自己就在这一小群人的中央。

“你来了，康达。”特雷斯孔指着布兰特说，“我们找到能回答你问题的人了。”

刚刚提到的这个男人仔细地看了看布兰特，又看了一眼他未完成的画，笑了一下。然后他转向特雷斯孔，审问似的扬起眉毛。

“不。”特雷斯孔简洁地回答。

布兰特有点心烦。这里正在发生他无法理解的事情，他讨厌这样。

“你们能不能告诉我，你们这是在干吗？”他哀怨地说。

康达带着一种高深莫测的表情看着他，然后平静地说：“如果你跟我出来，我可能会解释得更清楚些。”

他说话时的神态仿佛他永远不需要把同样的话说两遍才达到目的。布兰特一言不发地跟着他，其他人紧紧地围在他身后。到了更外面的入口，康达站在一边，挥手示意让布兰特过去。

天空仍然昏暗得不正常，仿佛有一片雷雨云彻底遮住了太阳，但是整个沙斯塔都陷入了这片阴影中，这显然不是任何云朵造成的。

布兰特站在那里盯着天空，努力地估计飘浮在城市上空的这艘飞船的真实大小时，有十几双眼睛正看着他。那艘飞船太近了，让他丧失了所有判断力，他只能看到金属曲线滑过眼前，消失在地平线上。这儿应该会有些响声，有一些引擎让那个巨大的飞船悬浮在沙斯塔上空的证据，但是四周只是一片寂静，比布兰特以前待过的任何地方都要安静。就连海鸥的叫声都没有了，仿佛它们也被这些突然冒出来抢走本属于它们的天空的人吓到了。

最后布兰特转向围在他身后的那些人。他知道这些人都在等待他的反应，突然间他明白了，为什么这些人表现出奇怪的冷漠，但又没有不友善的行为。对这些拥有神一般的力量的人来说，他不过就是一个恰好能说同一种语言的野人，这种语言是他们几乎已经遗忘的历史中保留下的东西，能让他们想起自己的祖先和布兰特的祖先共同生活在地球上的时光。

“现在你明白我们是谁了吗？”康达问。

布兰特点点头。“你们离开太久了，”他说，“我们都快把你们忘了。”

他又抬头看向横跨天空的巨大金属拱形，想着时隔这么多个世纪后，他们的第一次接触竟然是在这里，在失落的人类城市中，是多么奇怪。不过看起来沙斯塔在群星之间仍然被人们铭记，因为特雷斯孔和他的朋友们表现得对这里的一切都很熟悉。

然后，布兰特的眼睛被北边远处突然反射出的阳光吸引了。另一艘一模一样的巨大金属飞船，跨过飞船下面的天空坚定地移动着，不过由于距离比较远，它显得小一些。它很快穿过地平线，几秒钟就消失了。

所以这并不是唯一的飞船，这里究竟还有多少飞船呢？不知怎么的，这个想法让布兰特想起他撇下的那幅巨大的画作，想起不怀好意地朝着厄运笼罩的城市移动的入侵舰队。随着这个想法的出现，一直诅咒着人类的对陌生人的恐惧，从种族记忆隐秘的洞中爬出来，钻进了他的灵魂。他转身朝向康达，用带着指责的口吻大喊：

“你是来侵略地球的！”

有段时间没有任何一个人说话。然后特雷斯孔用带着一丝恶意的声音说：

“继续，指挥官，迟早你得解释清楚。现在就是练习的好机会。”

指挥官康达的脸上浮现出一丝略带慌张的笑容，这个笑容一开始让布兰特感到安心，然后就让他满心都是更深刻的不祥之感。

“你这样说对我们来说不公平，年轻人。”他严肃地说，“我们没有在侵略地球，我们是在疏散上面的人。”

“我希望，”特雷斯孔对布兰特产生了一种傲慢的兴趣，说，“这一次科学家能够吸取教训，不过我对此深表怀疑。他们只是说：‘天有不测风云。’他们收拾好自己的一个烂摊子之后，就会继续去制造下一个。到目前为止，西格马场肯定是最惊人的失败，但以后一定还会出现更惊人的。”

“如果它打中了地球，会发生什么？”

“就跟场逃逸后，控制装置发生的事情一样，它会均匀地分布在整个宇宙当中。你也是一样，除非我们及时把你弄出去。”

“为什么？”布兰特问。

“你并不是真的想听到一个技术性的答案，不是吗？这跟不确定性有关。古希腊人——也可能是古埃及人——发现，人不可能完全精确地定义任何一个原子的位置，它有很小的有限概率存在于宇宙中的任何一个位置。建立西格马场的人，希望利用这个原理提供推进力。它能够改变原子本来的分布概率，这样围绕织女星旋转的宇宙飞船，就可以突然决定去猎户座α星转一转。

“呃，似乎西格马场只能做到这件事的一半。它只是把概率增大了，但它并不会重新安排概率。现在这个场正在星星之间随机游走，以星辰和偶尔遇到的恒星作为自己的能量来源。没人能想出一种抵消它的方法，倒是有一个可怕的建议，也就是造出一个一模一样的场，让这两个场对撞。如果他们真的尝试这样做，我知道结果会怎样。”

“我不明白为什么他们这么担心。”布兰特说，“它离我们还有十光年远呢。”

“对西格马场这样的东西来说，十光年的距离太短了。它随机地进行之字形运动，也就是数学上面所称的随机游走。如果我们不走运的话，它明天就会到达这里。不过地球受到影响的概率只有百分之二十，几年之后你就又可以回家了，就好像什么事情都没有发生过一样。”

“好像什么事情都没有发生过！”不论未来是怎样的，古老的生活方式永远都不可能再回来了。沙斯塔过去发生的事情，现在会以一种或者另外一种形式在全世界发生。奇怪的机器出现在壮丽的大街上，布兰特睁大着眼睛看着它们将地面上积年累月的碎石清理干净，让城市再次适于人类居住。就像马上要灭亡的恒星，突然喷发出火焰，绚烂地过完这最后一个小时，从目前看来，只要几个月，沙斯塔就会成为世界的中心之一，会有无数科学家、技术员和管理人员从太空迁徙过来，住在这里。

布兰特开始全面了解这些入侵者。他们的活力，他们做任何事情的奢侈做派，以及他们对于自己超人类能力的近乎幼稚的狂喜，每时每刻都在让他感到震惊。这些人，他的堂兄弟姐妹们，将要继承整个宇宙，他们都还没有将它的神奇全部发现，也没有对它的神秘感到厌倦。就他们所掌握的全部知识而言，他们对于自己做的很多事仍然有一种做实验的感觉，甚至有一种欢乐的不负责任感。西格马场就是这样的例子，他们犯了错误，却似乎一点都不介意，还十分确信，迟早有一天自己能够让一切恢复正常。

虽然沙斯塔发生了这样一场骚乱，整个星球也应该经历了同样的事情，但布兰特还是固执地想完成自己的任务。在价值不断变动的这个世界上，它能带给他一些安定的感觉，所以他迫切地执着于此。特雷斯孔和他的同事不时会拜访他，给他提些建议——多数都是不错的建议，尽管他并不总是采纳。而当他感觉累了，或者想休息一下眼睛或者大脑的时候，他偶尔会离开巨大的空旷的画廊，来到城市中被改造过的街道上。街道具有这些新居民的特色，尽管他们只会在这里待上几个月的时间，但是他们还是不遗余力地让沙斯塔变得更加整洁高效，并且给它强加一种朴实的美感，而这会让它最初的缔造者感到惊讶。

四天的时间过去了，布兰特慢慢地停下了手上的工作，这是布兰特全身心投入于一项工作最长的一次。他可以漫无目标地做一些修修补补的工作，但他如果真这么做了，可能会让事情变得更糟。他对自己的成果没有一丝不满，便去找特雷斯孔了。

他发现这名批评家和往常一样和他的同事争论着，人类积攒下来的这么多艺术作品当中，哪些值得保留。拉特瓦尔和埃尔林威胁说，如果再多带一幅毕加索的作品上船，或者只要他敢再扔一幅安杰利科的作品，他们就要暴力相向。布兰特对这两个名字都没有耳闻，所以毫不内疚地提出了自己的要求。

特雷斯孔安静地站在画前，不时看一眼原作。他的第一句回应非常令人意外。

“这姑娘是谁？”他说。

“你跟我说她叫海伦——”布兰特回答道。

“我说的是你真正想画的那个人。”

布兰特看着自己的画布，又看一眼原作。很奇怪，他之前竟然完全没有注意到这些差异，但是很显然，他笔下站在城堡墙上的那个姑娘无疑带有伊德妮的痕迹。这并不是他一开始要进行的那种丝毫不差的临摹。他的所思所想，都通过手指流露了出来。

“我懂你的意思了。”他慢慢地说，“我住的那个村子里有个姑娘，我来到这里其实是为了给她找一个礼物，那种能够让她印象深刻的东西。”

“那你这是在浪费时间。”特雷斯孔直截了当地回答说，“如果她真的爱你，你很快就能判断出来。如果她不爱你，你也没办法让她爱上你。就是这么简单。”

布兰特不认为这事情如此简单，但他并没有就此展开辩论。

“你还没有告诉我你的想法呢。”他抱怨说。

“有前途。”特雷斯孔谨慎地回答，“如果你这样坚持画下去，再过三十年——嗯，二十年，你就能有所成就。当然你的笔法现在还非常粗糙，那姑娘的手看上去就像一把香蕉。但是你的粗线条画得不错，我很欣赏你没有直接照抄这幅画。任何傻瓜都可以直接照抄，这表明你有一些原创性。你现在需要做的就是多加练习，最重要的是多多经历。嗯，我觉得我们能给你提供这些机会。”

“如果你说的是离开地球，”布兰特说，“这并不是我想要的经历。”

“那是为你好。难道前往群星进行旅行，不会让你的脑子里面产生一些兴奋的感觉吗？”

“不会，只会让我感觉沮丧。不过我也没把这事儿当真，因为我觉得你们不可能让我们走。”

特雷斯孔露出了有点狡猾的微笑。

“西格马场开始吸收天空中星星的光芒的时候，你们就会很快离开的。而且我觉得它的发生是个好事，我感觉我们来得刚刚好。尽管我经常拿科学家开玩笑，但他们把我们从停滞的状态中永远地解放了出来，而你们则一直陷在停滞当中。

“你必须离开地球，布兰特，任何一个终生生活在一个行星表面的人都不可能看得到恒星，他们能看到的只有恒星微弱的影子。你能想象飘浮在太空中，身处于多恒星星系当中，被几颗绚丽的太阳同时照耀是什么感觉吗？我就体验过，我看到恒星飘浮在猩红色的火焰圈中，就像你们的土星一样，不过还要比那大上一千倍。你能想象银河中心的行星上的夜晚吗？整个夜空布满了明亮的星雾，而这些地方都还没有孕育出恒星。你们所看到的银河只是一大堆分散的三等星，等你们看到了中央星云才会赞叹不已！

“这些都是你能经历的宏大的事情，不过宇宙中的小事一样美好。你可以在整个宇宙中纵情痛饮，如果你愿意，再带着这些回忆回到地球。然后你就能开始画画了，很快你就知道自己是不是一名画家了。”

布兰特感到震撼，却没有被说服。

“那照这么说的话，”他说，“太空旅行出现以前，世界上就没有真正的艺术了。”

“从这个理论出发发展出了一大堆艺术评论，当然太空旅行对艺术来说是最美妙的事情。旅行、探险、接触其他文化，这些对于所有智力活动都是巨大的刺激源。”特雷斯孔对着他们身后墙上夺目的壁画挥了挥手，“创造了这个传说的人是水手，半个世界的交通都要通过他们的港口。但是几千年以后，海洋对人类来说已经不够大了，无法给他们带来灵感和冒险了，人类是时候去往太空了。好了，不管你喜欢与否，你的机会就是来了。”

“我不喜欢。我要和伊德妮一起过安定的生活。”

“人类想要的东西和于他们有益的东西是不一样的，我希望你的绘画能一帆风顺，我不知道是否要祝愿你在爱情方面同样一帆风顺。伟大的艺术和家庭和睦是互相排斥的。迟早你得做出选择。”

迟早你得做出选择。布兰特向着山崖艰苦跋涉的时候，这句话仍然回荡在他的脑子里，风从大路上吹过来，吹向他。日光对于自己假期结束表示怨恨，所以他们比正常爬坡时还要慢很多。但是他们周围的风景逐渐开阔起来，视野扩展到了海洋上，城市看起来越来越像彩色砖块盖起来的玩具，一个被上方毫不费力、一动不动地悬浮着的飞船控制的玩具。

布兰特第一次完整地看到了它，现在它就悬浮在和他视线齐平的地方，他一眼就能看到它整个船身。它大致上呈圆筒形，但是尾部是复杂的多面体结构，他根本猜不出来它的功能是什么。巨大的曲线型背部表面覆盖着同样神秘的凸起、开槽和圆顶。那东西充满力量和决心，但是毫无美感，布兰特带着厌恶看着它。

这个徘徊不去的怪兽占据着天空，要是它能消失不见，就像云朵飘过它的侧面那样，该有多好！可并不是布兰特想想它就会消失，面对那股正在聚集的力量，布兰特明白自己和自己的问题都不重要。这正是历史屏息凝神、暂停的那一瞬，是闪电和第一波冲击来临之间的寂静时刻。很快，雷声就会遍布世界，很快这个世界可能都不复存在，而他和他的族人会成为星际间流浪的无家可归者。这是他不想面对的未来，这是比特雷斯孔和他的同事们能够想象出来的最可怕的情况都更恐怖的未来。他们不会理解，因为对他们来说，五千年来，宇宙一直只是个玩物。

经历了这么多平静岁月，这事情竟然会发生在他所生活的时代，这看上去并不公平。但是人是不能和命运讨价还价的，也不能按照自己的意愿选择平静或者冒险。冒险和变革再次降临世界，他必须好好利用机会，正如他的祖先在太空时代来临、他们脆弱的飞船冲向群星时所做的那样。

他最后一次向沙斯塔致意，然后转过身，背对大海。太阳照耀着他的眼睛，前方的路似乎蒙上了一层明亮闪耀的迷雾，所以像海市蜃楼一般颤动着，又或者是月球的轨道影响了海水。有那么一会儿，布兰特怀疑是不是自己的眼睛欺骗了自己，然后他就发现自己所见并非幻觉。

触目所及，道路和两旁悬着无数条蛛丝，又轻又柔，只有在阳光的照射下才能看到它们的存在。在最后四分之一英里的时间里，他从这片蛛丝中穿过，那轻飘飘的蛛丝产生的阻力还不及几缕轻烟。

整个早上，有好几百万只蜘蛛乘风而来，从天而降。他抬头望向蓝天，他仍然能够在随风飘荡的蛛丝上看到转瞬即逝的阳光，就像迟到的旅客匆匆走过。这些小小的生物，并不知道自己将要去往何方，它们前往的，是比他告别地球时要面对的更孤单、更深不可测的深渊。这是一个他接下来几周、几个月都会铭记的教训。

山峦重叠的那边，斯芬克斯石像缓缓地沉到天际线以下，融入沙斯塔当中。布兰特只回头看了一眼那座蹲坐着的怪物，它漫长的守夜终于走到了尽头。然后他朝着太阳，慢慢向前走去，从家乡吹过来的风中飘下来一缕一缕蛛丝，像无形的手指，不时地拂过他的面庞。

（译者：丁将）

1937 1938 1939 1942 1946 1947 1949 1950 1951 1952 1953 1954 1955 1956 1957 1958 1959 1960 1961 1962 1963 1964 1965 1966 1967 1968 1970 1971 1977 1984 1986 1992 1998 1999

岗哨

1951年春天首次发表于《十个奇幻故事》（*10 Story Fantasy*），原名《永恒的岗哨》

收录于《远征地球》

《岗哨》是在一九四八年的圣诞节为一个BBC举办的征文比赛所写（它甚至没能入围，我常想最终获胜的到底是何方神圣）。我很高兴我把对危海的探索设定在了“一九九六年夏末”。虽说我们已经错过了这个日期，不过我仍希望下个世纪我们能早点实现。这就是《2001：太空漫游》的开端了。

当你下一次遥望高挂南天的满月时，千万别忘了仔细观察它的右侧边缘。请把你的目光沿着圆盘的弧线向上游移，大概在两点钟方位，你会发现一个小巧的椭圆形黑斑——只要你视力正常，找到它绝对轻而易举。这是一片群山环绕的大平原，是月球上最著名的景观之一，人们称之为“危海”——危难之海。危海直径达三百英里，四周环绕着一圈巍峨宏伟的山峦，这是一块从未有人考察过的处女地。直到一九九六年夏末，我们才来到这里。

我们的考察队规模庞大。其中包括两架重型运输机，负责从五百英里外位于澄海的月球主基地运送设备和供给品；还有三艘小型火箭飞船用于短途运输，帮我们越过月球车无法穿行的地带。幸运的是，危海大部分地区十分平坦。这里没有月面其他地方常见的危险大裂谷，就连大大小小的陨石坑和起伏不平的山丘都很少见。我们甚至敢说，强劲的履带式牵引车可以把我们带到任何一处，只要我们想，它就能去，毫无压力。

我是个地质学家——如果吹毛求疵的话，应该叫月球地质学家——负责领导危海南部地区的勘探小组。我们已经用了一个星期，沿着山脉脚下的丘陵地带走了一百多英里。十几亿年前，这里曾是一片古代海洋的海岸线。当时，地球上的生命刚刚萌芽，这里却已开始步入死亡。海水沿着大得惊人的悬崖侧面退却，注入空洞洞的月心内部。我们刚刚经过的月球大地，曾是一片浩瀚的海洋，水深可达半英里，如今却是潮汐不再。水分留下的唯一痕迹，仅剩点点白霜，但也只能在炽热的阳光从未染指的洞穴中偶然得见。

月球上的黎明迟缓而漫长，清晨刚刚到来，我们便踏上旅程。地球上再过一周，月球的傍晚才会降临。一天中有六次机会，我们会穿上太空服，离开牵引车，走上月球表面，搜寻有趣的矿物，或者为将来的月球旅行者树立标记做向导，都是些索然无味的日常事务。其实，所谓的“月球探险”毫无危险可言，甚至无法让人兴奋。我们也可以在牵引车的压力舱中舒舒服服地待上整整一个月。如果遇到麻烦，用无线电求助就是了，然后耐心坐等飞船前来营救我们。

刚刚我说了，“月球探险”毫无刺激可言，当然，这不全是真的。没有人会看厌那些不可思议的群山，与地球上温文尔雅的山川相比，月球上的山峰要更加雄奇。月球海洋虽已消失，仍留下许多尖岬与海角，我们经过时，谁也不知道还有哪些全新的壮丽景观会在眼前展现。危海的整个南部地带曾经是一片广阔的三角洲，从前的河流在这里注入大海，河道至今历历在目。那时，月球尚年轻，处于短暂的火山喷发期，暴雨时时倾盆降下，冲刷过群山之后，汇入河道形成河水。每一道古老的山谷都是一场诱惑，邀请我们跨越未知的高地。可我们还要前行一百多英里，只能站在远处看看那片高地，攀登的任务就留给后人吧。

我们在牵引车里恪守地球时间，在每天的二十二点整，最后一次无线电信息发送回主基地后，我们就算结束了一天的工作。在车外，日头几近中天，晒得岩石依然滚烫，但对我们来说，现在是“夜晚”，直到八小时后我们再次醒来。然后，我们当中有一人准备早餐，车内传来一阵电动剃须刀的嗡嗡声，有人还会打开短波收音机，接听来自地球的消息。实际上，当油炸香肠的味道充斥压力舱时，你很难想象我们正处于一个完全陌生的世界里——一切都是那么自然，和在家里没什么两样，除了我们的体重略有减轻，物体掉落时有些慢吞吞而已。

那天轮到我做早餐，压力舱的一角已被布置成厨房。这么多年过去了，那一刻依然记忆犹新。当时，收音机里正在播放我最喜欢的曲子——一首威尔士民歌《白色岩石上的大卫》。

我们的司机早已身穿太空服，在外面检查牵引车的履带。我的助手路易斯·加内特坐在前面的驾驶位，正往昨天的考察日记里补写一些过时的记录。

我站在煎锅前，感觉自己就像地球上的家庭主妇，正等着香肠炸熟，表皮爆开。我漫不经心地注视着远处的群山之墙，它们把南方的地平线遮得严严实实，排成一线向东西两个方向伸去，最后消失在月球的弧度之下。看起来，它们距牵引车只有一到两英里，但我知道，即便最近的山也在二十英里开外。当然了，在月球上，你不会因距离遥远而看不清细节——这里不像地球，没有几不可见的朦胧雾气，即便是远处的物体，看上去也不会模糊，更不会变形。

那些山峰有一万英尺高，山势险峻，从平原上拔地而起，仿佛许久以前生长在地下的长牙突然钻破熔融的地表，直刺苍穹。哪怕是最近处的山峦，它们的山脚也被参差不齐的平原地貌遮住，我们无缘得见。月球是个很小的世界，从我站立的地方到那边的地平线，恐怕只有两英里远。

我举目望向群山峰顶，那里还从未有人攀登过。早在地球人到来之前，这些山峰就见证了海洋的溃败，目睹了海水如何不甘地退回它们的墓穴，带走了这颗星球的希望，也带走了这个世界生命的曙光。刺目的阳光映射在这些森严壁垒之上，反光足能灼伤人眼，但就在山峦上方不远处，比地球严冬的午夜还要墨黑的天空中，群星闪耀，光华持久不变。

我转过身，这时，看到了一道金属的闪光——就在“海”中一座向西伸出三十英里的大海岬的山脊之上。那是一个看不清尺寸的发光点，好似空中一颗明星被险峻的山峰捕获。我猜想，一定是阳光照在某些平滑的岩石表面，反射回来映进我的双眼。这种事并不罕见。在月球公转周期的第二阶段——即满月前一周——地球上的观察者有时还能观测到风暴洋中闪烁着大范围的蓝白色辉光，那正是阳光映照在山坡之上，由一个世界反射到另一个世界的明亮光芒。但我好奇的是，什么样的岩石能反射出如此耀眼的光呢？于是我爬进观察塔，转动四英寸直径望远镜，向西方看去。

眼中所见让我的好奇之心更盛。视野中的峰峦清晰无比，棱角分明，似乎只有半英里之遥，但不管反射阳光的是什么东西，它都太小了，难以看清。不过，那东西有一种难以言喻的对称美，承载它的山顶又平坦得出奇。我盯着那闪闪发光的谜一般的物体，眼睛望向虚空，过了很长时间，突然闻到厨房里传来一股煳味。这下可好，我们早餐吃的香肠在月球表面白白颠簸了二十五万英里，结果全都浪费了！

整个上午，我们一直在争论接下来该如何穿越危海。要是往西的话，挡在前面的群山简直比天还高。即便穿着太空服外出勘探时，我们依然还在通过无线电相互讨论。我的同伴争辩说，可以肯定的是，月球上从没出现过任何智慧生物，曾经存在过的生命形式也不过是一些原始的植物，以及比它们还要低等的祖先。这一点我当然和其他人一样了然于心，但有时候，作为一个科学家，绝不能害怕当个傻瓜。

“听我说，”最后我说道，“我必须上去，就算是为了让我心安好了。那座山不到一万两千英尺——仅相当于地球重力下的两千英尺高——一来一回，二十个小时足够了。不管怎么说，我一直想爬到那些山上看看，这是一次绝佳的机会。”

“就算你没摔断脖子，”加内特说道，“等我们回到基地，你也将成为整个考察队里的笑柄。从今以后，那座山也许会被命名为‘威尔逊傻帽山’。”

“我不会摔断脖子。”我坚决地回答，“你还记得第一个爬上皮科山和赫利孔山[①]的人是谁吗？”

“那时你可比现在年轻多了吧？”路易斯·加内特温和地反问道。

“这么说来，”为了尊严，我说道，“我更有理由上去看看啰。”

到了晚上，我们把牵引车停到那座海岬的半英里范围之内，早早上床睡觉。天亮以后，加内特陪我一同前往。他是个出色的登山运动员，以前经常随我一同冒险。我们的司机留下看管设备，他高兴还来

① 皮科山和赫利孔山：皮科山是月球上的地名，赫利孔山原是希腊神话中的山峰名，作者用其为月球上的某座山峰命名。

不及呢。

乍一看，那些绝壁似乎完全无法攀爬。但对我们这些登山健将来说，这里的重力只有正常条件下的六分之一，要爬上去简直是小菜一碟。在月球上登山，真正的危险其实是过度自信。即便是月球，从六百英尺高处跌下也足以要人的命，就像地球上的一百英尺一样。

到了四千英尺高空，我们在一块宽阔的岩架上第一次停下来休息。爬山倒是不难，可我很少做这种运动了，四肢开始发僵，也很高兴能休息一下。我们还能看到牵引车，它就像一只渺小的金属甲虫，远远躺在悬崖脚下。我们向司机报告了当前所处高度，然后继续向上攀登。

太空服内部很舒适，很凉爽，制冷装置替我们抵御住炙热的骄阳，还带走了身体劳顿散发的热量。我们很少彼此交谈，除非要传递登山工具，或是商量最佳登山方案。不知道加内特在想什么，或许在想这是他干过的最疯狂的蠢事。对此我表示同意，可是登山其乐无穷，只要想想从未有人来过这里，再看看逐渐开阔的景致，你还需要别的什么回报吗？

看到面前的岩墙，我并没有特别兴奋，远在三十英里开外时，我就通过望远镜仔细地观察过它。它高出我们头顶五十英尺左右，在那片平顶上方，诱使我翻越这段贫瘠高地的东西就在那里。我几乎可以肯定，那东西不过是很久很久以前，一块坠落的陨石留下的碎片，在这亘古不变、永不腐蚀的寂静世界里，它的断裂面依然平滑，依然闪闪发光。

岩壁上没有可供抓握之处，我们只好用上挂钩。疲惫的双臂似乎又恢复了力气，于是我把三指金属挂钩在头顶抡圆，然后向上方的群星抛去。第一下抓了个空，挂钩缓缓落下，我拉回绳索。试第三次时，钩爪紧紧地挂在岩壁上，就算我俩的体重加在一起，也无法让它脱位。

加内特担心地看着我。我敢说，他想第一个上去。但我隔着面罩玻璃冲他一笑，摇了摇头。我花了点时间，慢慢地开始最后一段攀爬。

即便加上太空服，在这里我也只有四十磅重，所以我只靠双手轮换就能拉动自己向上，用不着劳动双脚。到了平顶的边缘，我停了一下，朝下面的同伴招招手，然后翻身上去，站直身子，凝视前方。

你必须理解，直到这一刻，我依然几乎完全相信我要找的东西没什么特别或奇异之处。“几乎完全”，但不等于“完全”。正是困扰在心头的疑惑驱使我一路向前。好吧，到了现在，“疑惑”已经完全消失，可是“困扰”才刚刚开始。

我站在高山之上，离那东西约有一百英尺。它曾经十分光滑——光滑得过分，所以不可能出自天然——但经年累月坠落的陨石在它表面砸出了不少凹坑和伤痕。它的外表面平整如镜，可以反光，整体上呈金字塔造型，大概有两个人那么高，立在岩石上，活像一颗多棱面的巨型宝石。

最初几秒钟里，我的脑海一片空白。随后，胸中心潮激荡，一阵不可思议、难以言表的喜悦油然而生。我爱月球，现在我又知道了，在以“阿里斯塔克斯”和“埃拉托斯特尼”命名的两个陨石坑中，发现的苔藓植物并非月球早期孕育的唯一生命。第一批月球探险家持有的古老梦想虽然饱受质疑，可他们的想法是真的。终归到底，月球文明是存在的——而我是第一个发现它的人。或许我来晚了，没能看到一亿年前的文明盛况，可我并不沮丧；我终究还是来了，这就足够了。

终于，我的脑子可以正常运转了，我开始思考，心中自问：这是一幢房屋，一座圣坛，还是别的我叫不出名字的建筑？如果是房屋，为什么它会建造在如此难以到达的地点？我很好奇，难道说它是一座神庙？于是我想象出这么一幕：一群衣着怪异的祭司，向他们的神明祈求护佑，与此同时，月球上的海洋正在枯竭，生命随之消亡，献给神明的祷告亦成徒然。

我向前走了十几步，靠近些观察它，但出于谨慎，又不敢凑得太近。我略懂一些考古学知识，于是试着猜测这个文明的智能水平，他们竟然能铲平一座山头，建起平滑如镜的反光墙面，至今依然令我神迷目眩。

我想，如果古埃及工匠得到这些更为远古的建筑师使用的奇特材料，他们一定也能建成这样的建筑。因为这东西并不大，我当时没有考虑到，眼前的事物应该出自比人类更高级的物种之手。月球上出现过高等智慧生命，这个想法实在惊人，让人难以接受，而我的自尊也让我无法做出这样的结论，这么想实在叫人难为情。

随后，我注意到一件事，结果让我的后脖颈一阵阵发凉——这件事原本微乎其微，不足为道，所以很难被人发现。我刚才说过，高地上留下了许多陨石撞击的痕迹，还覆盖着几英寸厚的宇宙尘。只要没有风，这种灰尘会在世界上任何地方的表面堆积下来。可是，宇宙尘和陨石的凹坑在小金字塔周围突然止步，只留下一个宽阔的圆圈，好像有一堵无形的墙壁挡住了岁月的侵蚀，挡住了来自太空，缓慢但永不停歇的流星的空袭。

有人在我耳机里大喊大叫，这时我才意识到，加内特呼叫我已有一阵子了。我摇摇晃晃地走到悬崖边缘，打手势叫他爬上来，现在我已经说不出话来了。然后我又向宇宙尘围成的圆圈走去，捡起一片破碎的石头，朝闪闪发光的神秘建筑轻轻扔去。哪怕小石头在无形的屏障前突然消失，我也不会感到惊讶，但它好像碰到了一个光滑的半球形表面，于是轻轻地掉到地上。

这下我明白了，眼前这东西与人类的古迹完全不同。它不是建筑，而是一台机器，一种力量保护着它，向永恒发出挑战。无论这种力量是什么，它还在发挥作用。也许我已经靠得太近了。我想起了过去一个世纪里，人类发现并掌握的各种射线。根据我的经验，我可能已经走近了毫无遮蔽的原子反应堆，正处于无声却致命的辐射之下，如果真是这样，事情已无法挽回，我已在劫难逃。

我还记得，当时我转过身，朝加内特走去时，他也向我走来，站在我的身边，半晌无言。他顾不得理睬我，我也没有打扰他，只是走到绝壁边缘，竭力想理清思绪。横躺在我脚下的正是“危海”——没错，危难之海——对大多数人来说，危海既陌生又诡异，我却对它非常熟悉。我抬起目光，看到新月状的地球正依偎在群星的摇篮之间。我想知道，当神秘的工匠完成这里的工作时，地球上的云雾之下正在发生什么？石炭纪的原始丛林是不是还在雾气蒸腾？第一批两栖动物是不是正在跨越荒凉的海岸线，开始了征服陆地之旅？还是说更早些，生命出现之前，地球还处于漫长的孤寂之中？

别问我为什么这么久都没猜到真相——现在看来，真相显而易见。可我当时刚刚有所发现，心中唯有一阵兴奋，于是理所当然地认为，那层无形的水晶墙壁是由月球上古时代的某个种族建造的。可是突然间，我又想起一件事，它以压倒之势盖过了其他所有想法，那就是——对月球来说，建造机器的家伙也是外星人。

二十年来，除了一些退化的植物，我们在月球上没有发现任何生命。月球文明根本就不存在。如果有，那么，不论是如何灭亡的，它总该留下一星半点存在过的证据吧？

我再次看向闪光的小金字塔，隔开一段距离以后，我越看越觉得它与月球上的东西格格不入。由于过度兴奋，身心俱疲，我不由得大笑起来，笑得浑身发抖，笑得像个傻瓜，笑得歇斯底里——我好像听到了小金字塔在对我讲话，它说：“很抱歉，在这里，我也是个外乡人。”

我们花了二十年时间，才打破那层无形的护盾，接触到水晶墙内侧的神秘机器。既然没法理解它，我们只好动用原子弹的蛮力将它彻底破坏。现在，我在山上还能找到那可爱的发光体的碎片。

这些碎片已经没用了。金字塔里的机械装置——如果它确实算机械装置的话——属于一种远超人类知识水平的技术，或许属于超物理力学的范畴。

这个谜团令我们更加困惑。如今，人类的脚步已踏上各大行星，人们都相信，长期以来，宇宙中唯有地球才算智能生命的家园。而在我们已知的世界中，任何失落的文明都不是那台机器的建造者。高原平台上厚厚的宇宙尘可以帮我们测出机器的“年龄”。早在地球海洋中出现生命以前，它就已经被安置在高山之上了。

当我们的世界只有现有年龄的一半时，外星来客从群星之间出发，掠过我们的太阳系，途中留下了这个标志，然后继续上路。在人类破坏它之前，这台机器一直在履行建造者赋予它的使命。至于使命是什么，我就只能猜测了。

在银河系中，有近千亿颗恒星绕着它们的轨道旋转。很久很久以前，在其他太阳周边的世界里，一定会有某个种族异军突起并一举超越我们现已达到的智慧高度。想一想这样的文明，他们的存在可以一直追溯到创世记的余晖未曾消逝之时，他们是宇宙的主人。那时的宇宙尚年轻，其他生命也仅仅在一两颗星球上出现。我们难以想象他们会有多么孤独。这些孤独的神祇跨过无限的时空，却找不到任何种族分担他们的寂寞。

他们一定搜遍了无数星团，正如我们寻遍了各大行星。星球到处都是，可它们要么空空如也，要么充斥着毫无理性的爬虫。就连我们的地球，那时也只有巨大的火山口仍在喷出滚滚浓烟，天空中烟云密布。这时，黎明的众神乘坐第一艘飞船，越过冥王星外围的宇宙深渊。它飞过冰封的外部行星，知道那里不可能出现生命的痕迹。它在内部行星之间停下休整，让太阳的火焰温暖自己，等待着再次踏上旅程。

这些星际漫游者一定注意到了地球，随着它在冰与火的夹缝之间安全地绕行几周。他们一定猜到了，这是太阳最宠爱的孩子。就在这里，在遥远的将来，必然会有智慧诞生。可前方还有无数星球等待着他们，而他们很可能永远不会再回来。

于是，他们留下一个岗哨。在宇宙之间，他们已经撒下上百万个，留心守护着所有可能诞下生命的世界。它就是一座灯塔，亘古以来一直发射着信号，只是地球对此一无所知。

为什么水晶墙里的金字塔要设置在月球而非地球之上？或许现在你已经明白了。它的建造者并不关心仍在野蛮状态下苦苦挣扎的种族，只有我们的文明证明自己有资格生存下去——穿越太空，逃离地球，走出摇篮——他们才会对我们感兴趣。这是所有智能种族或早或晚都将遇到的挑战。这个挑战有两层含义。首先取决于能否征服原子能；其次，看原子能的使用结果是生存，还是毁灭。

一旦我们越过这个难关，那么，找到金字塔并将其打破，就只是时间问题了。现在，它的信号中断了，岗哨使命完成，建造者便会将心思转到地球上。也许他们很乐意帮助我们这个幼稚的文明。他们一定非常非常古老了，而老一辈总是很顽固，愿意精心照顾年青一代人。

如今，每当我仰望银河，总是不由自主地揣测，那些特使会从哪片厚厚的星云之间飞来呢？请允许我打个直白的比喻——我们已经点燃了篝火，发出了信号，现在除了等待，别无他法。

但我相信，我们不会久等。

（译者：邹运旗）

月球假期

1951年1月至4月首次发表于《名媛》(*Heiress*)

由于少女杂志《名媛》一位迷人女性编辑坚持邀稿，才有了本篇故事。该故事总共分为四辑（一九五一年一月至四月），以查尔斯·威利斯之名发表。半世纪后，我已经想不起来使用化名的理由；或许是因为当时害怕失去我的“硬汉”形象吧。

房间开阔明亮，尽管窗外景观壮丽，却无人在意；与整面墙等宽的窗外是皑皑雪坡，往下约一英里处，坐落着阿尔卑斯小镇。虽然有些距离，每个景观细节都可看得清清楚楚。村镇后方地势渐高，越来越陡峭；宏峰向天际线延伸，峰顶终年绕着一羽积雪，随风扬起雪雾。

景色绝美——但只是幻象。马丁家公寓位于伦敦市中心，墙外十一月浓雾正笼罩浸湿的街道。马丁太太只须按下开关，便能任意选择，隐藏的投影机会呈现所选景色，同时搭配相衬的音响效果。电视不只为家家户户带来视听娱乐，更是景观窗不可或缺的科技。如今已迈入二十一世纪，多数住家都可任意选择窗外景色。

景观窗当然仍不便宜。不过，若想让家人多认识世界，真是不错的方法。马丁太太紧张地顾盼；周围环境太静了，有点不自在。她环视家人，便安下心来。十八岁的达芙妮正在看电视转播巴黎时装秀。

“妈！”她喊道，“快看那件深红色的斗篷多美！我也好想要一件。”

十五岁的迈克尔正在做功课（或者假装做功课），十二岁的双胞胎正在隔壁房间听奶奶讲伦敦大轰炸的故事，发出兴奋的声音。

隔壁房间电话铃声温和地响起。

“让我接！”克劳德大喊。

“不，让我接！”克劳蒂亚叫道。

窸窣一阵后，奶奶对接线生说话的声音传来：“是，这里是马丁太太家，我叫她来。希尔达！超长途电话找你！”

超长途电话！这从未发生过，但每个人都知道代表什么。迈克尔从功课中抬起头，连达芙妮的注意力也从冬季时装秀转开。

“天啊，”克劳德说，“是爸爸！”

“有人告诉我，”克劳蒂亚悄声说，“从月球打电话回来每分钟要十英镑！”

“希望不是爸爸付钱。”克劳德咋舌。

“孩子们，小声点。”马丁太太说着，从奶奶手中接过话筒，“是，我是马丁太太。”一阵停顿后，听筒中传来丈夫清晰的嗓音，她吓了一跳。两人之间隔着二十五万千米的太空，声音听起来却好像丈夫就在她旁边。

“喂，希尔达吗？我是约翰！亲爱的，听好了，我只有两分钟。坏消息……下周我无法照原定计划回地球了。确实，计划泡汤很令人失望，可天文台这边有要紧事，我实在无法脱身。但别难过，我想好替代方案了！想不想来月球玩啊？”

“什么？”马丁太太惊诧道。

将近三秒后，丈夫的笑声才传入她的耳中。尽管无线电波以极速前进，从月球传到地球仍需三秒。

“是啊，我就知道你会吓一跳。为什么不呢？现在太空旅行就跟奶奶当年搭飞机一样安全。而且，三天后有艘货船要从亚利桑纳港出发前来月球，两周后返航。你们有足够时间准备，可在天文台这边待个十天。我会做好一切安排，所以别跟我争论了，就这么做吧。货船空间仍够，你可以带达芙妮和迈克尔一起。只能对不起双胞胎了……就跟他们说，等他们年纪再大一点吧！”

“可是，约翰，我不……”

“当然可以了！想想达芙妮跟迈克尔会多开心啊！现在没办法详细解释，但这可是千载难逢的机会！我再发电报给你，里面会有一切细节。你再过一小时就会收到了。噢，糟糕，时间到，我得挂电话了。向大家转达我的爱。期待与你见面，亲爱的。再见！”

马丁太太放下话筒时仍未回神。约翰总是这样，根本不给她任何时间提出反对。不过，现在想来也没什么好反对的。他说得没错，虽然费用仍然过高，无法常态提供载客服务，太空旅行（至少前往月球）已经相当安全。约翰想必利用职务之便，才为他们订到位子。

是啊，约翰说得对。这是千载难逢的机会，而且，若她现在不去，不知何时才能再与丈夫见面。她转身，向焦急等待的家人说道：“我有消息要宣布。”

一般来说，搭机横跨大西洋会令达芙妮和迈克尔兴奋不已，毕竟他们至今只有两三次这样的经验。但是如今，从伦敦机场至纽约的两小时旅程在他们眼里却只是区区小事，整趟旅行，他们多数时间都在大声讨论月球，生怕别的旅客听不到。

他们只在纽约待一小时，便接着飞越北美大陆，持续朝太阳逼近，穿越宏伟的亚利桑纳沙漠。落地时，不算时差的话，时间比他们离开伦敦公寓时更早①。

从空中俯瞰，太空港的景象令人惊艳。达芙妮可从下方的观景窗看见浩大的钢铁骨架支撑着瘦长的、鱼雷形状的庞然大物，即将朝繁星起飞。到处都是储气钢瓶形状的燃料槽，指向天空的无线电天线，以及各种看不出功能的建筑与结构，令她眼花缭乱。

在迷宫中，细小人影急匆匆地来去，看似金属甲虫的车辆沿着道路疾驶。

达芙妮是第一代将太空旅行视作理所当然的人类。人类抵达月球已是三十年前的旧事，比她出生还早了十二年；达芙妮还记得远征队首度登上火星与金星时，人们多么兴奋与欢欣。

她在至今尚短的生命中，便已目睹人类出发征服太空，像几百年前哥伦布与其他中世纪伟大的探险家探索新世界那样。而目前，征服太空的第一阶段已然完成。科学家已在火星与金星建立小型殖民地，在月球建成规模浩大的月球天文台，那里更成为天文学研究的重镇；马丁教授正是月球天文台主任。

月球孤寂的平原上，繁星在丝绒般的天空闪闪发光，无论日夜都清晰可辨。没有丝毫云层遮蔽，再也无须克服地球大气层的阻碍，天文学家终于能在完美条件下工作。

接下来两个小时，达芙妮等人在太空港的主建筑测量体重、体检、填写表格。终于结束时，他们已差不多要怀疑起月球假期是否值得这番折腾。他们抵达一间狭小但舒适的办公室，隔着办公桌，望向一位欢快的圆胖男子，对方看来地位颇高。

"好的，马丁太太，"他愉快地说，"真高兴你们全都身体健

---

① 强调飞行速度变快，旅行时间短于时差。——译者注

康，半人马号启程时你们就能一同出发啦。希望那些检查没吓着你们；虽说现在太空飞行没什么危险，只怕万一。

“太空船起飞速度相当快，几分钟内你会觉得自己体重变成好几吨；只要没有罹患特定心脏病，便可舒舒服服地躺着，不会有任何问题的。到了太空，进入无重力环境，一开始会感觉怪怪的。以前的人可能会‘晕太空’，现在也都能预防了，起飞前吞几片药片就好。什么都不用担心，我保证你们的旅程会很舒适！”

他看向自己杂乱的办公桌，深吸一口气：“我希望自己有时间上太空。过去两年我只离开过地球一次！”

“刚刚那是谁呀？”巴士载他们越过沙漠时，达芙妮问。

“那是太空舰队控制员。”她母亲答道。

“什么！”迈克尔大喊，“他主管这些太空船，却没机会搭船上太空？”

马丁太太微笑：“可惜，常常都是这样的。爸爸也说他最近忙到没空使用望远镜呢。”

他们已离开建筑区，正沿着大路行驶，两侧只有一望无际的沙漠。他们能看见一英里外半人马号挺拔的流线型船身，火箭矗立于水泥平台上，由吊车与鹰架包围，针状船首指向天空。即使从这么远看，太空船仍显巨大——达芙妮认为它几乎和纳尔逊纪念柱一样高。船侧金属映着阳光，不仅气势磅礴，亦相当美丽。

他们驶得越近，太空船就显得越高；等他们抵达太空船底部时，眼前已是巍峨崎岖的金属悬崖。一座高耸的门型起重机已移至火箭旁，达芙妮等人被领进衍梁构成的迷宫中，抵达一台窄小的升降机，当中只塞得下他们三人。马达声呼啸，地面开始移动，太空船闪亮的外墙迅速滑过。

前往船舱的路程漫漫。船舱位于火箭顶端，达芙妮在通往太空船的舷梯暂停脚步，看着地上仰望太空船、面容模糊的人。她觉得有些头晕，又想起这只是她长达二十四万英里的旅程最初一百英尺，便要自己振作起来。

飞行员与领航员已经在狭窄的船舱等他们了。里头满是各种复杂仪器，并设有铺着厚垫的座椅，看来相当舒适，迈克尔不禁跳来跳去，要人制止才停下。

“只管躺平，”飞行员说，“吞下这个药片——没有味道，不须太过紧张。起飞时，你们会觉得身体很重，但不会痛，而且时间很短。还有，我允许前不要起身。我们再过十分钟就出发，现在放轻松即可。”

达芙妮发现放松并没有飞行员说的那样容易。十分钟简直可比永恒，她用双眼探索窄小的船舱，怀疑到底有谁能够记起所有仪器与控制钮的功能。要是飞行员犯了错，按错按钮怎么办呢……

母亲在隔壁躺椅给了她一个安慰的微笑。迈克尔已经对周围仪器着了迷，要他乖乖躺下，令他难以忍受。

电动马达突然发动，达芙妮吓得弹了一下。声音听起来很近。接着，一切同时开始运作，开关发出咔嗒声、强力泵浦哀鸣，火箭内部中心的阀门弹开。

每次她想“这就是了”，太空船仍纹丝不动；真的起飞时，她却丝毫没有料到。

遥远的底端传来一千座瀑布的轰隆声响，或像雷电交加的暴风雨，雷声与雷声间没有任何停顿。火箭已经发动，但能量仍不足以使太空船离地。

升力很快累积起来，船舱开始震动，半人马号开始自沙漠升空，火焰将尘沙喷得到处都是，数百码内皆沙土飞扬。达芙妮感觉有东西温和地将她往下压进躺椅的厚垫中，不至于不舒服，但她的四肢变得像铅那么重，须刻意才能呼吸。

她试着提起手，却发现移动数英寸都非常费力，就放弃了，将手放回躺椅。在那之后，她便躺平、放松，等着接下来的事。她并没有特别害怕——感觉到无穷的力量将她推向宇宙，这实在过于令人兴奋了，根本无暇恐惧。

火箭雷电般的轰隆声戛然而止，身上的重担减轻，达芙妮又能自在呼吸了。太空船动力已经减缓；他们即将逃离地球重力的桎梏。片刻过后，最后一组马达也关闭了，寂静又排山倒海地涌现，重力完全消失。

* * *

飞行员与领航员讨论、确认仪器与数据，过了好几分钟。接着，飞行员将座椅转向乘客，微笑着说："还蛮顺利的，对吧？我们已经达到逃逸速度，时速两万五千英里，接下来都会处于无重力环境，直到抵达月球、启动火箭减速为止。"

他从座椅起身，一手仍抓着椅子，达芙妮发现他的双脚都悬空了。飞行员的手放开座椅，便开始像慢动作影片那样，飘向达芙妮他们。达芙妮原本就知道上了太空会这样，但第一次亲眼目睹还是感觉相当怪异，而发生在她自己身上时，感觉更显怪异。

她花了好一阵子才习惯"上"与"下"不再具有意义，渐渐熟悉如何在舱内移动而不摔向另一端或头朝前撞上目标。但这真是太好玩了！几分钟后，达芙妮才想起自己快要错过重头戏，赶紧潜向太空船墙上离她最近的小圆窗。

她原本预期看见地球悬于太空中、巨大球体上的海洋与陆地清晰可辨，像地图店橱窗里的地球仪。

然而，她看见的奇妙景象完全出乎意料，使她为之屏息。庞大、耀眼的月牙填满天空，看似新月，却大上好几百倍。火箭想必行经地球的夜侧，大部分表面都沉浸于黑暗中。

达芙妮盯着遮住繁星的大片暗影，她发现其中有细小的光点，应是人类城市，萤火虫般在黑暗中闪闪发亮。

她久久无法从那庞然新月和其怀中的暗影转开眼睛。随着太空船朝地球阴影疾驶而去，达芙妮看着月牙缓缓变细。接下来数分钟太阳会完全被地球遮住，等半人马号再见到光，眼前就只看得见月球与繁星了。

月球！它在哪里？达芙妮移向另一扇窗，便看见月球，与在地球上看来几无不同。当然啦，旅程才刚开始，月球的大小还不会差太多。接下来两天内，月球会越“长”越大，填满天空，而他们将在它闪耀的山脉与覆着尘土的广袤平原上降落。这奇异而寂静的世界，现在已是人类远征繁星的踏脚石。月球到底是什么样子？她会遇上什么样的人呢？达芙妮实在过于兴奋，完全无法入眠。

达芙妮做了美梦，她梦见自己在飞，如鸟禽自在滑翔，掠过地面，四处遨游。她以前也做过类似的梦，但梦境从未如此鲜活，即使她已意识到自己在做梦，也无损其魔力。

突然间，睡眠的魔咒打破了，达芙妮被拉回现实。她张开双眼，伸展四肢，却惊恐地放声尖叫。四周全黑，她无法触及任何东西，只有虚空。美梦瞬间变成梦魇：她无助地漂流于太空，动弹不得……

“咔”一声，船舱的灯亮起，飞行员从门边布幕后探头。

“怎么啦？”他说，接着责备地摇摇头，“唉，我不是提醒很多次了吗？”

达芙妮瞬时有些难为情。这是她自己不小心；舱床的弹性宽布条能固定住身体，但达芙妮解开了松紧带，在睡梦中飘至舱房中间。她现在悬在半空中，缓缓旋转，却无法朝任何方向前进。

“真想让你留在那里，当作教训。”飞行员说。他朝达芙妮眨了眨眼，拿起空床上的枕头：“接住！”

轻微的冲击力使达芙妮又动起来，一会儿后，她摸着了墙壁，终于不再无助地飘浮。马丁太太和迈克尔刚被吵醒，揉着睡眼惺忪的眼睛。

“再过一个小时就要降落了，”飞行员解释道，“我们马上就要用早餐，然后，我建议大家到观景窗那边，好好享受。”

早餐很快就用完了。在无重力环境中行动毫不费力，消耗不了体能，自然没有胃口。即使是迈克尔，两片吐司、一小杯牛奶也已足够。盛装牛奶的容器具有弹性，用手一挤就能直接送入口中。

没有上下之分的环境不可能“倒”出液体，若试着这么做，只会有一大“滴”液体漂流于半空中，直到碰上墙壁，沾得到处都是。

再有数百英里就要抵达月球。它已大得快把天空塞满，月球看起来再也不像太空中的球体，而是脚下一片崎岖、无边的地景。迈克尔不知从哪里找来月球地图，正试着找出所有显著地标。

“我想那是……雨海，”他犹疑地说，指向夹在两侧山脉中的辽阔平原，“是了，看到中间那三个大陨石坑吗？它们名字真怪……呃，我不会念。最大的叫作……阿基……阿基米德坑。”

达芙妮仔细地检视地图，再望向下方的风景。

“那才不是海呢！”她抗议道，“只是一大片沙漠！你们看，下面有山有棱，还有那些峡谷。天啊！希望我们不会掉下去！”

“地图就说是海。”迈克尔固执地说，语罢望向飞行员，希望他解释。

“好几百年前，月球的深色区块就被定名为‘海’，后来望远镜发明，我们才知道原来那些区块不是海，”飞行员回道，“但没人改过这些地名，就保留下来了。再说，许多名字都很美呢！看地图，有静海、虹湾和睡沼，等等。不过，先别问问题了，我忙着呢！绑好安全带，马上就要启动火箭了。”

他们现在正以时速数千英里朝月球坠落，达芙妮知道，只有启动太空船前方的火箭才能减速。

月球近在咫尺，引擎轰然发动；经过长时间寂静的太空旅行，马达吼声听来加倍震撼。瞬间，他们再次感受到体重，达芙妮发现自己又紧紧压进椅垫中，力道并没有起飞时那么大，她很快就习惯了。

透过观景窗，达芙妮瞥见火箭喷出的白热火柱撑着船身，阻止他们继续船头朝地坠落。月球地表仍有数英里之遥，太空船朝着一圈广阔山脉的中心前进。火箭吼声渐歇时，山脉部分高峻的顶峰已在太空船上方。

太空船底下则为萧索的平地；此时，数座细小的圆形建筑突然映入达芙妮的眼帘。接着，火箭又再次燃起，地景消失，由火焰与引擎激起的尘云取代。片刻过后，太空船轻柔地碰撞了几下，又回归宁静。

他们抵达月球了。

达芙妮俯视岩石地面，没看见任何人。为了安全，火箭熄灭前周围皆得清空；这时，地勤人员便从遮蔽中出现。她降落时瞥见的高山到哪儿去了？火箭所在地除了几座矮丘，直至地平线皆是平原。

接着，达芙妮便发现月球地平线比地球近得多；月球是娇小的世界，因此地平线呈弯弧状。（体积只有地球四分之一，不是吗？）围住陨石坑的山脉落于地平线之下，达芙妮因此才看不见。

几辆长相怪异的车辆从约一英里外的山棱驶来，停在火箭底部。达芙妮听见一阵乒乒乓乓与空气泄漏的嘶嘶声，接着舱门缓缓打开。

“跨进去就好了，”飞行员说，“像搭电梯至地下室一样。”

他说得没错。马丁一家现在身处一个狭小的圆柱形空间，厢内的机械人声提醒他们不要站在门边，然后轿厢便开始朝地面前进。厢门开启时，眼前景象使他们甚为吃惊。他们已站在大型巴士内，透明车顶极厚，材质全是塑料。

反差如此大，达芙妮不禁疑惑他们是怎么办到的，随即看到火箭身侧原来搭起像防火梯一样的伸缩臂，小小的轿厢沿着伸缩臂再次上升，将飞行员与领航员载下来。巴士利落地驶上陨石坑表面；一切皆相当有效率、讲求方法，一点也不浪漫。

“不知道爸爸在哪儿呢？”迈克尔问道。

“我们会在天文台和他会合，”马丁太太说，同时暗自希望行李平安跟上，“你看！就在那里！”

他们已越过矮丘，周围一片平坦，可看见天边有座如蜘蛛脚的金属建筑。达芙妮从未想到天文台的望远镜原来长这样，因为金属建筑与地球的天文台不同，并无其招牌的银色圆顶。当然，若假设月球观测台与地球的类似，就有些可笑了；月球上无风无雨，再精密纤细的观测仪器也不须担心暴露室外而受损。

然而，天文学家们自己倒住在地下五十英尺。巴士驶向陡峻的下坡，尽头巨大的金属门缓缓开启，引领他们前往灯光熠熠的地下世界。

金属门后的密闭空间足以容纳整辆巴士。后方金属门关闭后，周围又出现空气嘶嘶声。另一端的门接着打开，巴士便向前驶进巨大的地下车库。达芙妮发现外头再次充满空气，周围环境也不再寂静无声。

“爸爸在那儿！”迈克尔兴奋地大叫，指向窗外。

在车库一隅，马丁教授正站在迎接人群中，朝他们挥手。不一会儿，他登上巴士欢迎家人，一家人亲亲抱抱。

“旅程还愉快吗？”他问，“没有人晕太空吧？”

老练的旅人纷纷愤慨地否认。

“听你们这么说，真令人高兴。到我的房间来吧！好好休息，吃点东西。”

达芙妮接下来五分钟都在重新学习如何走路。月球低重力使她的体重变成原本的六分之一，每踏一步都使她弹至一码高。这个问题有解：天文台发给每个访客一条装着铅的宽腰带，以金属的重量把他们往下压。即使如此，他们仍感觉相当轻盈，只是行走更为轻松。达芙妮无须再担心任何微弱的气流都可能把自己吹跑。

“你们习惯之后，”马丁教授说，“就不用加重了。应该发现了吧？这边的人都不需要。多多练习即可，记得别走得太快。但是，若你们想，要跳这么高也行！”

马丁教授不费功夫地离地，向上飞了二十英尺，接近天花板那么高，几秒后又轻轻降落。

“你们可千万别学我，”他警告道，“还不熟练，一不小心就会撞到头的！跟我来吧，见见我的下属。”

不知为何，达芙妮总假设天文学家会是老男人，因为耗费过多时间盯着望远镜，满脸胡子，看起来魂不守舍。（爸爸当然是例外；他总是与众不同。）

然而达芙妮很快地发现，天文台的工作人员都不符合她的想象；多数人仅二三十岁，几乎一半是女性。而且，几个年轻男性的神情甚至与魂不守舍完全相反。

彼此介绍过后，他们随着马丁教授穿过好几个宽阔的通道，它们各自通往不同岔路，标志写着“**中央空气室**”“**第三行政中心**”“**医务室**”“**宿舍区**”，以及引人遐想的“**危险！请勿进入！**”。这里跟地球的室内还真像，达芙妮心想，就像身处于某座庞大建筑物内；只有古怪的轻盈感提醒她这是与地球截然不同的世界。不过几天后，达芙妮就逐渐习惯，甚至不再注意到身体有多轻。

马丁教授的专属套房位于月球殖民地的起居区，共有四个宽敞的房间；尽管深埋地下，空间仍明亮清新。马丁太太瞥见房内装饰，便决定该有所作为。

他们在看似轻薄却十分舒适的座椅坐定，马丁教授点起烟斗，开始朝天花板吞云吐雾，天花板中的空调泵浦则迅速将烟抽走。

“好啦，”他说，“真高兴在这里见到你们。我对双胞胎感到抱歉，不过我实在找不出空间，无法再把他们挤进太空船里了。再说，他们年纪也还太小。”

“亲爱的，你还没告诉我们，”马丁太太说，眼神锐利，“为何你无法回地球呢？”

马丁教授紧张地咳了一声：“噢，真是巧得不能再巧，在我出发前两天，等了一辈子的事情发生了！我们发现了正在形成的超新星。”

“听起来好像很惊人，可到底是什么意思？”

“超新星是爆炸的恒星，爆炸规模之大，让恒星的亮度瞬间多了好几亿倍。甚至，有好几天它会跟宇宙一样亮呢！我们不知道超新星的成因，这可是天文学的一大未解之谜啊！

“总之呢，这次爆炸的恒星距离相当近，而且我们很早就发现了，爆炸规模还没到最高峰。这可是天大的好运！我们观察到许多奇妙的现象，过去几天所有人都忙得人仰马翻。

“现在工作已经比较上轨道，但仍需要好几周才能告一段落。新星正在缓缓死去，我们希望能观测到恒星亮度回归常态之后的情形。顺带一提，超新星最亮的时候，连地球白天时也看得见。我想你们应该都从广播听说了吧。”

“好像有这么一回事，”马丁太太含糊地说，“但我没特别注意。”

马丁教授故意夸张地举起双臂表示失望：“五百年没发生过的大

事，你却没注意！一整颗恒星，或许还加上所有行星，一起爆炸了，规模史无前例，难道对你没有半点影响吗？”

“当然有，”马丁太太反驳，“它搞乱了我所有假期规划，还把我带到月球来，而不是马约卡岛。但我没有太介意，亲爱的。”马丁太太微笑着说，“这确实是与众不同的体验。”

达芙妮听着父母的对话，深感惊艳又觉得恐怖。想到恒星爆炸……像太阳般的恒星，周围的行星群或许也有生命栖息……这画面在达芙妮的脑海挥之不去。

“爸爸，”她说，“那可能发生在这里吗？”

“什么意思？”

“呃，我们的太阳可能会变成……那叫什么？超新星？如果发生，我们会怎么样呢？地球应该会熔掉吧。”

“熔化？老天，恐怕连熔化的时间也没有！地球只会喷出一阵气体，然后消失。但别太担心，发生概率不到好几百万分之一呢。说点比较令人振奋的事吧，今晚有舞会呢！我想邀请你们参加。”

“舞会？在月球办？”

“为什么不？我们试着维持正常生活，也该照常娱乐。这里有电影院、小型管弦乐团，演出颇为精彩的戏剧社、运动社团，还有很多其他的，好让我们下班后不至于无聊。舞会则是一天两次，正午和午夜时举办。”

“一天两次！”达芙妮惊呼，“你们怎么有时间工作啊？”

马丁教授眨眨眼。“我是指月球日，”他回道，“将近在地球上的一个月呢。现在正接近月球的正午，太阳要再七天才下山。不过，我们的时钟和行事历仍照着地球时间走，人类可无法睡上两周不工作，再连续工作两周不休息。一开始可能有点混乱，不久你就会习惯的。”

他瞄向对面墙上高挂的钟——构造相当复杂，共有好几个钟面，还有三组指针。

“这倒让我想起来，”他说，“我们该去‘丽思’……那是我们给食堂取的名字。午餐时间到了。”

那天深夜，达芙妮疲惫但心满意足地上床。舞会大为成功；她学会调整动作，不再拽着舞伴往天上飞之后，就玩得很尽兴。

她想起以前看过的老电影，清楚记得片中的慢动作舞蹈场景。舞会和电影场景极为相似，一样优雅，不费吹灰之力。她觉得，以后在地球跳舞再也不可能如此尽兴了。月球舞会还有另一项优点：她的脚一点也不疼！毕竟在月球上她的体重只有二十磅。

达芙妮试着放松入眠，但尽管身体疲劳，她的脑袋仍动个不停。短短一天内，她经历了太多新奇的事物，也见到太多有趣的人。有些年轻天文学家（许多刚从大学毕业而已）非常迷人，而且他们全都自告奋勇，明天要带她参观天文台。还真难以抉择啊……

不过，达芙妮终于睡着前所想的并非这个地底殖民地，或在这里生活、工作或玩乐的人。她正想着头上寂静空无的平原；尽管时钟显示为格林尼治时间晚上十二点半，正午艳阳照耀之下，月球表面却像在燃烧。

细牙状的“新地球”离太阳很近，未来两周内会缓缓丰盈，直至成为耀眼的圆盘，为这个奇异世界带来一片午夜雾晖。而无数群星，则在黑丝绒般的空中日日夜夜坚定闪耀着。

群星中初来乍到者，尽管亮度渐减，仍是空中数一数二亮的：新金牛座。爸爸是这么称呼它的，还说它距离我们很近。不过，那么令人震撼的爆炸，其实发生于伊丽莎白一世[①]在位时，只是其亮光（每

① 英国女王，1533年至1603年在位。——译者注

五秒前进一百万英里）现在才抵达地球。

达芙妮想着这无以估量的距离，不禁打战；相比之下，地球与月球只有毫发之差。

“来，安全墨镜给你，”诺曼说，“火箭启动时赶紧戴上。”

达芙妮心不在焉地接过，双眼从未离开矗立于两英里外的闪亮巨兽。从陨石坑低丘顶部的观测点望去，她几乎可以将发射基地全景纳入眼底。火箭正要离开月球，继续航行，离地球越来越远。达芙妮难以想象，尽管她就是搭太空船来的，自己却从未看过太空船起飞。

在太阳烤干的岩壳上，太空船挺立，这艘船比载达芙妮他们抵达月球的船大上许多，旅程也更漫长。几秒之内，火箭就要攀升、脱离月球，背向地球和太阳，踏上朝火星的漫漫旅途，几乎要一亿英里。

引擎骤地启动，白炽火焰熊熊燃烧却杳然无声。同时，船舰被平原激起的沙尘笼罩，闪烁的粒子包围了太阳般灿烂的火柱。太空船离地，徐缓的气势令人屏息，逐渐攀向布满繁星的天空。

现在火箭已脱离沙尘，达芙妮才了解为何需要安全墨镜。若有人告诉她，这些火箭比太阳更热、更亮，她肯定会相信。

透过墨镜，达芙妮除了目睹太空船升空，火光映照之下，亦可看见微亮的月球地貌。火箭开始增速，一分钟后，已经攀至二十英里高。达芙妮拿下眼镜，看着太空船与繁星相互辉映，直到太空船突然消失——引擎关闭了，功成身退。接下来，宏伟火箭可轻松地无声前进，如箭矢疾飞，航行数月至火星。

“很精彩吧？”诺曼轻声地说，“我觉得，什么声音也听不见，反而更觉得壮观。”

此话不假。达芙妮已经抵达月球三天，仍未习惯太空前缘的生活，这里与她所知的一切都截然不同。

天文台兔穴般的构造中充满空气，且保持与地球相似的常温——因此声音得以传递。除了重力较弱，天文台几乎与置身地球无异。然而，只要她爬几步阶梯，抵达表面的观测室，便能确定自己身处异界。

隔开达芙妮与月球凶险地貌的仅是几英寸有机玻璃。月球全然的寂静紧紧盖下，像厚重的毯。于此，她是外人，擅闯了不属于她的世界。她心想，潜水钟蜘蛛揣着气泡潜入险谲的水下异世界，大概也是这种感觉吧。

然而，只要有时间，达芙妮仍爱往这儿跑，待上一个小时，或望向无际的平原，或描绘西边隐约可见的山峰。远方的峰顶，几乎比地球任何高山更高；尽管上方天空依然漆黑、繁星依旧闪烁，顶峰仍在午后艳阳照射下迸射灿烂光芒。

达芙妮在舞会当晚认识了诺曼·菲利浦斯，发现他是相当称职的向导。诺曼是年轻的地质学家（或者，若要更精确地说，他是“月”质学家），平时并不驻扎于天文台，而是第二月球基地，目前于此度假。不须执勤这点让他比其他科学家更有优势；许多人都很乐意带达芙妮到处参观，却没有时间。

马丁教授同意这个安排，但很扫兴地建议迈克尔跟着一起来。诺曼对此并无太大热情，尤其因为迈克尔总讲个不停，又要人家解释所有事物的运作原理。

因此，前几次参观行程都拖得很长，达芙妮也对琐碎的技术细节感到无聊。所幸他们设法把迈克尔丢在中央控制室；他从此便黏着总工程师不放，只有用餐时才见得到人。

尽管乍到时晕头转向，达芙妮现在已把天文台摸得比较熟了，就算落单也不致迷路。这里距离第一座登月火箭降落处不过几英里远；二十年来，人类在陨石坑底下挖掘、建设，形成错综复杂的隧道。

早期，开拓殖民地的探勘队员全心只想着保命。为避免剧烈的日夜温差，他们转向地下，只留仪器在地表。建立月球基地，不啻为媲美太空旅行的惊人成就。空气、水、食物：草创初期，所有东西都得旅经二十五万英里，才从地球抵达这里。

不过，探勘队伍发现月球的矿物资源后，月球很快展示了它蕴含的价值。现在，殖民地不只能制造居民所需空气，几年来，所产粮食更已几乎能自给自足。达芙妮参观过古怪的地下“农场”；在炎热、潮湿的环境中，照以强光，植物生长的效率无与伦比。

总有一天，诺曼告诉她，人类会开发出能在月球真空表面生长的植物，生命与绿意便能填满荒芜的平原，彻底改变月球地貌。

现在距离早期拓荒的艰困时期已经很远。尽管，在地球的标准看来，月球生活仍像斯巴达般艰苦，殖民地的生活方式已更为宽裕，有着各种游戏和娱乐室，生活起居空间虽然狭小，却非常舒适。

然而，达芙妮最喜欢的是殖民地的居民。比起地球，这里的人更为友善，不吝伸出援手；达芙妮不认为这全只因为她是天文台主任的女儿。她认为，这里的居民都觉得自己属于这个大家庭；无论如何都得彼此互助，才能生存。

“怎么，”诺曼微笑地说，“你现在在想什么？”

达芙妮从白日梦中回神。“我只是在想，”她说，“长期定居在这里的感觉。你们不会想念地球吗？满地裸岩和星空确实令人赞叹，但总会厌倦吧？再怎么叹为观止，又不会变，看久了都一样。不会想念云朵、绿地或大海吗？换作我，最想念的就是海了。”

诺曼向往地微笑：“会呀，偶尔会想念。只是我们太忙，没时间沉浸其中。只要手边的工作重要、令人兴奋，其他事情都不重要了。再说，我们每两年都能回地球休假。总觉得，我们比你们这些窝在地球的人更能欣赏地球之美呢！”

他笑了笑：“何况，我们又不是见不到地球，它一直挂在天上呢！从月球这一侧，只要不被云层遮住，我们随时都能抬头望向家乡。噢，这让我想起来，我之前帮你借了小型望远镜。走吧，去看望眼镜准备好了没。”

安排借用望远镜竟然花了三天，似乎有些奇怪。问题在于，因为研究计划繁多，望远镜几乎随时都有人使用，轮不到一般观星。此外，规模最大的望远镜纯为拍摄而架设，就算有空档，也不可能用那些大型望远镜欣赏星空。

诺曼领着达芙妮从天文台主要楼层爬上楼，进到一个接近月球地表的房间，空间狭窄，杂乱地堆满各种仪器（至少，从达芙妮眼中看来是如此）。一个神情忧虑的老人拿着烙铁，正对着一个看起来像电视机的复杂机械内部忙碌。工作被打断，他看来不太高兴。

“我只能给你们三十分钟，”他说，“我答应马丁教授晚上六点前要把这个频谱分析仪修好。你们想看什么？”

“你这边能看什么？”

“我想想噢……十颗行星、五十颗卫星、几百万个星云和几十亿颗恒星。你自己选。”

“三十分钟看不完那么多……那从仙女座星云开始好了。”

天文学家望向时钟，心算了一阵，按下几个按钮。周围出现电子仪器运转的微弱声音，灯光渐暗。

“我该从哪里看呢？”达芙妮问，她四处都没看见长得像望远镜的东西。

“在这张桌子旁坐下，用这个目镜。右边的旋钮可以调整焦距，懂了吗？”

她正窥进一团浓密的黑，其中群星移动速度之快，看起来像无数道光线。他们头上，巨大的望远镜挥过天空，寻找着那极其遥远的目标。突然间，画面静止了，繁星变成细小、针头般的光点。飘浮于繁星中的物体，看来却完全不像恒星。

那番景象难以形容，甚至难以用双眼捕捉：一团椭圆形的火雾，看不出明显边界，只看得出周围渐渐变淡，直到融入周围的黑暗中；宏伟星云躲在繁星的面纱后方，如幽魂若隐若现。

“那是我们的邻居，”诺曼悄声说，“离我们最近的星系之一，但相隔之远，以致我们现在所看见的光，早在人类存在前就出发了。”

“那到底是什么？”达芙妮低声问。

“你应该知道所有恒星都聚集在碟状的星团里，对吧？也有人称之为岛宇宙，它们各包含了几亿颗恒星。我们也身处于一个这样的星系中，也就是银河。你看到的就是银河系以外离我们最近的星系了。距离实在太远，所以你看不见个别的恒星，要更大型的望远镜才看得见。据我们所知，在那后面，还有上百万个其他星系。”

“那边会有像地球这样的世界吗？”

“谁知道呢。那么远，我们连太阳都看不见，何况是地球！但我敢打赌，外头无数的行星，其中一定有些已经孕育出某个形式的生命。只是，不知道我们找不找得到呢。剩下的时间不多了，我们看些离家比较近的地方吧。”

接下来半小时对达芙妮而言像是启示，深深震撼了她。他们上方的寂静平原沙尘滚滚，望远镜扫过天空，搜罗天上各种奇景，呈现于达芙妮眼前。群星多彩如宝石，光泽如彩虹般缤纷；团团白炽云雾，被不可思议的力量扭曲成怪异形状：木星与众木卫家族……最神奇的或许就是土星了：飘浮于土星环中间，像是某种精致的艺术作品，而非比地球大上八倍的世界。

现在，达芙妮终于了解是什么诱使天文学家跋涉上山、望向澄澈的夜空，最终领着他们穿过太空，抵达月球。

地下车库宽广的门缓缓滑开，巴士开始攀上陡坡，朝地表前进。达芙妮觉得，电动巴士如此老派的交通工具，竟是月球上唯一的运输方式，真是不可思议。不过，如同她在月球遭遇的其他新奇事物，别人把原因解释给她听时，又显得颇为合理。数百英里的旅程若搭乘火箭，则成本过于高昂；因为月球没有大气层，空中运输便不可能。

庞大的巴士宛如行动旅馆，二十几人可舒适地居住其中，住上一周甚至更长时间都没有问题。巴士长达四十英尺，架设于两组履带式牵引机之上，两台牵引机以强大的电动马达相隔。巴士驾驶员有专属自己的舱室，位于巴士前方，稍微垫高，乘客区设有舒适的座椅，夜间可调整变为舱床。巴士后方则是厨房、储藏室，还有一个小型淋浴间。

达芙妮环顾四周，观察同行乘客。除了她的家人，车上另有十位乘客，多数和诺曼一样是科学家，正要去接替被派驻于第二基地的研究人员。就算仍记不得名字，达芙妮也已认得他们的脸，看来这趟旅程有很多游伴。

巴士正以四十英里时速穿越陨石坑，朝北前进。在这里巴士能轻松加速，因为地势平坦，辟路时也已铲除所有障碍物。达芙妮希望车外风景能够有些变化，若一路都如此，很快就会无聊了。

达芙妮的愿望很快成真。她看见远处出现一排山峰，于前方地平线高低错落。巴士朝着天空逐渐攀高；由于月球表面弧度相当陡，起初她以为他们不过在攀越几座矮丘，后来才发现眼前山峰高达几英里。

达芙妮张望搜寻巴士可驶入的隘口或山谷，却什么也没找着。接着，她的心一沉，发现巴士将要正面迎击，直直驶向耸立眼前的障碍。

他们前方的地面坡度陡峻，如屋顶般倾斜。马达振动突然加剧，巴士却几乎未减速，驶上撒满岩石的断崖，其坡面向前无限延伸，仿佛直通星空。坡度改变时，达芙妮上身猛然被推进椅背，因此稍微惊呼了一声。马丁太太看来也不是特别开心，正忧虑地望向丈夫。

马丁教授对家人回以微笑，眼神闪着淘气的光芒。“别担心，”他说，“我们很安全的，这是低重力的另一个好处。好好看风景吧！”

风景确实值得赞叹。不久，他们便能看见来时路——身后的广袤平原。陨石坑全景渐渐映入眼帘，达芙妮发现陨石坑底原来是一系列不同高度的阶地，最深的中心已几乎埋没于视野之外。

他们抵达峰顶，向左沿着棱线前进，而非朝山谷继续向前。

他们耗费将近两小时才抵达陨石坑的外圈，途中不断沿着令人振奋又惊骇的陡坡翻越低谷与高峰。最后，他们终于彻底驶离封闭平原，眼前不时有丘陵此起彼落。巴士能加速行驶了，因为下坡比陨石坑内平缓，月球表面多是如此。但是，他们仍花了两小时才抵达开阔的平地。

随着时间累积，人可以习惯任何事情——疾驶穿越月球亦是。达芙妮终究习惯了，窗外单一的地貌不断滑过，将她送入梦乡。她调整控制杆，放下椅背，在沙发床上躺下，准备过夜。

几个小时后达芙妮醒来，倾斜的车顶告诉她巴士又在上坡。为遮蔽丝绒星空刺目的阳光，窗帘放下了，车内极暗，其他乘客都仍在熟睡。没过多久，达芙妮亦再次加入他们的行列。

她再次醒来时，窗帘已经拉起。阳光映入车厢，狭小厨房传来食物的香味。巴士正沿着矮丘山顶缓缓前进，达芙妮惊讶地发现其他乘客都已聚集在巴士后方的观景窗旁。

她走向观景窗，望着前夜经过的路，穿越一英里又一英里。她最后一次看见时，地球低悬于天空南方，现在去哪儿了呢？地球的巨大牙形只剩顶端稍微探出地平线；达芙妮熟睡时，地球已渐渐从天空沉落。

他们正要越过月球近侧的边缘，跨入神秘的暗侧——隐蔽于地球的光以外，火箭抵达之前从未有人类亲眼见过的月球远侧。

数百万年前，岩浆从月球隐秘的核心涌出，冻结、凝固成现今这壮阔且充满皱褶的表面。其间，月球表面从未受外物干扰；漫长光阴中，自繁星飘落的流星尘在地表积成薄薄一层，连最轻、最微弱的风亦不曾拂过。

然而现在地表有了动静。马力强大的电动巴士像形状怪异、身着盔甲的昆虫，在阳光中闪烁，疾驶向目的地：月球第二基地。第二基地建于五年前，作为探勘月球暗侧的总部。不像天文台，第二基地并未藏于地底；达芙妮第一眼看见基地建筑物时，觉得它与因纽特人的圆顶冰屋极为相似。

诺曼告诉她，这些建筑物只是充气的塑料圆顶，涂上保温的银漆。各个圆顶屋皆有独立的气闸，由管道与其他圆顶屋相连。周围看不出生命活动的迹象，仅有一台加压牵引机（与达芙妮搭乘的机器相同，但规模较小）以活动式接头连向其中一座圆顶屋。接头长得像巨型水管，大到人可以穿过。

“那是乔·哈格理夫的牵引机，”诺曼说，“我离开前，他刚开始来回一千英里的探勘任务，不知道他是不是找到有趣的东西了。”

“他原想找什么？”

诺曼微笑：“听起来恐怕不是很刺激。我们的目标是绘制精确的月球地图，标示出所有矿藏地点，尤其是铀之类的矿物。因此，我们派牵引机到处钻洞、搜集样本。要完成这项任务，可能要花上好几个世纪呢。”

达芙妮暗想，听起来确实没有天文学家的工作那么迷人，但同等重要。而且诺曼似乎乐在其中；巴士接上其中一座圆顶屋，众人走过气闸时，他还在说着磁测和地质学其他未解的谜团。活动式接头没有完全密合，他们听得见空气逃逸的嘶嘶声，有些恐怖。可是没人露出担忧的神色，达芙妮就暂且不再担心。

他们发现自己身处直径五十英尺的开阔圆顶屋中。岩地上到处是货箱、机械器具，以及在这个不宜居的世界生活所需的各种补给。然而，目光所及却没有半个人影。

马丁教授看来有点不高兴。“大家到哪儿去了？”他对巴士驾驶员说，“你不是用无线电通知他们了吗？”

“大概在其他圆顶屋忙吧，不过这确实有点奇怪。”

此时，一个矮小的灰发男子上气不接下气地冲进圆顶屋，走向马丁教授。

“真抱歉，马丁教授，我们来不及迎接各位，”男子气喘吁吁地说，“但发生大事了，快来看我们找到了什么！”

“那是安斯提博士，”诺曼悄声告诉达芙妮，“他是这边的主管，人很好，但总是为了小事大惊小怪。去看看这次又为了什么事吧！”

众人随着兴奋的小个子科学家穿过其中一条连接管道，进入另一座圆顶屋。里头已站满了人，看着他们抵达，为马丁教授让出一条路。达芙妮随着父亲走进房间中央，发现那里摆着一张再寻常不过的桌子，而桌上的物体不能更奇异了。

乍看之下，物体与太平洋港湾海床可找到的多彩珊瑚相似……不，比较像仙人掌化石，掺杂着红、绿与金色，显得相当诡异。它的底部附着于一块岩板，像石笋般根植其上，但又能清楚看出它的构造绝不只是矿物而已。

这个物体绝对有生命——长于荒芜、真空的月球，这个长久以来被视为不毛之地的地方！达芙妮站在拥挤却无声的房间中，她知道自己参与了月球探勘历史上重要的一刻。

马丁教授打破沉默。他转向一个脏兮兮、满脸胡髭的男子，达芙妮猜那是发现并带回物体的探勘队队长。

“哈格理夫，你在哪儿发现它的？”马丁教授问。

“北纬60度、西经155度，静海与梦湖交界处。那里的谷地约五英里长、两英里宽，满地都是这玩意儿。好几公顷！五颜六色，尺寸从几英寸到二十英尺高都有。”

马丁教授倾身，小心翼翼地碰触了桌上静止不动的神秘物体。

“摸起来像石头，”他说，嗓音流露些许失望，“我们可能晚了好几百万年……这已经变成化石了。”

“我倒不觉得，”哈格理夫应道，猛摇头，“我还没法证明，但在谷地那里，我总感觉这些植物……或什么的……全都活着，还在生长。或许它们长得很慢，几千年才能长这么大。确实地球上没有类似的东西，但我确定它是活的。”

“也许你是对的，这要留给生物学家解答了。总之，恭喜！他们大概会以你为这玩意儿命名吧！”

“老乔就是走运！”诺曼厌恶地说，“我出任务时，最刺激的只有牵引机故障而已！”

由于这项发现，马丁教授与家人来访显得全然失色。（否则，应该会是这个小社群数一数二的大事呢。）不过现在众人回归日常作息，科学家将注意力转回自己手边的工作，离开前不断回望，瞥向那个沉静、多彩的物体，它瞬间改变了他们对月球的既有认知。他们不再是月球表面唯一的生物……谁知道呢，或许他们还能在这个神秘异世界发现其他更古怪的生物。

虽然稍微有些迟了，马丁教授将家人介绍给安斯提博士时，后者好像依然相当兴奋。

“很高兴认识你们，”他心不在焉地说，“你们打算在这边待多久？”

“等到太空船回来，后天。”马丁教授回答。

安斯提博士突然回过神来，想起自己招待客人的职责。他对马丁太太报以歉意的微笑。

“住处可能有点挤，我们已经尽力了。毕竟，这是月球远侧第一次有访客啊！”

* * *

马丁太太已经渐渐习惯月球不寻常的居住环境，被领进塞在圆顶下的狭小一楼房间也完全不惊讶。外墙上有个小小的舷窗，可以朝南望向广阔的平原，其间偶有低矮、狭长的丘陵。

马丁太太安心地嘘了口气，往一张气动扶手椅坐下。想到不仅所有家具，连建筑物本身都是充气成形的，不禁又有点不安。要是戳破怎么办？整个建筑会像泄气的气球一样被喷进太空吗？唉，担心也没用……

或许达芙妮也陷入了同样的思绪中，因为她走向圆弧形的墙，轻轻用手指戳了戳，似乎放了心，也在另一张椅子坐下。

马丁太太想着，不知道这趟旅程对女儿有什么影响。对迈克尔的影响显而易见；他如鱼得水，再开心不过了。对达芙妮，马丁太太就没什么把握了。她看来挺乐在其中，但异常沉默，鲜少对周遭惊人的事物发表评论。或许，她就和许多同代年轻人一样，对人类的惊奇成就见怪不怪。

然而，事实与马丁太太所想的截然不同。达芙妮在月球上的所见所闻——尤其从巨大望远镜窥见的奇景，刚点燃了达芙妮的想象力。她终于了解科学不仅是枯燥方程式或无味的教科书，反而充满诗意与魔力。崭新的世界在她眼前绽放；而且，若达芙妮想要，那会是她唾手可及的世界。

马丁教授不经意提起，历史上有许多著名女性天文学家——在那之前，达芙妮完全没有注意过。以最有名的卡罗琳·赫歇尔来说吧，便曾在漫漫冬夜协助兄长威廉·赫歇尔爵士观测星空，冰点以下也辛勤不懈。

二十世纪天文学获得长足进展，越来越多女性在这个领域崭露头角，部分学科的女性人数甚至多过于男性。达芙妮原先对这些事实一无所知，现在它们却在她心中燃起新的野心。

在月球第二基地度过的两天飞逝而过。达芙妮发现这里的气氛与天文台不太一样。看不见地球，不仅少了些光亮，也少了些支持心灵的力量，也许多少能解释个中差异。确实，这里比较像人类与未知之间的边界，比起天文台，这里的生活更为刺激。

那些小型加压牵引机几乎每天出动，前去探索未知的月球土地或从先前的探勘任务归来。达芙妮参加了一场探勘队伍的出发简报；队员即将展开十天旅程，预计探索范围达上千英里。她以前看过第二次世界大战的影片，其中介绍了轰炸机队员如何为任务做准备。诺曼与队员对照地图、与安斯提博士讨论路线时的冒险气氛与影片类似，却又多了科学家的效率。

交谈内容有过多技术细节，达芙妮不太听得懂，但她对探勘队伍计划前往的那些奇幻地名深深着迷。人类为月球远侧绘制地图时，遵循了近侧的命名传统：他们尽可能为广阔的平原取了最具诗意的名称，并以著名科学家为陨石坑命名。

诺曼离开前送了达芙妮一个纪念品，让她带回地球。那是某种月球岩石形成的美丽晶体。诺曼告诉过达芙妮名称，但太长了，很难记住。她赞叹地盯着看时，诺曼解释道：“很美吧！这里只有孤湾能找到…… 地球就更不可能有类似的东西了。它是独一无二的。”

诺曼顿了顿，有些羞赧地说：“呃，很高兴有机会带你到处逛逛。应该没有人曾在这么短的时间内见识到月球这么多不同面貌了吧！真希望你能够再回来。”

达芙妮在圆顶屋观景窗看着诺曼的小型牵引机从地平线消失，往南方未知之地驶去，心里仍在回忆他所说的话。诺曼这趟任务会发现什么呢？他会像哈格理夫一样幸运吗？

他们启程返家时，月球的早晨才刚开始。马丁教授刚完成公务；他们也无法再推迟了，得赶搭太空船呢。这可是件值得自豪的大事——不是赶火车或赶飞机，而是赶太空船！

他们终于返回天文台，达芙妮一路睡得很沉。巴士沉稳的振动突然停止，达芙妮瞬间惊醒，惊讶地发现他们已经抵达地下车库。睡眼惺忪地抓着行李箱，达芙妮随着马丁太太回到他们原本的房间，又迅速回到梦乡。

似乎只过了几分钟，马丁太太便摇着她的肩膀，说该起床了。达芙妮在月球的最后一天已然到来；得收拾行李向大家道别，还得（没有人预先提醒她这件事）在天文台医务官的严密监督下服用药品。由于达芙妮已经习惯低重力，重返重力高达六倍的地球，若不预做准备，恐怕会不太好受。

他们最后一次从地下车库搭巴士朝太空船出发时，就连迈克尔也变得闷闷不乐。闪亮的金属柱矗立着，在平原上等他们，地球在船侧的天空发出灿烂光芒。牵引机驶至太空船底部，他们等待升降梯将他们载至上方的气闸。

马丁教授与妻子道别完，朝孩子们走来。

“真希望我能跟你们一起回家，”他微笑着说，“或许你们现在更了解我当初为什么决定来这里了。回去后，等你们整理完思绪，写信跟我说说你们对月球的感想好吗？对了，还有一件事……回到地球后，在朋友面前别太炫耀噢！”

接着，金属门缓缓关闭，隔开他们，一分钟后，又在太空船舱门口开启。

对达芙妮而言，短短两周前，她才从地球那个遥远世界第一次踏入这道门，这简直不可思议。这段时间内，发生了多少事；她在这里的见闻值得她回味一辈子。

达芙妮知道，生活不可能再与过往一样了；地球不再是唯一重要的事，也不再是宇宙中心。地球只是人类认识的第一个行星，将是人类曾驻足的众多世界其中之一。有朝一日，甚至不会再是最重要的行星……

火箭启动的轰天声响打断她的白日梦，带她回到现实。达芙妮感受到重力增加，身体沉进座椅当中，四肢再次变得如铅般重。驾驶舱控制面板上各个闪烁的仪器，稳当地驾驭着太空船百万匹马力，正要带他们回家，远离月球冷寂的美景。

随着太空船攀升，那些名称既充满魔力又神秘的陨石坑、暗隙和广袤平原，都迅速向下坠落，越离越远。几个小时内，月球又会成为高悬于太空的遥远球体。

但是，达芙妮深知，总有一天她会归来。这个世界将成为她的家园——而非地球。她终于找到自己的梦想，却仍未向他人透露只字片语。接下来，她还得经历多年苦读，但她终将加入探寻繁星秘密的行列。

她的假期结束了。

（译者：张芸慎）

图书在版编目（CIP）数据

阿瑟·克拉克科幻短篇全集 . 1, 岗哨 /（英）阿瑟·克拉克著；秦鹏等译 . -- 上海：文汇出版社，2021.3

ISBN 978-7-5496-3463-7

Ⅰ . ①阿… Ⅱ . ①阿… ②秦… Ⅲ . ①幻想小说 - 小说集 - 英国 - 现代 Ⅳ . ① I561.45

中国版本图书馆 CIP 数据核字（2021）第 035847 号

阿瑟·克拉克科幻短篇全集 1：岗哨

作　　者 / ［英］阿瑟·克拉克
译　　者 / 秦　鹏　　邹运旗　　张芸慎　　丁　将

责任编辑 / 张　涛
特邀编辑 / 武姗姗　　王　品
封面装帧 / Digital Carbine　　李子琪

出版发行 / 文匯出版社
上海市威海路 755 号
（邮政编码 200041）
经　　销 / 全国新华书店
印刷装订 / 三河市龙大印装有限公司
版　　次 / 2021 年 3 月第 1 版
印　　次 / 2021 年 3 月第 1 次印刷
开　　本 / 890mm × 1270mm　1/32
字　　数 / 364 千字
印　　张 / 14.75

ISBN 978-7-5496-3463-7
定　　价 / 66.00 元